El olor del miedo

Crimen y Misterio

Manuel Ríos San Martín

El olor del miedo

Planeta

Avda. Diagonal, 662-664, 08034 Barcelona
www.planetadelibros.com

Adaptación de la cubierta: Booket / Área Editorial Grupo Planeta
Fotografía de la cubierta: © Elle Moss / Arcangel
Primera edición en Colección Booket: noviembre de 2024

Depósito legal: B. 17.846-2024
ISBN: 978-84-08-29458-0
Impresión y encuadernación: CPI Black Print
Printed in Spain - Impreso en España

Biografía

Manuel Ríos San Martín (1965) es licenciado en Ciencias de la Información y ha trabajado como productor ejecutivo, director o guionista en distintas series de televisión, como *Médico de familia*, *Compañeros*, *Raphael* o *Sin identidad*. Su último trabajo ha sido como director argumental de *Operación Barrio Inglés* (TVE). Ha dirigido un largometraje, *No te fallaré*, y ha colaborado en la escritura de los guiones de *Amigos...* y *Maradona, la mano de Dios*. Ha coordinado y coescrito el libro *El guion para series de televisión*, publicado por el Instituto de RTVE. También es autor de las novelas *Círculos*, *La huella del mal* (se está adaptando a largometraje) y *Donde haya tinieblas* (a serie de televisión). *El olor del miedo* es su obra más reciente.

@mriossanmartin

@mriossanmartin

A la memoria de Félix Rodríguez de la Fuente. Sin su amor y conocimiento de los animales tal vez no habría emprendido esta aventura. Me hizo soñar.

A mi madre, por leerme sus libros cuando era niño.

Y a mi familia, mi manada: Susana, Irene, Daniel y Pablo.

Gracias.

El miedo reina sobre la vida.

Albert Schweitzer

El agente de la perfección y la belleza que observamos en la naturaleza es la muerte.

Juan Luis Arsuaga

El objetivo prioritario de los seres vivos es asegurar la supervivencia de los propios genes. Incluso el individuo más adaptado acaba por morir, pero la reproducción garantiza la supervivencia más allá de la muerte.

Montserrat Colell Mimó

PARTE I

El miedo a ser devorados es lo que empuja a los animales a buscar refugio; a subirse a los árboles, juntarse en grandes manadas o esconderse bajo tierra. Los que vivían en el parque de animales a las afueras de Valencia compartían ese miedo y por eso dormían en los cobijos. Sin embargo, cuando despuntaba el sol y percibían el calor de los rayos, conjuraban el temor a la oscuridad y abandonaban la protección de las guaridas. Ver el amanecer, respirar y alimentarse un día más está impreso en el ADN de todos los seres vivos.

Y así, cada mañana. Desde el principio de los tiempos.

Sobrevivir para transmitir los genes.

1

Descorrió el doble cierre de seguridad y el portón de metal se abrió con un golpe seco. Un fuerte hedor a animal penetró en las fosas nasales. Sin embargo, se sintió plena. Ese era uno de sus momentos favoritos como veterinaria: darle los buenos días a la manada de elefantes. A *su* manada de elefantes. Los conocía mejor que a muchas personas. Los adoraba y ellos la correspondían con un amor primitivo.

Elena era una hembra humana de veintisiete años, de figura sensual y curvilínea que ocultaba con el polo azul del parque. Unas graciosas pecas le salpicaban la cara y parecían iluminarse si les daba el sol. Unos pasos por detrás iba Cristina, otra hembra humana: morena, estilizada y fibrosa; más elegante. Se notaba incómoda. Era la primera vez que entraba en un lugar como aquel y le sobrevino una náusea que casi la obliga a vomitar. A sus cincuenta años sentía un respeto por los animales que se parecía mucho a lo que los humanos llaman miedo.

Elena rio al ver los problemas de su invitada mientras se sujetaba la melena castaña con un coletero de colores.

—¿Qué esperabas? —preguntó.

—No sé..., en los documentales no huelen.

Elena se encogió de hombros con un gesto divertido y entró en la nave que servía de cobijo nocturno a la manada. Era un espacio inmenso, dividido por unas gigantescas jaulas de barrotes dispuestos en diagonal e iluminado cenitalmente por claraboyas que permitían el paso al resplandor del amanecer. Los cuidadores habían depositado montones de paja por el suelo y del techo colgaban neumáticos que servían para que los elefantes interactuasen.

Según avanzaban, de entre las sombras surgió Blanca, una hembra imponente de dieciocho años. Era la imagen del parque; un ejemplar albino que los niños adoraban y que se había adaptado de maravilla al clima mediterráneo. Al ver a la veterinaria levantó la trompa. Podía significar un saludo, aunque no es fácil interpretar los gestos de un animal salvaje, incluso en cautividad.

Pero Elena los entendía, sobre todo a Blanca. Estaban conectadas.

Cristina se fijó en los barrotes.

—Son gruesos, ¿por qué los han puesto en diagonal?

—Está comprobado que así no pueden sacar la trompa con facilidad y se evita que te den un susto.

—Entonces... ¿son peligrosos?

Elena, que no iba a permitir que los temores de Cristina empañaran aquel momento de felicidad, se acercó para tranquilizarla.

—Estás conmigo, no tienes nada que temer.

Cogió un mendrugo de la caja que estaba en el suelo y levantó el brazo. Blanca la imitó con la trompa y la veterinaria, con una sonrisa, le depositó el pan con delicadeza en la lengua sonrosada.

—Es... albina —comentó Cristina. Inspiró profundamente antes de dar un paso al frente y contempló el cuerpo del animal: su piel parecía de nieve.

—Un ejemplar muy raro. En África no suelen sobrevivir. La trajeron cuando era una cría porque los cazadores furtivos mataron a su madre.

La elefanta sacó la trompa y la extendió tratando de

oler a Cristina, que dio un respingo. Notó un frío helador en la nuca.

—Sabe que eres nueva y quiere conocerte —explicó Elena.

—¿Nos diferencian?

—Perfectamente.

—Pues yo no los distingo a ellos —balbuceó mirando hacia las demás jaulas.

—Todas estas son hembras. Cada una tiene un carácter distinto: Blanca es un amor, a pesar de lo que ha sufrido; Echo es la hembra dominante; Daisy es la más movida; Greta, desconfiada; Panzi, la más pachorra. No me digas que no se lo ves en la cara.

Cristina evitó contestar para no mentir. Estaba incómoda.

En ese momento entró Sidy, el cuidador de los elefantes, un chico de la etnia fulani y de la misma edad que Elena. Una fuerza de la naturaleza de belleza misteriosa, nacida en la región de Kédougou, en el sudeste de Senegal. Vivía en Valencia desde que era un adolescente y allí estudió para convertirse en biólogo. Tenía músculos de atleta tapizados de una piel negra y tersa que resplandecía con el amanecer. Más bien callado, imponía su presencia.

Cristina lo miró y Sidy giró la cabeza para evitarla. Con él iba Jacobo, el joven de prácticas con el pelo verde que lo ayudaba con los animales.

—¿Lista para el análisis de sangre? —preguntó Jacobo.

—¿Estarás preñada por fin? —suspiró Elena llena de emoción mientras acariciaba la trompa de Blanca—. Sería maravilloso. El primer parto de una elefanta aquí.

—Y tú lo asistirías —apuntó Sidy en un casi perfecto español.

Elena sonrió. Hacía un año que habían puesto en marcha el proyecto de reproducción asistida, una vez que obtuvieron el permiso de la Asociación Europea de Zoológicos. En el parque, los elefantes tenían un hábitat amplio, los programas de enriquecimiento habían sido diseñados con cuidado y Blanca era un espécimen sano, perfecto para lograrlo. Pero, aun así, le estaba costando. En cautividad sucede a veces.

—¿Hasta qué edad pueden tener crías? —preguntó Cristina.

—Hasta los cincuenta y cinco, pero hay casos documentados de partos incluso con más edad.

Cristina sintió una punzada en el estómago. Ella había pasado de los cincuenta y aún no tenía hijos.

—Vamos a sacar a los demás elefantes primero y nos quedamos con Blanca —propuso Elena.

—Soltemos primero al macho, está nervioso —respondió Sidy y se acercó a la jaula de Tantor, apartada del resto—. Es su hora y la gente ya debe de estar entrando en las instalaciones.

—Sí, hoy venían un montón de colegios. Les encanta ver a los elefantes.

El cuidador accionó el mecanismo de seguridad para que se abriera la puerta que comunicaba con el exterior.

A Cristina, Tantor le pareció descomunal: cerca de cuatro metros de altura y siete toneladas de peso. Una bestia casi imparable que los humanos conseguían controlar con inteligencia. El paquidermo barritó ansioso por salir al sol y ella dio un nuevo respingo. Estaba haciendo un esfuerzo tremendo por mantener la calma en aquel espacio cerrado rodeada de animales. Aunque estos no se pudieran acercar, rumiaba la posibilidad de que ocurriera una desgracia en cualquier instante.

Tantor salió con paso ligero. La suave arena de río que alfombraba el recinto se templaba con el sol de la mañana.

El tacto resultaba agradable a las sensibles plantas de los elefantes.

—Me sorprende que no hagan ruido al andar —señaló Cristina intentando recomponerse. Hablar la distraía de su miedo.

—Tienen un tejido graso que amortigua la pisada. Y les sirve para comunicarse.

Cristina abrió los ojos con escepticismo mientras Sidy, al fondo, iba dirigiendo al resto de la manada hacia el pasillo enrejado que comunicaba con el exterior. Fuera, como cada día, les habían dejado piezas de fruta escondidas. Los animales lo sabían y salían presurosos a buscarlas ante el jolgorio de los escolares.

Elena se aproximó a Cristina.

—Reciben las vibraciones a través del suelo a más de treinta kilómetros. Sienten el eco sísmico de la tierra.

—Eso suena a película de Avatar.

—Es algo científico. Perciben la intensidad de las pisadas e incluso la vibración de los sonidos que hacen con la trompa. Así se comunican.

—¿Qué se dicen?

—Dónde hay agua. O se avisan de la presencia de leones, por ejemplo.

—¿Y eso cómo lo sabéis?

—Al reproducir grabaciones de sonidos de depredadores, la manada se reagrupa y coloca en el centro a las crías para defenderlas.

Cristina la miró impresionada. Era ingeniera informática y CEO de una gran empresa de componentes electrónicos, nada más lejos de la vida salvaje. La aversión que sentía desde niña hacia los animales le había impedido en varias ocasiones entrar al recinto, a pesar de lo importante que era para Elena. Acompañarla esa mañana suponía todo un triunfo.

—Y todo indica que las hembras poseen más sensibilidad —añadió Elena con un guiño al rozarle la mano.

—Te apasiona todo esto —dijo Cristina, sonriente por fin.

—Son mi vida. Es mi vida —matizó—. Blanca...

—Tenía que haber venido antes —afirmó, consciente de que se había perdido una faceta esencial de Elena.

Sidy miró de reojo a la pareja y accionó un mecanismo. El ruido metálico resonó por toda la nave y sacó a la veterinaria de la ensoñación en la que ya se imaginaba cuidando al bebé elefante. La puerta de la jaula de Blanca se abrió al tiempo que Jacobo preparaba la manguera.

—Blanca, cam hi, Blanca... —dijo Elena con voz suave—. Cam hi.

—¿Cam hi? —preguntó Cristina.

—*Come here* en idioma elefanto —explicó divertida.

Cristina vio cómo la elefanta obedecía las indicaciones de Elena, que la guiaba con el movimiento de sus manos como si fuera un baile. Se aproximó hasta el gigantesco *box* enrejado en el que se hacían los análisis de sangre y acarició la cara de la veterinaria con la trompa.

—Son seres sensibles —dijo buscando el kit de análisis.

—¿Crees que podría estar embarazada?

—Eso espero.

Blanca estaba entrenada y se dio la vuelta según las indicaciones de Sidy, que levantó el brazo y abrió la mano; era la señal para que sacase la oreja entre los barrotes. Jacobo apuntó la manguera con agua caliente hacia la sábana de piel del paquidermo.

—Así se le dilatan las venas y es más fácil pincharla —explicó Elena mientras cogía una escalera de cuatro peldaños y la colocaba al lado de Blanca—. Me vale —anunció a su compañero.

Jacobo retiró el chorro y la elefanta se dejó pinchar

mientras comía el pan que le ofrecía Sidy. Elena llenó varios tubos de sangre, los colocó en una gradilla, le acarició la trompa y bajó de la escalera. La elefanta comprendió que le tocaba salir a la réplica del hábitat africano en el que pasaban el día. Atravesó la compuerta y corrió a comer fruta. Con la luz del sol, su piel adoptaba un ligero tinte rosado. Se oyeron de fondo los gritos de los niños, emocionados.

Elena le hizo una señal a Cristina para que se acercara. Desde el portón abierto se podía contemplar un impresionante espacio de más de cien mil metros cuadrados que recreaba la sabana, con enormes baobabs construidos de hormigón y resina de poliéster, rocas gigantescas y un lago con cascada en el que la manada podía jugar y bañarse; era el espacio estrella. Vieron cómo Blanca encontraba una manzana que les había pasado desapercibida a sus congéneres y se la llevaba a la boca. A su lado, Greta se echaba tierra por encima con la trompa, un comportamiento habitual para eliminar parásitos y protegerse del sol.

Sidy y Jacobo se habían retirado a limpiar los gigantescos excrementos de las jaulas. El africano no pudo evitar una nueva mirada de reojo hacia la pareja.

La temperatura era suave y soplaba una ligera brisa propia del final de la primavera. Elena sintió el abrazo de Cristina, su aroma fresco a mandarina y su cuerpo cálido en la espalda. A través de su ropa ligera notaba el roce de la piel con la que compartía algunas noches desde hacía más de un año. Una situación inesperada para ella. Hasta que la conoció nunca había tenido una relación con otra mujer. Ni siquiera curiosidad. Pero Cristina era madura, sensual, elegante y segura de sí misma, salvo por su fobia a los animales. La hacía reír, la cuidaba, era atenta, detallista.

Cristina aspiró el olor de la piel de su amante y la besó en el cuello. Elena sintió cómo la respiración de ambas se aceleraba y, olvidándose por un momento de dónde estaban, aproximó los labios. El beso, húmedo e intenso, se prolongó hasta que un ruido sordo seguido por un desconcertante silbido hizo que se separasen. Elena miró hacia el exterior: Blanca se tambaleaba. Estaba intentando entender qué había ocurrido cuando algo impactó en la frente de la elefanta, a la que se le doblaron las extremidades delanteras y se desplomó. Las patas habían dejado de sustentar a su querida elefanta y el corpachón se había derrumbado sobre el suelo con un gran estrépito. La realidad de lo ocurrido quedó difuminada por la nube de polvo.

Un nuevo zumbido surcó el aire dos segundos después. Elena lo vivió en cámara lenta, como si fuese una película.

Greta, que estaba al lado de Blanca, se asustó y salió corriendo hacia la guarida.

Sidy había oído el golpetazo contra la tierra y se acercó hacia el portón, pero Elena ya se había soltado de Cristina, había atravesado los barrotes y corría hacia el exterior tras esquivar con agilidad la entrada de la elefanta.

—¡¡Elena!! —chilló horrorizada Cristina.

—¡¿Qué ha pasado?! —le preguntó Sidy cuando llegó a su altura.

—No sé —balbuceó temblando y señaló hacia el parterre.

Sidy miró al exterior y vio a Elena, que se detenía junto al animal herido. El resto de los paquidermos no entendía tampoco lo sucedido ni por qué uno de ellos yacía en el suelo. Se acercaban despacio hacia Blanca, alterados.

Los visitantes del parque que habían llegado temprano corrían despavoridos; los niños lloraban y gritaban abrumados.

Un vigilante de seguridad trataba de poner orden en el caos.

Elena rodeó el cuerpo de la elefanta hasta contemplarle la cara. Lo que vio le congeló la sangre: un disparo en el hombro y otro certero en la frente. Sin pensar en que ella también pudiera peligrar, trepó por una de las patas hasta situarse cerca del ojo derecho, que todavía conservaba un atisbo de vida.

—Blanca... —gimió acariciándola.

Blanca abrió el enorme párpado con largas pestañas y vio a su veterinaria.

Cristina permanecía absorta, bloqueada.

Sidy se asomó al portón y empezó a llamar al resto de los elefantes.

—¡¡Cam hi, Panzi, cam hi, Tantor!!

Las hembras escucharon la llamada, captaron la voz de angustia del cuidador y entraron en pánico. El miedo se huele. De manera desordenada, corrieron hacia el interior del cobijo empujándose las unas a las otras. Sidy se guareció detrás de los barrotes y gritó a Jacobo para que abriese los portones. Tan solo el macho se quedó fuera, de pie al lado de Blanca y Elena. Levantó la trompa, abrió las orejas amenazador y barritó con potencia con la mirada en el infinito.

Un charco rojo cada vez más abundante bañaba la arena. Tantor acercó la trompa a la sangre y la olió mientras Sidy llamaba desesperado a su compañera.

—¡Elena, entra! ¡Puede ser peligroso!

Se asomó con cautela intentando adivinar de dónde había provenido el disparo.

—Pueden volver a disparar... —murmuró Cristina aterrada.

Elena abrazaba a la elefanta.

—Blanca... Blanca.

La elefanta miró a su amiga por última vez. Elena, en *shock*, seguía ahogada en sorpresa y dolor.

Con ternura, le acarició la trompa y le cerró los ojos para siempre.

2

La escultura de un elefante de once metros y quince toneladas presidía la plaza de entrada al parque de animales. La complejidad estética construida por multitud de piezas independientes de hierro y madera recordaba al *steampunk*, una mezcla de fantasía y tecnología retrofuturista. Los rayos de sol de media mañana atravesaban el enrejado que conformaba las orejas del paquidermo dibujando caprichosas siluetas en el asfalto por el que los alumnos salían del parque escoltados por la policía. Habían permanecido escondidos en las oficinas y ahora se distribuían con precipitación en autobuses escolares.

JP se cruzó con los últimos, cuyos rostros todavía reflejaban el horror por la escena presenciada. Vestía una cazadora de viejo roquero, a pesar de que hacía calor. Tenía el pelo blanco rapado al uno, al igual que la barba. Era un inspector de policía de promoción interna, un «chapas» que ya no cumplía los sesenta años y aun así estaba en forma, salvo por los dolores ocasionales de espalda. No le dedicó a la escultura ni dos segundos; tenía prisa y cuanto antes solucionase el marrón del zoo mejor para todos. El comisario lo había llamado más preocupado que si se hubieran cargado a una clase de EGB. ¿O ya no había EGB? No conseguía aprenderse qué coño estudiaba su nieta de siete años por más que lo intentara. Al parecer, las redes sociales se habían vuelto histéricas y lo sucedido era tendencia. Por un elefante. Pensó que al ser humano se le estaba yendo la olla. Había crecido en una granja en un pueblo cercano a Valencia, rodeado de gallinas y cabras, y ya había tenido suficientes animales en la adolescencia. Prefería los conciertos de los Rolling Stones, el *heavy metal* o Miguel Ríos. ¡Qué tío, no se retiraba nunca!

Y él tampoco.

Lo acompañaba Carlos Gómez, de Científica, que era todo lo contrario: un cuarentón bien vestido, correcto y aplicado. Buena gente. Y con él, un joven policía que se acababa de incorporar a la unidad. La orden era que se encargara de la autopsia la gente del zoológico. Eso sí, tendrían que supervisar las operaciones y llevarse las balas para analizarlas sin que se perdiera la cadena de custodia. Una patrulla de Policía Nacional y dos de la Local vigilaban la plaza.

Tras saludarlos con un gesto, traspasaron la entrada donde se apostaban varios vigilantes de seguridad. Uno de ellos, el jefe, un hombre recio y bien afeitado de mediana edad que había sido policía años atrás, se adelantó. Vestía de traje y corbata, algo fuera de lugar en aquel entorno. Demasiado elegante para ocuparse de vigilar a los bichos. Sin éxito, por lo que parecía.

—*Bon dia.* Soy el inspector Casillas, de la Policía Judicial, UDEV. Ellos son Carlos Gómez, de Científica, y...

—Tomás Aguilar, también de Científica —aclaró el joven policía.

—Ximo Alborch, jefe de seguridad. Si me acompañan, les enseño dónde está Blanca.

—¿Quién es Blanca?

—La elefanta que han asesinado.

JP miró a sus compañeros sin entender que la hubiera llamado por un nombre propio.

—Perdone que le corrija, a los animales no se los asesina, solo a las personas. Eso dice el Código Penal.

—¿Y entonces cómo llamaría a lo que ha pasado? —preguntó Ximo.

—¿Qué está más cerca, el cadáver o las imágenes de las cámaras de seguridad? —respondió JP con otra pregunta.

—Las imágenes. Están aquí, en la cabina de la entrada.

—Pues las vemos primero, para no andar yendo y viniendo, ¿le parece?

—Por supuesto.

—Yo sí querría ir a examinar el cadáver del elefante. Tenemos un poco de prisa —explicó Carlos.

El jefe de seguridad hizo un gesto a uno de sus ayudantes para que los acompañase al lugar del suceso y se giró hacia JP.

—Por aquí. Ya se las he seleccionado.

— Gracias. Me encanta que me hagan el trabajo —dijo sincero.

Cada vez las imágenes de las cámaras tenían más calidad. JP se acordaba de cuando empezaron a utilizarse en las investigaciones y casi no se veía lo grabado entre las interferencias y la nieve electrónica. En la pantalla se apreciaba con nitidez cómo los elefantes habían salido a la zona que recreaba la sabana y se entretenían comiendo la fruta que encontraban diseminada por el área. Unos segundos después, asomó esa tal Blanca, avanzó hasta lo que podría ser una manzana y se la comió. JP pensó que se la veía alegre, un estado de ánimo que jamás creyó que pudiera reflejar un elefante. Desde luego, las gallinas de sus padres no lo trasmitían.

—¿No tiene la piel muy blanca?

—Es albina; es el símbolo del parque... Era —se corrigió Ximo, agobiado.

En las imágenes, justo después de que masticara la pieza, Blanca recibió un primer impacto en el hombro que la hizo tambalear. El proyectil debía de ser de gran calibre, porque había penetrado en la piel sin resistencia. La elefanta movió confundida la cabeza y extendió las orejas, amenazante. Barritó antes de recibir un segundo disparo en la frente y desplomarse. Sobrecogía ver a un animal de ese tamaño caer al suelo y levantar una gran nube de polvo. Apenas unos segundos después, aparecía una joven que corría desesperada.

—Es Elena Campos, una de las veterinarias —explicó Ximo.

JP miraba absorto cómo abrazaba a la elefanta.

—¿Ha habido más disparos? —preguntó.

—No.

—*Mare meua,* esa chica está pirada, ¿no pensó en que también podían matarla?

—Es que tiene una conexión especial con los animales. Los quiere mucho.

—Y yo al hámster de mi nieta, pero no me la jugaría por él. O ella, no estoy seguro —respondió sin intentar hacer un chiste.

Las imágenes continuaron de fondo.

—O sea, ¿han matado al elefante y ya? No era una agresión contra nadie del zoo —afirmó JP para sí.

—Bueno, contra la elefanta, que podía estar embarazada.

—Me refiero contra ningún *animal* humano —recalcó—. Eso facilita las cosas.

—No le entiendo, inspector.

—Maltrato animal, dos años como máximo.

El jefe de seguridad se quedó consternado al conocer el dato.

—Pero lo van a investigar, ¿no?

—Claro, si no, las redes sociales nos crujirían. ¿Alguien ha visto al que ha disparado? —añadió levantándose y dando por terminada la revisión de las cámaras.

—No.

—Mientras esperamos una copia, nos vendría bien que ustedes analizaran las imágenes de la entrada por si ven a alguien con una bolsa sospechosa que pudiera contener un rifle.

—Por supuesto.

—¿Podría haberse colado por otra puerta? —preguntó JP saliendo de la sala de seguridad.

—El recinto es muy grande —explicó Ximo persiguiéndolo—; cien mil metros cuadrados. Hay cámaras perimetrales, pero comprenderá que no lo podemos vigilar entero.

—Eso ya ha quedado claro. ¿Me lleva a ver al bicho?

3

—El concepto lo llamamos «zooinmersión». El visitante puede ver los más de cuatro mil animales que tenemos sin barreras —explicó el jefe de seguridad mientras caminaban por una calle adoquinada y flanqueada por árboles—: la sabana y los humedales africanos, la isla de Madagascar, el bosque ecuatorial —especificó señalando las zonas—. Todas ellas recrean los ambientes en los que viven más de ciento dieciséis especies...

—No hace falta que me lo venda —le interrumpió JP—. No tengo tanta pasta en el banco.

—Pero ha dicho que tenía una nieta, seguro que le gustaría venir.

Touché; por una vez JP no supo qué contestar. Coral era su debilidad y adoraba a los animales, como casi todos los niños. Deseaba tener un perro, aunque su madre no estaba por la labor, y a él le tentaba jugársela y comprarlo. No se atrevía. De ahí el hámster.

Siguieron caminando en silencio para reunirse con los de la Científica. El inspector se fijó en unas enormes cabañas de madera con el techo de paja donde se ubicaba el restaurante. De fondo, asomaba el cuello de una jirafa. A su nieta le encantaría ese lugar, no cabía duda.

—La verdad es que es sorprendente —reconoció JP al

ver a las gacelas corriendo por la extensa pradera—. Es como si los vieras en su espacio natural.

—Nosotros lo llamamos hábitats.

—¿Eso es un león? —preguntó guiñando los ojos para enfocar a la lejanía. Sobre un risco se veía una silueta parda y melenuda—. Se parece a Bon Jovi de joven.

—Es un león, por supuesto —respondió el jefe de seguridad, más animado—. ¡Esto es África!

—En mi época los zoológicos eran otra cosa —dijo mientras se detenía a contemplar el paisaje de baobabs, tierra parda y grandes peñascos por los que descendía una cascada hasta el lago.

—La elefanta muerta no se ve desde aquí, está detrás de aquellos árboles —indicó Ximo.

—¿Y cómo entramos?

—Vamos a atravesar la Cueva de Kitum.

—¿Tienen cuevas y todo?

A pocos pasos, entre árboles y rocas, se abría una cavidad en la montaña artificial. Entraron en un espacio amplio y oscuro. Cuando sus ojos se hubieron acostumbrado, JP vio dos senderos distintos; tomaron el de arriba. En el otro, a la derecha, había una laguna de paredes de cristal, lo que permitía ver a los peces de mil colores y tamaños que nadaban en el agua transparente.

—Ahí —señaló Ximo—, en un día normal, suelen estar los hipopótamos. Así la gente los puede ver caminando debajo del agua, porque nadar no nadan.

Ese dato sorprendió a JP.

—No sé mucho de animales salvajes..., salvo de los Ramones —reconoció mientras avanzaban por la cueva hasta que llegaron a una abertura lateral por la que entraba la intensa luz del mediodía.

—Desde ahí la podremos ver.

JP se acercó al hueco de la falsa roca que le indicaba

Ximo y miró al exterior. Al fondo de la explanada de los elefantes estaba el cuerpo pálido e inerte de Blanca, rodeado por un charco de sangre muy roja que brillaba con el sol. Sentadas en el suelo cerca de la puerta del cobijo, dos mujeres se abrazaban.

El inspector, que se había encontrado con unos cuantos cadáveres en su larga carrera como policía, se sobrecogió al ver la escena. Se enfrentaba a un «asesino» completamente diferente y no sabía si esos años de experiencia iban a servirle de algo.

4

JP pisó el suelo arenoso del bosque de baobabs. Esta era la situación más insólita en la que se había visto implicado en su carrera: una elefanta enorme tendida sobre un charco de sangre en un paisaje que parecía africano y una chica, abrazada por una mujer algo mayor que ella, sentada en el suelo con la mirada perdida. Se acercó a donde yacía Blanca intentando no demostrar extrañeza. Sobre el animal trabajaban los inspectores de la Científica y un hombre de mediana edad vestido con un polo del parque. Señalaban el agujero que había producido la bala en la frente y parecía que lo medían.

Dos patrullas, una de la Policía Local y otra de la Nacional, habían acotado la zona con las bandas de «NO TRASPASAR».

—Perdone —dijo JP—, ¿sabe dónde podemos encontrar al director?

Un hombre de pelo largo y cano recogido en una coleta, vestido con una camiseta también del parque y un pantalón con innumerables bolsillos, apareció por detrás de Blanca y se acercó extendiendo la mano.

—Soy yo. Marcos Abalde, director técnico.

—Juan Pedro Casillas, policía judicial de la UDEV de Valencia. Pensé que era usted un trabajador más.

Tanto en los humanos como en el resto de los animales, la imagen es esencial para comprender el estatus de los miembros de un grupo. Cuando no se cumple con las expectativas se genera desconfianza.

—Tengo relación diaria con los animales, créame que es más cómodo vestir así. ¿No va a venir el juez?

—¿El juez? —preguntó JP irónico—. Los jueces solo levantan cadáveres humanos y aun así les cuesta trasladarse si no está clarísimo que haya sido un asesinato. —El inspector desvió la mirada a la elefanta para fijarse en la frente—. La verdad es que sobrecoge. *Collons,* pobre bicho. ¿Algún testigo?

—Un montón de visitantes que habían llegado a primera hora: un colegio, turistas extranjeros... —explicó consternado.

—Una patrulla les ha tomado los datos y ha recopilado los vídeos que habían grabado de lo sucedido, pero nadie ha visto a ningún sospechoso —explicó el jefe de seguridad.

—Perfecto, ya nos lo pasarán. ¿Y esas dos mujeres?

—Elena Campos, la más joven, es veterinaria...

—La que salió a abrazarse con la elefanta sin pensar en que su vida corría peligro —lo interrumpió JP.

El director técnico suspiró. Era consciente de que Elena se había jugado la vida. El policía observó a la chica sentada en el suelo. Sin saber por qué, se sintió atrapado por la tristeza que transmitía.

—Ha sido duro. Estaban muy unidas —explicó Abalde.

—¿Se refiere a unida a la elefanta? —preguntó asombrado el policía.

—Sí. La estábamos tratando para que se quedase embarazada.

—Dígale que mañana por la mañana, cuando esté más serena, se pase por la Jefatura Superior de Policía a declarar. —JP le extendió una tarjeta de visita con la dirección y el teléfono—. ¿Alguna idea de quién pudo haber sido? ¿Habían recibido amenazas?

—No de esta relevancia. A veces nos llegan mensajes

agresivos de animalistas antizoológicos, pequeños sabotajes, pero no harían daño a los animales.

—¿Ni para llamar la atención? El incidente ya está en todas las redes sociales.

—No creo que hayan sido ellos. Esto es muy grave.

—En cualquier caso, háganos una recopilación de las recibidas en los últimos meses.

El director técnico asintió. De fondo, los inspectores de la Científica empezaron a hacer fotos de la elefanta desde diversos ángulos.

—¿Cree que puede haber peligro para otros animales?

Abalde se tomó tiempo para contestar, sopesando lo que iba a decir:

—Han matado al más representativo, ya ve usted que tiene la piel casi blanca, algo muy raro entre los elefantes.

—Eso podría significar que ya han conseguido lo que querían —dedujo JP—. Porque descartamos un objetivo humano.

—Si hubiesen querido matar a Elena —expuso Abalde—, lo habrían hecho.

Ambos fueron conscientes de la gravedad de que hubiera sucedido así. En ese caso, el juez sí se habría personado.

—¿Cuánto mide? —preguntó JP señalando a Blanca.

—Pues... unos tres metros de alto.

—¿Tienen una escalera?

Abalde asintió desconcertado y, ante el semblante serio del policía, se dirigió al cobijo a buscarla seguido por Ximo. Carlos, de la Científica, aprovechó el momento para acercarse y hablar en un aparte con JP.

—Por el orificio que ha dejado en la frente yo diría que no se trata de un proyectil explosivo. Es limpio y ha penetrado bastante. Va a costar un rato alcanzar la bala.

—Todo esto es muy extraño, ¿no te parece? Jamás había visto una cosa así.

A Carlos no le dio tiempo a contestar, porque el director técnico volvió con la escalera que antes había utilizado Elena para extraerle la muestra de sangre a Blanca.

—Gracias. —JP la cogió y se subió a ella ante la expectación del resto. Una vez arriba del cuarto peldaño, miró hacia el norte; solo se veían las falsas rocas que camuflaban el cobijo de los elefantes. Al girar divisó los famosos baobabs, mucha vegetación, la zona elevada de los leones... Ahí se detuvo.

—¿Cree que alguien se atrevería a disparar desde allí?

Ximo desvió la mirada hacia el peñasco.

—No es una zona de fácil acceso y, por lo que he podido saber, nadie escuchó la detonación.

—¿Y el zumbido de la bala?

—¿Qué quiere decir? —preguntó el director.

—¿Se escuchó después del impacto?

—Sí —afirmó Ximo, al que el dato lo había sorprendido—. Me lo comentó el vigilante que estaba más próximo. Primero vio caer a Blanca y unos dos segundos después oyó el zumbido. Le pareció extraño.

—Eso quiere decir que lo efectuaron desde lejos; el sonido viaja más despacio que la bala —aclaró JP y continuó con su exploración hasta que, en dirección sur, dio con un edificio moderno del que sobresalían tres plantas entre los árboles—. ¿Eso qué es?

—Si me permite. —El director técnico se subió junto a él en la escalera y miró hacia donde señalaba el índice del policía—. Torre Navis. Está un poco más allá de los límites del parque.

JP guiñó los ojos, porque la luz del sol le molestaba. El rascacielos estaba en línea con el lugar en el que había caído abatida la elefanta.

—Podrían haber disparado desde allí.

5

Elena había visto cómo el policía se subía en la escalera, señalaba hacia el horizonte y salía precipitadamente seguido por Ximo. No asimilaba lo sucedido. ¿Quién podría haber hecho algo así? Permanecía sentada en la arena, sin poder pensar en otra cosa que no fuese Blanca; en las horas que habían compartido, su adiestramiento, su inteligencia, lo cariñosa que era a su manera. A la manera en la que los animales no humanos pueden serlo. De ese modo instintivo que los *sapiens* empiezan a perder al cumplir dos años. Si eso fuera amor, lo que sienten los humanos adultos sería otro sentimiento; más complejo, interesado y racional.

Cristina se separó con delicadeza.

—¿Quieres que vayamos a mi casa? — le preguntó con dulzura.

—No, quiero quedarme aquí —respondió Elena.

—Tal vez sería mejor que tomaras un poco de distancia y descansases.

Elena negó. Tenía claro que iba a velar el cuerpo de Blanca.

—Venga —dijo Cristina tirando suavemente de ella.

Elena se sintió condicionada.

—Me voy a quedar.

—Es mejor que vengas conmigo, si quieres me cojo el día.

—No te preocupes por mí. Prefiero estar con los compañeros. Me necesitan. En cuanto organicemos esto te llamo.

—¿Estás segura?

Elena asintió. No podía alejarse del cuerpo de Blanca. No tan pronto. Necesitaba asumir que había dejado de existir para siempre. Que no iba a volver a escuchar cómo barritaba de alegría al verla cada mañana, ni a buscar la fruta que le escondía y, por supuesto, que ya nunca tendría una cría tan pálida como ella. La vida y el futuro se habían escapado en apenas un instante y con ellos también parte de su felicidad.

Cristina le dio un abrazo que resultó diferente al de unas horas antes, cuando todo era sensualidad y juego.

—Esta noche te vienes a dormir a casa, ¿vale?

Elena asintió de nuevo como si fuera un robot.

—Cuídate, por favor —añadió Cristina antes de besarla y alejarse.

Se cruzó con Sidy, que salía del cobijo, y se miraron cara a cara. El senegalés bajó los ojos y a Elena le pareció notar cierta tensión entre ambos. Eso la inquietó; eran las dos personas más importantes de su vida. Sidy llegó hasta ella y la cogió por los hombros. Ambos se fundieron en un abrazo. Tras unos segundos, Elena decidió separarse. El semblante le había cambiado, su mirada, por primera vez, tenía un objetivo.

—¿Dónde está Ximo? —preguntó.

—Creo que ha ido a acompañar al policía, no sé a dónde.

—Vamos a buscarlo.

—¿Por qué? ¿Qué pasa?

—Ambos sabemos quién está detrás de esto.

Cuando el cerebro de los mamíferos dispara una alarma, cambia el funcionamiento de todo el cuerpo. El corazón y los vasos sanguíneos se contraen y envían un mayor flujo de oxígeno hacia los músculos y el cerebro, y la información llega a las neuronas como un torrente, pero la concentración permite analizar los datos a una velocidad pasmosa. Así le ocurría a Elena, que, seguida por Sidy, corrió hasta llegar a las escaleras de salida y las subió de dos en dos sin detenerse ni para coger aire. Alcanzó la pasarela que conectaba las distintas áreas de los animales con la entrada: un estilizado puente de arco de noventa metros de luz construido en madera y acero que sobrevolaba el antiguo cauce del Turia.

En mitad del recorrido, cuando el corazón estaba a punto de huir por la boca, se encontró con Ximo, que regresaba de despedir al policía.

—¡Elena! ¿Ha pasado algo?

—¿Trabajaba hoy Adolfo? —preguntó ella entre jadeos.

—No, hoy no tenía turno. Estuvo ayer de noche.

Elena se giró hacia Sidy, quien comprendió lo que quería insinuar con esa mirada e inspiró agobiado.

—¿Y sabes dónde está?

—Dormido, supongo. —Ximo se temía lo que iba a pasar a continuación.

—Ya...

—¡Elena, no empieces!

—Voy a hablar con el director —anunció resolutiva y retornó tras sus pasos.

—¡Elena, deja esto en manos de la policía! —le exigió Ximo. Al ver que no le hacía caso, fue tras ella y la retuvo por el brazo.

—¡¿Me lo vas a impedir?! —Se zafó ella.

—No tienes ninguna prueba.

—Más de las que crees.

Sus palabras resonaron por la estructura del puente y Elena se dirigió sin pausa hacia su nuevo objetivo.

Sidy y Ximo se miraron. La conocían y sabían que era imparable cuando luchaba por una causa que creía justa. Ambos la siguieron hacia el despacho de dirección.

6

A determinadas edades uno no está para andarse con tonterías ecológicas y coge el coche hasta para ir a comprar el pan. Eso pensaba JP mientras recorría con su vehículo oficial camuflado la avenida Pío Baroja hacia la torre desde la que, según había deducido, podrían haber disparado a la elefanta.

Antes de salir del aparcamiento recogió a su compañera, la inspectora Violeta Palacios, una veinteañera con el título de doble grado en Criminología y Derecho, recién salida de la Academia de Policía. Según decía el propio JP para incomodarla, era una de esas jóvenes que, cada vez más influidas por las series de televisión, decidían dedicar su vida a la resolución de crímenes. La mayoría no resistía el choque con la realidad. Pero tenía que reconocer que Violeta lo había conseguido. Al menos, el primer embate. Era alta y desgarbada, con el pelo azabache cortado a media melena, y se había machacado en el gimnasio para pasar las pruebas físicas. El comisario creía que JP, antes de jubilarse, podía enseñarle algunos aspectos necesarios de la profesión.

JP, por supuesto, no estaba de acuerdo.

Giraban por el paseo de la Pechina cuando la inspectora terminó de excusarse por haber llegado tarde. Aparcaron con la mitad del coche subida a la acera. Al bajarse, el inspector señaló el edificio construido sin líneas rectas, como si fuesen dos enormes velas de cristal y metal azulado. Semejaba un barco.

—Desde la altura de la cabeza del bicho se veían las últimas tres plantas.

Violeta acostumbraba a tomar nota de todo lo que decía el inspector en una pequeña tableta digital. Era ordenada y meticulosa, algo que JP apreciaba. Él era caótico e imaginativo, cualidades que no casaban bien con la cantidad de notas informativas que había que redactar en el día a día de las investigaciones; tenía que quedar constancia de todo.

Hacía calor. JP se quitó la cazadora y la dejó en el maletero del coche. Le tenía cariño, había disfrutado con ella en decenas de conciertos, por lo que era mejor no arriesgarse dejándola a la vista. Como viejo roquero que se precie, vestía camisetas de grupos de su época. En esta ocasión, llevaba una con la lengua de los Stones que le marcaba los músculos que aún pugnaban por mantenerse en su sitio a pesar de los años. No le gustaba reconocer que había tenido tiempos mejores.

Avanzaron hasta la entrada a paso ligero.

—Si ha disparado desde aquí ya estará muy lejos —aventuró JP sin desanimarse.

—He buscado en Google Maps mientras conducías y debe de haber una distancia de unos ochocientos metros hasta el *target*. El objetivo, perdón —se corrigió ante la mirada de su compañero, quien opinaba que Violeta usaba anglicismos más de lo conveniente.

—Hay que ser un buen tirador para acertarle en toda la jeta a un bicho así desde tan lejos.

A Violeta no le gustó la manera de referirse a Blanca, pero ya iba conociendo al inspector, no le iban las sutilezas. No rechistó, porque estaba de acuerdo con la observación: tenía que ser un buen tirador el que lo hubiera hecho. Punto.

Traspasaron la verja y entraron en el vestíbulo. El edificio destilaba lujo. Antes de que el conserje pudiera abrir la boca, JP ya le había mostrado la placa y se dirigía a los ascensores mientras hablaba. Ordenaba, más bien.

—¿Quién vive en los últimos pisos de esta ala?

—¿Cómo dice, señor? —respondió el conserje, abrumado, mientras abandonaba la garita.

—En los tres pisos de arriba —repitió JP pulsando repetidas veces el botón del ascensor sin darse cuenta de que ya se había abierto el del lado contrario. Violeta le tiró de la manga. JP entró seguido de sus dos acompañantes.

Lo bueno que tenía el inspector, pensaba ella, era que no se alteraba por nada. La dejaba hacer y opinar sin el más mínimo problema. Luego, eso sí, él tomaba la última decisión.

—En los tres de arriba —repitió el conserje para sí.

—Eso he dicho.

—Es... información reservada.

—Información reservada es quién mató a Kennedy; esto es una gilipollez. Créame que me lo puede decir —afirmó JP mirándolo a los ojos.

—Son... apartamentos grandes, uno por planta.

—¿Quién los tiene alquilados?

—Una familia... que no estará ahora. Pero sí la asistenta, una ucraniana educadísima que vino cuando la invasión rusa.

—¿Y en el resto?

—Un músico. Trabaja en casa, aunque no le gusta que lo perturben cuando compone.

—Asumiremos el riesgo de que le salga una partitura desafinada. ¿Y en el tercero?

—Está vacío. Los dueños lo están intentando alquilar. Mucha gente ha comprado estos apartamentos como inversión.

—Gracias por el dato. No hace falta que lo apuntes —añadió mirando a Violeta, que, sin embargo, lo reflejó en el informe—. Vamos a revisar primero ese. ¿Tiene las llaves?

—No. O sea, sí, pero abajo.

JP, en una decisión rápida, apretó el botón de la planta por la que iban a pasar: la quince. La puerta se abrió ante el desconcierto del portero.

—Baje a por ellas y le esperamos arriba. ¿Cuál es?

—El último, en la planta veintidós, pero no sé si puedo abrirles sin una orden judicial.

JP lo miró atónito.

—¿Usted enseña el piso para alquilarlo?

—Sí, tengo un acuerdo con la agencia.

—Perfecto entonces —contestó reteniendo la puerta para que no se cerrara—. Me encantaría alquilar algo por aquí.

Al portero le costó entender el sarcasmo, pero pensó que era mejor no llevarle la contraria. Salió al descansillo para llamar a otro ascensor que lo bajase hasta la conserjería. La puerta se cerró y los inspectores siguieron subiendo.

—Este *chota* es lerdo —afirmó JP—. Tampoco hace falta que lo apuntes.

—Llevo el perfil de todos con los que hablamos en una investigación.

Cinco minutos después, que se les hicieron eternos, el conserje apareció lívido por la tensión, pero con las llaves en la mano. Sujetaba también una carpeta azul de la que sacó una hoja de papel con el membrete de la agencia de alquiler.

—Me tienen... que firmar aquí —explicó temeroso—. Si después alquilasen ustedes el inmueble directamente al propietario me metería en un problema.

JP cogió el bolígrafo que le tendía el conserje, escribió «Keith Richards» en la hoja y lo subrayó con un garabato. El portero, sin mirarlo, guardó el documento en la carpeta y abrió por fin la puerta. Violeta no registró lo ocurrido.

—Es preferible que permanezca usted en el descansillo para vigilar, por si acaso —propuso JP con una sonrisa que podría parecer amable.

El conserje, halagado, se quedó de guardia mientras los inspectores entraban en el apartamento. Era imponente, luminoso, con las mejores calidades. Atravesaron el salón amueblado en tonos grises y blancos y abrieron el ventanal que daba a la terraza. Soplaba una ligera brisa a ochenta metros del suelo que hacía agradable la temperatura a pesar de que era mediodía. JP avanzó entre el mobiliario de exterior hasta la barandilla de la terraza semicircular y miró hacia el horizonte. En primer término, estaba el Parque de Cabecera con su lago rodeado de árboles y, bastante más allá, a la izquierda del puente, empezaba el zoológico. Trató de identificar las distintas zonas: la pradera de las jirafas con las casas africanas al lado y, un poco más lejos, el bosque de baobabs. Semioculta por la vegetación, le pareció distinguir a Blanca tumbada en el suelo sobre su propia sangre. Si la elefanta estuviese de pie se le vería la cabeza sin problema.

—No toques nada, pepinillo —dijo a Violeta. Era el término con el que los veteranos de la policía se referían a los novatos—. Es muy probable que hayan disparado desde aquí. ¿Qué tal olfato tienes?

—¿Yo? —preguntó sorprendida—. Muy bueno, de niña mi madre quería que me dedicara a la perfumería.

—Pues le habrás dado un disgusto.

Violeta sonrió; le gustaba el sentido del humor de JP. Ella podía ser una persona seria, pero le divertía que los demás fueran graciosos.

—¿Qué quieres que huela?

JP recorrió la terraza con la mirada hasta que se centró en una mesita auxiliar que estaba cerca de la barandilla. Se encaminó hacia ella sin dejar de hablar.

—Un buen sitio para sentarse —dijo—. Sé que es un poco raro, pero ¿sabes cómo huele la pólvora?

—Claro. Voy a menudo a la galería de tiro.

JP le señaló la barandilla enfrente de la mesita. Le pareció la zona más propicia para que un tirador hubiera efectuado el disparo. Violeta acercó la nariz y olfateó sin cortarse lo más mínimo.

—Aquí podría ser —señaló la inspectora sin tocar el borde.

—Gracias, yo es que no huelo una mierda desde que pasé el COVID.

JP sacó su teléfono móvil y marcó uno de sus contactos.

—Necesito el equipo de la Científica en la torre del Parque de Cabecera, al lado del zoológico. Y una orden judicial. Que sean discretos, por favor. Os envío la ubicación. —Y colgó—. Mándasela —añadió a Violeta—. Tenemos el sitio desde el que han disparado.

7

La presencia de Ximo como jefe de seguridad era esencial en la reunión que mantenía el consejo de dirección. Sin embargo, Elena y Sidy se quedaron fuera de la sala de juntas, impacientes por hablar con Marcos Abalde y exponerle su teoría sobre lo ocurrido.

La veterinaria caminaba sin rumbo por las oficinas: muebles sencillos sin conjuntar, papeles en las mesas, dibujos de animales hechos por niños desparramados por las paredes y una ilustración de Blanca con las orejas desplegadas que llevaba la firma de Sidy. La decoración era más acorde con la personalidad de los veterinarios y los biólogos que con el sofisticado diseño de las instalaciones del parque.

En una de las idas y venidas, Elena se acercó inquieta a la puerta de la sala y pegó la oreja. Pudo oír que estaban hablando de temas económicos. La pandemia los había dejado tocados: meses sin visitantes ni ingresos. Se tuvo que hacer un ERTE a los empleados de la tienda y de las taquillas. Y cuando empezaban a recuperarse de la escasez de visitas y la vida parecía volver a la normalidad, sucedía lo de Blanca.

—Elena, por favor... —dijo Sidy preocupado porque la pillaran espiando, pero Elena le hizo una señal para que se mantuviera en silencio. Desde fuera, se oía a uno de los socios financieros dirigirse al resto con voz firme y ligero acento extranjero.

—En ese elefante habíamos invertido mucho dinero.

—Y tiempo.

—El tiempo es también dinero, Abalde —replicó el inversor—. Los recursos que le dedicas a un animal no se los dedicas a otro, y estos elefantes comen muchísimo. Es una locura.

—Pero también son los que más gente atraen; la insignia del parque.

—Aun así, nos sobran la mitad de ellos y habría que hacer algo al respecto. Volviendo al seguro, ¿de qué importe estaríamos hablando? ¿Cuánto nos van a pagar por la muerte del elefante?

Elena se sintió incapaz de oír hablar de Blanca, su elefanta, en términos económicos. No quería saber en cuántos euros valoraban el cariño y la dedicación. Volvió a caminar por las oficinas y Sidy, más sereno, le cogió la mano. Le hizo una pequeña caricia.

—¿Estás segura de que quieres hablar con el director?

—Lo hemos discutido en un montón de ocasiones, Sidy.

—Adolfo es un tipo oscuro y no te digo que no haya participado en los otros sabotajes que ha habido en estos meses, pero lo de Blanca... —Se le quebró la voz al mencionar el nombre y estuvo a punto de derrumbarse. Elena se le acercó. Se miraron: ambos sentían lo mismo por la elefanta y eso los unía. La naturaleza salvaje estaba en ellos de manera diferente, pero inequívoca. Sidy cogió fuerzas y prosiguió—: Disparar a Blanca es un salto enorme.

Se abrió la puerta de la sala de juntas y los miembros del consejo empezaron a salir de forma escalonada. Elena identificó al socio que representaba a los fondos de inversión extranjeros. Fue el primero en abandonar las instalaciones sin despedirse. La veterinaria se dirigió hacia la sala. Ximo se percató y le rogó con la mirada que no hablara con Abalde. No hizo caso. Cuando lo encontró, el director explicaba a la jefa de Prensa que cerrarían veinticuatro horas y que tenían que redactar un comunicado.

—Elena, ¿cómo estás? —preguntó el director al verla acercarse desencajada.

—Adolfo no está. Justo hoy tenía libre.

—No entiendo qué me quieres decir.

—Sabes lo que ha pasado en los últimos meses.

Abalde le hizo una señal a la jefa de Prensa para que los dejara solos. Sidy permaneció a la escucha en el quicio de la puerta, sin intervenir.

—Primero fue el sabotaje en los tornos de la entrada, los robos en la tienda —enumeró atropellada la veterinaria—, después agredieron a los flamencos...

—Elena —la interrumpió Abalde—, ya instalamos cámaras...

—Cámaras que justo estuvieron apagadas el día que introdujeron droga en la comida del espalda plateada. A mí no se me ha olvidado lo que pasó. Me jugué la vida. Y ese día, ¿quién trabajaba en el parque?

Abalde suspiró tratando de serenarse. Había sido una mañana muy dura.

—Soy el primer interesado en esclarecer lo que pasó, pero la realidad es que no hemos podido demostrar nada.

—Adolfo es violento, te lo digo por experiencia. Y tiene contactos con cazadores. También de elefantes —añadió Elena con intención.

—¿Cómo sabes eso?

—En Facebook sigue un montón de páginas sobre caza mayor en África.

Abalde se quedó en silencio sopesando lo que le había revelado la veterinaria.

—No nos metas en más problemas, Elena —dijo tajante. Después, intentó ser tranquilizador—. De verdad, la policía ya está en ello.

—También vinieron las otras veces y no investigaron nada. En cada ocasión mandaron a una patrulla diferente.

—Esta vez es distinto. Ya has visto que han venido también los de la Científica. Encontrarán al que lo ha hecho. —Abalde avanzó hacia Elena relajando el tono—. Sé lo que querías a Blanca. Para mí también era importante. La acompañé en el viaje desde África, hace quince años, cuando los furtivos mataron a su madre.

Elena no dudaba de que Abalde dijera la verdad. Estaba casi tan afligido como ella, a pesar de que tenía que mantener el tipo frente al consejo.

—Tengo que pensar en qué voy a decirle a la prensa.

Elena asintió, rindiéndose en apariencia. Antes de salir, se giró hacia el director.

—Cuando acaben los de Científica, creo que deberíamos dejar salir al resto de los elefantes a despedirse de Blanca. No se la pueden llevar sin más.

Abalde dudó ante la extraña petición.

—Tal vez sea peligroso.

—Sabes que los elefantes necesitan hacer el duelo, oler el cuerpo del fallecido; entender a su manera lo que ha pasado. Así lo hacen en libertad antes de abandonar a un miembro de la manada. Está en su naturaleza.

Sidy intervino por primera vez, sin entrar en la sala.

—Son los únicos animales que vuelven al lugar donde están los huesos de sus antepasados año tras año en las migraciones y se quedan un par de días sin moverse del sitio.

—Así es —apoyó Elena—, huelen los restos, los identifican.

Abalde asintió conmovido.

—A última hora del día se llevarán el cuerpo de Blanca.

Antes dejaremos que salgan los elefantes para despedirse. Os encargáis vosotros de que luego vuelvan al cobijo.

—Gracias.

—Olvídate de Adolfo.

Elena lo vio alejarse. Abalde le parecía un estupendo director y buena gente, pero no pensaba seguir su advertencia. Ella sabía lo que tenía que hacer.

8

JP se sentía como un animal enjaulado. Llevaba demasiado tiempo encerrado con el conserje en un pequeño cuarto que olía a moho, revisando las cámaras de seguridad. Con lo lujoso que era el edificio, esa habitación era cutre. Violeta lo llevaba mejor y tomaba nota del nombre de cada vecino que había aparecido en la pantalla desde la hora de la muerte de la elefanta hacia atrás, así como del piso en el que vivían.

—Ese es don Francisco, el del quinto B. Es farmacéutico y está divorciado. Yo creo que no le pasa la pensión a su exmujer.

—Para que luego se quejen de la información que tiene Google de los usuarios —apostilló JP revolviéndose en la silla—. ¿Podría rebobinar las imágenes un poco más deprisa? Llevamos vistas a más de treinta personas y no creo que ninguna llevara encima un arma de largo alcance.

—Treinta y cuatro —puntualizó Violeta.

—Vamos ya por las siete y media de la mañana. Queda poco. Antes de esa hora, solo salen dos o tres vecinos: la señora de Fabrat, del octavo; Begoña, la chiquita...

—¿Cómo lo sabe usted si no está en el edificio a esa hora? —preguntó curioso JP.

—Reviso las cámaras a diario. Es parte de mi trabajo. Ya verá como, sobre las cinco o así, entra el chico adolescente de la séptima planta. Ese chaval está despendolado.

El conserje rebobinó las imágenes a más velocidad y, tal y como había predicho, aparecieron la tal señora de Fabrat, Begoña, y un joven tambaleándose poco después de las cinco de la madrugada. El conserje miró a los investigadores satisfecho de su profesionalidad.

—Con esto estaría todo —concluyó—, no creo que haya entrado nadie entre las doce de la noche y las cinco. No es habitual.

—Yo creo que sí —le contradijo JP—. Retroceda a más velocidad.

El conserje obedeció sin rechistar a pesar de la seguridad que tenía en sus observaciones cotidianas.

—¡Quieto ahí! —gritó de pronto JP señalando la pantalla—. Ahora avance.

El conserje lo hizo y fijó la mirada como si su vida dependiera de ello.

—Párelo —ordenó JP al ver la figura que cruzaba el vestíbulo entre sombras.

En las imágenes se distinguía a un tipo de edad indeterminada y apariencia física difícil de concretar. Iba de oscuro, con una gorra que le ocultaba la cara, y caminaba deprisa sin pararse a encender la luz. Acarreaba una bolsa de palos de golf. JP comprobó la hora que aparecería en la esquina superior de la imagen: las 3:39.

—¿Y ese? —preguntó el conserje extrañado.

—No creo que venga de hacer unos hoyos a las tantas de la madrugada.

Violeta acercó la tableta e hizo una foto a la pantalla del televisor.

—¿Nos podría hacer una copia de esas imágenes? —preguntó JP.

—Tendría que hablar con el presidente de la comunidad.

—Claro, haga la copia y después se lo cuenta. Pero, por

favor, sea discreto, si no, esto se le va a llenar de periodistas y seguro que a los vecinos no les hace ninguna gracia.

El portero asintió comprendiendo que tenía razón. La gente que vivía allí no quería ser molestada.

—Está usted siendo de gran ayuda —añadió JP y le dio dos golpecitos cómplices en el hombro.

—Cuente conmigo —dijo el conserje con entusiasmo. Le gustaba sentirse como un integrante de la investigación policial.

JP le tendió la mano y salió del cuartito con el deseo irrefrenable de respirar aire puro. Violeta lo siguió mientras guardaba la tableta en una funda que tenía estampada una margarita.

—Me gustaría ir a ver a la elefanta —dijo al llegar a la altura de JP.

—No te va a gustar.

—Por eso.

JP asintió al entender los motivos de la inspectora.

Diez minutos después, Violeta contenía la respiración frente a Blanca, la elefanta albina. La había conmovido incluso más de lo esperado, pero mantuvo la compostura. Tenía que trabajar ese aspecto de su formación. Su padre siempre le decía que era demasiado sentimental y que no valía para eso. Él habría preferido tener un hijo que siguiera sus pasos en el Ejército. La Policía le parecía un plato de segundo orden. «Fuera sentimientos, solo datos», se dijo a sí misma al desterrar del pensamiento la imagen de su decepcionado padre. Sacó la tableta y empezó a hacer fotos de los detalles que le parecieron relevantes.

Para ese momento, Carlos, de la Científica, había sacado el proyectil de la cabeza del paquidermo y se acercaba a los inspectores tras guardarlo en una bolsa de papel especial para pruebas.

—Tenemos los dos —anunció—. No se han fragmentado. Eso ya nos dice algo sobre el tipo de bala. Sabían que disparaban a un elefante desde lejos y que no cualquiera atravesaría el cráneo.

—Gracias, Carlos —contestó JP—. Nosotros hemos encontrado el lugar desde donde efectuaron el tiro —dijo señalando la torre que se veía detrás de los baobabs—. Ya he avisado a tus jefes.

—Tal vez haya quedado algún casquillo en el edificio. Lo buscaremos.

9

Elena no quería encerrarse en casa. Tampoco era capaz de contemplar por más tiempo a Blanca, por lo que decidió acudir al máster en Etología al que iba dos días por semana en la Universidad de Valencia. No tenía claro que fuese una buena idea, pero necesitaba alejar los pensamientos que empezaban a resultar obsesivos.

Pedaleó los cinco kilómetros que separaban el parque de la universidad con la suave brisa del Mediterráneo soplándole en la cara. Cuando llegó, se sentía mejor. Entró en la Facultad de Veterinaria y se dirigió al aula. Llegaba tarde, por lo que intentó no llamar la atención y se sentó en las últimas filas. La luz estaba apagada y las cortinas cerradas. El haz del proyector iluminaba la pantalla que tenía detrás Marina Santaolalla, la profesora, una mujer de mediana edad con el pelo blanco y aspecto refinado. Había decidido no teñirse y lucir canas desde joven. Exponía su teoría sobre la transmisión de los genes mientras paseaba entre las mesas corridas repletas de alumnos. El curso tenía una gran aceptación entre los estudiantes de Psicología, Biología y Veterinaria.

—Habréis oído la pregunta de qué fue primero: el huevo o la gallina. Y no es tan tonta como parece. Charles Scott Sherrington, premio nobel, escribió en 1940 que la gallina es tan solo el medio con el que cuenta el huevo para hacer otro huevo.

Se produjo un murmullo ante la afirmación de la profesora. El comentario había sorprendido a los asistentes.

—El éxito evolutivo es transmitir los genes —prosiguió—. No hay nada más importante en la naturaleza. Los animales buscan seguridad y una buena forma física a la espera de su oportunidad. También Arsuaga habla de este tema y dice que la inmortalidad biológica está en la descendencia. Si no tienes hijos, a efectos evolutivos es como si no hubieras existido. De tus características propias, de tus singularidades, no quedará nada.

Marina presionó un botón del pequeño mando a distancia que llevaba entre sus dedos interminables y se proyectaron las imágenes en la pantalla que tenía detrás: una cebra, con los dientes, agarraba por la pata a una cría de la misma especie y se aproximaba al río. Los alumnos clavaron sus miradas expectantes en la pantalla. La cebra entró en el agua, avanzó unos pasos y sumergió al potrillo con la intención de ahogarlo.

—Es normal que los machos maten a las crías. ¿Alguien sabe por qué?

—Así las hembras se ponen otra vez en celo —respondió una alumna con acento francés.

—Eso es. Para transmitir los genes a cualquier precio —apuntó Marina Santaolalla—. Los leones macho, cuando vencen al anterior macho dominante, acaban con su descendencia. La hembra se vuelve a poner en celo enseguida y, aunque haya defendido a las crías, aceptará aparearse de nuevo. No olvidéis que la reproducción sexual en la naturaleza acarrea un cierto grado de violencia. Pero lo de la cebra tiene un componente especial, porque requiere ingenio. Tiene que entender lo que está haciendo. Mirad —dijo señalando la pantalla—: coge a la cría, la lleva hasta el río y la sumerge. Hay planificación. ¿Es eso maldad?

—No —respondió Elena.

Varios de los asistentes al máster se giraron y reconocieron a la joven veterinaria. Lo sucedido por la mañana ya era tendencia en todas las redes sociales y los estudiantes sabían quién era ella. Los cuchicheos empezaron a volar entre las mesas.

—La violencia y la muerte en la naturaleza están justificadas para transmitir los genes. ¿Y en el ser humano? —preguntó la profesora, pero el rumor de los comentarios se había elevado hasta el punto de ahogar sus palabras—. ¿Qué sucede? —preguntó desconcertada.

—¿No se ha enterado de lo del zoológico? —respondió la estudiante francesa.

Elena sintió ganas de huir; temía el debate que estaba a punto de iniciarse, pero se quedó clavada en el asiento sin mover un músculo.

—Ha sido una putada —dijo otro de los estudiantes, indignado.

—Una putada es tener encerrados a los elefantes en un zoológico —afirmó Jon, un joven alto y fibroso, con perilla y rastas, que llevaba una camiseta de liberación animal.

—Mejor vamos a dejarlo —respondió la francesa al darse cuenta de que el tema ofendía a Elena.

—Estamos en un lugar de reflexión y tenemos que poder debatir —la interrumpió Marina Santaolalla.

—Los zoológicos son cárceles de animales —prorrumpió el joven—. Todas las especies tienen los mismos derechos. En el fondo, han liberado a esa elefanta.

Elena saltó indignada como si tuviera un resorte.

—¡No tienes ni idea de cómo cuidábamos a Blanca!

—¡Los elefantes deben estar en libertad!

—Mataron a su madre cuando ella era una cría...

—¡Pues se la reintroduce en la naturaleza en cuanto sea posible! —dijo sin permitir que Elena terminara.

—No es tan sencillo. La mayoría de las veces no funciona y los animales acaban muriendo una vez liberados. Nosotros colaboramos con programas que trabajan con las especies en origen...

—Hablas como si el zoológico fuese tuyo —argumentó Jon indignado—. Esa es la mierda del capitalismo.

—Bajemos el tono —dijo Marina acercándose al lugar de la discusión.

Aurora, pareja de Jon, con el que compartía la misma edad y estética, aunque de rasgos más dulces, lo cogió del brazo para que suavizara el discurso.

—¡Mejor muertos en libertad que encerrados! —vociferó sin embargo el joven a modo de consigna.

Fueron las últimas palabras que escuchó Elena, que salió corriendo al baño angustiada.

10

—Me dicen de Comunicación que hay más de cien mil tuits sobre la muerte de la elefanta esa y que el *hashtag* #asesinatodeBlanca ha sido tendencia todo el día.

El comisario Guridi, de la Brigada de Homicidios, un hombre de no más de cincuenta años sin un pelo fuera de sitio, afeitado con esmero y vestido con un traje caro, caminaba de un lado a otro de su despacho de la última planta de la Comisaría General de la Policía Judicial en el centro de Valencia.

—Es una locura —prosiguió, dirigiéndose a JP y Violeta, que tomaba notas—. ¿Saben cuántos de esos tuits etiquetaban a la cuenta oficial de la Policía? Pero a la jueza que se va a encargar del caso le parece que no es tan relevante como para dedicarle los mismos recursos que si se tratara del homicidio de un ser humano.

—¿Y usted qué opina, comisario?

Guridi se detuvo molesto ante la pregunta de JP. Ya le gustaría a él no tener que posicionarse. Esa actitud le había servido para ascender deprisa. Tanto con políticos como con jueces y con la prensa sabía manejarse sin problema. Decía lo más conveniente en cada situación sin que le temblase la voz, pero la realidad de los hechos le fastidiaba y la responsabilidad le provocaba dolor de cabeza.

—¡Y usted, inspector, ¿qué opina?! —preguntó devolviéndole el ataque.

—Yo no tengo redes sociales, no me importa lo que se diga en Twitter.

—¡Qué fácil! —farfulló molesto y reanudó su marcha por el despacho a la vez que preguntaba—: ¿Qué tenemos hasta ahora?

—Las dos balas que impactaron en el cuerpo del animal y que le provocaron la muerte —respondió JP—. Y creemos que también el lugar desde el que dispararon.

—La torre esa.

—Así es, la Científica está rastreando por si hubiera casquillos.

—¡¿Y quién cojones ha podido hacer algo así?! —preguntó Guridi cada vez más irritado.

Violeta se decidió a intervenir.

—Tenemos unas imágenes —dijo enarbolando la tableta y ofreciéndosela a su superior, que las miró con más preocupación que interés—. En ellas se entrevé a un hombre cruzar el vestíbulo de la torre de madrugada.

—¿Creen que se trata del asesino?

—Asesino... no es exactamente —puntualizó JP, más para fastidiar que para ser justo con las leyes y la semántica.

—De alguna manera tendremos que denominarlo, inspector, ¿cómo lo llamaría usted?

—No sé, ¿qué dicen las redes sociales?

—Desde luego es sospechoso —los interrumpió Violeta, que no soportaba la tensión innecesaria de dos machos alfa, tan típica entre humanos como en el resto de los primates—. Entró a las 3:39 de la madrugada con una bolsa de palos de golf y una gorra que le tapaba la cara.

—Yo creo que tenía bien estudiado el tiro. Sabía dónde estaban las cámaras —explicó JP—. Llegó por la noche y esperó a que los animales salieran al bosque de baobabs, como lo llaman. Nada más aparecer la elefanta blanca, disparó.

—¿Un cazador?

—Es nuestra hipótesis.

—¿Y qué motivos podría tener para hacer algo así? —preguntó Guridi.

—Es pronto para sacar conclusiones. Empezaremos por seguir las pistas que nos den los proyectiles y el *modus operandi*.

—Pero algún motivo habrá. Se han cargado a un bicho de varias toneladas delante de la gente.

Para concentrarse, Violeta sacaba ligeramente la lengua entre los labios en un gesto peculiar.

—¿Una venganza contra el parque, quizá? —propuso.

—Podría ser —aceptó JP motivado por la intervención de la inspectora—. Mañana vendrá la veterinaria que estaba presente. El director nos ha dicho que han recibido amenazas, aunque de poca intensidad. Tampoco ha querido contarnos más.

—¿Cree que ocultaba algo?

—No digo eso, pero estaba muy impresionado y tenía reunión con el consejo directivo justo después; es factible que no haya querido decirnos nada hasta ponerse de acuerdo con sus socios. Esto es una movida.

—Una movida es para mí, hasta me han llamado del Ministerio del Interior. Pero ¿qué coño tenía esa elefanta?

—Era albina, el símbolo del zoológico. Hoy en día la gente quiere más a los animales que a las personas —aventuró Violeta.

—Y no me extraña —zanjó lacónico la conversación JP.

11

Apoyada sobre la taza del váter de los baños de la universidad, Elena sudaba y tenía escalofríos a pesar de que la temperatura ambiente era agradable. Seguía sin poderse creer la muerte de Blanca, le parecía irreal. Deseaba con todas sus fuerzas despertarse de aquella pesadilla y regresar al trabajo, donde la estaría esperando la elefanta, que la saludaría con la trompa, degustaría el pan que ella le ofreciese y comprobaría que por fin estaba embarazada. Tras veintidós meses nacería una cría albina como su madre y entre ambas la cuidarían. La vida seguiría como hasta entonces. Necesitaba que fuera así.

Se sentía culpable; sin motivo por la muerte de la elefanta y con motivo por engañar a Cristina. Había sido algo ocasional. Se había acostado con Sidy unos meses atrás, durante un viaje al valle de Nandoumary, en la región africana en la que nació el senegalés y en la que todavía vivía su madre.

La fundación del parque de animales de Valencia colaboraba con la población local en un plan para la conservación de chimpancés que trataba de detener la deforestación que separaba a familias enteras de primates en peligro de extinción. La tarea era ambiciosa, pretendían enseñar a las comunidades a rotar los cultivos para no esquilmar la tierra y a no cortar más arboles de los necesarios a la vez que se fomentaba un turismo respetuoso con el medio ambiente.

Fue un viaje fascinante, en el que Elena se había sentido una más de la selva. Una noche de calor húmedo, en mitad del bosque, acamparon muy cerca de una tropilla de chimpancés; los habían seguido durante el día y oían cómo preparaban los lechos de hojas para dormir subidos a un frondoso árbol. Le resultaban cercanos, casi de su especie: las madres acarreaban a las crías y dormían abrazadas a ellas, los jóvenes saltaban molestando al resto y los machos, más serios, vigilaban el entorno. Elena estaba feliz. A pesar de trabajar con primates, hasta ese día ella no había visto ningún ejemplar en libertad. Cuando la familia se fue quedando dormida, sintió unas ganas irrefrenables de abrazar a Sidy por descubrirle esa maravilla. Le fascinaba ver cómo se movía por la selva, silencioso y seguro. Los años en Valencia no le habían hecho olvidar su niñez en esos bosques, cómo seguir un rastro sin molestar a los chimpancés o cómo integrarse en la naturaleza para no resultar un extraño del que hubiera que desconfiar. Se abrazaron entusiasmados y percibieron la respiración acompasada del otro cuerpo. Elena sintió deseos de besarlo.

Al amanecer recogieron la tienda casi sin hablar, tímidos por lo vivido. Se quedaron dos días más y ella no pudo resistirse a la llamada que había experimentado. Compartían valores intensos: el amor por la naturaleza y la pasión por los animales. Sidy le contó su historia a retazos; cómo se escapó de su pueblo sin decirle nada a su madre, porque se lo habría impedido, el trayecto hasta Marruecos, los meses que vivió en el monte Gurugú entre penurias y persecuciones de la policía, el amigo que se despeñó en una de esas huidas, las mafias, el asalto a la valla, las heridas, los golpes, el terror... Pero también la llegada a España, la fortuna de encontrar a la familia de la mujer valenciana que había conocido en la reserva de Dindefelo, los estudios de Biología.

Elena no quería poner en peligro su relación con Cristina, pero la presencia de Sidy en aquella selva, su físico, su piel, las largas conversaciones a solas, la admiración por la seguridad con la que se manejaba y su pasión compartida por los animales le desataron unas ganas intensas de entregarse a él durante los dos días que tardaron en regresar a España.

Al volver, Elena se sintió culpable y se comprometió más con Cristina. Hasta un par de semanas atrás, la noche que se quedaron los últimos porque los elefantes habían tardado más de lo habitual en entrar al cobijo. Estaban agotados y Sidy la miró con esos ojos grandes que brillaban en la penumbra. Puso las manos sobre Elena y la besó. A ella le gustaban esas manos fuertes de palmas claras, esos labios carnosos y esa respiración agitada. Sidy la levantó en volandas como si fuera una pluma y la sentó sobre un murete enfrente de las jaulas de los elefantes, que miraban indiferentes el apareamiento de los humanos. Le quitó el polo azul y el sujetador. El pecho joven de Elena quedó al aire, agitado y prometedor. Él lo acarició con cuidado mientras ella intentaba despojarlo a su vez de la camiseta. Sidy terminó por quitársela él mismo dejando el torso musculado a la vista, iluminado por la luz del anochecer que entraba por las claraboyas. A partir de ese instante, fue como un sueño: la calidez de las pieles, la ternura de las lenguas, la cadencia de las bocas y la fuerza irresistible que entró en Elena como un alud de nieve templada. Hacía tiempo que no vivía nada igual. Se mareó, gimió y creyó que se iba a desmayar, pero Sidy la sostuvo entre sus brazos con ternura.

Se vistieron en silencio bajo la mirada curiosa de Blanca, que había barritado ante las convulsiones de la veterinaria. Elena se vio descubierta por su elefanta, pillada en el engaño a pesar de que la naturaleza no hace reproches. Sospechaba que Cristina se imaginaba algo, aunque no lo hubieran hablado; las últimas ocasiones que habían hecho el amor, Elena no fue tan apasionada; se sentía extraña, distante, como si los cuerpos no encajasen como antes. La quería, de eso no tenía duda; la necesitaba. Cristina era adulta, segura de sí misma. La cobijaba bajo su personalidad y le permitía ser como ella quería: complaciente, seductora, amorosa.

La vibración del teléfono en el bolsillo trasero la sacó de su ensoñación. Se sentó en el suelo del cuarto de baño y comprobó que se trataba de su madre. Respondió con una desgana inmensa.

No le dio tiempo ni a saludar.

—Hija, ¿cómo estás? He visto las noticias. ¡Qué horror! ¿No estarías tú ahí? ¡Qué desagradable!

—Mamá...

—¿Tú crees que es peligroso el zoológico? ¿Por qué no vienes a verme a Madrid unos días?

—Mamá.

—No me gusta ese trabajo tuyo, ya lo sabes, siempre rodeada de bichos que además se mueren —añadió sin un ápice de sensibilidad—. Podrías haber estudiado Derecho como la prima Lucía y vivirías aquí conmigo.

—Mamá, estoy bien —mintió Elena—. No te preocupes.

—Es que, si te pasase algo, ¿qué iba ser de mí? ¿Hace cuánto que no vienes?

—Un mes.

—Pues eso, casi ni me llamas. Y es que yo estoy fatal, no sé si te he dicho que tengo la rodilla destrozada. Seguro que me tienen que operar.

—Ya me lo dijiste. Y no te tienen que operar, mamá, el

traumatólogo te mandó unos ejercicios para fortalecer el cuádriceps. ¿Los estás haciendo?

—No sirven para nada —respondió tajante en el tono habitual que irritaba a Elena.

La veterinaria inspiró para colmarse de paciencia. Una nueva vibración del teléfono le anunció que entraba una llamada en espera. Era de Sidy.

—Mamá, te tengo que dejar, me llaman del parque.

—Lo primero es tu trabajo, si ya estoy acostumbrada —respondió desabrida—. Adiós.

Y colgó sin darle tiempo para despedirse. A Elena le habría gustado que, por una vez, su madre se interesara por ella, le dijese que la quería, que la echaba de menos.

El móvil seguía vibrando y a Elena le preocupó que hubiera ocurrido algo más. Descolgó ansiosa.

—¿Qué ha pasado?

—Nada, nada —contestó Sidy tranquilizador—. Dice Abalde que la policía ya se ha ido y que podemos sacar a los elefantes. ¿Vienes?

12

El sol anaranjado se escondía detrás de las ramas falsas de los baobabs y proyectaba sombras sobre el hábitat de los elefantes hasta alcanzar a Blanca, tendida sobre la arena. Una grúa esperaba para alzar el cuerpo y depositarlo en el camión aparcado a escasos metros. Lo iban a trasladar a la Facultad de Veterinaria para despiezarlo y analizarlo. El silencio era sepulcral, como si el resto de los animales comprendiese lo que había sucedido. Los rugidos de los leones, habituales al anochecer y que se podían oír desde cualquier zona del parque, habían desaparecido. También los graznidos de las aves y los comentarios emocionados de los últimos niños que lo abandonaban poco antes del cierre.

Nada.

Elena esperaba tras el muro de piedra falsa que separaba el recinto de los caminos adoquinados por los que se movían los visitantes. Miraba a su elefanta por última vez. Tenía los ojos anegados. Al lado, los operarios de la grúa aguardaban respetuosos. Elena pensó en la muerte de su padre cuando ella tenía seis años. Recordaba retazos: cuchicheos entre los adultos, su madre en *shock*, «papá nos estará viendo desde el cielo», «tienes que ser fuerte». No la dejaron ir al cementerio a despedirse y eso se le había clavado en el corazón. Entre los humanos, los rituales son básicos para comprender los momentos trágicos y alegres, desde el nacimiento hasta la muerte. Las religiones lo entendieron bien y crearon ceremonias para acompañarlos en dichas circunstancias.

La puerta metálica de la entrada al cobijo de los paquidermos comenzó a abrirse con un chasquido seco que rasgó la calma. Sidy, desde el interior, había accionado el mecanismo y organizaba a las elefantas para que salieran de una en una según la jerarquía. La primera en hacerlo fue Echo; después, Daisy, Greta, Panzi y el resto. Por una vez, el último fue el gran macho, el que estaba más inquieto. El grupo se acercó a Blanca y la rodearon, extendieron las trompas y la olieron. Los humanos no saben hasta qué punto los animales entienden la muerte, pero no cabía duda de que comprendían que su compañera no iba a levantarse. Tantor resopló con su larga nariz y levantó una nube de polvo.

Elena no pudo resistir más; trepó por la valla de piedra y saltó al recinto. Sidy, que seguía en la puerta del cobijo, se tensó. Era imposible prever el comportamiento de los animales. Elena se acercó a ellos y el grupo le franqueó el paso. Echo fue la primera en abrirse y en empujar al resto para que la joven pudiera llegar hasta Blanca. Caminó en silencio hasta alcanzar la cabeza de la elefanta albina. Se besó la mano y la posó cerca del ojo derecho, cerrado para siempre. Cuando Tantor elevó su trompa al cielo, Sidy reaccionó y salió a la arena con una vara por si tenía que intervenir. Pero el macho bajó la trompa con cuidado y olió a la veterinaria, que lo acarició. También Echo y Daisy la tocaron con afecto. Era sorprendente ver cómo unos animales tan poderosos podían ser a la vez delicados. Una trompa, que servía para derribar árboles, también cogía pequeños frutos del suelo o acariciaba con ternura. Sidy se quedó parado a unos metros para contemplar la escena, sobrecogido: el sol rojizo, los árboles, la manada; le pareció que había regresado a África, a pesar de que ya casi no quedaban elefantes en Senegal. Y echó de menos su tierra, sus gentes, su familia. Su vida en Valencia le gustaba, pero no podía olvidar sus raíces. Pensó que debía volver a visitarlos lo antes posible.

Elena no sabría decir si pasaron unos minutos o fueron horas. El sol terminó por esconderse tras el risco de los leones y las sombras se difuminaron sobre la tierra. Tantor barritó de nuevo, esta vez dando la orden de retirada. Fue el primero en alejarse. Echo era la hembra dominante y, con su actitud, indicó al resto que se dirigieran también al cobijo por turnos, como habían aprendido. Sidy las organizaba para que cada una entrase en su correspondiente espacio.

Al final, quedaron solo Elena y Echo, que movió la cabeza de un lado a otro intentando entender por qué el ser humano era capaz de una atrocidad así. O tal vez no fuera por eso, pero es lo que le transmitió a Elena, que le besó la trompa y la vio perderse en el interior de la guarida.

Cogió aire y asintió indicando a los operarios que iniciaran su trabajo.

El corpachón de Blanca, elevado por la grúa sobre el bosque de baobabs, era una imagen que no olvidaría mientras viviera.

13

Violeta recogía los informes sobre cazadores que había recopilado durante la tarde. No cualquier tirador sabía disparar con esa precisión desde tan lejos. Debía de tener experiencia y, según las webs consultadas, no había demasiados en España. Estaba dispuesta a tomarse muchas molestias por el caso. Opinase lo que opinase la jueza, para ella era casi tan cruel e injusto como haber matado a un ser humano.

JP cruzó por detrás con la cazadora al hombro de camino a casa. Se hacía tarde y quería ver despierta a su nieta, Coral, que estaba pasando varias semanas con ellos mientras sus padres viajaban por el extranjero. Y, aunque no lo reconociera en alto, se esforzaba por terminar antes y llegar a tiempo de leerle un cuento en la cama. Era su rato favorito del día y también el de su nieta. No había sido así de cariñoso con su hijo. Más bien un padre ausente con demasiado trabajo y una mujer, Rosa, que aceptó pronto que esa era la realidad de la vida en común, aunque lo había visto cambiar en los últimos años. En apariencia, seguía siendo el tipo rudo de antaño, apasionado de las guitarras estridentes y los conciertos de otra época, pero capaz de poner voces ridículas para sacar la sonrisa de la niña. Ella lo observaba feliz, conformada con que fuera cariñoso con Coral y no con ella. Pensaba que, tal vez, acabaría por serlo también si la transformación que había iniciado se completaba. La ilusión contribuía a que el día a día mereciese la pena.

—Vete a casa, pepinillo —dijo el inspector mientras caminaba hacia la salida.

—Quería llevarme algo de trabajo.

JP se detuvo y la miró. Se fijó en ella por primera vez, en todo lo alta y desgarbada que era, con su media melena para pasar desapercibida en un mundo que todavía era de hombres. Resultaba atractiva, inteligente y más fuerte de lo que ella misma y su padre suponían.

—Te diría que no trabajaras tanto, pero sé por experiencia que no sirve de nada.

Sonrió decidido a marcharse. Violeta dio un paso al frente y habló en un impulso del que al instante se arrepentiría, pero ya era tarde.

—Gracias.

JP la miró boquiabierto y contestó:

—¿He hecho algo mal?

—No. Contigo me siento capaz de opinar y hasta da la sensación de que me escuchas.

—No creas, disimulo bien.

—Bueno, nada, eso, que me alegra que trabajemos juntos —concluyó Violeta con el semblante del color de su nombre.

—Demasiado moñas para ser inspectora, señorita Palacios.

JP se marchó con un suspiro de desaprobación. Violeta no vio que según bajaba las escaleras se le escapaba una sonrisa.

14

La manada estaba bajo techo preparada para pasar la noche. Elena, sentada en el murete del cobijo, especulaba sobre las emociones de los paquidermos, sobre cómo afrontarían el duelo. ¿Cómo les afectaría a ellos la muerte, que plantea tantas preguntas e inseguridades a los humanos? ¿Serían capaces de entenderla? ¿Comprenderían que les va a llegar algún día? Tal vez esa fuera la diferencia fundamental entre ambas especies: la conciencia de la propia muerte. ¿Era uno de los motivos para tener descendencia? Según la profesora Marina Santaolalla, transmitir los genes es el imperativo de la naturaleza, pero ¿también para los humanos de hoy en día? ¿Han vencido al instinto? ¿O es una derrota?

Sidy, que había terminado de depositar la comida en cada uno de los cobijos, se acercó a ella y la sacó de sus meditaciones.

—Elena... —Sidy la abrazó y permanecieron unidos unos instantes. Una idea le rondaba la cabeza y no lo dejaba tranquilo—. Tengo que decirte una cosa —susurró sin apartarse.

Ella sí se separó. No podía imaginar lo que tenía que decirle, pero deseaba que no fuese nada sobre su relación con Cristina. No era el momento de afrontarlo.

—Sé dónde está Adolfo. No sé si debería decírtelo...

—¡¿Dónde?!

Sidy tomó aire y sintió que le quemaba en los pulmones. De fondo se escuchaba a los elefantes masticar alfalfa. ¿Habrían olvidado ya lo sucedido?

—Un grupo de trabajadores del parque han quedado porque es el cumpleaños de Carmen, la de la tienda —dijo arrepintiéndose al instante.

—¡¿Dónde?!

Se había equivocado al anunciárselo, pero ya era tarde. No podía negar nada a esos ojos que tanto le gustaban.

—Está en el Delorean.

—¡Vamos! —dijo resuelta y se dirigió hacia la puerta de salida.

—Espera que recoja esto y me cambie.

Sidy se alejó preocupado a guardar los aparejos que había utilizado para limpiar las jaulas y Elena se quedó a solas con su furia. La cabeza se le disparó; tenía ganas de estampar a Adolfo contra los barrotes de metal.

El teléfono le vibró en el bolsillo. Contestó sin dejar que sonara más de una vez.

—¿Estás bien? No has respondido a mis wasaps —dijo Cristina al otro lado de la línea.

—Ya, perdona, es que en ese momento estaban... llevándose a Blanca. Acabamos de terminar.

—Te estoy haciendo la cena.

—Quiero dar una vuelta con los compañeros para despejarme un poco —respondió Elena con Adolfo en su pensamiento.

—Amor, duerme hoy en mi casa. Te preparo algo que te guste, te das un baño y nos acostamos pronto. Ha sido un día horrible.

—Iré dentro de un rato. Te lo prometo.

Cristina colgó fastidiada, pero Elena, por una vez, no estaba para fijarse en los sentimientos de los demás. Guardó el móvil y se dirigió hacia Sidy.

—Venga, vamos. ¡Se va a enterar el hijo de puta ese!

15

JP dejó las llaves y la chupa en la entrada de su casa del barrio de Malilla, al sur de Valencia, y fue directo a guardar el arma en la caja fuerte que tenía en el armario del dormitorio principal. Después entró en el salón, decorado con un toque femenino de otra época que se traducía en cortinas y almohadones de flores, para buscar a su nieta; temía que fuera demasiado tarde y se hubiera acostado.

Su mujer recogía los restos de la cena de la mesa del comedor. Rosa era algo más joven que él, llevaba el pelo suelto en media melena y conservaba una apariencia fantástica. El trabajo de enfermera la ayudaba a mantener una vida activa, aunque los turnos de noche le habían labrado unas leves ojeras que para nada disminuían su atractivo ni su alegría: esa fue la razón que lo enamoró hacía casi cuarenta años. Ella parecía no cansarse nunca de dar una segunda oportunidad a las personas. Una actitud que contrastaba con la profesión de su marido, donde las segundas oportunidades se buscaban en la cárcel o en el cementerio. Él seguía tan enamorado de ella como el primer día, aunque se esforzase en disimularlo. Lo de mostrar debilidad no era una cualidad valorada en la UDEV.

Además de ser una buena profesional, se había echado a la espalda la responsabilidad sobre las tareas del hogar, la educación del único hijo en común y el mantener unida a la familia a pesar de las diferencias de criterio entre padre e hijo en casi todo, incluido el equipo de futbol. ¿Cómo podía haberle salido del Villarreal? JP se preguntaba en qué se habría equivocado. No era consciente de que la rebeldía frente a un padre también se pudiera demostrar así.

Rosa lo vio entrar con esos ojillos de ansiedad que tan bien conocía; necesitaba ver a su nieta, mimar su pureza y besar su ilusión por vivir. Sobre todo en un día como aquel, en el que el asunto del elefante «asesinado» lo había revuelto más de lo que era lógico. Si cualquier crimen tiene poco sentido, este resultaba gratuito e incomprensible.

Rosa salió a su encuentro y le dio un beso breve en la boca. A JP a veces lo incomodaba esa muestra de afecto, sobre todo cuando tenía la cabeza en otro sitio, pero en el fondo lo agradecía, porque ese hilo de cariño los mantenía unidos.

—Se está lavando los dientes —susurró Rosa, cómplice con la ansiedad de su pareja—. Ha querido esperarte para que le leyeras el cuento.

—No hacía falta, si tenía mucho sueño... —respondió ocultando sin éxito su alegría.

Nada más terminar la frase, Coral irrumpió en el salón con felicidad desbocada.

—Hola, *iaio* —llamó a su abuelo en valenciano y le saltó encima. Él, a riesgo de dañarse la espalda, la elevó hacia el techo y la golpeó sin querer contra la lámpara.

—¡Ouch!

—Casillas, por favor, ten cuidado —dijo Rosa, que utilizaba el apellido de su marido cuando quería regañarlo.

—No ha sido nada, *iaia* —contestó Coral sin perder la sonrisa—. Ya le he dado de comer a Gusanito —explicó refiriéndose al hámster que le había regalado el abuelo—. Léeme el cuento.

—Claro. Corre a la cama, *che,* que ya voy —dijo JP.

La niña salió pitando. JP fue a seguirla, pero Rosa lo detuvo.

—Le he tenido que explicar lo del elefante. Se lo dijeron en el colegio y estaba impresionada.

JP asintió. Le hubiera gustado aislar a su nieta de ese mundo tan agresivo y lleno de malas noticias. Los sucesos eran cada vez más complicados de ocultar con tantas redes sociales.

—Le he dicho que lo estabas investigando tú y que ibas a pillar al malo.

A JP le molestó que Rosa hubiese sido tan explícita. Era mejor no generar expectativas. Y menos en una chiquilla de siete años.

—El caso parece muy complejo.

La mirada de Rosa decía que confiaba en él; JP no supo decidir si le gustaba o le fastidiaba. Se dirigió al cuarto de su nieta, que ya lo llamaba desde la cama.

—¡Quiero que me leas el libro del elefante! —chilló.

JP miró a su mujer, sintió un pellizco de tristeza y entró en el dormitorio.

—*Iaio,* prométeme que vas a coger al que le ha hecho daño a Blanca.

Coral conocía el nombre de la elefanta y eso que nunca había visitado el zoo. JP notó como, al intentar contestar, su seguridad flaqueaba. No fue capaz de articular palabra ante esa mirada inocente que le imploraba que descubriese al culpable, como si bastase con la decisión de hacerlo. Bendita infancia.

—Prométemelo —repitió firme.

A JP no le quedó más remedio que asentir.

—Te lo prometo.

Aquella promesa, tal vez falsa, le dolió más que todo lo vivido en el día.

16

El Delorean estaba en el barrio de Ruzafa, en el centro de Valencia. Elena insistió en tomar un taxi, ya que en bicicleta, que es como solían moverse por el parque y la ciudad, tardarían demasiado y no quería perder ni un minuto. Cuando llegaron al semáforo de enfrente del pub, Sidy tuvo que encargarse de pagar, porque Elena había salido del coche antes de que se detuviera y caminaba rápida hacia el local. Examinó la zona de la terraza: no había nadie conocido.

Sidy la alcanzó en un pasillo lleno de dibujos de superhéroes de Marvel y, sin prestarles atención, ambos giraron hacia la barra. La iluminación era una mezcla de colores chillones: azules de neón, rosas y amarillos, que se entremezclaban con la música de los ochenta. Elena recorrió el espacio con la vista escrutando a las personas que se divertían. El ambiente era festivo y no estaba Adolfo. Cuando ya pensaba que tal vez Sidy se hubiera equivocado, le pareció ver a uno de los vigilantes del parque que se dirigía hacia el fondo del pub con varias copas en la mano. Elena hizo una señal con la cabeza a su compañero y lo siguió sin esperar respuesta. Sidy reaccionó y se puso a su lado. Atravesaron la zona de mesas altas hasta llegar a la sala del fondo, en la que había una segunda barra adornada con pósteres de películas ochenteras y guitarras del grupo Queen colgadas de las paredes.

Unos cuantos compañeros se divertían bebiendo y bailando. Entre ellos, Elena distinguió la cabeza afeitada de Adolfo, que vestía una camiseta del Hombre de Hierro y gritaba la canción como el que más. La ira en el reino animal se expresa por multitud de ademanes, pero no hacía falta que Elena se diera golpes en el pecho como los gorilas para entender que estaba a punto de estallar.

Se dirigió a él apartando a las personas que se fue encontrando por el camino y, cuando llegó a su altura, le propinó un puñetazo sin mediar palabra. No fue certero, por lo que Adolfo se tambaleó sin caer y sin entender de dónde le había venido la agresión. Elena sintió un dolor en la mano como si se le hubieran roto varios huesos.

—¡Elena, no! —gritó Sidy asombrado, intentando frenar la segunda acometida.

Pero fue el propio Adolfo, un tipo grueso y fuerte, de unos treinta años y con una cicatriz en la frente, el que paró el golpe de la veterinaria y le retorció el brazo hasta inmovilizarla. El resto de los presentes estaba sorprendido por cómo, en tan solo unos segundos, la diversión se había transformado en un enjambre de gritos y empujones.

—¡¿Qué coño haces?! —bramó el agredido, ignorando el daño que le estaba haciendo a Elena en la muñeca al retenerla.

Sidy llegó hasta ellos y apartó a Adolfo, que se revolvió.

—¡Vale ya! —dijo el senegalés.

Adolfo estaba entrenado en defensa personal, pero no quería pelearse con un armario como el cuidador de elefantes, más alto y fuerte que él. Y más salvaje, debió de pensar. Así que soltó a Elena tras zarandearla y se llevó la mano al labio herido.

—¡Estás loca, tía! ¡¿Qué cojones te pasa?!

Los amigos de Adolfo se posicionaron tras él por si necesitaba ayuda tal y como haría una tropilla de chimpancés furiosos. Elena, a pesar del dolor en la mano que le había retorcido, se fue de nuevo directa hacia él. Sidy se interpuso para evitar otro encontronazo.

—¡¿Qué has hecho, cabrón?! —le espetó la joven en la cara.

—¿Qué he hecho de qué? —respondió Adolfo con toda la chulería de la que fue capaz.

—Has matado a Blanca.

—Venga ya. ¡No me toques los huevos!

—No estabas en el parque esta mañana.

—¡Pero ¿por qué iba a matar yo al puto elefante?!

—Dime tú por qué.

Elena y Adolfo mantuvieron la mirada. Podía suceder cualquier cosa; la enemistad venía desde hacía meses. Sidy puso la mano en el hombro de su amiga, pero esta no cedió.

—Voy a demostrar que lo has hecho tú, al igual que el resto de los sabotajes.

—Muy bien, Agatha Christie, ponte a ello —respondió ofensivo.

Sidy tiró de su amiga y, a la fuerza, la dirigió hacia la salida. Cuando vio que Elena se alejaba sin mirar atrás, regresó hacia el vigilante, quien estaba recibiendo el aplauso de sus colegas, y le espetó, a escasos centímetros de su cara:

—No se te ocurra acercarte a ella.

Tras aquella amenaza se marchó hacia donde lo esperaba Elena, que jadeaba por la indignación.

—Tal vez no haya sido la mejor estrategia, ¿no crees? —comentó Sidy—. ¿Te llevo a tu casa?

—Una mierda. Vamos a bailar. Paso de todo.

Adolfo los vio marcharse del pub y prorrumpió en una sonora carcajada.

—Esta bollera necesita un polvo de verdad y no con un puto negro. ¡Venga, no ha pasado nada, a divertirse! ¡Pago una ronda!

El grupo lo empezó a jalear mientras él se dirigía a dos compañeros, también vigilantes, pero de otra empresa, y les hizo un gesto que entendieron a la perfección: seguirían a Elena allá donde fuese aquella noche.

17

El ambiente en la discoteca Moon era húmedo debido al calor sofocante que reinaba frente a los chorros de aire acondicionado que entremezclaban los olores con el deseo. Los humanos se rozaban, se sentían un instante y se separaban para juntarse con los siguientes; los dedos volaban de una espalda a otra, de un culo a un pecho sin dueño, sin preguntas.

Elena buscaba disolverse en el desenfreno de los jóvenes que saltaban al unísono, en los gritos que se evaporaban entre la música electrónica y las luces estroboscópicas; no pensar, olvidarse de Blanca y del dolor de la mano; solo el palpitar del ritmo en lo más hondo de su ser. Ojos cerrados, garganta abierta ávida de oxígeno. Sidy también se había zambullido en el baile y el alcohol. Querían olvido; tras un giro, se encontraron y se respiraron. El jadeo al saltar, la camiseta de Elena que le marcaba los pechos, la piel de Sidy empapada por el ejercicio. Las lenguas se atacaron con frenesí, las manos por debajo de la ropa palparon el sudor y las ganas de fundirse y copular como animales salvajes.

Nadie comprendía lo que pasaba por sus cabezas: Blanca, los ideales, el amor, la pasión. Las manos de Sidy irrumpieron en los vaqueros de Elena. Ella se dejó hacer como si no existiese nada fuera de esa sensación, como si estuvieran perdidos en una selva lejana: se mareó, pero resultaba placentero; las endorfinas se habían disparado nublándole la cordura y alejando el sufrimiento. Cuando el paroxismo estaba llegando a su culmen, alguien los empujó por detrás, se desequilibraron y cayeron sobre otro grupo de jóvenes que también bailaban enajenados. No vieron que los culpables del empujón no habían sido otros que los amigos de Adolfo, que luego se perdieron entre la masa. Los chavales contra los que habían caído se cabrearon por el golpe y empujaron a Sidy, que se enfrentó a ellos. Elena volvió a la realidad y se situó en el centro con la intención de mediar. Por fortuna, un par de extranjeros quitaron hierro a lo sucedido, las aguas retornaron a su cauce y la gente volvió a bailar como si nada. Elena ahora pensaba con más claridad y cuando Sidy fue a abrazarla de nuevo ella lo detuvo con una mano en el pecho, sintiendo el corazón desbocado del cuidador de elefantes.

—No —dijo tan solo, y se alejó para escapar de la pista entre la multitud que vivía el delirio de la noche.

Sidy, a pesar de los focos que lo deslumbraban, la siguió hasta la zona de los baños, escaleras abajo, donde casi no había gente y la música no se escuchaba ensordecedora. Elena, aún borracha, tenía un punto de lucidez que no había demostrado instantes atrás.

—¡Se acabó! No puedo hacerle esto a Cristina, Sidy —concluyó con la boca pastosa.

—Pero yo siento algo por ti.

—Esto... no es amor —explicó todavía sofocada.

Sidy intentó encajar el cambio tan brusco que había tomado la noche. Hasta entonces la situación sentimental entre ellos estaba en el limbo y creía tener opciones. Pero al mirar los ojos humedecidos de la veterinaria le entró pánico de perderla.

—Te acompaño a casa.

—No. Sé cómo acabaría la noche si siguiéramos juntos. Vete, por favor.

Sidy comprendió que no le quedaba más remedio que dejarla sola. No podía pensar con más claridad por los efectos del alcohol. La miró una última vez y se retiró.

Por segunda vez en el día, Elena se encontró sentada en unos baños públicos. En esa ocasión, vomitando lo que había bebido para olvidar, sin llegar a conseguirlo. Todavía excitada, se levantó con dificultad y salió a la zona de los lavabos, donde había un par de niñatas guapísimas y sexis que se hacían un selfi. La miraron con horror y huyeron como si hubieran visto un zombi. Elena estaba deshidratada y usó la mano como cuenco para beber agua. Envidió la capacidad de los felinos para utilizar la lengua como cuchara. Levantó la vista y se atrevió a mirarse en el espejo. Su aspecto era deplorable: el rímel estaba corrido, el cabello revuelto y la camiseta, empapada por el agua que se había echado encima, estaba sucia de vómito. Sintió pena de sí misma y decidió que era el momento de ir a casa de Cristina y pedir perdón.

18

El pasillo que conectaba los baños de la discoteca con la sala principal estaba oscuro y no se veía a nadie. Elena, todavía mareada, se apoyó en la pared para tomar aire y seguir avanzando. Solo quería estar en casa lo antes posible, aunque eso significase tener que dar explicaciones a Cristina. Dos personas bajaron las escaleras camino de los servicios y, al cruzarse con ella, la golpearon en el hombro. Trastabilló e intentó protestar, pero cuando iba a hacerlo, uno de los dos individuos la sacudió en el estómago mientras el otro vigilaba que no se acercara ningún curioso. Elena no vio venir el golpe ni comprendió qué estaba sucediendo. El hombre que le había pegado la cogió en volandas y la llevó hacia la puerta de emergencia. Empujó el cierre y los tres salieron al callejón trasero de la discoteca, que estaba desierto, sin que la veterinaria reaccionara. Ambos agresores usaban un pasamontañas para ocultar el rostro y, aunque llevaban camisetas de superhéroes, Elena no se percató de ello. Todo había ocurrido demasiado deprisa.

Uno la sujetó desde atrás mientras el otro le bajaba los vaqueros. La tumbaron en un charco nauseabundo y se los terminaron de quitar arrancándole también los tenis que llevaba. Elena lloraba de rabia y desconcierto, sin conseguir zafarse de sus asaltantes, que parecían dos fieras.

Supo lo que iba a ocurrir, una mujer siempre lo sabe. No lograba encontrar fuerzas para luchar, estaba débil y agotada tras un día terrible. A su mente acudió la imagen de la piel limpia y pura de su elefanta, la delicadeza con la que la acariciaba con la trompa. Era un intento de alejarse de lo que estaba a punto de suceder. No funcionó, el agua del suelo le mojaba el pelo y la espalda, las babas del tipo le manchaban la cara y la presión del otro hacía que las muñecas le dolieran como si se fuesen a quebrar.

Los delfines jóvenes, que resultan tan simpáticos a los humanos, también se juntan en grupos para raptar a hembras de otras manadas a las que violan durante días. La inteligencia siempre tiene un lado oscuro.

Elena, a punto del desmayo, se abandonó, cerró los ojos y dejó caer la cabeza sobre el asfalto.

Se oyeron pasos en el callejón seguidos por un grito salvaje.

Los matones se giraron sorprendidos. Sidy avanzaba hacia ellos con paso firme. Había decidido no abandonar a Elena al verla tan desvalida. La estuvo esperando en la subida de los baños y, como no aparecía, regresó a buscarla. No la encontró y dedujo que la única posibilidad era que hubiera salido del local por la puerta de emergencia.

Los atacantes no retrocedieron, a pesar de su desconcierto al ver a ese joven tan negro como la noche y tan alto como un cíclope que se acercaba chillando desaforado. Arremetió contra uno de ellos y lo abatió de un solo impacto. El otro reaccionó deprisa y sacó una porra extensible. Sidy levantó el antebrazo y paró el golpe. Gritó de dolor y ahora fue él el que sacudió un puñetazo a su adversario, que cayó a plomo. El otro ya se había incorporado y empuñaba una navaja. Sidy se arrojó sobre él derribándolo por segunda vez. Después, le presionó el cuello con fuerza contra el asfalto. Empezó a sentir en los dedos los estertores de la muerte y fue consciente de lo que estaba a punto de provocar. Liberó el agarre y se levantó, lo que aprovechó el otro rival para empujarlo y socorrer a su amigo. Los tres se retaron con las miradas, mientras Elena, inmóvil, quedaba en medio.

—Si nos dejas ir, no le hago nada —propuso el atacante tras señalarla.

Sidy estaba deseoso de machacarlos, pero comprendió que lo primordial era la seguridad de su amiga. Fijó la mirada en sus oponentes ocultos tras los verdugos y asintió. Estos desaparecieron por el fondo del callejón para perderse entre las sombras. Cuando estuvo seguro de que no iban a regresar, se inclinó sobre Elena y la ayudó a incorporarse. Estaba medio desnuda y aterrorizada.

—¿Estás bien? —preguntó acariciándole la cara.

—Sí... No... —balbuceó ella—. Gracias.

—¿Quiénes eran?

—No lo sé..., no los vi venir. Me sacaron al callejón.

—Espera, que te ayudo.

Sidy recogió los vaqueros, que estaban tirados en el suelo, se los dio y la sostuvo para que pudiera ponérselos sin perder el equilibrio. Elena, dolorida, consiguió subírselos con esfuerzo. Se abrazó a Sidy. Estaba empapada y sucia.

—Llévame a casa de Cristina —pidió agotada—. Pero antes voy a denunciarlos.

Sidy asintió. Intentó peinarla y arreglarle la ropa, algo imposible.

En ocasiones, entre los humanos, la violencia de su lado animal solo puede pararse con el mismo tipo de violencia.

19

No los hicieron esperar mucho en comisaría; el grupo de la UFAM trabajaba veinticuatro horas y una agente le tomó declaración. Fue extremadamente cuidadosa y apuntó todos los detalles. Ellos se ocuparían de la investigación y Sidy la acompañaría en un taxi hasta la casa en la que vivía Cristina, en el barrio de Port Saplaya. Era una zona de apartamentos con un toque *kitsch* a cinco minutos de Valencia a la que llamaban de manera exagerada la *pequeña Venecia* por la red de canales que albergaba y que contaba con su propio puerto deportivo para pequeñas embarcaciones. Un lugar construido en los setenta, de calles peatonales y casas pintadas de colores pastel: azules, verdes, amarillas o rojizas, y un cierto aire marinero. La posición de Cristina en la empresa de componentes electrónicos le permitía elegir un sitio como aquel para vivir.

Sidy pidió al conductor que lo esperara y caminó junto a su amiga hasta la entrada del pequeño edificio de tres plantas en tono verdoso y con una bonita terraza de dos arcos. No pudo evitar dirigir la vista hacia el mar y ver los yates fondeados. Deseó que su competidora no tuviera uno.

Aunque Elena estaba más serena, su aspecto continuaba siendo lamentable. La noche había sido terrible, pero no quería ni imaginar lo que habría pasado si Sidy la hubiera dejado sola como le pidió.

—Gracias por lo que has hecho por mí.

—No ha sido nada, cualquier animal lo habría hecho por su familia —respondió con una sonrisa cómplice que Elena entendió. Le devolvió el gesto, no sin esfuerzo.

—Y gracias por haberme acompañado a la comisaría.

No sabían si serviría de algo; todo había sucedido tan deprisa que no pudieron describir con detalle a los agresores.

—Has hecho bien al denunciar.

Ambos se detuvieron y se miraron a los ojos. De esa mirada a un beso había un paso demasiado pequeño.

—Mejor déjame aquí.

—Muy bien —aceptó Sidy—, es preferible que Cristina no vea quién te ha traído.

—No empieces.

Sidy bajó la cabeza. No quería poner las cosas más difíciles. El día ya había sido lo bastante duro. Elena metió la mano dolorida en el bolsillo para comprobar que no había perdido las llaves en el incidente del callejón. Ahí estaban. Cristina se las había dado hacía unos meses, cuando le pidió que se fuese a vivir con ella. Un tema aún pendiente. A Elena, tanto compromiso la sobrepasaba y no se decidía a mover su residencia del piso que compartía con Brezo, otra de las veterinarias. Abrió la puerta rodeada de buganvillas de tonalidades malvas y entró sin mirar atrás. Sidy se quedó unos segundos para vigilar. Era absurdo pensar en que dentro podría ocurrir algo malo, así que decidió regresar al taxi donde el conductor lo esperaba impaciente.

Elena entró en la casa. Procuró no hacer ruido; eran más de las dos de la madrugada. En el piso de abajo se encontraban el salón y la cocina y tenía que llegar al primero para acostarse en el dormitorio. Se quitó los tenis y las dejó en la entrada. Notó el suelo fresco por el hilo radiante. Nada más pisar el primero de los escalones, la luz del salón se encendió. Era una estancia amplia con el piso de barro, decorada con un toque bohemio: una pared de ladrillo visto, lámparas étnicas, sofás oscuros, una mesa baja hecha con una vieja maleta y plantas en las esquinas. Percibió un leve olor a mandarina. Cristina, que estaba recostada en pijama en el sofá, se levantó preocupada. Elena se sobresaltó al ver a su pareja y se le cayeron las llaves. Se agachó a recogerlas y reparó en cómo le dolía todo el cuerpo: la mano por el puñetazo fallido, el brazo retorcido por Adolfo, el estómago por el golpe recibido en el pasillo de la discoteca, la espalda debido a la caída en el asfalto y las muñecas aprisionadas por sus agresores. Todo un cuadro. Cristina se llevó la mano a la boca. Elena entendió que su imagen era lastimosa y se echó a llorar.

—Pero ¿qué te ha pasado?

Cristina, a la que el enfado le había desaparecido, acudió a abrazarla sin esperar respuesta.

—Lo siento, lo siento —repetía Elena, cada vez más bajo y más angustiada—. Lo siento. Te quiero mucho.

Cristina le preparó un baño caliente iluminado con velitas olorosas de su marca favorita. Cuando estuvo listo, la ayudó a desnudarse. Elena, como un perrillo asustado, tiritaba por el miedo, la vergüenza y la tristeza que había acumulado en la jornada. Le quitó los calcetines, la camiseta manchada por el vómito en la discoteca, pero cuando fue a bajarle los vaqueros, Elena no pudo soportar el recuerdo de lo sucedido en el callejón y le sujetó la mano. Prefirió hacerlo ella sin dar explicaciones. Cristina la dejó a su aire y tan solo la sostuvo para que no se cayese. Aunque la borrachera se le había pasado, todavía temblaba. Se desprendió también de la ropa interior y se quedó desnuda delante de su chica, que recogió la ropa y la echó al cesto para lavarla. La habitación estaba en penumbra. Las luces de las velas titilaban y su luz se reflejaba en la piel. Tenía una figura preciosa, sensual, con esa juventud que irradia salud incluso en circunstancias como aquellas. Cristina la ayudó a entrar en la bañera y Elena se sentó hecha un ovillo. No había conseguido reconciliarse consigo misma y eso que el calor le iba templando el espíritu. Cerró los ojos y se dejó lavar. Cristina cogió una esponja suave, la mojó y empezó a frotarle la espalda, los brazos y después la cara con ternura para terminar echándole agua por el pelo ensortijado y sucio. También entre los chimpancés es habitual el acicalamiento mutuo. Les genera confianza y fortalece las relaciones personales. En los humanos, dicha costumbre suele desaparecer en la edad adulta, sobre todo entre los machos de la especie.

Gracias a la seguridad del hogar y al baño caliente, Elena cogió fuerzas ahora que empezaba a sentir su cuerpo limpio.

—Te he engañado con Sidy —musitó y se sumergió para no ver la reacción de su compañera.

20

JP ya no aguantaba toda la noche sin levantarse para ir al baño. Cosas de la edad. Rosa insistía en que tenía que vigilarse la próstata, pero un viejo roquero no hace según qué concesiones, así que iban pasando los meses y cada cita que ella le pedía en el especialista, él la anulaba. En esa ocasión, además de tener ganas de mear, se había desvelado, por lo que cogió el móvil y se sentó en la taza en silencio para no despertar a su mujer. Vio que tenía un wasap de Violeta de las 23:30. Se desperezó y abrió la aplicación para leerlo:

«Ha aparecido un mensaje amenazador en redes sociales: "No pararemos hasta que se cierre el zoológico"».

PARTE II

21

Una reproducción de gran tamaño y muy lograda del cuadro expresionista de Otto Mueller en el que dos mujeres jóvenes están desnudas y sentadas sobre la hierba presidía el amplio dormitorio, que permanecía en penumbra. La cama revuelta contrastaba con el resto de la habitación, que estaba ordenada con meticulosidad; no había ropa encima de las butacas ni del aparador tailandés.

El alcohol en exceso, en el cerebro de los humanos y en el del resto de los animales, tiene efectos dañinos en el funcionamiento psicomotor, cognitivo y psicológico. También en Elena, como no podía ser de otra manera. Abrazada a un edredón liviano, intentó abrir los ojos, pero el dolor de cabeza se había despertado antes que ella. El primer rayo de luz que entraba por las rendijas de la persiana se le clavó en el cerebro como si fuera una aguja. Al tratar de incorporarse tuvo la sensación de estar navegando en un velero en mitad de la tormenta, por lo que se dejó caer de nuevo sobre la cama y la almohada la golpeó con la fuerza de un ladrillo. Se rindió y cerró los ojos un rato más.

No supo el tiempo que había transcurrido cuando Cristina levantó la persiana haciendo un ruido infernal. Se esforzó por incorporarse a pesar del dolor que le martilleaba la zona frontal de la cabeza. El corazón le latía con más fuerza de la habitual. Optó por no angustiarse y respirar hondo. Todos los músculos del cuerpo la martirizaban debido a la deshidratación provocada por las copas ingeridas y los golpes de los agresores de la noche anterior. Se llevó la mano al vientre y levantó la parte de arriba del pijama: un moratón ensombrecía la piel que rodeaba al ombligo. También le molestaban los dedos de la mano derecha con los que había sacudido a Adolfo en el pub, pero los podía mover, no estaban rotos. Notó la boca pastosa y deseó tener un cepillo de dientes a mano, aunque el cuarto de baño se le antojaba inalcanzable. No recordaba nada desde que se sumergiera en la bañera hasta amanecer con el pijama puesto y arropada por el edredón que compartía con Cristina.

¿Qué pensaría ella?

—Son casi las diez —dijo su compañera, que le traía un vaso con un líquido irreconocible—. Toma, te sentará bien.

Elena lo cogió sin ganas y le dio un sorbo. Sintió náuseas. Depositó el vaso en la mesilla al lado del libro de Juan Luis Arsuaga sobre la aventura de la vida, que dejaba allí para cuando se quedaba a dormir.

—Casi no me acuerdo de lo qué pasó —dijo.

—No tienes por qué contarme nada si no quieres.

—No es lo que crees. Tuve un incidente con unos cabrones en una discoteca, me llevaron a un callejón...

—¡¿Qué te hicieron?! —preguntó Cristina alarmada.

—Me asaltaron, pero Sidy apareció antes de que... —Elena no pudo continuar.

—¿Sidy? Estabas con él...

Elena se quedó en silencio. No quería hablar del tema en una mañana tan confusa, pero comprendió que no le quedaba más remedio.

—Solo habíamos salido a bailar.

—Podrías haber venido a casa, te estaba esperando...

—Necesitaba desahogarme.

—Elena, me alegra que Sidy te ayudara. Puedes hacer lo que quieras con tu vida y no tienes que darme explicaciones. La nuestra es una relación libre. Puedes quedarte a vivir con Brezo o venirte a esta casa, ya lo sabes, pero no me merezco que me ocultes la verdad.

—Tienes razón. No te merezco, has sido estupenda conmigo. No sé qué me ha pasado.

—Tómate un tiempo —propuso Cristina e hizo un amago de marcharse de la habitación.

—Sé lo que quiero —respondió Elena impulsiva y le tendió la mano para que se sentase en la cama—. No podría soportar no tenerte ahora. Lo de Sidy ha sido..., no sé, compartimos la misma forma de ver el mundo.

—No compartes la misma filosofía de vida, Elena. A ti te apasionan los animales, cuidarlos; te sobra amor, entrega. Eres muy generosa. Pero eres una chica burguesa, de una familia acomodada, y siempre has vivido bien. Solo has estado una semana en África.

Elena bajó la vista. Tenía razón, no era la aventurera que hubiera querido ser de más joven. No era tan valiente.

—No conozco mucho a Sidy —prosiguió Cristina—, pero él ha tenido otra vida. ¿Qué sabes de su origen, de lo que ha sufrido hasta llegar a España, de cómo piensa en realidad? —Elena conocía algunas de esas respuestas, pero le pareció más prudente no entrar en el debate—. Representa lo que a ti te falta. En todos los sentidos. Yo no te puedo dar ese vigor, esa juventud. Entiendo que te hayas dejado deslumbrar, porque es un tío imponente; hasta a mí me da morbo un hombre como él.

Ese comentario, aunque no le resultara del todo creíble, relajó a Elena, a la que se le escapó una sonrisa traviesa al imaginarse el trío que formarían.

—Pero lo que nosotras tenemos es otra cosa. —Cristina retomó la argumentación—. Nos complementamos. Es una conexión diferente, total.

Elena tiró de ella y la besó con ansia. Cristina recibió el beso, pero se separó sin hacer movimientos bruscos. No era el día. Elena se sintió sucia una vez más, a pesar de que la habían rechazado con delicadeza. Aceptó la situación con media sonrisa.

—Me tendría que haber lavado los dientes antes, ¿verdad?

—Hubieras ganado bastantes puntos.

Ambas sonrieron y Elena se dejó caer de nuevo en la cama.

—Podría dormir durante todo el día.

—Vístete —dijo Cristina—. Te recuerdo que tienes que ir a la comisaría para declarar.

22

Cristina, con ropa de ejecutiva, conducía con habilidad de camino a la comisaría. Había encendido la radio para no dar vueltas al tema que flotaba entre ellas. Elena, que iba de copiloto y llevaba el pelo recogido y un suave maquillaje, quería ganársela de nuevo. Su mayor miedo era que la dejase, pero comprendía que no le quedaba otra que ser paciente y trabajarse la relación más despacio.

—¿Cuándo tenías cita en la clínica de fertilidad? —preguntó para demostrar interés.

—Pasado mañana.

—Te acompaño.

—No hace falta. Ya lo hemos hablado y no pretendo que cambie tu postura porque te sientas en deuda.

Elena se vio descubierta; su pareja la conocía bien.

—Siempre has querido ser madre...

—Pero no tiene por qué interferir entre nosotras como pareja. Tú eres joven, estás en otra etapa vital.

Elena lo aceptó; lo habían pactado así. Aunque en esa mañana soleada, con mezcla de culpabilidad y deseo de entrega absoluta, habría aceptado al niño como suyo sin pensárselo dos veces. Pero Cristina era más racional y sopesaba los pros y los contras. Si todo salía bien en la inseminación lo tendría solo ella y, aunque Elena la ayudase en la crianza, no tendría sus apellidos; no era su compromiso. Al poco de conocerse, ya le explicó que llevaba un tiempo intentándolo y que estaba al límite por su edad. No habría más oportunidades.

En la radio cortaron el programa que emitían para conectar en directo con la rueda de prensa que comenzaba en el parque de animales. Las redes sociales y la prensa local estaban desaforadas con la muerte de Blanca. Cristina hizo un ademán de apagarla, pero Elena le tocó la mano con timidez; prefería oírlo. Cristina no dijo nada, dejó la emisora sintonizada y se concentró en el tráfico.

El director técnico, Carlos Abalde, vestido más elegante de lo que en él era habitual y con la coleta recogida, estaba frente a los periodistas sentados en el restaurante de las cabañas, acompañado por la jefa de comunicación y el jefe de seguridad, Ximo Alborch. Al fondo, la pradera de los herbívoros permanecía vacía. Pensaron en citar a la prensa en el bosque de baobabs, pero habría resultado morboso. Ya dejarían salir a los elefantes más tarde, cuando los periodistas se hubieran marchado. Lo que no pudieron impedir fue que se los oyera barritar de fondo. A los humanos presentes les sonaba a cántico por la muerte de su compañera. Y aquello generaba una sensación incómoda.

—Como saben —empezó el discurso con voz firme—, ayer, a las 10:07, se produjeron dos disparos que hirieron de muerte a nuestra querida elefanta albina: Blanca. —Al pronunciar el nombre, tuvo que hacer una breve pausa—. Murió en el acto y sin sufrir. Por razones que desconocemos, alguien quiso acabar con la elefanta que era, hasta ayer, el símbolo del parque. No hubo más disparos y ni nosotros ni la policía creemos que el objetivo fuese uno de los trabajadores. La UDEV está investigando y confiamos en que encontrarán al «asesino». Permaneceremos cerrados en el día de hoy, pero nuestras expectativas son que mañana se reanude la actividad con total seguridad para los visitantes. Abriría un turno de preguntas, pero les he contado todo lo que sabemos, que es muy poco.

Cristina detuvo el vehículo en la puerta de la Jefatura Superior de Policía de Valencia, un sobrio edificio de seis plantas con ventanas monótonas, en el que habían citado a Elena mientras, en la radio, se escuchaba cómo los periodistas trataban de averiguar más detalles.

Bajó el sonido y se giró hacia Elena.

—¿Vas a aprovechar para denunciar la agresión?

—Lo hice anoche, aunque no los vi bien; llevaban pasamontañas.

—¿Quieres que entre contigo?

—No hace falta, gracias. Te llamo luego.

Elena se atrevió a darle un beso en la boca y se bajó. Sabía de lo que quería hablar con la policía y prefería que no hubiera nadie presente que la condicionara.

23

En la naturaleza, si un animal es «asesinado», nadie investiga; un guepardo muerde la garganta de una cebra y no hay otros individuos en la sabana que pretendan averiguar qué ha sucedido. Lo más habitual es que las hienas huelan el cadáver y se lo arrebaten a los cazadores, rápidos, pero más débiles, y después lleguen los leones y hagan lo propio con ellas. Los crímenes se quedan sin resolver, pero permanecen los huesos testigos de la violencia.

Los humanos tienen investigadores dedicados a resolver crímenes y también comisarías. Y no es lo mismo pisar una para hacerse el carnet de identidad que ir a declarar por ser la principal testigo de la muerte de un ser vivo al que amabas.

Una policía de uniforme acompañó a Elena a la sala de reuniones; era amplia y sin decoración, con una pared redondeada y ventanas al exterior por las que entraba el sol matinal. No vio ningún documento sobre la mesa, aunque sí una pizarra mal borrada sobre un trípode de metal y una cámara que la observaba desde la otra esquina por si hiciera falta grabar la declaración. Miró el espacio mientras trataba de calmarse. No era fácil lo que venía a contar y lo sabía. Los minutos de espera aumentaron su inseguridad.

JP irrumpió con energía, vestido con la habitual chupa roquera y pertrechado con una carpeta azul llena de papeles con el logo de la Policía Nacional. Tras él entró Violeta, más modosa, con vaqueros y camisa blanca; llevaba en la mano la tableta. Elena se levantó para recibirlos. Solo le faltó cuadrarse. En seguida se comprueba quién tiene respeto por la autoridad y a quién se la trae floja. JP se alegró de que su interlocutora fuera de las primeras. Cada vez era menos habitual esa actitud.

—*Bon dia,* señorita Campos; la veterinaria, ¿verdad? —dijo y dejó caer la carpeta sobre la mesa.

—Así es.

—Somos los inspectores Casillas y Palacios y llevamos el caso de la elefanta muerta —explicó sin delicadeza—. Supongo que nos vio ayer. No quisimos molestarla, ya que parecía usted muy afectada.

Elena asintió.

—En realidad —prosiguió JP sin dejarle tiempo ni de respirar—, ya hemos visto las imágenes de las cámaras de seguridad y sabemos lo que pasó. Me sorprendió ver cómo salía usted para atender a la elefanta. ¿No pensó en que su vida estuviera en peligro?

—Pues... no —respondió Elena confusa y todavía con dolor de cabeza. Ni siquiera se lo había planteado veinticuatro horas después. Cuando vio desplomarse a Blanca solo quiso ayudarla.

—¿No pensó en usted misma?

—No. Me necesitaba. ¿Hice mal?

Violeta se dio cuenta de que la veterinaria tenía la boca seca, se levantó y salió. Sentía una especial compasión hacia ella, tal vez por ser de la misma generación.

—A la vista de lo que ocurrió después, no hizo usted mal, pero resultó temerario —afirmó JP mientras Violeta regresaba y le tendía a Elena un vaso de agua.

—Gracias —dijo, y dio un trago que le supo a gloria.

JP rebuscó en la carpeta y sacó la fotografía de la persona cuya entrada de madrugada a la torre habían captado las cámaras. La definición no era muy útil para identificar a nadie, pero debía intentarlo.

—¿Le resulta familiar?

—No, ¿quién es?

—No sabemos todavía.

Elena volvió a dar un trago que la ayudó a sentirse más cómoda y se adelantó a la siguiente pregunta del inspector.

—Creo que sé quién lo hizo.

JP, que miraba los apuntes contenidos en la carpeta, levantó la vista. No podía ser tan fácil. Abrió las manos pidiéndole que continuara.

—Verán —empezó tímida, pero convencida de su teoría—, desde hace un tiempo, se vienen produciendo incidentes en el parque.

—El director nos dijo ayer que ninguno muy importante.

—Bueno, en eso no estamos de acuerdo. Y sé que a él no le va a hacer gracia que les cuente esto, no quiere meter a la empresa en más problemas.

—Explíquese —inquirió JP.

—Hace seis meses alguien estropeó los tornos de la puerta de acceso. Aunque parezca una tontería, el sistema de recuento de visitantes se hace a través de ellos y fue una complicación. Tampoco se le dio mucha importancia. Poco después empezó a faltar material de la tienda. Eso es más extraño, porque no hay mucha gente que tenga acceso a los almacenes.

—No veo a dónde quiere llegar, señorita Campos.

—Robaron todas las camisetas de Blanca.

JP y Violeta se miraron. ¿Sería casualidad?

—El caso —prosiguió Elena con el discurso que llevaba repasando desde que se despertó— es que los sabotajes fueron subiendo de intensidad.

—¿Hasta qué grado? —preguntó JP mientras Violeta apuntaba los detalles.

—Se pusieron nuevas cámaras en varios de los hábitats para aumentar la vigilancia. El siguiente incidente ocurrió hace cinco meses. Unos chicos se colaron por la noche para hacer botellón. El de seguridad no los detuvo, o no quiso detenerlos.

—¿Y qué hicieron?

—Eso es lo extraño. Yo vi las imágenes que grabó una de las nuevas cámaras y, aunque estaba lejos y no se apreciaba bien, no parecían divertirse; casi no bebían, tan solo rompían las botellas en el suelo.

JP miró a Violeta y supo que estaba concentrada por ese gesto característico de sacar la lengua entre los dientes.

—¿Como si no se tratara de un botellón de verdad? —aventuró la inspectora.

—Eso es, como si quisieran que lo pareciese: botellas rotas, algún arbusto caído, desperfectos en las instalaciones...

—¿Qué opina Ximo Alborch, el jefe de seguridad? —preguntó JP, sorprendido por el testimonio de Elena. Esperaba que esta fuera una declaración sin mucha trascendencia y quería saber a dónde les llevaba esa historia.

—Que las imágenes no eran concluyentes y no había motivo para sospechar que fuese un sabotaje. Por la mañana, y eso no lo grabaron las cámaras, apareció un flamenco malherido que no pudimos salvar. Le cortaron el cuello con una botella de vidrio y se desangró. Otros tres también fueron golpeados, con toda probabilidad con botellas.

—Eso ya es más serio —aceptó JP—. ¿Esos animales tienen seguro?

—No. Solo algunos.

—¿Blanca? —preguntó la inspectora.

—Creo que sí. Era especial.

—¿Y se investigó lo del flamenco?

—Vino la policía, pero estuvo de acuerdo con la teoría del botellón de Ximo y no se identificó a los chavales. Las imágenes no eran buenas. Pero eso no es todo. Hace tres meses ocurrió un suceso aún más grave con un gorila. Yo estaba en la enfermería curando la pata de un lémur cuando el *walkie* sonó con insistencia...

JP abrió bien los ojos, interesado en escuchar esa historia.

—Dime, ¿qué es eso tan urgente? —respondió Elena por el intercomunicador al tiempo que subía el volumen del aparato.

—¡El espalda plateada está como loco! —gritó por el *walkie* Brezo, la veterinaria encargada de los grandes simios—. ¡Trae un dardo tranquilizante, ya!

—¡Pero ¿qué ha pasado?!

—No sabemos. ¡Está matando a otros monos! ¡Corre, por favor, los visitantes están muy asustados!

Elena cerró la puerta de la clínica veterinaria, avisó por el móvil a la Policía Local y se apresuró a sacar de la vitrina el rifle de dardos tranquilizantes. Cargó una dosis y, por si acaso, cogió dos más. No sabía lo que se iba a encontrar. Se colgó el rifle y salió lo más rápido que pudo hacia su bicicleta.

A su alrededor, el parque tenía un anillo exterior asfaltado en el que se encontraban los accesos a los cobijos y las oficinas y por el que circulaban los trabajadores y los transportistas que llevaban comida y material. Elena pedaleó con fuerza hasta que llegó a la entrada de la guarida de los gorilas y dejó la bici ahí tirada. La esperaba Brezo, con la que compartía aficiones y casa; era una joven poco mayor que ella, bajita, rubia y jovial, pero que en esa ocasión estaba lívida y no conseguía articular palabra.

Elena pasó de largo y entró en la zona en la que pernoctaban los gorilas. En una de las jaulas encontró a Gerembe, el otro espalda plateada que no se podía juntar en el mismo entorno con Congo, que era el macho alfa que protegía a la manada y el que protagonizaba el incidente. Gerembe escuchaba los alaridos de los monos del recinto exterior y tiraba furibundo de la verja con tal fuerza que parecía que pudiera arrancarla. Elena pasó de largo, abrió la otra jaula, en la que habitualmente dormían las hembras, y entró. Sabía que lo que sucediese a partir de ese punto podría ser peligroso. Recorrió el pasillo hasta la puerta que daba a la recreación donde se encontraba la familia de primates. Se escuchaban cada vez más potentes los rugidos del macho y el caos de las hembras aullando. También los gritos de los cercopitecos y los mangabey, con los que compartían el espacio.

Cuando se asomó con cautela al exterior, contempló al espalda plateada erguido y golpeándose el pecho con furia. Tenía el vello erizado. Las hembras corrían despavoridas sin saber bien por dónde escapar. En la hierba se veían los cuerpos destrozados de dos cercopitecos. Elena, sin entender el comportamiento de Congo, que en el día a día era pacífico, cargó el rifle y apuntó. Las manos le temblaban. No quería imaginarse qué podría ocurrir si fallase y el gorila arremetiera contra ella. Apretó el gatillo y disparó. El gorila sintió el pinchazo en la espalda, pero no alcanzaba a quitárselo. No sabía de dónde le había venido el ataque, por lo que, enfurecido, embistió contra el cristal que daba a la zona de los visitantes, en la que un par de chavales grababan los acontecimientos con el móvil. El vidrio blindado tembló, pero resistió, y los jóvenes se cayeron de culo por el susto.

Elena cargó un nuevo dardo por si hiciera falta y apuntó. Congo se empezó a sentir mareado y a tocarse la cabeza, aturdido. Las hembras, al ver que se calmaba, se atrevieron a aproximarse, curiosas por el extraño comportamiento del macho, que cayó al suelo con estrépito.

—¿Qué fue lo que ocurrió? —preguntó JP asombrado.

Elena dio un trago largo al vaso de agua que le había traído Violeta antes de contestar. Tenía la garganta seca otra vez.

—Mantuvimos sedado a Congo durante el tiempo necesario para hacerle pruebas, porque no podíamos entender su comportamiento. Los espalda plateada siempre están vigilantes para defender a su familia, lo tienen grabado en el ADN, pero los monos con los que conviven en la recreación no representan ninguna amenaza.

—¿Pudo ponerse así por el otro espalda plateada? —preguntó Violeta, que había escuchado el relato con atención.

—Si los hubiésemos juntado, sin duda. Por eso los sacamos en espacios separados. Así se soportan bien, sin verse, aunque se huelan.

—Y entonces, ¿saben por qué ocurrió? —preguntó JP.

—En los análisis de sangre encontramos unos niveles muy altos de ketamina.

—Ketamina, ¿la droga?

—Así es.

—*Caguen tot!* Se ve que también tienen ustedes camellos en el parque —concluyó el inspector.

A Elena no le hizo gracia la broma.

—Alguien le puso droga en la comida.

—¿No podrían haber sido los visitantes? —preguntó JP.

—En ese hábitat no pueden interactuar con los animales. Hay un cristal cerrado que los separa. Están aislados.

—¿Y quién tiene acceso a la comida?

—Fuimos a hablar con Matilde, que lleva un montón de años con nosotros. Evidentemente, no pensamos que hubiese sido ella. La cocina es un sitio de fácil acceso; dos habitaciones contiguas, una en la que se prepara lo que van a ingerir los animales, se pesa, se ajustan las cantidades; y la otra, un almacén donde se van depositando las raciones ya preparadas.

—¿Y habían puesto droga en otros alimentos?

—Analizamos las heces del resto, pero no encontramos nada raro.

—¿Qué dijo el jefe de seguridad?

—Miramos las cámaras instaladas en esa zona para comprobar si había entrado alguien de fuera. Se apagaron durante la noche en un par de ocasiones. En el informe ponía que fue debido a un fallo en el suministro eléctrico, pero yo lo investigué en la compañía y aseguraron que no sucedió así.

—¿Y entonces? —preguntó JP desconcertado.

—Esa noche trabajaba en el turno de seguridad Adolfo Avilés, uno de los vigilantes. También la noche en la que destrozaron unos huevos muy valiosos.

—¿Unos huevos? —preguntó JP sorprendido de que pudieran ser valiosos.

—Los programas de reproducción de animales en cautividad son complejos —explicó Elena—. Y más cuando se trata de especies en peligro de extinción. Tenemos varios ejemplares de grulla coronada cuelligrís y conseguimos, tras muchos intentos, que hicieran una puesta importante. Montamos una sala para incubarlos y que no se perdiera ninguno. Todo iba fenomenal hasta que aparecieron destrozados. Intencionalmente, quiero decir. También trabajaba Adolfo esa noche. Él es quien ha cometido todos los sabotajes y quien ha asesinado a Blanca.

24

Elena había dejado su bicicleta en el parque de animales la noche anterior, por lo que caminaba de vuelta al trabajo por la acera de la amplia avenida de Pío Baroja. Tenía la sensación de que en la Policía Judicial no le habían dado mucha credibilidad a su historia. Aun así, en la UDEV le aseguraron que investigarían a ese tal Adolfo Avilés. Después de contarles los sabotajes, les detalló cómo lo había pillado en ocasiones maltratando a los animales.

La primera vez fue un día en el que lo vio golpear a un avestruz en la cabeza y reírse al ver cómo le penduleaba el cuello. El ave se puso agresiva, pero Adolfo se alejó unos pasos de la valla y el animal no pudo hacer nada contra el humano, más inteligente y cruel. Ella le llamó la atención y se lo comunicó al director. Adolfo se apresuró a negarlo; era una palabra contra otra, sin pruebas.

Desde ese día, crecieron las hostilidades entre ambos; Elena lo espiaba para intentar sorprenderlo de nuevo y lo grababa con el móvil durante las rondas. Pero era un tipo listo, se había percatado de las intenciones de la veterinaria y había jugado con ella en más de una ocasión haciéndole creer que iba a agredir a un animal para terminar acariciándolo. Elena se estudió el cronograma de los días en los que Adolfo trabajaba o libraba para poder situarlo en los diferentes sabotajes. En especial, la noche en la que metieron la droga en la comida del espalda plateada.

También investigó su vida personal y descubrió que había maltratado a su expareja. La mujer nunca llegó a denunciarlo, pero Elena la localizó y consiguió que se tomaran un café juntas. Fue allí cuando vio las fotos de los moratones que le había provocado Adolfo en una de las palizas. Hacía varios meses se había marchado a vivir a otra ciudad para librarse del acoso. Si Adolfo era capaz de pegar a una mujer, ¡qué no haría con un animal no humano! A Elena esto le resultaba una prueba suficiente de su culpabilidad, sumada a la obsesión que demostraba en Facebook por las armas de guerra y la caza mayor. Mataba jabalís y tenía vídeos desollándolos. No había visitado África, pero a menudo compartía links de cazadores de elefantes. Elena les contó todo a los investigadores y entregó las capturas de las publicaciones que había subido el vigilante hacía tiempo y borrado aquella misma mañana de su red social, en las que afirmaba que su siguiente reto era viajar a Sudáfrica para cazar los cinco grandes.

Los inspectores tomaron nota de los detalles y las coincidencias, pero dejaron patente que lo del elefante era un gran salto, lo mismo que opinaba el director del parque. La inspectora Palacios, que se había mostrado más cercana, se guardó las pruebas que aportaba, tras advertirla de que eran circunstanciales y no iban a ser aceptadas por un juez. Y menos por la jueza que les había tocado, que opinaba que el empleo de tantos medios en la investigación era innecesario. Elena no consiguió ser más concreta sobre las motivaciones del vigilante.

«Creo que podría seguir matando animales», concluyó, para dejar patentes sus sospechas.

Salió descorazonada de la comisaría, con la sensación de que las investigaciones eran burocráticas y tenían que contentar a todo el mundo: a la jueza, a la prensa y a los superiores. Por no hablar de las redes sociales. Y luego estaba esa última observación que le hizo el policía con pinta de roquero y que la había dejado descolocada: «Es como si a usted le importaran más los animales que las personas».

Según se acercaba a la puerta principal del parque, empezó a oír gritos. Se tensó al pensar que habría sucedido algo grave y cogió el móvil para llamar a Sidy. Cuando llegó a la plaza en la que estaba plantada la escultura del elefante vio prensa y disparos de *flash* de los fotógrafos. Guardó el teléfono y aceleró el paso hasta llegar a los tornos. Un joven, desnudo y pintado de blanco, vociferaba por un megáfono. Tendidos en el suelo, a su alrededor, había también un montón de personas sin ropa y con la piel maquillada. Los fotógrafos inmortalizaban la estampa. Elena se detuvo para entender lo que ocurría. Todos los jóvenes tenían una mancha de pintura roja en la frente que les goteaba por el rostro y el pecho.

—¡¡Blanca libertad!! —bramó el joven del altavoz—. ¡Igualdad de derechos para los animales!

Elena se dio cuenta de que se trataba de Jon, el antiespecista de su clase del máster. Intimidaba verlo desnudo, alto y fibroso, y chillando con agresividad. Entre el grupo que lo acompañaba estaba Aurora, su novia. La veterinaria bajó la cabeza y reanudó la marcha hacia la entrada, intentando pasar desapercibida. Jon la vio y fue directo hacia ella.

—¡Blanca libertad!

Elena apretó el paso buscando zafarse del acoso. Jon la alcanzó y le lanzó un chorro de pintura que le empapó la cara. Lo habría abofeteado, pero comprendió que los periodistas estaban presentes y que hubiera complicado aún más la situación. Un fotógrafo la reconoció y empezó a disparar la cámara mientras otros se acercaban a interesarse por lo sucedido.

—¿Qué pasó ayer?

—¿Qué sentiste al ver a la elefanta muerta?

—¿Se sabe si Blanca estaba embarazada?

Se solapaban unos a otros.

Elena, bloqueada, no supo cómo reaccionar. Tuvo la suerte de que Ximo estaba cerca, la cogió por el brazo y tiró de ella hacia el interior mientras otros vigilantes impedían el acceso de la prensa y trataban de acallar los gritos de los antiespecistas.

—¡Hija de puta! ¡¡Tú has matado a Blanca!!

25

—¿Qué piensas de la historia que nos ha contado la veterinaria? —preguntó Violeta, concernida por la investigación, mientras subían a las instalaciones de la Policía Científica, en el mismo edificio de la UDEV, pero varios pisos más arriba.

—El que estuviese afectada personalmente no convierte su versión en verdadera —contestó el inspector sin mirarla—. Es más, hace que sea menos creíble su testimonio. Hay que desvincular los hechos...

—De las emociones. —Violeta terminó la frase que le había oído citar decenas de veces en el poco tiempo que llevaba en la unidad—. A veces es difícil no implicarse.

—Nuestro trabajo no es sentir dolor por las víctimas; eso es suyo y no se lo podemos quitar.

—No podemos quitar el sufrimiento a los que sufren —repitió para sí misma entre asombrada y triste.

JP tuvo que acelerar el paso; las rodillas no le aguantaban igual de bien que a la inspectora y se retrasaba en cada tramo.

—Ya sé que otros policías te dirán que hacemos justicia, pero ni siquiera eso. Es tarea de los jueces. Nosotros podemos pillar al que lo hizo y aportar pruebas. Y punto.

—Creo que me hice policía por una razón equivocada.

Los humanos confundían a menudo ideas y emociones. Y las segundas acostumbraban a vencer en ellos, a pesar de considerarse a sí mismos como seres racionales.

—Tus motivos concretos tampoco importan mientras resuelvas los casos.

La inspectora se detuvo interesada en esa nueva teoría que no había oído antes. El inspector agradeció la breve pausa, que Violeta hizo aposta, aunque con disimulo; lo había notado cansado de tanto escalón.

—Esto es así: o pillas al que lo hizo con pruebas suficientes o sigue libre.

—¿Y lo que ha dicho de que podrían matar a otros animales? ¿Quién nos dice que el agresor no vaya a intentar más acciones? —planteó Violeta.

—Ya vi tu mensaje de anoche. No podemos descartar nada. Será complicado ver quién está detrás de esa cuenta de Twitter.

—¿Y si hay nuevas víctimas? Víctimas animales, quiero decir —aclaró la propia Violeta ante la mirada de JP—. ¿Se los puede llamar «víctimas» según la ley?

JP sonrió sin tener claro si era una ironía o una pregunta seria.

—Sería trágico que ocurriera. ¿No tendríamos que cerrar el parque? —preguntó Violeta.

—¿Nosotros? Eso le corresponde a la jueza. ¿Crees que el comisario estaría de acuerdo en solicitarlo?

Violeta sabía que no. Una vez JP hubo recuperado el resuello, reemprendió el ascenso.

—¿Y crees que ese vigilante de seguridad mató a la elefanta?

—Lo interrogaremos, por supuesto, pero veo complicado que se trate de un asunto exclusivamente personal. ¿Para qué iba a querer el vigilante montar ese circo? ¿Qué gana con eso? Ahora, ¿que sea una pieza de una trama más compleja? Veremos —añadió al abrir la puerta de la sala de la Científica.

Carlos Gómez, enfundado en una bata blanca, los vio entrar y los saludó con la mano desde detrás de un escritorio hiperordenado. Tenía noticias para ellos.

Dividido entre dos pantallas de ordenador, se exponía el análisis pormenorizado de los proyectiles extraídos al elefante. El equipo de la Científica centralizado en Madrid lo había enviado escasos minutos antes. En un monitor, las fotos de cómo habían quedado las balas tras el impacto, y en la otra las especificaciones técnicas y los croquis de las distintas partes de los proyectiles.

—Mirad, se trata de uno poco común. Es del tipo «cola de bote», con un núcleo sólido de tungsteno —explicó Carlos tras señalarles un dibujo similar a un supositorio metálico—. Es de alta precisión y tiene la capacidad de penetrar incluso en el blindaje de un tanque. Y son más eficaces y menos contaminantes que las de plomo.

—Así me gusta —respondió JP con media sonrisa—, cuidando el medio ambiente. Me cae bien este cazador.

—Es *full metal jacket*, ¿verdad? —preguntó Violeta.

—Pepinillo, no empieces con los anglicismos, que nos conocemos —atajó JP elevando las cejas en señal de desaprobación.

—Se refiere a la camisa que recubre el núcleo —explicó Carlos y señaló la vaina en la foto de la pantalla—. Se ha desprendido y dañado con el impacto.

Tecleó en el ordenador y les mostró la imagen con forma de seta aplastada.

—Como os imaginaréis, no han podido recuperar las marcas de las estrías del cañón. Y eso hace que no tengamos datos del arma con la que se dispararon. Mala suerte.

Violeta torció el gesto. Había puesto muchas esperanzas en que la bala les diese una pista definitiva. Localizar el arma centraría la investigación. No iba a ser sencillo.

—¿Qué calibre es? —preguntó JP, al que un revés no lo desilusionaba. Tampoco una buena noticia lo animaba en exceso. Sin emociones. O eso decía él.

—Uno poco común, como os decía: 338 Lapua Magnum de 260 grains.

—No lo había oído nunca. ¿Es de caza?

—En principio, no —explicó Carlos—, aunque algunas webs sí lo publicitan como tal por las cualidades perforantes que tiene. Muy eficaz a distancias superiores a seiscientos metros. De hecho, en Estados Unidos se utiliza con frecuencia, pero aquí en España, no. Es una munición muy estable, potente y precisa.

—Perfecta para acabar con un elefante a ochocientos metros —concluyó JP—. Este cazador sabía lo que hacía.

—Eso parece —respondió Carlos preocupado—. La fabrica una empresa finlandesa.

—¿Y cómo la ha podido conseguir?

—Ya sabes que soy un ratón de laboratorio, para eso es mejor que preguntéis en una armería especializada.

—Conozco una. Iremos a hacerles una visita.

26

Confundida, en sujetador y manchada de pintura roja en la cara y el cuello, Elena se lavaba con ansia en el baño de las oficinas. Una vez más, triste, derrotada, sucia. Era como una pesadilla repetitiva de la que no conseguía despertar. Se frotaba con los dedos crispados hasta enrojecerse la piel, sin darse cuenta de que ya había borrado la huella del ataque de los antiespecistas. Su cabeza trataba de encontrar una salida a la dinámica destructiva en la que estaba atrapada. También necesitaba su duelo, como la manada, con la diferencia de que ella estaba sola en ese proceso: Cristina y Sidy estaban enfrentados y su madre ignoraba casi todo lo que tenía que ver con la vida de su hija.

No fue hasta que oyó cómo llamaban a la puerta cuando se percató de que no era necesario restregar más y se detuvo. Tenía la respiración agitada y el corazón le latía desacompasado; eso que los médicos llaman extrasístoles. Dicen a los pacientes que no son graves si no se producen muy a menudo y culpan al estrés. ¿Cómo de a menudo es «muy a menudo»?

Los golpes en la puerta se repitieron.

—Elena, ¿estás bien? —preguntó Sidy desde fuera—. Ya me han contado el percance de la entrada.

—Estoy bien —masculló la veterinaria mientras se secaba. Se recompuso por enésima vez en las últimas veinticuatro horas, «esto no me puede estar pasando», se vistió con un polo del parque y cogió fuerzas para abrir y enfrentarse al semblante desazonado y, tal vez, afectuoso de Sidy.

—¿Seguro que estás bien? —insistió el cuidador de elefantes.

Entonces, Elena lo vio claro.

—Quiero que me hagas una escarificación de Blanca —pidió nada más abrir la puerta—. Por favor.

Necesitaba conservar en su piel el recuerdo de Blanca. Había elegido el dibujo que había hecho Sidy unos meses atrás y que estaba colgado en la pared de la oficina junto con los de los niños que visitaban el zoo. No era la cabeza de cualquier elefante, era la de Blanca: esos ojillos de pestañas largas, la trompa tan característica que tenía y las orejas de perfil sinuoso, que recordaban el mapa de África, con ligeras hendiduras provocadas por los cuchillos de los cazadores furtivos que acabaron con su madre.

Sidy fue a la taquilla a buscar el kit para esas ocasiones, entraron en uno de los despachos y cerraron la puerta.

Para Elena era la primera vez y estaba nerviosa, aunque segura de su decisión. Se quitó el polo azul y le ofreció la espalda.

Sabía que dolería.

Sidy, con habilidad a pesar de que le dolía el brazo por la pelea de la noche anterior, dibujó el contorno que Elena quería sellarse en la piel para siempre. Tenía el tamaño de una mano abierta situada entre los omoplatos. Una vez estuvo satisfecho con la silueta de Blanca, hizo una foto y se la mostró para que le diera el visto bueno.

—Está perfecto —afirmó emocionada.

—¿De verdad quieres que te lo haga? No es como un tatuaje que se puede borrar con láser.

—Estoy segura.

—Duele mucho y tiene peligro de infectarse.

—Vamos, Sidy, soy veterinaria. Sé cuidar de los animales, aunque sean humanos.

Ambos sonrieron olvidando por un instante el motivo de la escarificación. Ninguna otra especie practicaba un ritual como ese.

—Yo solo sé hacerlo por el método tradicional, sin bisturí.

—Lo sé, te he visto en otras ocasiones. Así es más auténtico.

Sidy asumió que Elena era consciente del paso que iba a dar y le mostró el material: una cáscara de coco cortada, tan afilada como un cuchillo; gasas, antiséptico y un recipiente en el que había colocado arena del hábitat de los elefantes previamente desinfectada.

—Estoy lista —dijo Elena.

Sidy contempló la belleza de la piel clara de Elena y se cargó de energía positiva para iniciar el proceso. Con la cáscara de coco realizó un primer corte en la epidermis de la joven de unos tres milímetros de profundidad. Ella sintió la punzada, que se calmó nada más terminar la incisión. De la herida manó sangre tan roja como la de la elefanta. Sidy prosiguió con delicadeza, pero con mano firme, limpiando con una gasa los cortes después de producirlos. Las endorfinas se dispararon y bloquearon los detectores del dolor en el cerebro de Elena, provocando una extraña sensación de placidez que hizo que olvidase los malos momentos vividos en el último día. La mezcla de dolor y placer apaciguó sus nervios y le permitió volar a épocas mejores de su vida, cuando no había problemas. Se vio de niña corriendo por el campo lleno de flores silvestres y también visitando el zoológico de Madrid, donde se dejó hechizar por la vida salvaje de forma temprana. Fue la primera vez que contempló un elefante de carne y hueso junto a su padre, un biólogo al que también le fascinaban los animales y que murió antes de tiempo. Un primer duelo que nunca quiso aceptar hasta ese momento, en el que la muerte de un animal había destapado un dolor tan intenso como el del día en que enterraron a su progenitor. Tanto tiempo tratando de ocultar todo ese sufrimiento, con la cómplice indiferencia de su madre.

Elena comprendió que nunca había sido su madre, tan solo una viuda.

Dejó su mente vagar por los años de su emancipación: los estudios de veterinaria, ya sola, el trabajo en Valencia, la libertad, la responsabilidad. Y Blanca. Fue un flechazo, una bocanada de aire limpio. Una relación pura, incondicional, sin reproches ni malentendidos. Después vendría la decisión del consejo de que se quedase preñada; los intentos de que Tantor la montase. El elefante macho venía de Dinamarca, donde había cubierto a una hembra durante años y engendrado tres crías. Siempre con la misma, despreciando al resto con una monogamia inusual en la especie.

Pero en Valencia, aunque Echo, la dominante, lo aceptó sin conflicto, no había mostrado interés por las hembras cuando estaban en celo. Ellas se ofrecían, incluso se empujaban unas a otras para ganarse sus favores. Las olfateaba y las seguía por el recinto, pero a la hora de la verdad se las quitaba de en medio de un trompazo. Pero con Blanca parecía tener una relación especial e intentaron separarlos de la manada para que se aparearan. Solo les había faltado ponerles música romántica como la que escucharon Cristina y ella el primer día en el que mantuvieron relaciones. También se acordaba de eso y fue precioso. Tierno y erótico. Sorprendente.

A Tantor y a Blanca los dejaban fuera del cobijo por la noche para que estuviesen juntos. Se llevaban bien, jugaban, se bañaban en el lago artificial, pero no copularon nunca. «Solo amigos», como decían los humanos para excusarse de una relación sin sexo. Tras los primeros meses de intentonas decidieron cambiar de método. Elena se lo explicó a Sidy, al que le sorprendió que la inseminación artificial fuera necesaria en ese caso, como lo era en humanos que tenían dificultades para concebir; como Cristina, que intentaba quedarse embarazada desde hacía años con sus propios óvulos, sin éxito.

Recordó la cuestión planteada por el inspector durante la toma de su declaración: ¿prefería de verdad a los animales salvajes que a los humanos? ¿Le importaba más el embarazo de Blanca que el de su pareja?

Sidy, con precisión milimétrica, siguió repasando el dibujo de la elefanta. Con la arena de río, iba impregnando los cortes para darles un tono que resultaría rosado. También él pensaba en los últimos meses de Blanca y su ensoñación se entrelazaba con la de Elena sin tan siquiera cruzar una palabra. Habían sido muchos meses de pruebas, de análisis de sangre para ver si estaba próxima a ovular. Recordaba el día en que vinieron aquellos veterinarios desde Holanda para inseminarla. Traían el semen congelado de un ejemplar africano al que se lo habían extraído en libertad y que daba, desde hacía años, variedad genética a la población europea. Se acordaba de cómo revivieron los espermatozoides y los introdujeron, ayudados por un ecógrafo, a través del útero y las trompas de Falopio hasta encontrar el óvulo del animal. Le resultó un proceso frío, nada que ver con las cópulas que él había visto en la sabana y que tanto impactaban a los turistas.

Media hora más tarde de sangre, arena y recuerdos, Sidy había terminado el proceso y la espalda de Elena, enrojecida, mostraba un dibujo exacto al del papel que descansaba sobre la mesa auxiliar. Se alejó para contemplar el resultado y quedó fascinado. El sol irrumpía por la ventana y creaba un hermoso contraluz con el cuerpo desnudo de la joven. Trató de fijar ese instante en su memoria. Sabía que no se iba a repetir.

Sidy suspiró y empezó a limpiar las heridas de las que manaba sangre.

—Si quieres, en unos días podemos retirar las costras que se formen —dijo tras carraspear para recuperar la voz—. Eso marcará mejor el relieve.

Elena aceptó esa opción sin titubear.

—Te picará, pero no te lo toques. Y que no le dé el sol —advirtió con seriedad, y disparó una foto con el móvil para mostrarle el trabajo.

Elena miró la pantalla. El resultado era muy bello. Era Blanca.

—Gracias —susurró ella. Le devolvió el móvil y lo miró a los ojos. En ellos se concentraba África, su cultura milenaria, espiritual y guerrera.

Elena, desnuda de cintura para arriba, le cogió la cara con ambas manos y le dio un beso suave en los labios. Un beso de agradecimiento, no de pasión.

Sidy así lo entendió, se separó y le cubrió las incisiones con una gasa para que no se infectasen ni manchasen la ropa.

Cuando Elena se vistió, para Sidy la realidad volvió como un puñetazo en el estómago. Se dio la vuelta para marcharse, con la excusa de lavarse las manos, pero antes de salir, se giró.

—Hay algo que deberías saber... Blanca estaba embarazada.

27

Las relaciones entre los animales no humanos y los propios humanos son complicadas. No hablan el mismo lenguaje y los gestos de unos y otros no suelen ser bien interpretados. De ahí la importancia de encontrar un código común para comunicarse. Elena y Sidy habían enseñado a los elefantes a sacar la oreja por los barrotes para permitir que se les extrajese sangre o a levantar la pata cuando se lo solicitasen para revisarla. El entrenamiento para la realización de pruebas médicas a través de refuerzos positivos es una actividad fundamental en cualquier zoológico moderno: crear un sistema que no sea peligroso para el veterinario y no genere estrés en el animal. En Valencia, habían entrenado durante seis semanas a Jane, una chimpancé de dieciocho años, a base de pequeñas gratificaciones para que, llegado el momento, les permitiera hacerle una ecografía y así comprobar la salud de la cría que llevaba en el vientre. Faltaban diez días para el alumbramiento.

El cobijo en el que pernoctaba la familia estaba desordenado, como cada día a primera hora, con restos de fruta y verdura por el suelo que limpiarían las cuidadoras. Brezo, la encargada de los grandes simios, con su entusiasmo habitual, le daba las recompensas a la chimpancé mientras la veterinaria realizaba la prueba; la mona dentro de la jaula y ellas fuera, en lo que técnicamente llaman un «contacto protegido». Jane era colaboradora y pacífica, pero tenían que mantener los protocolos, porque los animales son imprevisibles, y más en un embarazo tan adelantado.

El resto de los chimpancés habían salido a la recreación exterior y se encontrarían trepando por los árboles o desparasitándose unos a otros mientras Jane, comiendo una golosina, dejaba que Elena le frotase el vientre con la cabeza del ecógrafo.

—No se ve bien, Brezo. A ver si Jane se puede mover un poco.

La veterinaria le hizo un signo con la mano que Jane interpretó al instante y se colocó en una postura más cómoda para el trabajo de la veterinaria. Por fin, apareció nítido el contorno de la cría. Elena y Brezo se miraron felices.

—Todo va genial —concluyó la veterinaria—. Te queda poco para parir —le dijo a Jane.

La mona aulló suave, la veterinaria le acarició el rostro, le dio una última golosina y le hizo el signo de que podía irse al exterior con su clan.

Ambas amigas la vieron alejarse y se dieron un abrazo intenso. Al separarse, se dieron cuenta de que Ximo, el jefe de seguridad, estaba presente. Había llegado hacía unos minutos, pero no había querido interrumpir ni entorpecer aquel momento que parecía tan íntimo.

—Perdón, Elena, tengo que hablar contigo.

Brezo salió del cobijo y cerró la puerta; ellos se quedaron enfrente de las jaulas, en penumbra, tan solo iluminados por la claridad que entraba por los ventanales superiores de la pared.

—La policía me ha llamado y me ha pedido que localice a Adolfo.

—Entiendo que no queráis problemas, Ximo —replicó la veterinaria—, pero es lógico que investiguen a los sospechosos.

—Adolfo no ha podido ser. Ayer por la mañana estuvo en un campeonato de tiro en la Alquería. De verdad, déjalo.

—¿Y eso lo has comprobado?

—Que lo haga la policía. Elena, llevas meses con este tema y no hemos podido encontrarle nada, tan solo pequeñas coincidencias.

—¿Qué pasa, que te cae bien Adolfo? ¿Es eso?

—No me cae bien y lo sabes.

—Reconoció lo del avestruz y, cuando os lo comuniqué, amenazó con hacer daño a otros animales: «Si yo quisiera hacerles daño, tú no me ibas a pillar en la vida. ¿Te crees más lista que yo?» —parafraseó Elena imitando su tono amenazador.

—A lo mejor tienes razón y pegó al avestruz o dejó que los chavales hicieran el botellón, pero eso no lo convierte en un asesino de elefantes.

Elena fue a replicar, pero Ximo no se lo permitió.

—Voy a intentar que la empresa de seguridad lo cambie a otro destino, pero no quiero volverte a oír hablar sobre ese tema. Vas a acabar metida en problemas.

Elena no respondió y, una vez más, fingió conformarse. Cuando Ximo la dejó sola, anotó en el teléfono el lugar en el que Adolfo había dicho que estuvo la mañana de la muerte de Blanca. Le sonaba que no estaba lejos del parque.

Adolfo era culpable y ella estaba dispuesta a lo que fuera necesario para demostrarlo.

28

Mientras conseguían una cita con el armero que JP conocía y del que esperaban que los informase sobre la compra de los proyectiles, los investigadores decidieron hacer una visita a Adolfo Avilés, el vigilante de seguridad. Optaron por un encuentro en apariencia improvisado en su terreno y no por llevarlo a la UDEV, donde estaría tenso y menos colaborador.

Habían llamado al jefe de seguridad para que les gestionase el encuentro con discreción, pero Ximo adivinó que Elena les había dado el nombre. No era preciso ser Sherlock Holmes para deducirlo. Al jefe de seguridad no le hizo gracia la petición del inspector, pero colaboró.

Entraron en el parque por la puerta principal y evitaron cruzarse con el jefe de seguridad; preferían que Ximo no estuviese presente en la conversación con el vigilante.

Cuando lo encontraron, Adolfo estaba haciendo la ronda por el sector en el que se encontraban el leopardo y la pantera negra, que compartían espacio en armonía: macho y hembra, misma especie, pero diferente color de piel. JP, con la cazadora al hombro, y Violeta, con la tableta en ristre, también de la misma especie y tan distintos entre sí como los felinos, se aproximaron al vigilante sin hacer ruido. Lo vieron distraído, tirando piedrecitas contra el cristal del hábitat, aburrido. No les pareció una actitud profesional, pero tampoco es que estuviera disparando a los elefantes.

—¿Adolfo Avilés? —preguntó JP a escasos metros del vigilante, que se quedó congelado cuando iba a lanzar una piedra de mayor tamaño. Dejó pasar un par de segundos antes de responder; esa voz a la espalda no le sonó como la de un visitante ni como la de un periodista.

Al girarse, se encontró de bruces con los investigadores.

—Depende para quién —contestó intentando resultar ingenioso.

—¿Quiere decir que dispone de distintas identidades? —preguntó JP amenazador—. Me gustaría conocerlas todas.

—Ja, ja —rio Adolfo—. Policías, ¿verdad? Los reconozco a la legua.

JP, que había sacado la placa y se la mostraba, habló irónico.

—*Che,* veo que es usted un lince.

Violeta mostró también la suya, con la funda mucho más nueva que la de su compañero.

—Inspectores Casillas y Palacios, de la UDEV de Valencia. Del grupo de homicidios.

—¿De homicidios? —repitió el vigilante— ¿Por un elefante?

—¿Cómo sabe que venimos por ese motivo y no por otro delito?

—No todos los días pasa algo así, inspector.

—¿Soy yo o no parece que le haya afectado?

—Mi turno había acabado ya. La responsabilidad es de otro.

—Así que no estaba usted en el zoo.

—Hice noche y me marché un par de horas antes del suceso.

JP se quedó en silencio sopesando esa circunstancia. Adolfo notó que algo pasaba por la cabeza del inspector.

—¿Es un problema el que no estuviera en el zoo? —preguntó inquieto.

—Bueno, los que estaban presentes no pudieron disparar, ¿no cree? Su jefe, Ximo Alborch, estaba, el director también, la veterinaria esa...

—La veterinaria esa... —repitió Adolfo mascando las palabras—. Ya sé por qué están ustedes aquí perdiendo el tiempo conmigo.

—Me encanta perder el tiempo. Así la jornada laboral pasa más deprisa. Total, para cuando resuelves un caso ya hay otro sobre la mesa —expuso JP con un cinismo que descolocó a su interlocutor.

La pantera se había aproximado curiosa hacia el trío y los observaba. Violeta se fijó en ella; le dio la sensación de que estaba cavilando cómo atacarlos a pesar del cristal blindado.

—Esa chica lo que quiere es que le hagan *casito.*

JP lo miró sin entender a qué se refería.

—Que le gusta ser el centro de todo. Y ahora la ha tomado conmigo —prosiguió Adolfo—. ¿Les dijo que ayer por la noche me siguió hasta donde estaba y me atacó delante de un montón de gente? ¿Les doy los nombres?

—¿Quiere presentar usted una denuncia por agresión?

—No hace falta —respondió chulesco—. Ya me soluciono yo la vida sin su ayuda, pero gracias. Esa tía está obsesionada conmigo. Se cree Agatha Christie; lleva tiempo grabándome con el móvil por el zoo y me denuncia ante el director por cualquier cosa que haga.

—¿Y usted qué hace?

—Nada, mi trabajo.

—¿Le gustan los animales?

—No especialmente. ¿Y a usted?

—Tampoco demasiado. Odio a las gallinas, por ejemplo. Y a los cerdos, salvo en jamón serrano. Pero, al parecer, ha habido ciertos sabotajes previos al incidente de ayer: unos tornos averiados, algunos robos...

—Esto es enorme, aquí pasa de todo.

—Un robo de camisetas de la elefanta albina, por cierto —precisó JP—. Huevos de aves en peligro de extinción destrozados, un pájaro rosa muerto.

—Un flamenco —apuntó Violeta, que no apartaba el oído de la conversación ni el ojo de los movimientos del felino tras el cristal.

—Esa noche, la del botellón, estaba usted de turno —remató JP.

—Sí, cuando oí el jaleo acudí enseguida.

—¿Y qué pasó?

—Uno de los chavales me golpeó al llegar. Se había escondido tras un arbusto. No lo vi y me partió el labio. A él también le cayeron un par de patadas, pero eran muchos y consiguieron huir.

—¿Confirma que fue un botellón?

—¿Qué si no? Dejaron todo lleno de cascos rotos y un montón de desperfectos.

—Y para usted, ¿tuvo consecuencias?

—No, la empresa de seguridad me dio un toque, pero al ver los vídeos quedaba claro que no podía haber hecho más.

—¿Existen todavía esas imágenes? —preguntó Violeta.

—Creo que se borraron —respondió seguro de que así era—. Al final no dieron con los chavales y la denuncia se archivó.

—¡Qué pena, *collons*! Me habría gustado verlas. ¿Y lo de Maguila?

Adolfo sonrió ante la pregunta. Era una referencia viejuna, pero la entendió.

—Lo del gorila fue un pasote. Se volvió loco, el tío. Yo no tenía turno de mañana, pero vi los vídeos.

—También estaba la noche anterior de guardia, según creo.

— No solo yo. Éramos tres y ninguno vio nada.

—¿Y las cámaras no funcionaron?

—Eso dijeron.

—¿Sabe por qué? ¿Se fue la luz?

Adolfo se encogió de hombros. Empezaba a notarse que estaba deseoso de terminar con la conversación.

—¿Consume usted drogas?

—Nunca, inspector. Cerveza todo lo más —respondió sonriente.

—¿Los turnos se conocen con tiempo?

—Sí, cada mes nos entregan una planilla.

—¿Y es cazador?

—Nunca he matado nada más grande que un cochino. Un jabalí, quiero decir.

—Lo había pillado. ¿Y le gustaría?

—Los precintos son muy caros. Pero sería un reto interesante, claro está. Le queda preguntarme por mi antigua novia. También le habrá mentido la veterinaria diciéndole que la maltrataba —explicó cáustico.

—¿Lo hacía?

—Por supuesto que no. Teníamos nuestras diferencias, pero nada del otro mundo.

—¿Algo así como los rusos y los ucranianos?

—Es usted un cachondo, inspector.

—No me conoce bien —dijo con aplomo y se lo quedó mirando a los ojos.

Adolfo se incomodó. Mantenía el tipo, pero por dentro estaba más nervioso de lo que le hubiera gustado. No controlaba la situación con un policía tan particular.

—¿Quieren que vaya a testificar a la comisaría?

—No hará falta si nos dice dónde estaba ayer a las diez de la mañana.

—Ya tenía ganas de llegar a ese punto —afirmó con una sonrisa insolente—. Miren, tengo carácter y puedo resultar un poco borde y a veces hasta con un punto agresivo. Eso no viene mal para esta profesión en la que tienes que lidiar con jóvenes a los que les gusta hacerse los machitos, pero no me dedico a meter droga a los animales ni, mucho menos, a disparar en un zoológico con niños delante. —Hizo una pausa y los miró recuperando la compostura—. A las diez estaba en un concurso de tiro al plato a las afueras de Valencia.

29

Dicen los humanos que «la curiosidad mató al gato», pero la realidad es que son ellos, con diferencia, los más curiosos de entre los animales. No pueden dejar sin resolver un acertijo por complejo que sea y todavía más si les afecta emocionalmente. Elena necesitaba entender quién había «asesinado» a Blanca y por qué. Creía que saberlo haría que se sintiera mejor. Y no iba a ceder a pesar de las advertencias del jefe de seguridad.

En los navegadores se puede encontrar casi cualquier lugar del mundo y también las indicaciones de cómo llegar hasta él. La aplicación le había señalado que el campo de tiro de la Alquería, en el que Adolfo aseguraba haber estado mientras disparaban a la elefanta, se hallaba a seis minutos del parque de animales yendo en coche. Y a diez si utilizabas la bicicleta, que era la opción por la que ella se decantó, a pesar del calor que hacía.

En previsión de lo que pudiera ocurrir en el trato con los animales, Elena solía tener una muda en la taquilla de los vestuarios. Antes de acudir al campo de tiro, dejó la ropa con la que había llegado por la mañana, manchada de pintura, y se vistió con los vaqueros y la camiseta blanca de tirantes que guardaba allí. No quería dar pistas de dónde trabajaba. Se montó en la bici y pedaleó hasta el club de la Alquería, al que se llegaba por un camino de tierra. Las incisiones de la espalda le molestaban más de lo esperado. Se detuvo, sudorosa, en la garita de color amarillo pollito. Un funcionario, triste y aburrido, salió a preguntarle el motivo de la visita.

—Querría informarme sobre los cursos —explicó Elena recuperando el aliento.

—Se nos han acabado los folletos. Mejor busque a Genaro, estará en el campo de tiro, detrás del restaurante —le indicó el funcionario—. Él le cuenta lo que necesite.

—¡Gracias! —Elena se alejó montada en la bici.

Las instalaciones eran muy sencillas: una techumbre alargada de uralita en mitad de un secarral sustentada por barras con los colores de la señera y un montón de cubos negros de distintos tamaños. Elena pensó que sería donde desechaban los cartuchos. Al fondo, varios grupos de personas disparaban por turnos. «Pum, pum»; dos detonaciones, dos platos consecutivos estallados en el aire. Y otros dos. Para su sorpresa, comprobó que la mayoría eran buenos tiradores. El sonido de las escopetas le trajo el recuerdo de la mañana anterior, aunque el zumbido de los proyectiles que alcanzaron a la elefanta había sonado diferente.

Dejó la bicicleta apoyada en la pared del restaurante, se soltó el pelo y, al acercarse, vio a un hombre obeso, de unos cuarenta años mal llevados, pero satisfecho de sí mismo. Vestía un polo apretado de marca y una actitud que dejaba ver que era quien manejaba el cotarro.

—¿Es usted Genaro?

—¿Qué deseas, guapa? —dijo en un tono que resultó paternalista y pretendidamente seductor.

Elena tuvo la sensación de que, si lo sabía manejar, era el tipo de hombre con el que ser joven y guapa la ayudaría a conseguir información. Se hizo la tonta, la combinación perfecta.

—Tienen muy buena puntería —respondió señalando

al grupo que «asesinaba» platos como si no hubiera un mañana.

—No te creas, hay quien dispara mejor.

—No me diga más..., ¿usted?

—Fui campeón de Valencia en mis buenos años. Pero, si no te importa, nos tuteamos. Somos casi de la misma edad —aventuró dando una patada al calendario.

—Por supuesto. —«Y tampoco me importa que me mires las tetas, no te jode», pensó.

El esfuerzo de la bici le había sonrojado las mejillas y la camiseta blanca de tirantes dejaba entrever su abundante canalillo, del que Genaro había quedado prendado nada más verla.

—Y seguro que mantienes esa puntería —afirmó Elena, a la que le costó hacerle la pelota más de lo que esperaba. De fondo, continuaban las detonaciones.

—No se me da mal.

—El caso es que quería informarme de los cursos de tiro.

—Estás preguntando al hombre adecuado. ¿No querrías tomarte una cerveza?

—¿Por qué no? —dijo en contra de su voluntad, pero con una sonrisa encantadora.

—Invito yo —especificó Genaro encantado con la compañía—. ¿Tu nombre?

—Alba. Alba Medina —mintió con convicción.

Unos minutos después, ambos estaban sentados en el secarral del campo de tiro en algo que podría identificarse como la terraza del restaurante. Él con un doble de cerveza y comiendo aceitunas y ella con una tónica y sin probarlas.

—Tengo que conducir —se excusó divertida por haber

elegido una bebida sin alcohol y señaló la bicicleta apoyada en la pared.

Genaro sonrió una vez más. Se le iba a descoser la comisura de los labios de tanto enseñar los dientes.

—¿Y quién te ha recomendado el campo de tiro? —preguntó arrojando un hueso de aceituna al suelo.

—El otro día estuve de copas con unos amigos que son vigilantes de seguridad y uno de ellos habló muy bien de este sitio.

—No me digas más. Ha sido Adolfo —intuyó, cambiándose de silla—. Perdona, es que no oigo bien de este oído, de disparar. Es un *crack*, el tío. En cuanto tiene un rato libre se viene por aquí.

—¿Y tiene buena puntería?

—Muy buena. Ayer llegó a la final del campeonato que tenemos.

—¿Bebimos hasta las tantas y Adolfo fue capaz de madrugar? Es mi héroe.

—Llegó un poco tarde y ya habíamos empezado, pero entró directo y pam, pam..., solo falló un disparo.

—¿A qué hora llegó? —Elena no pudo resistirse a hacer la pregunta, aunque resultase extraña.

—Empezamos a las nueve y media, pero él llegó casi una hora tarde. Si se hubiera retrasado diez minutos más no habría podido participar. ¡Oye, y hay un jamón pata negra de premio!

—Seguro que se le pegaron las sábanas —dijo y rio abiertamente.

—Esa excusa puso, sí. La final es mañana, por si quieres venir.

—Estupendo, lo intento. Muchas gracias por la bebida y la charla —dijo para dar por finalizada la conversación. Cuando ya iba a levantarse, Genaro la detuvo.

—Pero ¿no querías información sobre las clases de tiro?

Elena se dio cuenta de que se había precipitado.

—Ah, ¡qué tonta! Claro, nos hemos puesto a hablar... —respondió ante el temor de que la hubiera descubierto.

—Hay una página de Facebook, puedes contactar por ahí. Pero si quieres, te doy mi móvil y me llamas —explicó Genaro buscando complicidad—. Esto es del Ayuntamiento, pero te acelero los trámites. No hay problema.

Genaro le tendió una tarjeta con sus datos. Elena la cogió.

—Se me ha hecho muy tarde, es que entro ahora en la tienda en la que trabajo —añadió mintiendo para dejar pistas falsas.

—¿Dónde trabajas, Alba?

—Eso para la segunda cita —respondió Elena, encantadora, con una sonrisa tan falsa como el nombre que le había dado, y se giró hacia la bicicleta a sabiendas de que el tal Genaro le iba a mirar el culo.

Había sentido asco y rabia durante la conversación y había estado a punto de meter la pata. Investigar de incógnito no era tan sencillo. Se subió en la bicicleta para alejarse cuanto antes; un montón de datos se ordenaban en su mente: si solo se tardaban seis o siete minutos desde Torre Navis, Adolfo podía haber disparado a Blanca y acudido después al concurso sin levantar sospechas. Le bastó con llegar un poco tarde.

Cuando ya pedaleaba hacia la salida, fuera de la vista de Genaro, advirtió que el coche que se detenía en la garita era en el que viajaban los investigadores del caso. Supuso que habrían hablado con Adolfo y que les habría dado la misma coartada que a Ximo. Los nervios se apoderaron de ella; no era fácil explicar su presencia allí. Desvió la bicicleta del camino y los policías pasaron de largo; buscaban a otra persona. Respiró tranquila.

Los disparos continuaban de fondo. Elena pedaleó a toda prisa para dejar de oírlos cuanto antes.

30

La cocción cambió la dieta del ser humano hace más de cuatrocientos mil años. Aunque no todos los expertos se pongan de acuerdo en la fecha exacta, someter los alimentos al fuego hizo que estos proporcionasen mayor contenido energético. Tiempo después, el fuego fue sustituido por otros sistemas más eficientes como la inducción, que era lo que Cristina tenía en la isla central de su cocina de muebles modernos de madera y acero.

El último rayo de sol del atardecer entraba por los ventanales que daban al puerto deportivo de Port Saplaya mientras cortaba verdura con una precisión pasmosa. Tras el desastroso intento de la noche anterior, había decidido volver a preparar el plato favorito de Elena, que había asegurado que acudiría a cenar. Pasarse horas en la cocina la relajaba del estrés de su profesión.

Cuando estaba a punto de meter el salmón en el horno, oyó que la puerta se abría, las ruedas de una bicicleta avanzaban por la tarima, se detenían y, un par de segundos después, Elena apareció en la entrada. Estaba muy guapa, las pecas le brillaban. Su expresión reflejaba que el día había sido mejor que el anterior.

—¿Tienes hambre? —preguntó Cristina—. La cena estará lista en unos minutos.

—Quiero pedirte algo —respondió Elena directa—. Igual te parece una locura, pero tengo que hacerlo.

Cristina terminó de meter el salmón en el horno y la miró preocupada.

—Dime.

—Sabes cómo entrar en un ordenador, ¿verdad?

—¿Quieres decir en uno que no sea el mío? —preguntó con sorna.

—Eso es, hackearlo.

—A ver, a ver, Elena, ¿qué me estás pidiendo?

—No lo haría si no estuviese convencida de lo que está pasando.

—Explícate.

—Creo que el asesino de Blanca es Adolfo, el vigilante de seguridad.

Cristina se quedó callada sopesando la petición. Antes de responder, se giró hacia el horno y lo puso a 180 grados.

—Tú tampoco me crees.

—Sabes que sí. Ya lo investigamos hace tres meses y miramos sus redes sociales. Es muy posible que sea él, o que haya tenido que ver...

—¿Pero?

—Pero lo que me pides es grave.

—Es grave si te pillan. ¿No eras la mejor?

Cristina sonrió halagada.

—Tengo que reconocer que he sido muy buena, pero hace tiempo que ya no me dedico a eso.

—Tampoco te estoy pidiendo que entres en el Pentágono.

—Esto te va a costar —dijo Cristina vacilona.

—Hago lo que tú me pidas —replicó siguiéndole el juego—. Lo que sea menos vaciar el lavavajillas.

Cristina rio; le gustaba cuando su pareja estaba alegre.

Era un soplo de juventud, de ilusión por la vida, una virtud que ella casi había olvidado con el paso de los años.

—Tú no habías salido hoy con esa ropa, ¿no? —preguntó Cristina de pronto, sorprendida.

—Uf, menuda historia. Me topé con unos antiespecistas en la entrada y me tiraron pintura. Me lo hicieron pasar mal.

—Vaya. Lo siento.

—Lo peor es que uno de ellos, el cabecilla, es de mi curso del máster. Me tiene enfilada por trabajar en el parque. Cree que maltratamos a los animales. Para él soy como el doctor Mengele.

—Si viera cómo los quieres...

—No creo que le interese. Él ya tiene formada su opinión: todas las especies tienen los mismos derechos que nosotros. Suena bonito, pero me parece irreal. Al menos nosotros hacemos una buena labor de divulgación, colaboramos con la conservación en origen y los animales están bien cuidados. Pero es un eterno debate... Ojalá pudiéramos dialogar entre los que amamos los animales, aunque tengamos distintos puntos de vista.

Cristina se acercó y le apartó el pelo de la cara.

—Ellos no te conocen.

Elena respiró hondo para calmarse.

—¿Me ayudarás con el ordenador?

—Si ha sido él, habrá dejado algún rastro.

Elena la besó entusiasmada. Esta vez, Cristina sí se dejó hacer. El beso se prolongó hasta que perdieron la noción del tiempo. Elena se separó y se colocó detrás de su amante para desatarle el delantal. Resultó un juego sexi, como cuando Rita Hayworth se quitaba el guante en una de las películas favoritas de Cristina, que estaba enamorada de la imagen de la actriz. Aunque su chica le recordaba más a la sensualidad de Scarlett Johanson: más curvas, más acogedora, no tan dura. Elena le quitó el delantal y después la camiseta dejándole el pecho al aire: pequeño y firme; el suyo era más redondo y voluminoso. Cristina la desvistió a ella. Al hacerlo, rozó con la mano el apósito que le había colocado Sidy tras la escarificación. Se sorprendió.

—Míralo —le pidió Elena orgullosa.

Cristina, con cuidado, descubrió las heridas. Se veían puntos sanguinolentos y, al principio, se asustó.

—¿Y esto?

—¿No te gusta?

—Es... ¿Blanca?

—¿A que la reconoces?

Cristina tocó la piel con sumo cuidado. Ya se apreciaba el relieve que formaba el dibujo.

—¿Y no te duele?

—No —mintió y la besó con intensidad.

Con movimientos armónicos y acompasados, que semejaban un baile, se desprendieron del resto de la ropa entre susurros y jadeos, unieron sus vientres, sus respiraciones agitadas, y entrelazaron sus deseos para terminar fundiéndose desde los labios hasta el éxtasis.

Al recuperar el aliento, unos minutos después, rieron felices, ajenas, por un instante, a la época tan complicada que estaban viviendo.

—Te quiero —musitó Elena besando de nuevo el sexo de su amante y disfrutando del cóctel de sabor que tanto la excitaba—. Y sí, deseo venirme a vivir contigo.

31

La sensación de que Genaro, el encargado del campo de tiro, no había dicho todo lo que sabía resultaba exasperante para Violeta. De vuelta en el coche, se removía en el asiento sin encontrar postura. A JP le empezaba a molestar esa actitud. O a lo mejor era porque tenía ganas de ir al baño por tercera vez en lo que iba de tarde.

—A ver, inspectora Palacios —dijo parado en un semáforo—, no pretenderás que la gente venga a comisaria y se acuse de lo que ha hecho.

Violeta se sintió ridícula, porque era lo que había deseado. Como si los ñus esperaran que los leones se tropezasen cada vez que los persiguieran para cazarlos; no suele ocurrir.

—Ya sé que esto no es un capítulo de *CSI*, en el que el asesino confiesa todo lo que ha hecho en los últimos cinco minutos —dijo para reírse de sí misma.

A JP le hizo gracia la comparación y arrancó el vehículo camuflado nada más cambió a verde la luz del semáforo. Estaba impaciente por pillar un baño y llegar a casa a leerle el cuento a su nieta. Se les había hecho muy tarde y ya era de noche.

—Hay que dar por bueno que alguien diga algo, no el que sea verdad o mentira. ¿Qué te ha parecido el *chota* del campo de tiro?

—Un auténtico cerdo —se sinceró Violeta.

—Eso no lo apuntes, te restaría credibilidad a ti.

Violeta borró el comentario que había recogido en la tableta.

—¿Seguimos investigando a Adolfo Avilés?

—Vamos a centrarnos en lo que tenemos que sea seguro —explicó JP. Ahora era él el que se movía inquieto en el asiento debido a la próstata—. Mañana iremos a visitar al armero. A ver si al seguir esa pista pudiéramos encontrar al cazador que ha disparado a la elefanta. Pero no vendría mal permanecer atentos a este Adolfo, por si acaso.

—Las coincidencias de los incidentes con los días de guardia pueden no ser casuales.

—Saben sus horarios con tiempo, según nos ha dicho.

—O sea, que podría haber planificado las acciones —concluyó la inspectora tras sacar la punta de la lengua, pensativa.

—Pero nos falta el motivo. La veterinaria no ha sido muy convincente en ese punto.

—¿Podría ser Adolfo el que sale en la foto de la cámara de seguridad del edificio?

—Podría ser cualquier hombre un poco corpulento. Yo mismo —expuso JP para terminar de desilusionar a su compañera.

—Ya. ¿Y qué hacemos con la jueza? La tenemos en contra si queremos pedir escuchas, por ejemplo.

Según se acercaban a comisaría, JP aceleraba más el coche, aunque sin llegar a poner la luz de emergencia.

—Tenemos que ganarnos al fiscal de Medio Ambiente, que suele estar más motivado con este tipo de asuntos —dijo hablando rápido, al ritmo de la conducción—. No es igual que vaya un inspector a pedirle algo a la jueza a que lo haga un fiscal. Los magistrados los sienten como alguien más cercano, también de la carrera judicial.

—Esto no te lo enseñan en la academia de Ávila.

JP aparcó el vehículo en la puerta de la comisaría y se bajó con rapidez; se olvidó incluso su cazadora favorita. Violeta la cogió y fue tras él hacia el interior. Nada más entrar, se dieron de bruces con Carlos, de la Científica.

—Os iba a llamar ahora: ha aparecido un casquillo.

—¡¿De verdad?! —contestó el inspector, olvidando por un momento sus ganas de visitar el baño—. Eso es que el tirador no era tan profesional como creíamos. ¿Se lo dejó en la terraza?

—La terraza estaba limpia, pero los casquillos pueden saltar varios metros. Es posible que localizara el del primer disparo, pero, al tener que hacer un segundo, ese saltase lejos.

—¿Y dónde estaba?

—Salió despedido por la barandilla y cayó en la calle, cerca del portal. Por eso no lo encontró. El que sí lo hizo fue el conserje del edificio y nos avisó. Lo hemos recogido hace una hora y se corresponde con la bala, no hay duda. Lo analizaremos a ver si aparece una coincidencia indubitada en nuestra base de datos. Si el arma hubiera sido utilizada antes, podríamos seguir el rastro del propietario.

32

La luna llena condiciona las mareas y a los humanos les gusta añadir que afecta a otros aspectos de la naturaleza: trastoca los cultivos, adelanta los partos e intensifica el apetito sexual. Desde el punto de vista científico es complicado de demostrar, pero en el cobijo de los elefantes, Tantor llevaba un rato olisqueando el aire y deambulando impaciente. Levantaba la trompa una y otra vez y golpeaba los barrotes, que no cedían ni siquiera ante su fuerza. Le parecía captar el celo de Greta y se excitaba cada vez más, sin poder alcanzar a la hembra.

El satélite iluminaba el interior de la guarida a través de las claraboyas del techo y provocaba el barritar de la manada entera, consciente del deseo del gran macho.

33

La situación se había relajado. Tras el sexo, divertido y gratificante, Cristina le había curado la espalda y ambas estaban vestidas con ropa cómoda en el amplio despacho, delante del ordenador. Tenían un portátil sobre la mesa de madera rústica, en el que tecleaba Cristina. Era de noche y las luces del pequeño puerto deportivo y la luna llena se reflejaban en el ventanal.

—¿Cómo lo vas a hacer? —preguntó Elena jugueteando ansiosa con su flequillo.

—Antes le he mandado un mail que suplantaba a su empresa. Lo normal es que lo abra. Contiene un link a la intranet, a la de verdad. Cuando se vaya a *logear,* meterá el usuario y la contraseña, pero esa ventana es lo único que es falso. Imposible que lo detecte. A partir de ahí, tendremos una de sus claves y acceso a un montón de aplicaciones que están vinculadas a su trabajo: el correo, el procesador de textos, el administrador de archivos de la web...

—Ojalá pique.

—Mientras veo si funciona el *phishing* voy a tantear a ver si puedo entrar en su ordenador a través del *router.*

—Como te imaginarás, ya me he perdido.

—No te preocupes, que si no es un sistema será otro. La mayoría de la gente no se espera un ataque profesional contra su ordenador, no está protegida.

—Y así te has ganado la vida —dijo Elena asombrada.

—Hace años que no me dedico a esto. Hay algún grupo de WhatsApp israelí muy interesante que me sirve para estar actualizada. Son unos *cracks*.

—¿Cómo nos pueden gustar cosas tan distintas? —preguntó Elena fascinada.

—Ahí está la gracia, ¿no crees?

Elena sonrió. Estaba de acuerdo. Cómo habían cambiado las circunstancias en tan solo veinticuatro horas: de estar a punto de romper la relación a estar unidas por el objetivo común de desenmascarar al «asesino» de Blanca. Y con la posibilidad de vivir juntas por fin.

—No te he dado las gracias por que vinieras a conocer a los elefantes.

—Después de lo que pasó, es normal que no te hayas acordado.

—Pero quiero que sepas que valoro mucho tu esfuerzo; ahora he visto más de cerca la fobia que tienes a los animales.

Con solo nombrar el tema, a Cristina se le puso la piel de gallina. Elena lo percibió y le acarició la cara con ternura.

—¿Qué te pasó?

—No me gusta hablar de eso.

—Te podría ayudar a superarlo.

—Ya me ayudas. Algún día...

—Claro —asumió.

A Cristina le cambió el semblante tras saltar un aviso en el ordenador.

—Mira —señaló ilusionada la pantalla del portátil.

—¿Qué pasa?

—Ha debido de abrir el mail, porque ha entrado en la página de la empresa. Bueno, eso cree él. Le dará un fallo, pero cuando la recargue ya será todo normal en su ordenador..., salvo que nosotros tendremos la contraseña.

Cristina tecleó concentrada y apareció el correo electrónico de Adolfo y la clave: «If*ckyou88».

—Muy romántico —comentó Elena con ironía.

—Seguro que la utiliza para otras aplicaciones.

—Yo tengo la misma para todo —reconoció.

—Es habitual, y mira que las webs te advierten para que no la repitas.

—Pero es un lío acordarte.

—Y un chollo para los hackers.

—¡Hoy, nosotras somos las hackers! —gritó Elena y besó feliz a Cristina, que mantuvo unidos los labios unos segundos. Era capaz de perdonarle lo sucedido con Sidy, aunque le fuera a costar.

—Voy a intentar instalarle una *keyloger* que me mostrará lo que teclea —explicó tras separar los labios—. Puede ser un proceso lento, pero conseguiré el resto de las contraseñas que utilice. Tendremos acceso a las fotos, la agenda, la cuenta bancaria, el historial de Internet...

Elena se sintió extraña. Estaba convencida de que hacían lo correcto; Adolfo escondía secretos terribles, pero entrar en la intimidad de alguien, aunque no fuese un buen tío, le dio vértigo. Para Cristina era diferente, lo había hecho antes y resultaba un juego.

—Puede tardar, si quieres date una ducha.

—¿Huelo a simio?

—Un poco.

—Pues antes no te ha importado.

—Lo salvaje tiene su punto —respondió devolviéndole el beso—. Te llamo si consigo algo nuevo. Si ha sido él, encontraremos pruebas, no lo dudes.

34

JP estaba aliviado.

Esa noche había conseguido leerle un cuento que no fuera de elefantes a su nieta y todavía quedaban casi dos semanas para que los padres regresaran del viaje por su décimo aniversario de boda. Y eso significaba muchas lecturas compartidas. Se habían ido a Cancún, más nerviosos que en el viaje de novios. No se habían atrevido a salir de España durante años, primero por el nacimiento de Coral, después por el miedo a dejarla al cuidado de otra persona, y, para rematar, la pandemia. Ahora llamaban dos veces al día para comprobar que todo estuviera en orden. Si el que contestaba al teléfono era JP les colgaba sin darles el parte; «pasadlo bien» y ya. Rosa, sin embargo, daba todo tipo de explicaciones que a ellos les costaba creer: «La niña está feliz con el *iaio*», «de verdad que no os echa de menos». Su hijo alucinaba cuando le describía cómo JP inventaba voces para cada uno de los personajes de los cuentos. Rabiaba y disfrutaba con aquello; se alegraba por que Coral tuviera abuelo, pero se le hacía más presente que él no había tenido padre. La figura, sí, en el colegio chuleaba con que era hijo de policía y amenazaba a cualquier matón con que su padre lo iba a detener. Pero cariño, lo que los humanos llaman cariño, el justito.

Una vez solventada la llamada nocturna y con la nieta dormida, Rosa se acercó decidida a su marido.

—A ver, Casillas, que soy enfermera —dijo directa al grano—. Te levantas a hacer pis cada vez más a menudo por la noche. Te crees que no te oigo, pero haces más ruido que un rinoceronte. El flujo se te entrecorta y en ocasiones has orinado sangre. Que la limpias fatal.

Casillas, o JP, más bien, bajó la vista hacia el plato de sopa. No quería ver la realidad.

—Un viejo roquero se enfrenta a los problemas —continuó ella irónica, en un tono firme y cercano—, no se esconde. ¿Te imaginas a Mick Jagger acojonado? Pues no, le cambian la sangre cuando se la tienen que cambiar y tan fresco, a seguir de gira por el mundo.

JP sonrió ante el argumento, pero enseguida hundió los ojos en los fideos.

—Las complicaciones de próstata son normales a tu edad. Y en más jóvenes. Uno de cada seis hombres las padece durante su vida y, si se pilla a tiempo —señaló con retintín—, tiene cura en la gran mayoría de los casos. Lo sé, tienes miedo a la disfunción eréctil, como todos, lo veo en el hospital a diario. A que no se te levante, vaya, a ser un viejo inútil. Pero para lo poco que follamos tampoco iba a ser un problema, digo yo.

Lo dijo con gracia y JP sonrió de nuevo sin poder evitarlo. La cabrona tenía sentido del humor, pensó. Y razón. Si se alejaba físicamente de ella era porque le preocupaba no responder en la cama, sentir dolor. Era un trance que todavía no le había sucedido, pero el miedo es un mal compañero, como sabe un policía.

—Mañana a las ocho en el centro de salud. Y no se hable más —concluyó Rosa, que había pedido la cita hacía días y esperado hasta el último momento para contárselo.

JP hizo un leve movimiento de cabeza, casi imperceptible.

—¿Eso es un sí?

Un gruñido lo confirmó.

—Y ahora me das un beso. Por si te la cortan.

Rosa no esperó a que él tomara la iniciativa y lo besó. Le sujetó la cara para que no se separase y mantuvo el contacto de los labios con ternura. Notó como, poco a poco y, tal vez, bajo el influjo de la luna llena, JP se relajaba y cedía al cariño, al abrazo, que desembocó después en pasión. Una vez derribadas las primeras defensas, tampoco era complicado conseguir que reaccionara. Era un tanto primitivo en las emociones: saltar en un concierto, saltar ante el gol de su equipo, saltar cabreado cuando alguien le intentaba imponer algo a la fuerza; saltar, saltar y saltar; huir y huir de la debilidad. Rosa, todavía ágil, se sentó sobre él, apartó el plato y la mesa, y se bajó los tirantes del camisón. Tenía un pecho hermoso y cálido, una figura envidiable a sus más de cincuenta que resultaba sensual. JP, contra todo pronóstico, se excitó como cuando tenía diez o quince años menos; es lo que tiene estar tantos meses sin sexo. La cogió en brazos a riesgo de sufrir una lesión de espalda y la llevó, eso sí, hasta el sofá más cercano, entre risas.

—La niña —susurró Rosa alarmada.

—Haberlo pensado antes, has empezado tú —respondió JP devolviéndole una sonrisa traviesa y un largo beso—. *Tot per l'aire!*

A lo loco.

Se incorporó y atrancó la puerta del salón con una silla. Cuando volvió, su mujer ya estaba desnuda y había apagado la luz. La luna llena no solo iluminaba el parque de animales, sino también el modesto salón de la pareja. Entre las sombras de la habitación, a JP le pareció que Rosa tenía un cuerpo hermoso. Todavía le gustaba. ¿Durante cuánto tiempo más? No lo sabía, pero pensó que tenía que aprovechar mientras los achaques no venciesen a la pasión. Cayeron enlazados entre los cojines de flores, con la respiración entrecortada y el deseo desbocado.

—Al que le cambian la sangre es a Keith Richards.

Rosa tiró de él para que se callara y lo besó.

Lo bueno que tienen las parejas humanas de muchos años es que saben qué tecla tocar para que al otro le guste. Ambos las tocaron todas esa noche como si fuese una sinfonía de *rock* bajo la luna llena.

Y es que los viejos roqueros nunca mueren, aunque necesiten que les cambien la sangre.

35

—

El ibuprofeno que se había tomado Elena para aliviar el dolor por la cicatrización de los cortes en la espalda acababa de hacerle efecto. Tumbada en la cama se sentía relajada, a punto de conciliar el sueño.

Justo antes de dormirse, en esa coyuntura tan similar a una muerte diaria, oyó que Cristina entraba en la habitación y se acercaba. No quería abrir los ojos, tan solo olvidarse de problemas hasta el día siguiente. Pero Cristina se sentó a su lado.

—¿Estás despierta? —musitó—. He conseguido entrar en un archivo del ordenador de Adolfo en el que guarda criptomonedas.

Elena hizo un esfuerzo por entender lo que le estaba diciendo y se incorporó.

—Hay pagos que coinciden con las fechas de los sabotajes.

36

La mañana era cálida en el parque de Valencia y eso hacía que los animales estuvieran menos activos. Para esos días, los veterinarios habían diseñado un programa de enriquecimiento de la conducta de las distintas especies, un juego que ayudaba a que estuvieran espabiladas a pesar de las altas temperaturas. Les ofrecían helados, pero eran ellos los que tenían que sacar la comida de los envases. También resultaba útil para que tuvieran una alimentación variada. A los leones se les daban polos de carne, a las nutrias de pescado, sorbetes de frutas a los gorilas y de verdura a los lémures.

A los humanos, los helados se los vendían en el restaurante.

Elena los lanzaba a los simpáticos lémures ante la mirada atenta de un grupo de niños. Marcos Abalde traspasó las dos puertas de seguridad para buscar a la veterinaria. Toda prudencia era poca, ya que los animales eran ágiles y se movían muy rápido. Se les habían escapado alguna vez y habían hecho las delicias de los niños, pero alarmado a los cuidadores. Mientras el director avanzaba entre los árboles, un par de primates de cola rayada cruzaron saltando con peculiar estilo.

Elena, terminada su tarea, se percató de la presencia del director.

—¿Hablamos?

A la veterinaria, aquellas palabras le sonaron a nuevos problemas.

Ya en el anillo exterior del parque, Abalde miró serio a Elena, quien no quería mantener la conversación que intuía. Había empezado a sudar y las gotas le humedecían el apósito que llevaba en la espalda.

—Ya me ha dicho Brezo que todo va genial con el embarazo de Jane. Es una gran noticia —comentó para no entrar directo al tema.

—Pero no vienes a decirme eso —presintió la veterinaria.

Abalde cogió fuerzas; no traía buenas noticias.

—Quiero que seas la primera persona en saberlo: hemos decidido interrumpir el proceso de inseminación de los elefantes.

Esa noticia cayó como un jarro de agua fría en el ánimo de Elena, ya de por sí maltrecho.

—Después de lo de Blanca, habíamos pensado buscar a una nueva candidata; tal vez Greta, pero en vista de que Tantor no colabora, no vamos a emplear más recursos en una nueva inseminación artificial —explicó Abalde.

—¿Y eso por qué?

—Los socios no se ponen de acuerdo. La situación es complicada y, por ahora, es preferible dejar las cosas como están. Veremos en el futuro.

—Una cría de elefante sería estupenda para la manada —replicó Elena—. Y podríamos estudiar y documentar todo el proceso.

—Un proceso que es largo. Al final, estamos hablando de más de dos años hasta que naciese la cría, y eso suponiendo que no hubiera complicaciones. Espero que lo entiendas.

Lo que Elena comprendió es que no serviría de nada tratar de revertir la decisión, que ya estaba tomada. Asintió, más por empatía hacia el director que por convencimiento real. No quería crear más problemas. Tendría que conformarse con el embarazo de Jane, que parecía ir según lo previsto. Y proseguir con su investigación secreta.

—Pero conservaremos a todos los elefantes. Con lo que ha costado que sean una manada de verdad, sería un crimen separarlos ahora.

—Te prometo que haré todo lo que esté en mi mano para que no suceda.

Y se fue.

Eso tampoco era un «te garantizo que no vamos a deshacernos de ellos». Elena se quedó intranquila. Era como si en la vida no pudiera haber periodos largos de felicidad. No hay nada que afecte más a los animales, en especial a los humanos, que la incertidumbre.

37

El inspector, por una vez, había hecho caso a su mujer y acudido a primera hora a realizarse los análisis pertinentes en el centro de salud. Lo pinchó una chiquita bien maja, que le acertó a la primera a pesar de que él había estado tenso e intentando a través de concentración mental que las venas se le retrajesen. Sin éxito. Le sacaron una buena cantidad de sangre para hacerle todo tipo de estudios, incluyendo el famoso PSA, detector anticipado del temido cáncer de próstata.

Una hora después, JP y Violeta recorrían la calle Pérez Galdós de camino a la armería con más solera de Valencia, en la que esperaban que les informasen sobre la venta de los proyectiles utilizados dos días antes para matar a la elefanta. Desde fuera tenía un aspecto normal; podía pasar por una tienda de electrodomésticos.

Toda la ciudad permanecía atenta a lo que había pasado con Blanca. En el colegio de Coral los niños hacían dibujos como homenaje. Las redes sociales estaban llenas de menciones al suceso; algunas de ellas arremetían violentamente contra el ser humano. ¿No se sentían integrantes de su propia especie?

Una dependienta guapa, rubia y con acento ruso les

hizo esperar un buen rato, ya que el dueño había salido a pasear al perro. Eso les dio tiempo para cotillear. Violeta vagó por la armería y JP charló con la vendedora, que resultó ser una gran aficionada a la caza mayor, algo que jamás hubiera adivinado por su aspecto. ¿Prejuicios? ¿Una chica joven y guapa no encaja en el estereotipo del cazador? JP pensó que si era rusa las posibilidades aumentaban. Le dio morbo y a la vez se sintió más viejo que nunca. Decidió que no era oportuno sacar el tema de Ucrania en un lugar con tantas escopetas.

—Es fascinante perseguir una pieza por el monte —confesó la rusa remarcando las erres—. Nada te detiene en tu acecho; ni el frío ni el hambre. Es primitivo. Y, después de perseverar durante horas detrás de la pieza, cobrársela es muy gratificante.

JP se quedó sin palabras. No sabía si por la belleza de su interlocutora, por su afición o por el uso tan preciso que hacía del castellano.

—Ajá —dijo tan solo, y preguntó si tenían baño. Empezaba a odiar ser un esclavo de su próstata.

Violeta nunca había visitado una armería y le sorprendió que, en la planta que daba a la calle, no hubiera una sola escopeta expuesta al público. No se parecía en nada a las que había visto en reportajes de Estados Unidos, donde parecían el almacén del Ejército en mitad de la guerra. Era más bien una tienda de moda pseudomilitar. Una pantalla de televisión reproducía escenas de caza en las que perros entrenados perseguían a un jabalí. Violeta apartó la mirada cuando lo alcanzaron; no quería verlo.

Matías, un joven de no más de treinta años, delgado y guapete, un poco pijo en la forma de vestir, tímido y amable, entró en la tienda con un perro pequeño. Violeta no se lo había imaginado así. Sería también por prejuicios, pero había pensado que sería dueño de un enorme rottweiler o cualquier otra raza potencialmente peligrosa.

JP salió del baño, hizo un gesto de despedida a la rusa y se acercó a Matías para preguntarle por el tipo de proyectil que rastreaban.

—Hemos hablado antes por teléfono —explicó tras mostrar la foto de la bala.

—Síganme abajo —respondió Matías pasándole la correa del perro a la dependienta mientras señalaba las escaleras.

Bajaron y llegaron a una sala espaciosa repleta de chalecos antibalas, cascos, botas militares, cuchillos, visores y una habitación grande que tenía una puerta acorazada abierta de un grosor considerable. Dentro, se veían cientos de escopetas de distinto calibre.

—¡Aquí hay armas suficientes como para invadir toda Italia, *la mare que va*! —exclamó JP ante el estupor del armero.

—Tienen ustedes mucha seguridad —dijo Violeta señalando la puerta.

—Por supuesto —contestó Matías—. Somos responsables de ellas.

A Violeta le vino a la cabeza el corpachón de Blanca tendido en el bosque de baobabs. Matías, ajeno a su preocupación, se colocó detrás del mostrador y observó el casquillo que le había enseñado JP. Buscó en los cajones y sacó una bala similar. Las comparó, pero no eran iguales.

—El material no se parece a nada que tenga en catálogo: es muy duro, está disparado y aun así no tiene ninguna marca —afirmó desconcertado—. Perdonen —dijo y se metió en la trastienda.

JP y Violeta se miraron sin comprender. Lo oían hablar con alguien de voz ronca. Fumador, sin duda. Tras unos segundos, Matías regresó acompañado de un hombre de unos setenta años pero nada frágil, con la piel curtida al sol, manos grandes con dedos amarillentos, barba y pelo cano.

—Mi padre les informará —explicó el joven y se retiró hacia el piso de arriba de la armería.

JP lo conocía de un caso anterior, por eso los había contactado. Recordaba que no era amable, pero sí resolutivo. Y eso le gustaba. El hombre, sin saludar, estudió la foto del proyectil durante unos segundos.

—Parece munición perforante. Cuando hice la mili la vi. Está pensada para atravesar blindaje. Esto de aquí —dijo enseñando la punta de tungsteno— es lo que queda después de haberla disparado y atravesar un blanco.

—Así es —afirmó JP constatando que lo que decía el armero coincidía con la opinión de balística—. Un calibre 338 Lapua Magnum de 260 grains —especificó.

—No mucha gente la vende —dijo el armero tras toser.

—¿Ustedes sí?

—Solo de encargo. Ya ha visto que mi hijo ni la conocía.

—¿Y tendrían una lista de los compradores?

—De las escopetas sí tenemos un registro minucioso, pero no de los proyectiles. Lo siento.

—¿Y alguien que lo haya comprado recientemente?

—Ustedes vienen por lo del elefante muerto anteayer, ¿verdad?

—Pues sí, nos ha pillado —dijo JP con sorna. Tras intercambiar una mirada con Violeta, buscó en el móvil la imagen congelada del tipo que había entrado por la noche en Torre Navis y se la mostró—. ¿Le suena de algo esta persona?

—Esa foto no es muy buena.

—No, no lo es —reconoció JP.

El armero carraspeó en un intento baldío de aclarar la voz.

—Inspector, si yo hubiera hecho algo así, no habría ido antes por Valencia comprando balas. Eso dejaría rastro. Todos tenemos cámaras de seguridad en las que quedaría registrado.

—¿Y cómo lo haría entonces?

—En España, un calibre 338 Lapua Magnum es una munición de uso militar. Si es un experto, no creo que le haya resultado complicado conseguirla. Se me ocurren dos opciones —expuso tras pensar un instante—: a través de algún conocido que aún esté en servicio en el ejército y que le deba un favor, o por Internet. En la *dark web* hay de todo.

—¿Cómo lo sabe?

—Vamos, inspector, no hay que ser un asesino para saber lo que se cuece. Como comprenderá, todo lo que tenemos aquí es legal. Llevamos muchos años y somos unos profesionales. No nos vamos a jugar la licencia por una tontería así.

—Le parece una tontería que hayan matado a la elefanta —replicó Violeta, que no paraba de tomar notas.

—Por supuesto que no. Aquí somos cazadores porque nos gusta el monte, el acecho, no por matar animales en un zoológico como si fuese un fusilamiento. Sin riesgo, la caza es un deporte de señoritas, con perdón.

Violeta ya estaba acostumbrada a determinados comentarios, así que no se ofendió. Como le pedía JP, solo anotó lo que su interlocutor había dicho. Sin exclamaciones ni antes ni después.

—Pues la *señorita* que tienen arriba es cazadora —replicó JP.

—Tiene razón, y muy buena.

—¿Usted ha cazado elefantes? —prosiguió el inspector con sus preguntas.

—No.

—¿Y nos podría dar el nombre de alguno con el que

pudiéramos hablar para entender mejor lo que ha pasado?

—Cerca de Valencia vive uno de los más famosos del mundo. Un auténtico «white hunter».

Lo miraron sin entender.

—Es una expresión que se refiere a cazadores de origen europeo o americano que ejercieron su oficio antes de los años sesenta. Hoy en día son míticos. Dicen que este ha cazado más de mil elefantes.

—Joder, ha despoblado África él solo —replicó JP—. ¿Y cómo le ha dado tiempo? Yo creo que no he hecho nada tantas veces en mi vida.

«Tal vez mear en los últimos meses», pensó para sí.

—Alberto Barroso, se llama. Es un hombre mayor, pero le gustará contar sus batallitas, como nos pasa a todos. Conoce a todo el mundo y creo que él les podrá decir qué es lo que tienen que buscar. Y qué tipo de persona sería capaz de hacer algo así.

38

En la hora del almuerzo, mientras el resto de los trabajadores compartían un rato de esparcimiento y comentaban las anécdotas del día, Elena y Sidy buscaron la intimidad de uno de los despachos de las oficinas. Entrecerraron las venecianas que cubrían las ventanas. Tan solo los hilillos del sol atravesaban, curiosos, las láminas.

—Ayúdame con cuidado —pidió Elena haciendo un amago de quitarse el polo azul.

Sidy le subió con delicadeza la parte de atrás para dejar al descubierto el apósito que llevaba en la espalda. Tenía puntos sanguinolentos. Lo retiró con cuidado y observó cómo cicatrizaban las incisiones. Cogió el desinfectante y mojó con él una gasa.

—Están bien —explicó tras limpiar algún punto de infección y rozar la piel con la mano para notar el relieve.

Elena dio un pequeño respingo.

—¿Te duele?

—Me molesta un poco.

—Es normal. Si te atreves, en unos días te levantaré las costras para que la escarificación adquiera más relieve. Pero si te duele, las podemos dejar así. También quedaría muy bonito.

—Prefiero que me las retires.

—Vale —aceptó Sidy orgulloso de la valentía de su amiga—. Te hago una foto y te enseño cómo tienes la espalda —añadió tras coger el móvil.

—No quiero ver el dibujo hasta que no esté terminado el proceso.

—Me parece una buena idea. Te la tapo con una gasa limpia.

Elena se sentía cómoda con Sidy. Había decidido que no sucedería nada más entre ellos, pero no quería perderlo como amigo. Necesitaba ese tipo de conexión que solo sentía con él; era mucho más que un simple compañero de trabajo. ¿Cristina lo aceptaría? Era una mujer libre y moderna, incluso más que ella misma, pero sabía que jugaba con fuego.

Sidy, que entendió que no debía alargar más la situación, terminó de cortar los esparadrapos y sujetó el nuevo apósito a la espalda mientras a Elena se le escapaba un suspiro difícil de interpretar.

—¿Quieres que hablemos de lo que pasó en el callejón?

—Mejor no. Que la policía se encargue.

Por el tono, Sidy comprendió que era preferible no insistir.

—Ya sabes que no vamos a seguir con la inseminación —dijo la veterinaria tras bajarse el polo para cubrirse la espalda—. Me lo ha dicho Abalde. Y me da miedo que se lleven a la mitad de los elefantes a otro zoológico.

—Esta mañana Tantor estaba muy nervioso.

—Es normal, aunque hiciéramos la despedida de Blanca. Son animales sensibles, la muerte les afecta. Y estaban muy unidos, aunque no copulasen.

Esas palabras, inocentes, golpearon el ánimo de Sidy: unidos sin copular. ¿Sería ese su futuro con Elena? Apartó el pensamiento de la cabeza y volvió al asunto de los elefantes.

—He visto a Tantor oler la orina de Greta —reveló Sidy esperanzado.

—¿Crees que podría intentar algo con ella?

—No me atrevo a afirmarlo, pero es un comportamiento típico en los machos que no había observado hasta ahora en él.

—La luna llena, que hace milagros —concluyó Elena recordando la noche anterior.

Ambos sonrieron, aunque Sidy no entendió a qué se refería. La sonrisa es contagiosa, genera unidad en los grupos sociales, como desparasitarse para los simios, algo casi olvidado entre los seres humanos. Desparasitarse, sonreír, bostezar a la vez, opinar lo que el resto opina, compartir emociones, seguir una misma bandera... Los humanos castigan al que lleva la contraria. Es consustancial a su evolución.

Y la veterinaria llevaba la contraria a los dirigentes del parque.

Sidy terminaba de recoger las gasas cuando sonó el teléfono de Elena. Se trataba de Cristina. Como empujada por un resorte, se puso nerviosa y le mostró la pantalla a Sidy, que entendió que debía dejarla sola. Pero era un guiño de complicidad el que se la hubiera enseñado. Y eso no iba a dejar que se perdiera. Elena descolgó al tiempo que el cuidador de elefantes cerraba la puerta del despacho desde fuera.

—Hola —dijo con una sonrisa que no se captó a través de las ondas.

—¿Estás sola? —preguntó Cristina sin saludar siquiera.

—Sí —respondió Elena al sentirse casi descubierta, y miró a la ventana por la que cruzaba Sidy y se alejaba—. Estoy sola.

—He seguido investigando en el ordenador del vigilante.

Se produjo un breve silencio en el que la ansiedad de Elena se disparó.

—Al parecer —prosiguió—, el tipo tiene contactos con una empresa de seguridad de la competencia: SecurTotal Plus. Han aparecido muchos mails entre ellos. Tengo que analizarlos. Y no solo eso, he trasteado por Internet y descubierto que la nueva contrata del zoológico sale la semana que viene.

—Es verdad. Lo había oído por aquí —respondió Elena al caer en cuenta.

—Pues esa empresa está interesada en el concurso. Y significa mucho dinero. Ya se presentó a la convocatoria anterior y no consiguió que se lo dieran.

—A ver, a ver —la interrumpió Elena haciéndose una composición de lugar—, ¿y eso qué crees que quiere decir?

—¿Y si todo fuera un boicot de la empresa para generar descontento con la contrata actual y el tal Adolfo fuera una especie de infiltrado?

—Ya tendríamos la motivación. ¡Hay que decírselo a la policía!

—Espera, Elena. No nos demos tanta prisa. Tenemos que valorar bien cada paso que demos. Recuerda que estos datos no los hemos obtenido con un procedimiento muy legal que digamos.

—Y entonces, ¿qué hacemos?

—Podemos ir un poco más lejos. ¿Estarías dispuesta?

—Claro. Dime.

—He comprobado que no tiene sincronizado el móvil con el ordenador. Tendríamos que hackearlo también. Y ahí seguro que encontramos toda su vida. Aunque no va a ser fácil.

—Haré lo que sea necesario.

39

Violeta no podía dejar de mirar las decenas de colmillos y pieles de leopardo que adornaban el pabellón de caza presidido por un gigantesco ejemplar de elefante disecado. Daba la sensación de estar vivo y deseoso de arremeter contra ellos y aplastarlos. Pero Alberto Barroso, a sus casi noventa años y de espaldas a él, sabía que no iba a hacerlo, que ya lo había matado en una ocasión hacía cuarenta años y que los muertos de cualquier especie no regresan. Tal vez en sueños.

Barroso era un hombre elegante y fuerte a pesar de la edad, de corbata y zapatos impolutos y gesto que recordaba a Cary Grant. Todo un galán curtido en miles de peligrosas cacerías que contrastaba con la estética inevitablemente roquera de JP. Todavía organizaba expediciones a África y conocía a todo el mundo que la hubiera pisado con un rifle en los últimos setenta años.

—Entonces se ha pateado usted el continente de cabo a rabo —planteó poco ceremonioso JP, sentado enfrente de Barroso y con un café entre las manos. El cazador era el anfitrión perfecto. De una educación exquisita.

No hizo falta insistirle. Era como si llevase años con el deseo de que alguien le hiciera la pregunta adecuada para que se le abriesen los engranajes de la memoria.

—La África que conocí ha desaparecido, inspector, es

como un amor que ya no va a volver. La de principios del siglo XX no la viví, claro, pero me la han contado. Cuando yo llegué todavía mantenía cierto romanticismo que hoy ya no existe.

—¿Cuándo fue eso? —preguntó Violeta interesada.

—En los años cincuenta, en Guinea. Abundaban los elefantes. Había cientos de miles y eran una maldición para los agricultores nativos, porque destrozaban las plantaciones de maíz. Nos recibían como héroes, los librábamos de ellos. El marfil estaba muy cotizado; el oro blanco, lo llamaban. Lo que ustedes llaman cazador no tiene nada que ver con lo que yo he sido durante mi vida. Vivíamos rodeados de peligros. Y muchos perdieron la vida: a Peter Hankin, que era un gran amigo mío, lo devoró una leona en el valle de Luangwa. Lo sacó de la tienda y lo mató de un zarpazo sin que pudiera defenderse. Cuando llegamos, no pudimos hacer nada por él; a Billy Pickering le arrancó la cabeza un elefante, James Sutherland estuvo a punto de morir envenenado... —recitó conmocionado como si fuera una oración fúnebre—. Dios los tenga en su gloria. Era gente distinta, buscadores de oro como George Rushby, aventureros. He oído sus historias de primera mano. De los trece grandes cazadores solo quedo vivo yo y conmigo morirá una época.

Los investigadores se quedaron en respetuoso silencio, porque comprendían lo que representaba esa lista de nombres para Barroso. Fueron grandes amigos con los que compartió aventuras e ideales de vida, ya de otro tiempo, más cercano a los albores de la humanidad. Eso sí, con armas de fuego.

—¿Y a usted nunca le ha ocurrido nada? —preguntó Violeta, que sentía una extraña fascinación por Barroso.

—No. Pero he sobrevivido a un par de estampidas. He cazado en más de diez países. Siempre al acecho. Era de tú a tú. Y puedo afirmar que, para mí, el elefante es el animal más peligroso e inteligente. Igual que he abatido a más de mil trescientos, le digo que he colaborado para crear zonas protegidas, luchar contra los furtivos o implantar una infraestructura que permita que perduren en el tiempo. Son animales maravillosos.

El elefante disecado los observaba en silencio. En la mente de Violeta, esa contradicción entre pensar que eran animales maravillosos y la caza no encajaba, pero veía que sí era posible en la de su interlocutor.

—¿Y de los cazadores actuales? —preguntó para centrar la conversación y llegar al nombre de algún sospechoso.

—La caza, desde los años setenta, cada vez tiene menos que ver con la época que les cuento. La gente no va de safari por placer, sino para ganar puntos y hacer récords. Nosotros hacíamos batidas de cuarenta y cinco días, en tiendas de campaña de mala muerte. La caza es un duelo entre caballeros, no un asesinato. El animal debe tener la oportunidad de escapar. Ahora, se trata de fusilar cuantas más piezas mejor en poco más de una semana. A muchos solo les interesa si hay buen vino, piscina o teléfono por satélite. Los animales se crían en granjas y están casi amaestrados. Se colocan en una finca vallada para que los maten. Eso no es cazar, es ejecutar —concluyó airado.

—¿Y qué tipo de gente es?

—De mucho dinero, capaz de pagar entre veinte mil y cuarenta y cinco mil euros por las expediciones. ¡Si hasta hay un rancho en Texas donde se pueden abatir especies exóticas! Es como cazar en un zoológico.

Violeta y JP se miraron. Eso tenía mucho que ver con lo que había sucedido en Valencia: una ejecución.

—Ha dicho usted que sería como cazar en un zoológico —repitió JP para reconducir la conversación.

—Sí, ya he leído lo que ha pasado.

—Entonces, ¿usted cree que lo hizo un cazador?

—¿Con qué lo abatieron? ¿Con un 416 Rigby? O, si era más corpulento, tal vez con un 500 Jeffery o un 470 Nitro Express.

—No sabemos el arma, pero el calibre de la bala era 338 Lapua Magnum.

Barroso los miró extrañado. No se esperaba un dato así.

—Es un proyectil militar —respondió para sí y se quedó pensando unos instantes tratando de entender por qué lo habrían utilizado—. ¿A qué distancia dispararon? Si pueden decírmelo... —preguntó educadamente tras la reflexión.

—A unos ochocientos metros —respondió JP.

Barroso sonrió con tristeza y miró a los ojos al policía.

—A esa distancia y con esa bala, no ha sido un cazador. Busquen a un francotirador.

40

—Hay dos interpretaciones sobre cómo surgió la vida compleja sobre la tierra —dijo Marina Santaolalla, que paseaba por el aula ante el silencio expectante de la veintena de alumnos entre los que se encontraba Elena—. La mayoría de los científicos están de acuerdo en que se inició hace casi tres mil millones de años, cuando un organismo unicelular, una arquea procariota en este caso, capturó a una bacteria entre sus pseudópodos y la fagocitó. Pero, contra todo pronóstico, la bacteria no fue digerida, sino asimilada, y ambas conformaron una eucariota: la primera célula compleja de la historia de la evolución. Hoy la llamamos la arquea Prometeo.

—¿Y cuáles son las dos interpretaciones? —preguntó la alumna francesa, siempre atenta.

—La primera está clara —respondió Marina tras extender uno de sus largos dedos—. La vida compleja se inició con un acto violento en el que un ser vivo devoró a otro. A mí me gusta decir que, con la aparición de las células complejas, surgen los depredadores y se acaba la paz en la Tierra. A partir de ahí, la vida consiste en comer y evitar ser comido.

—La violencia estaría en los orígenes y no hemos podido prescindir de ella —dedujo Jon.

—En la evolución encontramos muchos indicios de

una violencia necesaria, sin duda —aceptó la profesora—. Hubo un momento en el que las branquias de los peces primitivos se transformaron, al menos en parte, en mandíbulas. Es casi —dijo recalcándolo— tan importante comer como respirar.

La clase se quedó pensativa valorando lo que significaba ese hecho. A Elena le pareció que la interpretación que hacía Marina de la evolución y del comportamiento animal era polémica y a la vez sugerente.

—¿Y cómo interpretas esa violencia en los humanos de hoy? —preguntó Aurora, que estaba sentada junto a Jon.

Marina caminó en silencio. Se percibía cómo su cerebro estructuraba la información.

—Ya sabéis que me gusta poner ejemplos. Los lobos —enunció con cierto dramatismo—. Seguro que habéis visto vídeos de cómo pelean dos machos por el control de la manada. Y es que solo la pareja alfa se reproduce y transmite los genes. Como en toda pelea, se llega a una tesitura en la que uno de los contrincantes se rinde. ¿Qué hace para demostrarlo?

—Se deja caer al suelo y ofrece el vientre al ganador —señaló Elena tímida. El resto de los alumnos la miraron y ella esquivó los ojos de Jon.

—Le ofrece la zona más débil. El vencedor podría destrozarlo de una dentellada.

—Pero no lo hace —afirmó Elena intuyendo lo que quería decir.

—¿Por qué?

—Porque lo necesita —concluyó la veterinaria ante la sorpresa de la clase.

—Eso es. El grupo sería débil si perdiera al segundo miembro más fuerte. Les conviene que sobreviva. Pero, como explicó hace tiempo y atinadamente Konrad Lorenz, el macho alfa no lo decide. Y aquí está lo chocante. Hay estudios que señalan que, ante la actitud sumisa del perdedor, el vencedor se bloquea, se le inhibe la violencia. Es algo genético. Las manadas que no lo hicieron transmitieron menos los genes que las que tuvieron esa conducta. Tras miles de generaciones se fija ese comportamiento en la especie.

—A los humanos no nos sucede —aventuró la francesa.

—Esa diferencia es esencial —señaló Marina, muy expresiva con las manos—. Nosotros somos vegetarianos que comemos carne desde hace millones de años, nuestro estómago e intestino se han adaptado y nuestro cerebro ha crecido como consecuencia. Pero no tenemos fisonomía de depredadores: ni grandes colmillos ni garras. Los hemos sustituido por tecnología e inteligencia. En consecuencia, para nosotros, no agredir es una decisión, no un mandato biológico. No tenemos un mecanismo que nos inhiba la violencia.

La puesta en escena de Marina era teatral y la clase estaba fascinada por las teorías que acababa de exponer. Caminó entre las mesas y dejó que rumiaran la idea como buen rebaño. Después se detuvo y volvió a hablar.

—Pero también podría haber otra interpretación distinta sobre el comportamiento de la arquea —dijo retomando el argumento que había anunciado al principio de la clase.

De nuevo generó expectación sobre lo que iba a relatar.

—Podríamos pensar que, a pesar de la violencia inicial, asistimos al primer instante en el que surgió la colaboración entre dos individuos diferentes: las bacterias se alimentaron de los desechos de la arquea y estas supieron aprovechar el oxígeno y las vitaminas que producían las bacterias. Al igual que las branquias un día se convirtieron en mandíbulas, miles de años después, una parte de ellas se transformaron en huesos del oído. ¿La comunicación vence a la depredación? La vida compleja no es más que eso: colaboración celular capaz de formar individuos como los que tengo ahora enfrente, capaces de hacer cosas fantásticas, así como de destruir el planeta. En nuestras manos está la elección.

Al acabar la clase, Elena intentó no coincidir con Jon. No quería dar explicaciones ni tampoco pedirlas. Salió precipitadamente de la facultad y, tras caminar unos pasos, se encontró con el coche de Cristina aparcado en un vado cerca de la puerta. Se sorprendió de que fuera a recogerla; no solía salir tan pronto del trabajo.

Entró en el coche, alegre, pero cuando fue a saludarla, Cristina se adelantó.

—Creo que lo tengo —dijo acelerada.

—Perdona, hola. —Quiso ser cariñosa y le dio un beso en la comisura de los labios que se alargó más de lo previsto.

Cristina se separó bruscamente para recuperar el tono grave con el que había iniciado la conversación.

—Es importante. Mira —dijo, y le mostró una página de Internet en el móvil—. Si quieres que entremos en el teléfono de Adolfo tienes que acceder a su terminal y entrar en esta web. Pinchas aquí y se instalará un programa que me permitirá acceder a todos los datos.

Elena se puso muy nerviosa; el hackeo de los dispositivos del vigilante avanzaba deprisa.

—¿No habría otra manera de hacerlo? —preguntó con la voz temblorosa.

—Le he mandado dos mensajes de *phishing* para ver si picaba y pinchaba el link, pero no lo ha hecho. Si le mandase un tercero podría sospechar. No es un tío tonto, al fin y al cabo, también trabaja en seguridad.

Elena cogió el móvil y miró la web.

—¿Sabrías cómo quitarle el teléfono? —preguntó Cristina ansiosa. El reto la motivaba: volver al trabajo que había abandonado como consecuencia de su aburguesamiento.

—Aunque lo consiguiera, no conozco el PIN.

—Seis, nueve, ocho, ocho.

Elena la miró alucinada.

—Tiene un documento en el ordenador con varias contraseñas. Creo que es esa.

—¿Y si no?

—Tendremos que probar. ¿Podrías cogerle el teléfono?

Elena barajó opciones en su memoria y recordó que, cuando lo estuvo vigilando unos meses atrás, Adolfo acostumbraba a ducharse en el vestuario antes de salir del turno.

—Creo que sí.

41

Rosa, mareada y confusa, sostenía un sobre en las manos, que le temblaban de manera casi imperceptible mientras escuchaba a JP leer el cuento a su nieta. Hoy tocaba *El pez arcoíris.* Se los oía interpretar a dúo las canciones.

Era como un eco sordo, que le rebotaba en los huesos del cráneo, pero que resultaba inentendible, opaco, no le llegaba al cerebro. Oscuro a pesar de las risas y la alegría. JP había llegado apresurado por temor a no encontrar despierta a Coral, había escondido el arma en la caja fuerte del dormitorio y ni se había quitado la cazadora ni besado a su mujer, ni, mucho menos, sido consciente de la cara tan pálida que tenía y el ligero temblor de ella. Tampoco de los ojos de preocupación.

—Colorín colorado, este cuento se ha acabado —concluyó JP, aunque el relato original no terminase así. Era el final que se utilizaba en su época y le gustaba trasmitírselo a Coral, su lenguaje secreto y compartido.

—Otro cuento más, *iaio* —pidió la niña de sonrisa incansable.

—No, Coral, hoy es más tarde que nunca —negó JP próximo al agotamiento.

—Vale —aceptó ella—, pero prométeme una cosa.

—¿El qué?

—Que me vas a llevar al zoo.

—¿Al zoo?

—¿No te has hecho amigo de los que cuidan a los animales?

—No, ¿por?

—Porque les estás ayudando a encontrar al malo que mató a Blanca.

—Así es —aceptó JP acorralado.

—Pues me los presentas.

El entusiasmo de Coral no dejaba lugar a la discusión. JP asintió un tanto incómodo, besó a su nieta con ternura en la frente, el momento más humano del día, y apagó la luz del cuarto.

—No te has despedido de Gusanito —protestó la niña en un intento de que permaneciera más tiempo con ella.

—¡Un beso, Gusanito! —dijo JP lanzándolo al aire y salió con la sonrisa dibujada en la cara sin esperar la respuesta del hámster, que no se produjo.

Se dirigió a la cocina, pero no se fijó en que Rosa estaba plantada en medio del salón todavía con el sobre en las manos.

—Menuda locura de día —dijo JP entrando con un plato repleto de queso y jamón serrano—. Hemos estado con un señor que había cazado más de mil elefantes. Educadísimo. Ha resultado chocante, casi daban ganas de apuntarse a un safari tras escucharle cómo contaba sus hazañas.

—Casillas...

—Dime —respondió sin mirarla y con un buen trozo de jamón en la boca—. Vengo con un hambre..., solo he comido un pincho a mediodía.

—Están ya los resultados del análisis.

La voz de Rosa no presagiaba nada bueno. Al oírla, JP la miró a la cara por primera vez; no lo había hecho desde que entró acelerado. Ahora se fijaba, de repente, en que a ella le temblaban las manos en las que sostenía el sobre del centro de salud.

—Lo he abierto.

JP la miró confuso. No esperaba tener que afrontar esa cuestión tan pronto. Se había hecho los análisis, pero era como si con eso su cerebro aparcase toda preocupación. Tenía demasiados asuntos en la cabeza: lo del francotirador, que cambiaba el planteamiento del caso; la presencia inquietante del tipo de seguridad del zoológico, que no le había gustado ni un pelo; las amenazas en redes sociales y la petición de su nieta para que le presentase ¿a quién? ¿A la veterinaria pirada?

Y ahora esto.

—Tienes la PSA elevada.

—¿Y eso qué significa?

—A ver, es solo un indicador que no tiene por qué decir nada... —explicó Rosa.

—¡Habla claro, joder!

—Cuando esa proteína está alta, podría ser un síntoma de tumor de próstata. Hay que hacer más pruebas.

—En mi familia... —JP no siguió. Ambos sabían que su padre había fallecido a causa de eso.

—Hace muchos años —argumentó Rosa—. La medicina ha avanzado desde entonces.

JP, o Casillas para Rosa en los malos momentos, dejó el plato de jamón y queso sobre la mesa, salió del cuarto dando un portazo y se encerró en el baño. No iba a mostrar su desasosiego ni siquiera ante su esposa, que se quedó allí plantada sin saber qué hacer. Había vivido cientos de veces una situación parecida en el hospital, pero no con la persona con la que había convivido, mal que bien, pero con esperanza, tres cuartas partes de su vida.

42

Elena traspasó la verja metálica de proveedores que daba al anillo externo del parque de animales. Tenía las llaves, era la entrada del personal cada mañana, por lo que, aunque alguien la viera, no resultaría extraño que anduviese por ahí. No adivinaría el verdadero motivo: conseguir conectar el móvil de Adolfo a la web que le había indicado Cristina. Habían trazado juntas el plan: primero comprobaron el horario de los vigilantes y vieron que terminaba el turno a las diez. Tenía que conseguirlo mientras se duchaba y Cristina la esperaría en el coche a una distancia prudencial de la verja para que nadie se preguntase por su presencia.

La veterinaria caminó por la vía de servicio hasta la entrada de la Cueva de Kitum, ya dentro de la zona visitable. Estaba oscura, con escasos puntos de luz, lo que le confería un aspecto sombrío. La atravesó dejando a la derecha el bosque de baobabs. Trató de no mirar hacia el lugar en el que había yacido Blanca, pero los ojos no le obedecieron y un vistazo fugaz bastó para que sintiera un desagradable pinchazo en el estómago que aumentó su determinación: estaba haciendo lo correcto.

De noche era un lugar distinto, enorme, solitario. Las sombras se mecían con el viento y, de fondo, el eco de los rugidos de las fieras. Intimidaba. No le quedaba más remedio que cruzarlo de un extremo a otro para llegar a los vestuarios. Daba la sensación de avanzar por una ciudad abandonada. Repasó el plan mecánicamente para ponerlo en práctica sin improvisar. Debía tener cuidado de no encontrarse con Adolfo en la última ronda y esperar oculta cerca de los vestuarios hasta que el vigilante terminara el turno, en unos quince minutos, y entrara para cambiarse. Estaría solo, por lo que no se preocuparía de dejar el móvil en la taquilla, o eso esperaba. Adolfo se duchaba largo rato; le importaba bien poco la falta de agua del planeta. Tenía que aprovechar esos minutos.

Elena caminaba oculta e imaginaba lo que encontraría en la memoria del móvil: fotos de los huevos destrozados, de la comida del gorila, incluso del arma homicida de Blanca. A los humanos les gusta dejar constancia de sus fechorías. Aunque pudiera parecer absurdo, se veía a diario en las redes sociales, donde idiotas que conducían a doscientos por hora colgaban el vídeo, o pandilleros que daban palizas a inocentes las subían a las historias de Instagram. Distraída por aquellos pensamientos, estuvo a punto de no oír los pasos cerca del quiosco de los bocadillos. Por fortuna, pudo reaccionar a tiempo y esconderse entre los arbustos justo cuando Adolfo cruzaba el sendero empedrado. No la vio y siguió su camino con prisa hacia los vestuarios. Todavía restaban diez minutos del turno, pero debía de haber quedado pronto, porque tenía toda la pinta de que se los iba a fumar.

Aguardó tumbada entre la maleza, con rasponazos en las manos y dolor en las incisiones de la espalda, hasta que lo vio entrar a lo lejos en la zona de personal. Estaban solos; el vigilante que lo iba a sustituir no había llegado aún. Cuando estuvo segura de que no la descubriría, se levantó y avanzó con el sigilo de una pantera al acecho. Se aproximó a la ventana del vestuario y se quedó quieta, con la respiración contenida. Por fin, escuchó el sonido de la ducha.

Era el momento.

43

No estaba en sus planes. Y lo que no entraba en sus planes no existía. Así venía siendo en los últimos años, en los que JP se había vuelto más rígido. Sería por la edad, no iban a agarrotarse solo la espalda o las rodillas, también el ánimo y la esperanza eran algo que, si no se trabajaba a diario, daba problemas. Y mientras Rosa desarrollaba la afición por el yoga que la había vuelto más flexible en todos los ámbitos de la vida, él prefirió machacarse en el gimnasio para fortalecer el carácter y la masa muscular y así mantener la imagen de tipo duro. Como resultado, tenía la elasticidad de un bloque de piedra. La llegada de Coral había puesto en tela de juicio su actitud ante la vida, pero era una cuestión encubierta, intuida, no reflexionada y mucho menos compartida con su mujer.

Ahí, en el baño, sentado en la taza cerrada del váter, sin saber cómo manejar la incertidumbre, sin querer preguntar, sin mirar en Internet siquiera, JP, bloqueado, dejó que se escaparan los minutos, como si su mero paso fuese a resolver la cuestión.

No sabría decir el tiempo que había transcurrido —en el que Rosa llamó en un par de ocasiones a la puerta para que le abriera y había terminado por dejarlo por imposible— cuando decidió que el agua caliente lo ayudaría a olvidar el diagnóstico que le avanzaba el cruel análisis de sangre. Y es que la palabra cáncer bloquea a los humanos de cualquier edad y condición. Aunque otras especies animales también lo padecen, nadie se lo anuncia.

El agua lo ayudó a relajar la tensión muscular, le permitió volver a doblar el cuello y dejar de sentir las piernas como dos columnas pétreas e inamovibles.

Una vez se hubo secado, la rigidez no tardó en adueñarse de nuevo del cuerpo. Apareció en los pies, trepó por los gemelos hasta los muslos como una serpiente que se enroscase en un árbol, para después avanzar inexorable por el tronco y oprimirle el cuello, ahogándolo. Cerró los ojos; no podía admitir lo que le sucedía. A él no, no un ataque de ansiedad ahora, con su nieta en casa, con Rosa en la puerta y con una investigación compleja en marcha. Nunca había sido partidario de medicarse, no se tomaba ni un ibuprofeno tras un entrenamiento demasiado intenso, pero recordó unas pastillas para dormir que le recetaron a su mujer en los peores días de la pandemia. Rebuscó precipitadamente en el cajón de las medicinas y las encontró allí, sin abrir; Rosa no había llegado a tomarlas. Sacó una y la tragó sin agua, con el deseo de que le hiciera efecto en ese instante.

Es posible que fuera por placebo, pero se sintió mejor. Se relajó lo suficiente como para vestirse y salir.

Rosa permanecía de pie a unos metros; lo esperaba. Le había dejado tiempo, sabía que agobiarlo resultaría contraproducente. Eran muchos años juntos.

—Ven aquí, Casillas —susurró, y JP avanzó los pasos necesarios para dejarse abrazar varios años después de la última vez en la que se había sentido débil. Ni recordaba cuándo.

—*Cada dia t'estimo més* —confesó ella sin ver como una solitaria lágrima escapaba del ojo de su compañero de vida y disgustos; de años de comprensión y también de distancia, de amor apasionado y frialdad extrema; de contrastes, de lejanías y momentos de intimidad.

El miedo es una emoción compleja que algunos animales son capaces de experimentar. Pero el miedo a la muerte es únicamente humano. Solo el cerebro de los homínidos, desde tiempos atávicos, es capaz de avanzar una hipótesis así de dura: «Si los demás la palman, también la palmaré yo». JP pensó lo mismo que millones de *sapiens* y, tal vez, de neandertales.

«También la palmaré yo», como Janis Joplin, Jimi Hendrix, Charlie Watts, David Bowie, Jim Morrison, Kurt Cobain o tantos otros que habían dejado un terrible vacío. Famosos o no. En tantas guerras, suicidios, enfermedades o accidentes. Por la crueldad humana o simplemente por la naturaleza. Y no bastaba con que la muerte inspirase canciones maravillosas como *Tears in heavens* de Eric Clapton, *Miss you* de los Stones o *Wish you were here* de Pink Floyd, o epitafios sentidos. La pérdida de un hijo, de un amigo o de la pareja no era reemplazable por nada.

Nada proporcionaba consuelo ante la intuición de perder la propia vida.

44

A Elena, el corazón le palpitaba más rápido según se acercaba al objetivo. Sentía como las venas se contraían y expandían para dejar pasar el flujo sanguíneo cada vez más deprisa. Eso le provocó un ligero mareo del que se recuperó con respiraciones profundas. Ya algo más serena, se cercioró de que el vestuario femenino estuviera apagado y vacío, que no hubiera nadie por quien preocuparse. Era un espacio amplio y agradable, con el suelo de cerámica y bancos corridos de madera enfrente de las taquillas. Decidió prepararse allí antes de entrar en el de los chicos. Se puso guantes de látex de los que usaba para tratar a los animales. Así no dejaría huellas. Aunque no pensaba que la policía llegase a investigar lo que pretendía hacer, nunca estaba de más ser precavida.

Salió al pasillo común y se asomó al vestuario masculino. No había luz, cosa que le extrañó, pero sí vio encendida la zona de las duchas, donde se oía cómo alguien se enjabonaba. Caminó silenciosa hasta llegar a las taquillas. Una estaba abierta, con ropa desordenada en el interior, pero no se veía el móvil. Levantó el pantalón con cuidado. Tampoco estaba en los bolsillos ni debajo. Miró hacía el banco en el que reposaba el resto del uniforme del vigilante; ni rastro del teléfono. Tras buscar ansiosa por la sala, lo encontró caído sobre una de las zapatillas de marca que usaba Adolfo. Lo cogió con los guantes de látex y lo miró. Le pedía el código de desbloqueo. Cerró los ojos y recordó: seis, nueve, ocho, ocho. Lo tecleó con las manos temblorosas y el dispositivo se desbloqueó de inmediato. La sorpresa de haberlo conseguido la puso tan nerviosa que el móvil se le cayó al suelo, rebotó en los baldosines y fue a parar debajo de los asientos. La pantalla se apagó, por lo que no se veía dónde estaba. Se arrojó al suelo como si su vida dependiera de ello y tanteó a oscuras. Por fin, los dedos tocaron el móvil y, aunque le costó todavía un par de intentos, consiguió recuperarlo. Se levantó acelerada. La sangre tardó un segundo más en alcanzar la cabeza y sintió de nuevo el mareo. Aunque Adolfo se recrease en su ducha, ya habían pasado varios minutos desde que empezó; no tenía mucho tiempo. Tocó la pantalla temiendo que el aparato se hubiera estropeado por el impacto, pero se encendió. Estaba bien, tan solo tenía un ligero golpe en una de las esquinas inferiores del protector. Volvió a teclear el código y se abrió para ella. Estuvo tentada de empezar a buscar en las fotos a ver qué encontraba, pero comprendió que no disponía de tiempo. Pinchó en el logo del navegador, este se desplegó, entró en la web que le había indicado Cristina y le dio a descargar el programa que les permitiría acceder a la información que Adolfo tuviera en el dispositivo. Comprobó que funcionaba, cerró la página, borró el historial y dejó el móvil en la zapatilla. Lo había conseguido. Respiró más tranquila, se acercó a la taquilla para dejarla tal y como la había encontrado y, en ese momento, escuchó unos pasos a su espalda. Se giró y contempló a Adolfo en la puerta de las duchas, desnudo y a contraluz. La figura, musculosa y robusta, resultaba amenazante. Le vinieron a la cabeza las ilustraciones de cómo suponían los humanos actuales que habían sido los hombres prehistóricos. Sintió pánico y el cerebro se disparó para tratar de buscar una escapatoria.

Adolfo tardó unos instantes en entender quién era ella y qué estaba haciendo allí.

—¿Elena?

—Me he equivocado de vestuario —respondió dubitativa y, al ver avanzar al vigilante hacia ella, lo esquivó y consiguió salir al pasillo y después al exterior.

Empezó a correr despavorida hacia el acceso por el que había entrado pensando que, desnudo como estaba, el vigilante no la seguiría. Pero escuchó unos pies descalzos que corrían por el empedrado detrás de ella, a escasos metros. Si se dirigía hacia la zona del bosque ecuatorial conseguiría despistarlo, ya que el camino estaba lleno de vericuetos. Jadeaba, el sonido del corazón se confundía con el de los pasos, por lo que no sabía si la seguían o no. Giró por el sendero de los leopardos creyendo que su perseguidor seguiría recto, pero no fue así. Al llegar al puente que cruzaba el hábitat de los chimpancés, la alcanzó y la retuvo por la camiseta. No tenía nada que hacer contra un tipo tan robusto y Cristina estaba demasiado lejos como para auxiliarla. Intentó gritar. Tenía que haber otro vigilante en el parque que podría oírla, pero su garganta se había quedado muda. Sintió por detrás el abrazo mojado de Adolfo y la presión sobre las incisiones que le había producido Sidy durante la escarificación. Esa noche no estaba ahí para defenderla. Le pareció que el vigilante se excitaba con la situación y el asco regresó.

—¡¿Qué hacías en mi taquilla, hija de puta?! —susurró en tono pendenciero.

—Nada —balbuceó ella.

—¿Nada?

—De... verdad.

Adolfo la giró hacia él sin soltarla. Elena no quería mirar, un comportamiento animal de protección, y mantenía los ojos cerrados, aunque percibía el aliento del agresor.

—Mírame —ordenó, y la empujó contra la valla que daba al recinto de los chimpancés, vacío a esa hora.

A la veterinaria no le quedó más remedio que hacerlo: los ojos de Adolfo, inyectados en odio, y la calva con la cicatriz de la frente, lo hacían parecer aún más temible. Iluminada tan solo por la luna llena, pensó en que podría morir allí mismo y que nadie lo impediría.

—¿Qué hacías en mi taquilla? —repitió mascando cada palabra.

—Nada —dijo ella bloqueada.

—Muy bien, tú lo has querido, Agatha Christie.

Adolfo la levantó sin dificultad en el aire y sacó la mitad del cuerpo fuera de la valla sobre la parcela de los chimpancés. El puente en el que se encontraban debía de estar a una altura de seis o siete metros. Debajo, unas piedras falsas de hormigón amenazaban con abrirle el cráneo si la dejaba caer. Estaba aterrorizada.

—Por última vez. ¡¿Qué hacías?!

—Bus-buscaba tu móvil —respondió sincera.

—¿Para qué?

—Para quitártelo.

—Ah, muy bien —aceptó cínico—. ¿Y qué querías encontrar?

—Algo sobre Blanca.

—¡Eres gilipollas, tía! ¡¿De verdad crees que la maté yo?!

—No sé.

—Si la hubiera matado, tampoco debería tener problema en matarte ahora a ti —dijo, y sacó un poco más su cuerpo por encima de la valla.

—No, por favor..., te prometo que te dejaré en paz.

—Si te cayeras ahora, nadie pensaría que he sido yo. Te abres la cabeza, yo borro cualquier imagen que nos hayan podido grabar las cámaras y listo. Parecería un suicidio por la muerte de Blanca. No pudiste superarlo.

—Por favor —repitió Elena entre sollozos—. ¡Te dejaré en paz, te lo juro!

En segundos, multitud de opciones cruzaron por la mente de Adolfo: pensó en despeñarla, retorcerle el cuello, partirle solo un brazo, pero la vio tan asustada que creyó que lo dejaría en paz de verdad. No se le había inhibido la agresividad ante la clara petición de clemencia, como sí les sucedía a los lobos; era él el que había tomado la decisión de permitir que Elena viviera. Tal era su poder en esa situación. La alzó hacia el puente y la volvió a depositar en suelo firme. Temblaba como una niña aterrada. Los sucesos de las últimas horas la sobrepasaban; demasiadas desgracias en poco tiempo. Adolfo le apretó el cuello como si fuese a ahogarla y ella se abandonó. Pero el vigilante se detuvo. Antes de salir del vestuario había comprobado que el móvil estaba en la zapatilla, donde él lo había dejado, y pensó que no merecía la pena ir más allá.

Soltó el agarre y se alejó como si no hubiese hecho nada malo. Elena levantó la vista y lo miró: de noche, en el bosque ecuatorial y desnudo le pareció un animal primitivo. Y salvaje.

Pasados unos minutos se calmó. Se había asustado muchísimo, aunque no tanto como había demostrado a Adolfo. El programa espía estaba ya instalándose de fondo en el teléfono y era indetectable. En unas horas, Cristina podría acceder al contenido. A toda su vida.

El riesgo había merecido la pena.

PARTE III

45

Con un subidón, que era mezcla de huida hacia adelante, adrenalina, temor y esperanza, Elena abandonó el parque y corrió como loca hacia el vehículo en el que la esperaba Cristina. La calle cortada que daba a la trasera estaba a oscuras y el coche apenas si se veía. Las ramas frondosas de los árboles no dejaban pasar la luz de la luna.

—¡Lo he conseguido! —gritó sin preocuparse de que alguien la pudiera oír. Abrió la puerta y se arrojó al asiento del acompañante como perseguida por una alimaña. Cristina la vio alterada y se preocupó.

—¿Ha ido todo bien?

—¡Joder, ha sido bestial! He pasado miedo, pero he instalado el programa.

Y la abrazó en un arrebato de agradecimiento, hasta arriba de endorfinas y sudada por la tensión. Le había compensado el riesgo. A su pareja le sorprendió tanta efusividad y no vio venir el beso con el que se sellaba el pacto de silencio entre ambas. Cuando el ser humano prueba la emoción intensa se convierte en adicto. Y Elena la había probado en esos días. Acelerada, se sentó sobre Cristina dispuesta a celebrar el éxito; se quitó la camiseta, dejó sus pechos al aire y se irguió ofreciéndoselos a su amante, que los acarició mientras le desabotonaba los vaqueros con habilidad y dejaba el camino libre para introducir la mano hasta alcanzar su sexo húmedo. Al resto de los animales, cuando estaban en celo, también les ocurría: los genitales femeninos se volvían turgentes y rojos y desprendían un olor especial causado por las feromonas e irresistible para los machos. Y en aquella noche, a escondidas del mundo, también para otra hembra de la misma especie a la que esa sensación la fascinaba.

Elena se mareó con el contacto; vivía una borrachera de goce. Las contracciones se hacían cada vez más intensas y la sacudida de placer empezaba a inundarle el sistema nervioso. Alcanzó tal orgasmo que Cristina temió que el propio vigilante la hubiese oído desde los vestuarios. Pero el coche estaba herméticamente cerrado y el chillido quedó oculto entre ellas, íntimo, mezcla de delirio, aventura y fruta arrebatada al árbol prohibido.

Cristina sonrió satisfecha. Se sintió joven y guapa.

Elena cayó agotada sobre su amante, todavía con los últimos espasmos. La melena castaña se le había rizado y sonreía como una niña traviesa. Una risa floja, de esas que saltan incontrolables y que liberaba la tensión de los últimos días, limpiaba de la mente el intento de violación, el miedo a perder a Cristina por culpa de su aventura y el incidente con Adolfo; todos los malos recuerdos borrados por arte de la evolución, que había seleccionado de forma casual el placer. Y los humanos lo habían fijado en su biología.

Todos los malos recuerdos, salvo la neblina gris de la muerte de la elefanta.

Cristina la besó hasta disolver, por fin, la desolación.

—Ahora te toca a ti —propuso juguetona.

—No hace falta...

—Claro que sí, siempre hace falta —respondió Elena, echó el asiento hacia atrás y maniobró para alcanzar el preciado cáliz que se abrió ante sus labios. Enseguida, la temperatura aumentó de nuevo y comenzaron las contracciones entremezcladas con el perdón, el olvido de la infidelidad y un amor absoluto. Para sorpresa de la propia Cristina, el orgasmo irrumpió antes de lo que hubiera imaginado en sus mejores sueños y ahogó el grito con la mano mientras convulsionaba todo el cuerpo.

—Para —jadeó Cristina a punto de desmayarse—. No puedo más...

Elena continuó la presión todavía unos instantes para terminar liberando a su amante —que arqueaba la espalda con tanta flexibilidad que pareció que fuera a romperse— y permitir que se relajara y se derrumbase sobre el asiento. Levantó la vista de entre los muslos y la miró. Intercambiaron una sonrisa y tocaron la felicidad por un instante. Una dicha nada comparable a los ratos más o menos gozosos que experimentan el resto de los animales. Incluidos los machos de la misma especie.

—¿Podemos mirar ya el móvil de Adolfo? —preguntó Elena recostada en el asiento, agotada y desnuda de cintura para arriba.

—Solo en las películas —respondió Cristina mientras se subía los pantalones. La calle estaba apartada, pero no resultaba imposible que pasase alguien por allí.

—No te entiendo.

—En la vida real todo es un poco más lento —explicó—. El programa se instala de fondo muy despacio, para que el dueño del móvil no note nada. Puede tardar horas en obtener los archivos.

Elena se desilusionó, ansiosa como estaba por comprobar la culpabilidad del vigilante.

—Si nos bajásemos los datos a una velocidad normal, ralentizaría el teléfono e incluso se podría calentar. Hay que resultar invisibles. Y tener paciencia, lo más difícil está hecho.

Elena se conformó con la explicación y recuperó la camiseta para vestirse. A Cristina le dio pena que lo hiciera, pero no dijo nada, solo la observó. Los humanos son una especie muy visual; el resto de los sentidos han perdido la batalla. Algo queda del oído y del gusto enterrado en comida basura; un poco del olfato, habitualmente para mal; y el tacto para ocasiones como aquella.

—Por la mañana tendremos fotos y vídeos de la galería —prometió Cristina—. Será complejo manejar la cantidad de información a la que tendremos acceso. Habrá que ser sistemáticos. Estate preparada. Vamos a entrar en la zona oscura de Adolfo.

46

Como le había adelantado Cristina, por la mañana no había dado tiempo a que se descargase mucha información desde el móvil de Adolfo, pero ya tenían en su poder un vídeo que hacía dudar a Elena de la decisión de espiar la vida del vigilante. Entrar en la intimidad de una persona no significaba solo eso, suponía también violar la de aquellas con las que tuviera relación. Un objetivo era buscar pruebas sobre unos hechos delictivos y otro bien distinto estar preparada para contemplar según qué comportamientos. Y es que una de las primeras grabaciones que encontraron, tras fotos de amigotes festejando partidos de fútbol, fue la de una relación sexual del vigilante con su anterior novia, la que lo había acusado de maltrato. En las imágenes no se veía una actitud evidente que pudiera demostrar esa violencia, aunque eran desagradables. Elena pensó que nunca debería haber visto la cara de Adolfo mientras follaba con cierta agresividad y mucho menos la de la chica que permanecía debajo, soportando el peso y tal vez fingiendo el orgasmo. Adolfo, al acabar, se dejaba caer hacia la cámara con un gruñido.

Cristina, que ya había pasado por situaciones similares, paró la reproducción.

—Solo hay que ver lo necesario. Se aprende con el tiempo.

A Elena le costó retirar la vista y, cuando lo hizo, se sintió despreciable. El sudor de la calva de Adolfo recorriendo la cicatriz; el corpachón desnudo, el mismo que la había perseguido la noche anterior por el parque, y el rictus de la chica, le parecieron ajenos a su concepto de amor, a la pasión y dulzura que había vivido unas horas antes en el coche.

—¿Tú crees que podría ser abuso sexual?

—Lo que sucede entre una pareja adulta es muy complicado de definir. Y no es lo que buscamos, no desviemos el tiro —respondió Cristina con cierta frialdad.

—¿Cómo pudiste dedicarte a algo así?

—A ver, Elena, yo me dedicaba a temas empresariales. A comprobar la seguridad de multinacionales y, si veía debilidades, les robaba datos o les reventaba la web. Pero, en realidad, era una carta de presentación: «Me quieres en tu equipo y no en tu contra». Y me fue bien —añadió con una sonrisa.

—¿Nunca te encontrabas con situaciones como esta?

—Muy de vez en cuando. Te haré una selección del móvil —propuso al tiempo que cerraba el portátil—. No hace falta que lo veas todo.

Una hora después, Elena entraba en el parque de animales y dejaba a un lado la manifestación de los antiespecistas, en la que le extrañó no ver a sus compañeros del máster. La cara de la exnovia de Adolfo la perseguía entre los rugidos de los leones que se desperezaban en los cobijos. Demasiadas imágenes terribles en los últimos días. Se preguntaba cómo afectarían al cerebro, si dejarían heridas a largo plazo. ¿Y en el del resto de los animales? Dicen los estudios que la memoria de los elefantes es prodigiosa. ¿Blanca retendría hasta el día de su muerte el semblante de los que asesinaron a su madre?

Los humanos, que mataron a una, acabaron también con la vida de la otra años después.

Confundida y abrumada, se dirigió al despacho del director técnico, que le había mandado un mensaje a primera hora para que fuese a verlo. El texto denotaba urgencia y eso la intranquilizó aún más, aunque también podrían ser buenas noticias: a lo mejor la policía había avanzado con las pesquisas y llegado a las mismas conclusiones que ella. Ojalá no fuese necesario seguir buscando en el móvil de Adolfo.

Se ajustaba la coleta antes de entrar a las oficinas cuando vio salir de allí, muy alterados, a dos representantes de los inversores extranjeros. Hablaban en inglés y alcanzó a oír el final de la conversación entre ellos: habían dado un ultimátum acerca del sobrecoste de los elefantes.

—Elena...

La veterinaria se giró y vio a Abalde en la puerta del despacho. Cogió aire y avanzó hasta la silla que le ofrecía. La habitación era sencilla, como el resto de las oficinas, y repleta de fotos del director en sus viajes a los distintos refugios de animales con los que colaboraban en Senegal y República Democrática del Congo. Los visitaba en cuanto le era posible. Desde que era director, las obligaciones lo mantenían alejado del trabajo de campo, que era lo que lo apasionaba. Los años y la familia le habían hecho sentar la cabeza y buscar una ocupación administrativa que a veces, como en esa mañana, odiaba.

—¿Sabéis algo nuevo de la investigación? —se adelantó Elena.

—La policía no nos cuenta nada. Es lógico, estarán con sus averiguaciones. Pero no te he llamado por eso.

Elena, en su ingenuidad, no se esperaba lo que iba a decir.

—Adolfo ha presentado una queja formal contra ti por acoso. Me ha contado el incidente de anoche en los vestuarios y que trataste de quitarle el móvil.

—¡¿Y no te ha dicho que me persiguió y me amenazó con arrojarme al foso de los chimpancés?!

—¡¿Y qué pruebas tienes de eso?! —replicó Abalde—. ¡¿Las mismas que de las demás acusaciones?!

Elena se planteó por un instante reconocer que tenía una copia del móvil en su poder y que iba a encontrar lo necesario para corroborar sus sospechas, pero comprendió que era una locura. También fue consciente de que, si alguna cámara los hubiera grabado la noche anterior, Adolfo ya se habría ocupado de borrarla.

—Esto tiene que acabar —prosiguió Abalde—. Es hora de pensar en el parque. Tengo presiones desde todos los ámbitos como para afrontar ahora denuncias entre compañeros —hizo una pausa en la que contempló a Elena, crispada—. De verdad, déjalo. Si Adolfo ha hecho algo, la policía lo descubrirá.

—¿Y si yo lo encontrase...?

—¡Se acabó, Elena! —zanjó firme, y cambió el tono por otro más amable, casi paternal—. Eres una magnifica veterinaria, tienes un compromiso increíble con tu trabajo y una conexión inexplicable con los animales. No pierdas este empleo, te sería difícil encontrar otro que te hiciera sentir así de bien.

Por la cabeza de Elena pasaron la multitud de imágenes de los últimos días agolpándose las unas contra las otras: era verdad que estaba sobrepasada y había tomado decisiones precipitadas.

—Te vas a tomar unos días libres hasta que te tranquilices —ordenó el director—. Tienes que pasar el duelo y eso lleva un tiempo. Mira, he convencido a Adolfo para que retire la queja y ya he hablado con la empresa de seguridad, que lo trasladará a final de mes a otro puesto de trabajo. Es posible que tuviera que haberlo pedido hace tiempo, pero estamos con la renovación de la contrata y no he querido complicar más las cosas. Descansa el fin de semana, prepararé los papeles y los firmas el lunes. Cuando vuelvas en unos días, me lo agradecerás.

Elena recibió las palabras como un vendaval. Este trabajo la hacía feliz, no era capaz de visualizarse sin él. Su cabeza no era capaz de discernir las razones de Abalde, tan solo eran ruido, enfado y decepción. Escapó sin cerrar la puerta y caminó a toda prisa por el anillo exterior del parque durante un buen rato sin saber a dónde se dirigía. De pronto, agotada, sintió como le fallaban las piernas, cayó de rodillas al suelo y estalló en un llanto inconsolable.

Era cierto, necesitaba parar.

47

Montados en el coche camuflado habitual, JP y Violeta se habían perdido por los alrededores del cuartel de las fuerzas especiales que pretendían visitar siguiendo la pista de los francotiradores. La localización que les habían enviado al móvil los llevaba de un descampado a otro en la ciudad de Alicante. Entretanto, oían a todo trapo la selección de *heavy metal* de los setenta y los ochenta que tenía programada JP en el teléfono para disgusto de Violeta. Black Sabbath no contribuía precisamente a que fuera sencillo orientarse.

—¡*Collons,* tampoco es por aquí! A ver si es que es un cuartel tan secreto que no hay quien lo encuentre —protestó JP dando la enésima vuelta en la rotonda. Y subió el volumen.

—Me acaban de enviar otro link —expuso Violeta elevando la voz.

Tras unos minutos más de incertidumbre, vislumbraron una gran finca en mitad de un páramo con olivos que salpicaban el paisaje. Una valla metálica rodeaba el muro no demasiado alto coronado por una alambrada y garitas de vigilancia que semejaban a las torres del ajedrez.

Avanzaron hasta la entrada, en la que se leía: «Acuartelamiento Alférez Rojas Navarrete». Y debajo: «Todo por la patria». En el interior, una gran escultura de un militar con barba y un subfusil en la mano que superaba un obstáculo con agilidad. De fondo se adivinaban barracones alargados con cubierta de tejas a dos aguas y multitud de árboles entre ellos. Un soldado salió de la garita y JP tuvo la gentileza de bajar el sonido. Con amabilidad, les pidió que esperaran mientras comprobaba las credenciales.

Violeta iba nerviosa; una visita a las fuerzas armadas españolas de élite le resultaba emocionante. En su día se había planteado la entrada en el ejército, como le propuso su padre. JP movía la cabeza ahora al ritmo de AC/DC, que volvía a sonar a un volumen excesivo. La inspectora no se había atrevido a protestar en todo el viaje.

—Te molesta la música tan alta —afirmó JP.

—Pues... en realidad, un poquito —aceptó Violeta con prudencia.

—¿Y por qué no lo has dicho en todo el camino? No te atrevías —afirmó ante el silencio incómodo de la inspectora—. Me había apostado conmigo mismo a ver cuántos kilómetros aguantabas *heavy metal*, pero ni en mis mejores sueños pensé que los casi doscientos.

Violeta se sonrojó.

—¿Era una prueba?

—Que no has superado, pepinillo —dijo al bajar por fin el volumen . Excesivo respeto a una supuesta autori dad. No tienes que pedir perdón por cada cosa que hagas, opines o necesites. Eres una inspectora de la UDEV. Y eso imprime carácter. No te achantes ante nadie.

—Pero llevas muchos más años que yo en la policía.

—Una cuestión es el respeto, el que puedas aprender de un compañero, y otra que te pliegues a todo lo que él decida. ¿Entendido?

Violeta asintió intentando hacerse cargo de lo que significaban esas palabras.

—En mi casa el respeto por la autoridad era importante... Excesivo —concluyó tras sopesarlo unos instantes.

—Pueden pasar —los interrumpió el soldado, y les devolvió las credenciales—. Una persona los estará esperando. Giren a la izquierda y después otra vez la primera a la izquierda.

—Gracias.

Se levantó la barrera y JP entró en el cuartel subiendo de nuevo la música ante la sorpresa de Violeta.

—¿Podrías bajarla un poco?

—Claro, *che* —sonrió JP—. Y si te parece, a la vuelta pongo Ella Baila Sola.

—Soy más de Arcade Fire o Cooldesac, que por cierto son valencianos —afirmó la inspectora con decisión.

48

Ya más calmada, Elena se acercó al puente elevado desde el que se podía observar el hábitat de los chimpancés, una extensa pradera de hierba con multitud de árboles para que treparan, acotado en el lado opuesto por un cortado de piedra rojiza por el que caía una cascada que terminaba en un pequeño río. Qué distinto se veía a la noche anterior, cuando Adolfo la amenazó con arrojarla desde ahí. Miró la altura y comprendió que la caída podría haber resultado fatal.

No quería perder el trabajo. Quizá Abalde tenía razón y necesitaba descansar, pero ¿de qué le serviría eso a Blanca? Su cuerpo estaba ya en la Facultad de Veterinaria, en el mismo edificio donde ella acudía al máster, para que lo analizaran los estudiantes.

Suspiró la brisa, que era fresca debajo de los árboles, y contempló a la familia de chimpancés: una cría saltaba sobre el macho sin dejarle un respiro y este soportaba estoico las débiles y divertidas embestidas. Las hembras descansaban al sol. Vio como Jane se separaba del grupo y trepaba por el árbol más alto de toda la recreación hasta llegar a la copa con increíble agilidad, a pesar de sus casi ocho meses de gestación. Pensó en lo parecidos y diferentes que eran a los humanos. En ese estadio del embarazo lo normal era estar hinchada, con escasa movilidad y protestando por todo. Y con razón:

dolor de espalda, visitas constantes al baño, sudores, piernas como morcillas. Envidió a Jane por la naturalidad con la que aceptaba su realidad y, para qué negarlo, por esa capacidad de escalar hasta la última rama sin sentir vértigo.

Verla preñada y feliz le recordó que Cristina tenía una cita importante esa mañana en la clínica de inseminación. Era probable que fuera su última oportunidad de quedarse embarazada; no se había planteado todavía lo que pudiera significar para la relación, por mucho que Cristina, desde el principio, hubiera dejado claro que para ella la maternidad era esencial, y Elena lo aceptó como una circunstancia más. Otra coyuntura sería si ocurriese. ¿Le importaba más la cría de una chimpancé que la de un ser humano? La reflexión del inspector sobre si prefería a los animales o a las personas le resonó en la mente.

Esa mañana, al despertarse, pensaba que tenía por delante un día intenso de trabajo y que era imposible acompañarla. Pero, tal y como habían girado los acontecimientos, otro veterinario se ocuparía de su ronda y ella todavía le debía una a su pareja por todo lo que la estaba ayudando en la investigación de Adolfo. Le mandó un wasap, al que Cristina contestó casi de inmediato con un emoji de ojos de corazón que la hizo sonreír. Se citaron para más tarde en la puerta de la clínica.

Unos gritos lejanos llamaron su atención. En otra época cualquiera habría pensado que sería un grupo de gamberros armando jaleo, pero con los últimos acontecimientos su cuerpo se tensó y, como si fuera un animal salvaje, centró los sentidos en captar información por si hubiera un peligro próximo. A través de las ramas de los árboles no se veía nada sospechoso, por lo que se concentró en el oído. Las voces provenían de la pradera de los antílopes blesbok y las jirafas:

«¡Le han disparado! ¡Le han disparado!».

49

—No somos francotiradores, inspector, sino tiradores de precisión —aclaró el sargento primero estrechándole la mano en la entrada del edificio de las oficinas del cuartel.

No era como se esperaban, ni enorme ni cachas, pero el apretón fue firme y debajo de la ropa militar se adivinaba un cuerpo fibroso y bien entrenado. Eso sí, tenía el pelo corto y limpio y la barba rasurada.

—Soy Javier Alvear, jefe del Núcleo de Instrucción y Adiestramiento de Tiradores de Operaciones Especiales —recitó para concluir las presentaciones de rigor, y les indicó con amabilidad el camino al barracón en el que guardaban el material. Aquello era como un pueblo, con sus edificios bajos separados por calles asfaltadas, aceras con árboles, y en el que vivían y trabajaban más de mil soldados.

—La verdad es que no sabemos mucho de su profesión —se excusó Violeta.

—Lo entiendo, el cine americano da una imagen distorsionada de casi todo.

—Pero el trabajo debe de ser complicado, tener esa puntería.

—La puntería es el final de un largo proceso, inspectora —explicó mientras andaban por la calzada bajo la sombra de las moreras—. Piense que lo difícil de verdad es llegar, sin ser visto, a un punto desde el que se tenga superioridad frente al enemigo. Tenemos que saltar en paracaídas, nadar con equipo pesado, escalar, movernos en la nieve... A mí, lo del paracaídas es lo que menos me gusta —añadió sonriente. No daba la sensación de que supusiera ningún problema—. Y antes de todo eso, hay que entrar en las fuerzas especiales, claro está, saber de armas, explosivos, aprobar el curso previo de tirador selecto...

—Me estoy agobiando —dijo JP con sentido del humor—. ¿Y las misiones se hacen en solitario?

—No, qué va, necesitas cobertura. El equipo básico puede ser de veinte hombres, aunque se ajusta en cada misión. Lo ideal es tener supervisión aérea, ya sea por satélite o dron. Y, cuando estás en posición de disparo, trabajas con tu binomio.

Los inspectores lo miraron sin entender.

—Siempre actúas con el mismo compañero. A esas parejas las llamamos binomios: uno es el encargado de disparar y el otro lo ayuda con las mediciones, el seguimiento del disparo y la corrección necesaria. Es aquí —dijo, y señaló uno de los barracones de la base. Eran todos iguales, modestos pero prácticos.

Al entrar, se cruzaron con dos militares que llevaban sendos carritos metálicos de la compra repletos de armas de fuego. Los saludaron como si tal cosa y siguieron su camino. Violeta se los quedó mirando. El contraste no podía resultar más chocante. Alvear los guio hasta un despacho con las mesas un tanto desordenadas, les ofreció una silla —ninguna era igual que las otras— y se sentaron. En la pared, junto a dianas en las que se veían disparos que habían impactado en el centro, un cartel rezaba: «Lo que se te escapa hoy te mata mañana». A la inspectora le dio un escalofrío.

—¿Qué cualidades debe tener un tirador de precisión? —preguntó JP asumiendo la terminología correcta.

Alvear contestó rápido; era una respuesta que ya se sabía de antemano, tal vez por su trabajo de instructor.

—El tirador debe tener control emocional, ser meticuloso y paciente, con baja impulsividad, resistente a la frustración y sin dependencia de vicios.

—¿El *rock and roll* se considera un vicio? —preguntó JP.

—Depende, inspector. ¿Podría estar más de cuatro horas sin escuchar a los Rolling? —dijo fijándose en la camiseta que llevaba.

—Ahí lo ha pillado —señaló Violeta para sorpresa de JP, que sonrió antes de sincerarse.

—¿Cuatro horas? Imposible.

—Imagínese que tiene ganas de fumar y está en posición. No podría estar concentrado.

—*Mare meua!* Yo no aguantaría ni cinco minutos —reconoció JP—. Y ya si hablamos de no poder ir a mear...

—Es esencial el autocontrol. Se contiene la respiración unos segundos antes del disparo y también después. Incluso los latidos del corazón podrían desviar la bala; un milímetro en origen es un error de metros en destino.

—Lo que no matas hoy... —recitó Violeta parafraseando el cartel que había fotografiado.

—La frase es grandilocuente, pero no le falta razón.

—Se podría hacer un segundo intento.

—Ese es el peligro. Permitiría que te localizase el enemigo, de ahí la importancia de no fallar.

—¿Y eso por qué? —preguntó el inspector con curiosidad. Como de costumbre, ganarse al interlocutor era un buen sistema para obtener información, pero en esta investigación, las conversaciones estaban resultando interesantes de verdad.

—Por el sonido.

—La bala viaja más rápido —dedujo JP.

—Eso es. Si fallas el primero, el enemigo estará atento por si hubiera un segundo disparo y contará los segundos que transcurren hasta que llegue el sonido.

—Pueden calcular la distancia.

—Y sabiendo la distancia, es fácil intuir dónde se esconde el tirador. Se bombardea todo lo que esté a determinados metros.

Los inspectores valoraron la peligrosidad de la profesión, aunque Alvear lo contaba con serenidad.

—¿Quieren que les enseñe un rifle?

50

Elena corrió hacia la falsa sabana en la que pastaban los antílopes y las jirafas y, según se acercaba a las cabañas del restaurante que daban a la pradera, se encontró con un grupo de turistas que corría en dirección opuesta gritando en alemán; no les entendió, pero otra niña, a la que llevaba su madre en brazos, balbuceaba horrorizada que los habían matado y una de las empleadas de la cafetería vociferaba para que se alejara todo el mundo de allí. El corazón de Elena dejó de bombear sangre y un fuerte dolor le oprimió el pecho al llegar al riachuelo que rodeaba el hábitat. Se temía lo peor. Oteó la zona para ver qué sucedía: un antílope blesbok de grandes cuernos tenía ensangrentado el lomo y se revolvía en el agua, dolorido.

Un nuevo grito le llamó la atención y vio cómo alguien, escondido entre los árboles, disparaba un rifle. Los animales huían despavoridos y contempló angustiada cómo un proyectil impactaba en el lomo de una jirafa y salpicaba sangre muy roja. Aun así, no la derribó y escapó a la carrera con sus largas patas. Un segundo disparo la alcanzó en el cuello; el herbívoro se tambaleó, pero pudo continuar con su huida.

Elena, ciega de rabia, corrió hacia los matorrales de los que provenían los disparos sin preocuparse por su seguridad. Se cruzó con una chica que portaba una pancarta y, a toda velocidad, irrumpió temeraria en el matorral y se dio de bruces con el agresor, derribándolo a él y al rifle que portaba en la mano. Rodaron por tierra y Elena, con un objetivo claro, se recompuso y comenzó a golpear fuera de sí al que había disparado, que no era otro que Jon.

—¡¡Asesino!! —chillaba Elena—. ¡¡Te odio!!

El joven, a pesar de su envergadura, no conseguía contenerla. Fue Aurora, la chica que portaba la pancarta, la que se le echó encima y la apartó con su peso. Jon aprovechó la circunstancia para levantarse y recuperar el arma. Elena cogió una piedra grande del suelo y fue a golpearlo con ella, pero Aurora se metió por medio y levantó los brazos en señal de paz.

—¡¡Es pintura, joder!! —gritó.

Elena tardó en reaccionar. El corazón se le salía por la boca y todo el cuerpo le temblaba. Jon le mostró el rifle: una escopeta de las que se usan en el juego del *paintball*. Apuntó a un árbol y disparó. Una mancha de pintura roja tiñó la corteza.

Elena se giró para mirar el hábitat y vio que el blesbok salía del agua más tranquilo; cojeaba un poco debido al impacto, pero se encontraba bien. También la jirafa supuestamente malherida permanecía tranquila a lo lejos sin dar muestras de tener una lesión real. Entonces, Elena se giró furiosa hacía sus compañeros de clase.

—¡¿Por qué?!

—Es la mejor manera de llamar la atención sobre lo que está pasando —explicó Jon—. Estos animales no deberían estar encerrados.

— ¡Sois gilipollas! ¡Les habéis hecho daño, joder!

—Lo asumimos como denuncia. El zoológico debe cerrar definitivamente.

—¡Y habéis aterrorizado a la gente!

—Es su culpa. Que no vengan a disfrutar de esta cárcel.

Elena miró la pradera del tamaño de un campo de fútbol y no le pareció una prisión, aunque era cierto que los animales no podían salir de allí. Estaba agotada y no se sentía capaz de argumentar.

Dos vigilantes de seguridad llegaron precipitadamente hasta el grupo. Se encontraron con una situación confusa: los tres jóvenes hablaban enfadados, pero nadie parecía correr peligro. Jon dejó caer el arma al suelo.

—¡¿Qué ha pasado?! —preguntó el vigilante.

Elena los señaló.

—Han sido ellos los que han disparado —dijo.

Y se fue.

51

Alvear sacó la llave que guardaba en el bolsillo del pantalón militar y abrió la habitación contigua, una estancia pequeña y limpia con la ventana enrejada y una estantería metálica repleta de maletines rectangulares de gran tamaño. A JP le parecieron fundas de guitarra eléctrica.

El sargento primero tiró de uno de ellos. Era pesado. Aun así, lo depositó con facilidad en el suelo, un movimiento que le era habitual. Lo abrió y extrajo el rifle del interior para mostrárselo. Tenía la carcasa envolvente de aluminio de un tono arena del desierto con manchas de camuflaje, al igual que el cañón de acero, con varios orificios para favorecer la disipación del calor producido por el disparo. Violeta no le quitaba ojo: nunca había visto un arma así.

—Es un Sako TRG —explicó Alvear—, un rifle de cerrojo muy versátil. Pesará algo más de seis kilos.

—¿Cuánto mide? —preguntó JP.

—Con la culata plegada, un metro, más o menos.

—Cabría en una bolsa de palos de golf.

Alvear asintió sin entender el motivo de la afirmación del inspector.

—¿Y es fácil de adquirir?

—Se podría comprar por unos cuatro mil euros, algo menos en el mercado negro.

—En el Rastro de los francotiradores —respondió irónico.

—De los tiradores de precisión —lo corrigió con una sonrisa amable—. En Siria o en Afganistán, por ejemplo, no es difícil de encontrar. La óptica es incluso más cara —advirtió al mostrarles una.

—¿A qué distancia podría alcanzar un objetivo?

—Un blanco humano, a unos mil quinientos metros. Eso sería un tiro muy exigente.

—¿Y a un elefante?

La pregunta no sorprendió a Alvear, que sabía por qué habían acudido los policías a la base militar.

—El problema no es la distancia, sino la energía necesaria para penetrar en la piel del animal y atravesar el hueso. El proyectil debería ser perforante, con un núcleo duro.

—338 Lapua Magnum de 260 grains —especificó Violeta.

El sargento primero asintió sopesando el dato.

—Buena elección. El tirador sabía lo que hacía —concluyó—. ¿Cómo quedó la bala?

JP sacó su teléfono, rebuscó en la galería y le mostró la fotografía del proyectil aplastado en forma de seta. Alvear lo observó con interés.

—Una pasada —dijo—. ¿A qué distancia abatieron al elefante?

—A unos ochocientos metros, desde el ático de un edificio de veintidós plantas sobre el zoológico.

—Empleó dos disparos —aclaró Violeta—. En este caso, no tenía peligro de que lo atacara el enemigo, me temo.

—¿Pudo fallar el primero por la diferencia de altura? —preguntó JP.

—Para un tirador no es demasiado significativa. Debió de tener en cuenta el viento, que no sería igual en la posición elevada que en el destino, la presión atmosférica e incluso el efecto Coriolis de la rotación de la Tierra. Con esos datos ajustaría las torretas...

—¡Hay que ser un científico para pegarle un tiro a un puto elefante, *collons*! —exclamó JP—. Y entonces, ¿qué pudo pasar para que fallara?

—Es difícil saberlo, quizá el elefante hizo un movimiento inesperado —explicó a la vez que pensaba en otras opciones—. Tal vez...

Los ojos de los inspectores lo miraron ansiosos.

—Utilizó un supresor para disminuir el sonido. Eso habría evitado que lo oyeran los vecinos y así habría tenido el tiempo suficiente para escapar sin ser descubierto.

—¿Eso haría que el disparo fuera menos preciso? —preguntó el inspector.

—Lo complicaría un poco.

—Y perdió una vaina, que cayó desde la terraza hasta la calle.

—Las vainas salen despedidas. Un buen tirador coloca la mano así para evitarlo —explicó mostrándoles la postura—. Es probable que, al fallar el primer disparo, quitase la mano en el segundo y la vaina volase más de lo esperado.

—¿Cree que el autor podría ser un cazador?

—No habría acertado por muy bueno que fuera. Para hacer blanco a ochocientos metros en esas condiciones hay que ser tirador de precisión —afirmó con rotundidad.

—¿Y quién podría haber hecho algo así?

—Lo he estado pensando desde que me llamaron. Les voy a dar un teléfono —dijo con misterio mientras escribía en un papel—. Llámenlo de mi parte. Lleva fuera del ejército un par de años y sabe por dónde se mueve todo el mundo en el sector privado. Les podrá dar nombres.

Cuando ya se despedían del sargento primero, una llamada del comisario los interrumpió. JP respondió a su pesar y escuchó hierático lo que tenían que decirle. Violeta lo miró al entender que ese silencio era significativo.

—¿Qué ha pasado?

—Un nuevo ataque al zoológico. Hay detenidos.

52

Los empleados tenían una agradable zona en la que descansar y comer alejados de los animales. En días soleados como aquel, sacaban las mesas al exterior y se tomaban un café a media mañana. El resto de los trabajadores ya habían terminado el descanso y vuelto a sus quehaceres cotidianos, pero Elena, impactada por lo ocurrido con sus compañeros de máster y con unos días de baja por delante, apuraba su té bajo la luz filtrada por las ramas del sauce.

Sidy, vestido con la ropa del parque, se acercó.

—¡Menudos gilipollas los tíos esos!

—Casi me da un ataque al corazón. Prefiero ni hablarlo.

Sidy asumió que era mejor no darle vueltas y se sentó. Ambos se quedaron en silencio.

—En días como este, me gusta imaginarme que estoy en África rodeado de los míos —dijo soñador, con la mirada en el horizonte—. Eso me anima.

—¿Los echas de menos?

—Mucho. Y eso que aquí estoy contento. He tenido una suerte increíble: he podido estudiar, trabajo con los elefantes. Tengo el dinero suficiente para vivir, comodidades, un trabajo que me encanta, amigos —añadió mirándola—. Soy consciente de que muchos jóvenes que salieron de su pueblo como yo no lo han conseguido. Incluso, muchos de los que lo intentaron han muerto por el camino, de hambre, por culpa de las mafias o ahogados en la travesía del Estrecho. Es lo más jodido, ver la tierra prometida tan cerca y no poder alcanzarla.

Elena le echó el brazo por el hombro y sonrió con amargura. Era consciente de las diferentes vidas que tienen los humanos según nazcan en un país o en otro. La aleatoriedad del origen. ¿Alguien decidía eso? ¿Dios, la biología, el cosmos? La puta suerte.

—Hablé con la Fundación del parque sobre los proyectos en origen organizados por el Instituto Goodall —dijo Sidy—. Hace tiempo que tengo preparado un nuevo viaje al valle.

Se refería al valle de Nandoumary, en el que habían estado hacía seis meses.

—Me encantó conocer a tu madre. ¿Qué tal está?

—Bien, cansada, curra mucho, pero el dinero que les mando ayuda a sacar adelante a mis hermanos pequeños. Se alegra por mí, claro, aunque me da la sensación de que no se acaba de creer que tengo trabajo y estoy bien. Por eso le mando fotografías y vídeos de los animales. Me dice que me ve integrado porque Valencia se parece a África. Claro, solo ve las recreaciones de los hábitats.

Ambos rieron.

—Me encantaría volver. Fue fascinante. Me acuerdo cuando llegamos al santuario de los chimpancés y de tu encuentro con aquella hembra...

—Sally.

—Sí, pensabas que no iba a saber quién eras.

—Llevaba años sin verla. Al principio me miraba de lejos, con su cría recién nacida en brazos. Parecía que desconfiaba.

—Te sentaste a esperar, le dejaste su tiempo. Y, de pronto, estuvo segura de que eras tú, se aproximó confiada y te mostró a su cría como si fuera su mayor tesoro. Quería compartir contigo su alegría.

—Fue increíble —expresó Sidy.

—Las chimpancés están orgullosas de su maternidad.

Se quedaron en silencio. Por la cabeza de Sidy pasaron muchos detalles de esos días: el entusiasmo de Elena cuando le mostraba los nidos de ramas que hacían los primates para dormir, los paseos por la selva, el cariño, la delicadeza que compartieron y también el sexo apasionado mientras los oían aullar de fondo. Y quiso que se repitiera.

—Vente conmigo, ya sabes que lo organizo fácil —dijo Sidy de improviso y la imaginación de Elena se disparó ante esa posibilidad. Pero se contuvo; el ambiente ya estaba lo suficientemente enredado como para acompañarlo en el viaje.

—No sé, Sidy, me encantaría, pero no es el momento.

—Bueno, piénsalo. Aquello es el paraíso. O lo sería, más bien —se corrigió—, si los humanos no nos empeñásemos en cargárnoslo.

Elena pensó en Jane. ¿Echaría también de menos África? Se levantó. Había quedado con Cristina en la clínica de fertilidad y Sidy comprendió que la magia había pasado.

—Un último asunto —añadió antes de regresar a sus labores—. ¿Tú crees que esos tipos de tu máster han sido los que mataron a Blanca?

—Tal vez solo hayan aprovechado las circunstancias. ¿Por?

—Está a punto de decidirse el concurso para adjudicar la nueva contrata de seguridad del parque.

—Me lo ha comentado antes Abalde.

—Pues es una pasta. Tal vez todo lo que está ocurriendo sea por algo.

53

Según se acercaba con la bicicleta a la entrada de la clínica de fertilidad, la contempló de espaldas: daba paseos cortitos y se frotaba las manos, obsesiva. Nunca había visto a Cristina así de nerviosa; solía controlar las emociones en público. No se atrevió a interrumpirla y ralentizó la marcha hasta que su pareja se giró inquieta en todas direcciones para comprobar si ella venía de una maldita vez.

—Llegas tarde —dijo enfadada al advertir que se acercaba tan despacio.

—Perdona, con la bici acostumbro a tardar más de lo esperado. No soy Alberto Contador.

Cristina no le rio el chiste y se encaminó hacia la entrada. Elena entendió que no era la ocasión de comentarle lo sucedido esa mañana. No podía permitir que hubiera mal rollo. La detuvo con cariño y la abrazó.

—Todo va a salir bien.

Cristina se apartó tensa, sin asomo de que compartiese dicho convencimiento, y entró en la recepción. Elena la siguió; si ella había hecho el esfuerzo de conocer el parque a pesar de su fobia a los animales, le debía esa visita. Era la primera vez que la acompañaba. En el intento anterior, que fracasó, Cristina prefirió acudir sola. Fueron semanas duras; primero la preparación, con el subidón hormonal que implicaba; después el reposo, la espera y el desencanto. Era la cuarta ocasión en la que fallaba el método desde que empezó a intentarlo hacía años y empezaba a tener la convicción de que el problema era ella.

La clínica era un espacio arquitectónico elegante y exclusivo, con maderas claras en el suelo y los mostradores y paredes blancas impolutas. Era como si nunca hubiese una silla fuera de sitio.

La recepcionista las saludó con una sonrisa aprendida, ni demasiado afable ni en exceso indiferente: una estudiada empatía. Los trabajadores del centro sabían que las mujeres que entraban allí lo hacían porque tenían un problema previo que ansiaban solucionar y que les generaba una gran inestabilidad emocional. En los humanos, la maternidad, desde hacía tiempo, no era tan espontánea como en el resto de las especies que vivían en libertad, y la tecnología había irrumpido para arreglar lo que la sociedad había complicado con una vida llena de estrés, alejada de la naturaleza: la infertilidad. Lo mismo que ocurrió con Blanca.

Cristina conocía el lugar y a las empleadas; en cuanto la recepcionista le hizo una leve invitación con la mano, se dirigió al pasillo con Elena persiguiéndola varios pasos por detrás sin saber a dónde iban, hasta entrar en un despacho amplio con una estética similar a la del resto de los ambientes. El proceso de las presentaciones de rigor fue rápido, un trámite para llegar a dónde Cristina quería: las opciones reales de ser madre.

La doctora, de unos cuarenta años bien llevados, refinada y competente, consultó los informes que ya se sabía de memoria como preámbulo a dar la noticia que tenía que dar.

—Sabemos las ganas que tienes de tener un hijo y el tiempo que llevas con nosotras. Por eso, a pesar de que tienes cincuenta años ya cumplidos, podemos hacer un último intento, si es lo que quieres. Pero hay que pensarlo bien, porque solo te queda un embrión de los que congelaste hace años. Se nos acaban las opciones, así que creo que debo hablarte con sinceridad por la confianza que tenemos.

—Gracias —respondió Cristina, que percibía que era un sí condicionado.

Elena asistía a la conversación consciente de lo ajena que había estado a la problemática de su pareja, ambas a años luz en cuanto a inquietudes, proyectos y etapas vitales, aunque hubieran compartido multitud de fragmentos de vida.

—Después de los últimos estudios que hicimos —prosiguió la doctora en tono delicado y profesional—, pensamos que el embrión está bien. El problema es que tu endometrio está envejecido, por eso rechaza la anidación.

Cristina recibía esas palabras como si le estuvieran diagnosticando un cáncer, desorientada y transida.

—Me permito darte estos consejos porque nos conocemos desde hace años; tal vez es hora de empezar a valorar tener hijos por otros medios o adoptar.

—Si el embrión está bien, quiero que ese niño tenga mis genes —replicó.

Las palabras de Marina Santaolalla en la clase del máster resonaron en la mente de Elena: «El éxito evolutivo de un individuo es transmitir los genes. Si no tienes hijos, es como si no hubieras existido. De tus características propias, de tus singularidades, no quedará nada», como no quedaría nada de Blanca o de Cristina si no consiguiese parir y criar a ese niño hasta que él mismo tuviera descendencia. Un proceso largo y complejo.

—En ese caso, la mejor alternativa sería la implantación de tus óvulos en un útero más joven. Supongo que es algo de lo que ya habréis hablado —añadió mirando a Elena, que tenía los pensamientos perdidos en el máster.

—Sí —respondió sin vislumbrar a qué se refería.

—Me alegro, porque yo creo que es la opción más viable —adelantó la doctora—. ¿Cuántos años tienes?

—Veintisiete. Pero, perdona, creo que no me estoy enterando —la interrumpió Elena al intuir por fin a qué se refería.

—El tratamiento en tu caso sería muy sencillo. Ni siquiera haría falta inyectar hormonas. A tu edad hay muchas probabilidades de éxito. Tendrá tus genes —explicó señalando a Cristina—, pero tú lo sentirás como propio —aclaró a Elena— al llevarlo en el útero durante los nueves meses. Un niño es diferente según la madre gestante sea una u otra. Lo que le puedes aportar es increíble.

—Yo... no he venido por eso —balbuceó Elena descolocada.

—No —cortó Cristina de inmediato—. Es una confusión.

—Ah, creí... —dijo la doctora tras comprender que había creado un equívoco conflictivo.

—Elena quiso acompañarme, solo eso. Pero lo que siempre hemos hablado es que el niño lo tendría yo.

—Disculpadme, lo he malinterpretado al veros aquí, juntas.

—No pasa nada —zanjó Elena impresionada al sentirse madre por unos instantes.

—Deja que me lo piense y en unos días te respondo —concluyó Cristina.

Por primera vez, contemplaba la posibilidad de no ser madre, de no cumplir su objetivo vital, y no sabía qué consecuencias podría tener eso.

54

—No creemos que se deba dar un menor peso moral a un individuo por el mero hecho de pertenecer a una especie o a otra —sentenció Jon en la oficina de la UDEV en la que estaban siendo interrogados por JP y Violeta. Aurora y él lucían camisetas con lemas de liberación animal y estaban de subidón tras el altercado en el parque de animales. La reivindicación había salido como ellos esperaban.

—¿Perdón? —acertó a preguntar JP, que no había entendido qué quería decir el joven con rastas.

Aurora, más divulgativa, hizo un gesto a su chico para tomar ella la palabra.

—Quiere decir que no creemos en la discriminación por razón de especie. Sería semejante al sexismo o al racismo.

—Todas tienen los mismos derechos —remató Jon.

—¿También los mosquitos?

—No es un tema para tomarse en broma —atajó Aurora—. Todos los animales sintientes merecen respeto. Lo que hagamos los próximos años decidirá el futuro de la vida salvaje del planeta. Y la historia nos ha demostrado que el activismo funciona y cambia cosas.

JP no necesitó oír nada más para estar convencido de que esos dos no habían sido los culpables de la muerte de la elefanta y de que no tenía nada más que hablar con ellos.

Salió dejándolos con la palabra en la boca y con Violeta sin saber bien qué debería hacer.

—Entonces, ¿sois animalistas? —preguntó interesada la inspectora.

—No. Antiespecistas.

Fue lo último que escuchó JP mientras se alejaba por el pasillo.

«¿Qué tenemos?» era la pregunta habitual del comisario Guridi, de la UDEV de Valencia.

Sentado en el despacho con un traje caro sin corbata, estaba ansioso por oír buenas noticias que trasladar a sus superiores. Y es que el asunto de la elefanta estaba llegando más arriba de lo que él se temió en un primer momento. No ya porque las redes sociales hubieran encontrado un filón y se llenasen de vídeos de todo tipo con paquidermos haciendo monerías, sino porque estaban repletas de críticas e insultos al zoológico mezclados con apoyos. Por no mencionar el excesivo interés del Ministerio de Transición Ecológica, preocupado por cualquier asunto relacionado con el medio ambiente que hubiera saltado a la opinión pública. Guridi intentó que esa presión recayera en los hombros de la pareja de investigadores, pero JP, a esas alturas de su carrera y con la próstata tocada, no estaba para tonterías.

—Pues a ver cómo les explica a los del Ministerio que el elefante ha *transitado* a mejor vida. Todo muy ecológico —contestó JP para romper el hielo.

—Ni he escuchado lo que me ha dicho, Casillas —respondió el comisario de mal humor.

JP permanecía de pie enfrentado en todos los sentidos al comisario. Prefería no sentarse para que las reuniones no se eternizasen. Cuando lo hacía, enseguida llegaba alguien con un café, se hablaba de la familia y se terminaba por perder media tarde. Los humanos daban gran importancia a crear un clima cordial de colaboración en el trabajo tan solo comparable al de los monos, a los que les gustaba desparasitarse los unos a los otros, y al de las hormigas o las abejas, capaces de convivir en colonias de miles de individuos perfectamente coordinados. JP estaba lejos de desparasitar a nadie y de ser hormiga; las relaciones sociales estarían bien para otros, no para él, que prefería ir al grano.

—Hágame el favor de resumir lo que tenemos y si lo del grupo animalista de hoy...

—Antiespecista —corrigió JP encantado.

—Bueno, lo que sea. Si ha tenido relación con la muerte de la elefanta.

JP se armó de paciencia; todo lo que sabían estaba meticulosamente recogido en la nota informativa que había redactado Violeta, pero asumió que debería explicarla de viva voz. A nadie le gusta leer los informes.

—En mi opinión, los detenidos solo son culpables de ser gilipollas, pero no de la muerte de la elefanta. Más bien, han aprovechado la coyuntura para reivindicar que los animales tienen los mismos derechos que los seres humanos.

Violeta entró en la sala y escuchó las palabras de su compañero.

—Vengo de hablar con ellos.

—¿Y está de acuerdo en lo que dice el inspector Casillas?

—Bueno, yo no diría que son gilipollas, sino idealistas, creen que el mundo sería mejor si les hiciéramos caso...

—¡No me refiero a eso, joder! —la interrumpió Guridi—. ¿Son culpables de lo de la elefanta o no?

—Creo que no, comisario. Pero me han reconocido que fueron ellos los que pusieron el mensaje en redes sociales: «No pararemos hasta que se cierre el zoológico» —añadió citando de memoria.

—Entonces, ¡¿qué tenemos?!

—Científica confirma que el disparo se efectuó desde el piso superior de Torre Navis, situada a ochocientos metros de distancia del bosque de baobabs —recitó JP sin mucha pasión—. El proyectil, 338 Lapua Magnum de 260 grains, es de uso militar. Las investigaciones apuntan a que el sospechoso no es un cazador, sino un tirador de precisión. Esto se deduce por la dificultad del disparo; «muy exigente», en palabras del militar de las fuerzas especiales con el que hemos hablado.

—¿Han sacado algo práctico de la visita a la base? —preguntó el comisario con un café en la mano, el tercero del día.

—Nos ha pasado un contacto interesante. Creo que es una buena pista para seguir.

—Eso espero —respondió el comisario—. Una patrulla ha estado enseñando la foto del sospechoso que grabaron las cámaras de seguridad del edificio, pero es como si nada, no se ve una mierda. Por otro lado, Balística ha cotejado el casquillo por si apareciera alguna coincidencia indubitada, pero no ha sido así. No tenemos registrado ese rifle.

—En la armería tampoco nos han dado muchas pistas sobre la compra de los proyectiles. Probablemente hayan acudido al mercado negro. Sabemos que el disparo se efectuó con un rifle militar: probablemente un Sako TRG.

—¿Algún sospechoso con nombres y apellidos?

—No —respondió JP enseguida.

—Bueno, la veterinaria del zoo nos ha dicho... —dijo Violeta, plagada de dudas de si debía haber empezado esa frase o no. Esperó la mirada de odio de JP, pero no se produjo.

—¿La que salió corriendo como una loca en mitad de los disparos? —preguntó el comisario.

—Sí, esa —admitió con incomodidad; no le gustaba ese calificativo—. Nos ha dicho que uno de los vigilantes de seguridad participó en los anteriores sabotajes.

—¿Qué tipo de sabotajes?

—Lo más grave, la muerte de un flamenco —respondió, ahora sí, JP mirando a Violeta. Se había aprendido el nombre del pájaro rosa—. Y, por lo visto, también drogaron a un gorila que estuvo a punto de provocar una desgracia, pero controlaron la situación.

—¿Le dan credibilidad a esa denuncia?

—No. Se lo habría comentado si tuviera visos de ser cierta —indicó JP—. La veterinaria no ha aportado pruebas y el vigilante tenía coartada.

—Bueno, lo he dicho porque está en el informe —se excusó Violeta.

—También está en el informe que el portero vende la casa y no es necesario señalarlo en el resumen —zanjó seco JP.

—¿Y han pensado en quién tendría motivos para matar a la elefanta esa?

—Hemos estado más centrados en seguir la pista del proyectil, pero sabemos que, tras la pandemia, el parque pasa por apuros económicos.

—¿Y?

—No tenemos nada concreto, pero, por lo visto, hay una polémica con los terrenos adyacentes: en la concesión también se los cedían por cincuenta años y pensaban ampliarlo. Me da la sensación de que ahora está parado y alguien podría querer recuperar los terrenos.

—¿Cree que la disputa por el solar podría tener relación con la muerte del elefante?

—No descartemos nada, ¡estamos en Valencia!

El comisario dudó si reír o llorar, por lo que dio por terminada la reunión con un gesto de la mano e invitó a los inspectores a salir. Inmediatamente cambió de opinión.

—Espere fuera, inspectora Palacios.

Violeta se tensó al pensar que el comisario querría hablar con JP sobre ella. No era un buen momento para que diera su opinión sobre la novata ahora que le había llevado la contraria con la acusación de Elena. No le quedó más remedio que obedecer y dejar solos a los dos hombres.

—Lo veo con mala cara —dijo el comisario.

—No es nada, hoy ha hecho calor y he dormido regular —mintió. Era la última persona a la que le contaría sus problemas de próstata.

—A la inspectora Palacios, ¿la ve muy verde? —Ese era el tema por el que lo había retenido—. Tenemos mucha presión, como les he dicho. Es acojonante, los informativos de toda la comunidad abren con este tema, los niños adoraban a ese bicho, hacen dibujos, le llevan flores.

—A Blanca.

—Sí, a la elefanta esa. A ver si podemos cerrar el caso lo antes posible y dedicarnos a los crímenes de verdad.

—Muy bien, comisario —dijo, pero le molestó por primera vez que no lo considerara un crimen. ¿La vida de un animal vale igual que la de un humano, como pretendían los antiespecistas? ¿De verdad no había diferencias? ¿Son seres sintientes con dignidad? JP, de la vieja escuela, un «chapas», como se llamaban entre ellos, no estaba acostumbrado a estos debates que le parecían una pérdida de tiempo. Sin embargo, contemplar el cuerpo caído de Blanca, ver la preocupación de su nieta y el amor de la veterinaria lo tenían confundido. La portada de *Atom heart mother*, de Pink Floyd, con una vaca de manchas marrones en primer término, le vino a la cabeza. Recordaba canciones sobre perros, gatos y hasta unicornios, pero ¿elefantes? Putos animales.

—Y si cree que necesita a otro compañero —dijo el comisario sacándolo de sus pensamientos—, no tiene más que decírmelo.

JP asintió, se marchó del despacho y cerró la puerta tras de sí. Le sonó un mensaje en el móvil. Violeta lo esperaba en el pasillo, intranquila.

—¿Quería saber algo que yo no pudiera oír? —preguntó.

JP se entretuvo unos segundos en teclear en el teléfono la respuesta al mensaje.

—No, nada, que piensa que no vales para esto —dijo al fin como quien no quiere la cosa y siguió avanzando ante los ojos de estupor de Violeta.

—¿Y tú qué le has contestado?

—Que tomas nota muy bien de todo —respondió indiferente y le enseñó la pantalla del móvil—. Mañana a las seis y media de la mañana en el puerto de Catarroja, en la Albufera. Nos espera el otro tirador de precisión del que nos habló Alvear. Dice que está recabando información sobre quién pudo hacer algo así.

55

Un café como otro cualquiera en una terraza sin nada en particular y una conversación que habrán tenido miles de parejas que han necesitado aceptar un acontecimiento trágico en sus vidas. De eso va el duelo: de despedidas y aceptación. Sin embargo, hay combinaciones no tan habituales en la vida de los humanos: la muerte de un elefante, casi tan querido como si fuese de la familia; y la imposibilidad de tener hijos propios, un deseo difícil de negar en una sociedad que promete conseguir todo lo que se anhela, que cura enfermedades imposibles y construye ordenadores que pretenden ser como sus creadores. Todo es un engaño: ni la inteligencia artificial es igualable al pensamiento humano, ni todas las enfermedades se curan ni todos los hijos deseados nacen y se reproducen; las estirpes, aunque sean poderosas, desaparecen, y los más de doscientos mil años que lleva *Homo sapiens* sobre la faz de la Tierra son una mierda confrontados con la antigüedad de los cocodrilos, los tiburones o las bacterias y sus millones de años de existencia sin la más mínima preocupación por esos temas. ¿Seguro que la inteligencia es el final de la evolución? ¿La poesía, el arte o el cotilleo merecen la pena como para afrontar la tristeza de saber que morirán ellos y sus seres queridos? ¿Compensa ser capaces de argumentar las frustraciones y los fracasos, adelantar los problemas que nunca ocurrirán con ese miedo al futuro que los paraliza? Si los humanos pudieran elegir ser perros cuidados con mimo, ¿lo preferirían?

—Está frío —dijo Elena al dar el primer sorbo.

—Eso sí que es un drama y no lo nuestro —respondió Cristina. El sentido del humor elaborado tal vez igualara la balanza de la tristeza y el desencanto humanos. Algo de lo que los perros, los tiburones, las bacterias o los cocodrilos no son capaces.

Se miraron. A Elena le había sentado mal el equívoco de la clínica, pero tenía que reconocer que lo ocurrido con Sidy en las últimas semanas era más grave para la relación.

—Lo siento —dijeron ambas a la vez para romper el silencio, y volvieron a sonreír ante la inesperada coincidencia.

—Parecemos dos tontas —afirmó Elena.

—Siento que la doctora hubiera pensado que tú... En fin... —Cristina no quiso terminar la frase.

—Bueno, también es lógico que lo creyera al verme allí. Y me lo planteé, no creas: las dos madres, sería bonito, pero me pilló tan de sopetón...

—Claro, lo último que querría es que te vieras implicada en algo así por un arrebato emocional de los tuyos.

Elena sonrió de nuevo; qué bien conocía sus arranques pasionales.

—Necesitamos reírnos, disfrutar, estar tranquilas unos días. Nos lo merecemos, ¿no crees? —preguntó Cristina tras coger la mano de su pareja—. Trabajamos en exceso, vivimos aceleradas, llenas de preocupaciones.

—Estoy de acuerdo. Demasiada intensidad. Ya has visto que no me quieren ni en el parque.

—Vámonos a Madrid.

—Así, ¿de repente?

—Bueno, tampoco te he dicho a Nepal o Camboya

—dijo Cristina en tono de broma—. Yo echo de menos Madrid, fue mi ciudad muchos años. Estudie allí...

—¿Cómo fue que terminaste en Valencia? ¿Solo por el trabajo?

—Sí, tuve una buena oferta, mi anterior empresa tenía aquí su sede, la ciudad es maravillosa, tiene un clima genial y una gente... fantástica —dijo mirando a los ojos a Elena, que se ruborizó y las pecas le brillaron con luz propia.

—Yo vine por el parque de animales.

—Y por huir de tu madre, ¿no?

Elena sonrió con amargura.

—También. Me ahogaba en casa. Ya sabes que nunca me he entendido bien con ella. Sobre todo, desde que mi padre murió.

—Tengo ganas de conocerla.

—¿Y eso?

—Para conocerte mejor a ti. Creo que los genes nos marcan mucho, nuestros antecesores son aportaciones a nuestro sistema operativo. Para bien o para mal.

—Curiosa forma de verlo —contestó Elena—. Aunque creo que tengo más software de mi padre. A mi madre nunca le he interesado. Aunque tiene su lado bueno, aceptó fácil el que tuviera una pareja femenina. ¡Yo creo que le doy tan igual, que ni se lo planteó!

—No creo que sea así. Tener un hijo debe de ser emocionante. Seguro que cuando naciste estuvo llena de grandes expectativas, pero después la vida nos da muchos palos y no todo el mundo está preparado.

Elena miró al infinito de la terraza. La maternidad se le antojaba lejana y sus ojos se cruzaron con los de un tipo de treinta y tantos años de aspecto rudo, sentado al otro lado, solo y sin ninguna ocupación aparente ni bebida sobre la mesa. Le dio mal rollo sentirse observada y le vino a la mente el suceso del callejón de la discoteca.

—¡Decidido! —concluyó Cristina, y mostró las llaves del coche para distraer a Elena de sus preocupaciones—. Me tomo el día y nos vamos el fin de semana a un hotel de puta madre, solas, vemos algún musical de esos que te encantan, paseamos y follamos en una *suite*. Todavía me duele la espalda de la postura de ayer.

Ambas rieron, aunque a Elena se le había quedado mal cuerpo tras fijarse en el tipo de la terraza. ¿Sería el morbo de ver a dos mujeres guapas que eran pareja? Cristina, que no se había percatado, levantó la taza a modo de brindis. Elena la imitó.

—Y a la vuelta, comenzamos a hacer planes para la mudanza, ¿qué te parece?

56

JP ya había guardado el arma en la caja fuerte y colgado la chupa en el perchero del pequeño vestíbulo cuando entró en la cocina. Coral, en pijama, terminaba de comer un yogur de frutas y Rosa, vestida de calle, había esperado para cenar con su marido y metía los platos de la niña en el lavavajillas. Una escena normal de un día cualquiera.

— *Iaio* —dijo Coral al verlo entrar—, eres un personaje de cuento.

—¿Yo? ¿Y eso por qué?

—Eres como el lobo de la película de *Lady Halcón.*

JP miró a Rosa sin entender a qué se refería.

—Esa de Michelle Pfeiffer que le fascina a tu nieta y que vemos cada fin de semana.

—Sí, sí. Me acuerdo. ¿En qué me parezco?

—En que eres fuerte y solo te veo de noche.

JP rio ante la ocurrencia de su nieta. Le había hecho ilusión que lo compararan con el actor Rutger Hauer, ni más ni menos.

—No es verdad —negó con sentido del humor—, también nos vemos alguna mañana en el desayuno.

—Ya —reconoció chafada, porque había roto el encanto—. Pero eres como el lobo. Nos proteges de todo.

—¡Qué cosas tienes! —exclamó encantado por el sonoro beso que había acompañado a la afirmación.

—Me voy a lavar los dientes —añadió Coral al levantarse—. Esta noche no me cuentes un cuento; me pones tu música. La historia esa de las arañas de Marte —dijo en referencia al tema de Bowie. Y es que JP aprovechaba las letras de las canciones y cambiaba la historia para adaptarlas a cuentos infantiles que se inventaba. Era otra de las nuevas cualidades del policía que tenía pasmada a Rosa.

—¡A ver cuándo me toca elegir a mí! —protestó JP siguiéndole el juego.

Coral corrió hacia el baño para no perder ni un minuto. JP se acercó a la mesa y picó un poco de pan con queso. Venía hambriento y el proceso de acostar a su nieta le llevaría un buen rato. Rosa se le acercó y le habló al oído para que no los escuchase la niña.

—El lunes tienes hora con el especialista.

JP la miró armándose de paciencia.

—Me viene fatal, ahora estoy hasta arriba con la investigación de la elefanta. Hoy ha habido otra movida en el zoo con unos antisistema.

—Solo será una exploración.

—¿Una exploración? ¿De qué tipo? —preguntó temiéndose a qué se refería—. ¿No es una radiografía o algo así?

—Bueno, no exactamente.

Rosa sabía que los detalles no le iban a gustar.

—Si es lo mismo que le hicieron a Paco, no voy a ir ni de coña, te aviso. Tiene que haber otra opción.

—A ver, Casillas, esto es lo que es. Te tumbas y te meten un dedo por el culo. Pues ya está, no vas a dejar de ser hombre por eso.

—No voy a permitir que un *chota* que no conozco de nada me meta el dedo por el ojete, eso te lo garantizo.

—No seas crío, Casillas. Es un profesional.

—Ni de coña.

—¡*Iaio,* ya estoy! —gritó Coral saltando a la cama—. ¡Corre!

JP se dirigió cabreado hacia el dormitorio.

—Espera —lo detuvo Rosa y blandió dos folios que había sacado de debajo de un libro.

—¿Y eso qué es?

—Como los niños: un premio si vas al médico —explicó con gracia.

—¡Venga, no me jodas! —respondió desagradable, se dio media vuelta y se alejó.

—Los Rolling. En Londres. A principios del mes que viene. Tú y yo.

JP se giró impresionado. No había conseguido entradas para el concierto de Madrid, porque era un desastre y para cuando las intentó comprar ya solo quedaban de reventa.

—¿En Londres? —preguntó descolocado.

—Hyde Park. ¿No te gustaría ir?

JP se acercó a mirar las entradas, pero Rosa se las quitó de delante dejándolo con un palmo de narices.

—Ya las has comprado, así que...

—Me dan el doble por ellas en un par de webs. No me tientes, que me conoces —dijo retadora, y elevó las cejas con chulería.

—Eres una chantajista —respondió JP, que no sabía qué opciones le quedaban para librarse de pasar por el médico.

Rosa sonreía; tenía el poder en la mano.

—¡¡*Iaio!!* —chilló Coral impaciente desde la cama.

—Ya hablaremos —dijo JP más preocupado que amenazante y se encaminó hacia el dormitorio de la niña.

—¿Cuándo vamos al zoo? —escuchó Rosa desde el salón seguido de las murmuraciones de su marido, al que, desde hacía días, no le salía nada a su gusto. La vida lo alejaba cada vez más de la zona de confort y eso era algo que lo irritaba.

Ya sola, Rosa congeló la sonrisa y guardó las entradas. Estaba más preocupada de lo que demostraba. Y es que los índices de la PSA no le habían gustado. No sería médico, pero a esas alturas había visto tal número de casos que podría diagnosticarlos sin problema.

57

Un maravilloso hotel LGTBI *friendly*, un sueño romántico perfecto para revitalizar el amor de pareja y olvidarse de los últimos días. Elena nunca había estado en uno tan lujoso en pleno centro de Madrid. Todo fue amabilidad desde que les abrieron la puerta hasta que las acompañaron a la entrada de la *suite* que había reservado Cristina: un espacio abierto de más de cincuenta metros cuadrados, con suelo revestido de una moqueta negra y cálida por el que apetecía caminar descalza, zona de sofás y una cama gigante rematada por un cabecero naranja de caprichosas figuras setenteras. En el centro, la bañera ovalada invitaba a sumergirse en ella y ahogar los males.

—¿Qué te parece? —preguntó Cristina con una sonrisa que delataba que ella ya la conocía.

—¡Uau! —exclamó Elena tras dejar la mochila en el suelo.

—¿Te gusta?

—Es demasiado.

—Nada es demasiado para nosotras.

Cristina se descalzó y depositó los mocasines cerca de la entrada. Se acercó a Elena, que seguía sobrepasada por la ostentación, y la besó. La pituitaria captó el suave perfume a mandarina que llevaba su amante.

—Quiero probar esa bañera —dijo cuando se separaron.

—Lo probaremos todo —prometió Cristina mientras se desabotonaba la camisa gris claro. Bajó la luz de la *suite*, que quedó en penumbra, iluminada por el reflejo de la ciudad que irrumpía por los ventanales.

Elena fue consciente de que su ropa desentonaba. No había tenido tiempo de preparar el viaje e iba vestida como un día normal de trabajo.

—No voy muy apropiada.

—Pues te ayudo a desnudarte y mañana vamos de compras.

—Ya puedo yo —trató de decir, pero un nuevo beso le selló los labios. Cristina se agachó y la descalzó, le acarició los pies con sutileza, en una actitud que a Elena le pareció fetichista y, para su sorpresa, la excitó. Le quitó también los pantalones de tela con estampado nepalí y la ropa interior. La iluminación de la noche de Madrid producía una penumbra íntima que mostraba el contorno de los cuerpos. Elena fue a besar a Cristina, pero esta la detuvo.

—No hay prisa —susurró y se acercó para abrir el grifo de la bañera—. Tenemos toda la noche.

Elena comprendió que tenía razón. Por su mente cruzó la idea de que Sidy no la habría detenido. El sexo con un hombre solía ser más brusco y precipitado, más energía y menos sutileza, lleno de intensos claroscuros, aunque también eso tenía encanto para ella. Pero Cristina lo hacía más tierno y complejo, una degustación llena de matices afrutados, entre abrazos acogedores, aromas y suavidad, que se transformaba en calidez salvaje cuando quería.

Elena, desnuda en mitad de la *suite*, se sentía frágil. Cristina se acercó mientras se quitaba la camisa y la dejaba deslizarse hasta el suelo. Hizo lo mismo con el resto de la ropa. Se detuvo cerca y permitió que la observara a contraluz: tenía una figura bonita, delgada y tersa. Pasados unos instantes, se aproximó despacio y la abrazó; se juntaron las pieles cálidas, los pechos juveniles y grandes con los pequeños pero bien formados. Sintieron las respiraciones, las caricias en la espalda, la ternura y también la excitación.

Cuando el agua estuvo lista, Cristina la guio hasta la bañera que rebosaba calor y espuma, se metió primero, se sentó y la invitó a situarse delante. Elena lo hizo, se recostó y descansó la cabeza en el pecho de Cristina, que le acarició el pelo.

—¿Te duele? —preguntó rozando la escarificación de la espalda.

—Ya casi no.

—Va a quedar muy bonita —admitió Cristina, lo que hizo que saltara la sonrisa de Elena. Fue como la aceptación de la locura que había cometido—. Me acuerdo de la primera vez que estuvimos juntas.

—También yo, llevábamos tonteando un par de meses desde que nos conocimos en aquel bar absurdo del barrio del Carmen.

—Pero tú no te decidías.

—No tenía experiencia. Tus amigas hablaban explícitamente de sexo y eso me coartaba —explicó Elena.

—¿Ah, sí? Nunca me lo dijiste.

—Alardeaban de lo que duraban las relaciones entre mujeres. Que si cinco horas, toda una nooooche —dijo dilatando la «o»—. No sabía si iba a estar a la altura.

—Cinco horas está bien —zanjó Cristina—. Luego se me ocurren temas de qué hablar.

Ambas rieron desenfadadas.

—Tampoco sabía lo que iba a sentir al ver... tu sexo.

—¿Y?

Elena se pensó la respuesta.

—Al principio me costó un poco... Pero en seguida me encantó, tan suave.

Cristina sonrió conforme.

—El caso es que me dio por ver la serie esa de *L Word* a todas horas y estaba descontrolada —reconoció Elena—. No sabía si lo iba a hacer bien.

—Lo hiciste muy bien.

—Pero era la primera vez en mi vida en la que me interesaba una chica. Era algo que jamás me había planteado.

—¿Nunca?

—Bueno, nunca como algo concreto, que pudiera pasar. Había salido con varios chicos y no me iba mal.

—¿Y en el sexo?

—Me gustaba. Tenía orgasmos con mis parejas, no te creas. Incluso en algún encuentro ocasional. También viví alguna mala experiencia.

—Y antes de conocerme, ¿no tuviste nunca la sensación de que te excitaban las chicas?

Elena estaba cómoda en esa posición, bañada por el agua caliente, protegida y cuidada.

—Una vez sí noté algo extraño. Tendría unos trece años o así y estaba sola una noche en casa. Mi madre había salido a cenar y ponían *El lago azul,* esa peli de los ochenta con Brooke Shields y el chico de rizos.

—¿No recuerdas el nombre?

—No, solo su cuerpo —dijo con la imagen de ambos en la mente, y sonrió—. El caso es que me excité mucho por primera vez en mi vida, pero no sabría decir cuál de los dos me provocaba aquella reacción. Era el verlos juntos, desnudos, adolescentes, en ese paraíso natural. Y ella era preciosa, con esos ojos, esa piel. Yo estaba con un pijama de verano muy ligero, abrazada a un cojín y, sin darme ni cuenta, dejé que descendiera entre mis muslos. Sin saber bien lo que hacía empecé a moverlo.

—¿Nunca te habías masturbado? —preguntó Cristina; bajó la mano por el vientre de su amante y la empezó a acariciar. Elena deseó como nunca que la tocase, pero Cristina se hizo desear, dilató los prolegómenos durante unos segundos más.

—Era la primera vez —musitó con la respiración entrecortada.

—Ya eras mayorcita.

—Bueno, no sé. Trece años. Tal vez doce —protestó vergonzosa—. No me había interesado el sexo hasta aquella noche y no entendía bien lo que me estaba ocurriendo. El caso es que, cuando iba a tener el primer orgasmo de mi vida, entró mi madre como un vendaval, como es ella: montando follón. Había bebido un poco y discutido con una amiga. Creo que notó que me pasaba algo y comentó lo guapo que era el chico. Yo me puse roja como un tomate y me fui corriendo a la cama. Se me cortó el rollo completamente.

—Pobre —musitó Cristina rozándole la cara con ternura.

—Pero la siguiente noche que salió mi madre, bajé a un videoclub que todavía quedaba en el barrio y busqué la película. Ya te puedes imaginar cómo acabó eso.

La felicidad escapaba en forma de sonrisas y complicidad, todo lo contrario a lo que ambas habían vivido los últimos días.

—¿Mejor o peor que esta noche? —preguntó con una sonrisa cómplice mientras, por fin, alcanzaba el pequeño monte deseado apenas sin tocarlo. Elena gimió y arqueó la espalda.

—Todo es mejor cuando lo compartes —respondió y se giró para besarla.

58

A JP le costaba entender la necesidad de citarse tan temprano en el puerto de Catarroja. No eran ni las seis y media de la madrugada cuando dejaron el coche en el *parking* de tierra cercano al restaurante y se encaminaron, entre la neblina, hacia el pequeño y alargado embarcadero de madera. Violeta vestía como de costumbre: vaqueros azules clásicos, camisa y zapatos. Daba igual que fuera a la comisaría que de excursión al Polo Norte. Claro que JP tampoco iba a prescindir de sus camisetas —esa mañana de los AC/DC— ni de sus John Smith. Puro *vintage*. Se agradecía la cazadora.

—¿Conocías el lugar? Has venido sin GPS —señaló Violeta sorprendida.

—Hubo vida antes de los móviles, aunque os parezca imposible a los pepinillos. Mi padre tenía una barca y me traía aquí a pescar.

—¿Y te gustaba?

—*Fill de puta,* lo habría ahogado si la albufera hubiera tenido el fondo suficiente. No recuerdo haberme aburrido así en mi vida. Horas y horas en silencio viendo patos.

—De ahí tu gusto por la música ruidosa —dedujo Violeta extrayendo la tableta de la funda.

—¿Te parecen ruidosos? —preguntó estirando la camiseta.

Llegaron al pantalán de madera de aspecto destartalado y construido en la margen derecha en el que ya les esperaba Han Solo, el tirador retirado del que les habló Alvear. Era un tipo fornido, no muy alto, de pelo corto y mirada misteriosa. Debía de haber ganado kilos recientemente, porque el traje de pesca, típico de la zona, le quedaba prieto. El sol, recién levantado como ellos, asomaba entre los árboles que flanqueaban el canal y se reflejaba en el agua confiriendo un tono anaranjado a la bruma y a las embarcaciones atracadas en la orilla. Aunque madrugar lo cabreaba, el paisaje congració a JP con la vida. Al menos, unos instantes.

Han Solo extendió la mano hacia los policías y, tras las presentaciones de rigor, los invitó con un gesto a subirse a la barca de vela triangular que descansaba en el amarre.

—Estoy más tranquilo en mitad de la albufera —explicó, al tiempo que se ofrecía a ayudar a Violeta para que subiera.

—Bonita *barquet albuferenc* —señaló JP para ganárselo.

—Nunca había montado en una —reconoció Violeta.

—Construcción tradicional —explicó orgulloso Han Solo—. Madera de olivo, sin quilla.

—La albufera no tiene más de un metro o dos de profundidad —explicó JP a Violeta, que seguía interesada la conversación—. Por eso las barcas son planas por debajo.

Los tres subieron, Han Solo soltó el atraque, desplegó la vela y, con habilidad, puso rumbo hacia la salida del pequeño puerto. Tras pasar una zona de arbustos bajos se adentraron en los arrozales. Se cruzaron con otra barca en la que iba un hombre mayor que perchaba con una larga vara de madera. Se saludó con el tirador.

—Cuando yo era un crío —dijo JP—, Félix Rodríguez de la Fuente hizo una campaña en Televisión Española para la conservación de la Albufera. Tenían previsto convertir los humedales en una especie de Benidorm con multitud de apartamentos y no sé cuántas torres.

Han Solo enarcó las cejas dando por imposible al ser humano y giró la botavara para ganar viento.

—Nos ha dicho el sargento primero Alvear que usted ya está retirado —dijo el inspector una vez se hubieron alejado del otro navegante.

—Fui su binomio durante muchos años. ¿Saben lo que es?

—Como su pareja de hecho, pero sin sexo —especificó JP—. Al menos, eso nos dijo él.

Han Solo rio el chiste, aunque inmediatamente se puso serio.

—Juntos éramos los mejores. El compañerismo es lo único que te llevas de esos años, porque el trabajo en las fuerzas especiales no está pagado.

—Y seguro que habrán vivido circunstancias muy difíciles.

Han Solo asintió.

—No sé si les contó Alvear, pero en el Líbano explotó una mina debajo del blindado que llevábamos delante. Murieron cinco compañeros. Igual nos podría haber tocado a nosotros. Le dedicas tus mejores años al Ejército y cuando cumples los cuarenta y cinco te largan como si ya no sirvieras para nada —protestó.

—¿Y la gente qué hace después de que los retiren?

—Pasa a un puesto no operativo y se aburre, claro; así que muchos se van y acaban de contratistas en la empresa privada.

—¿Qué es eso de contratistas? —preguntó Violeta en el momento en el que abandonaban la acequia del Port y se adentraban en la laguna de agua dulce que una bandada de garzas sobrevolaba. A pesar de que el sol se desperezaba y la niebla se abría, todavía hacía fresco y se sentía la humedad. Pensó que no había venido bien abrigada.

—Mercenarios, soldados de fortuna —explicó Han Solo—. Se dedican a la seguridad y escolta de empresarios en lugares de conflicto.

—¿Irak, Afganistán?

—Sí. Esos son destinos muy peligrosos. Otra opción habitual es la defensa de los barcos en el Índico, en Somalia. Seguro que han oído hablar de los ataques de los piratas —dijo girando la vela de un ingenioso diseño que le permitía incluso navegar contra el viento.

—Hace falta un permiso especial para sacar armas de España —apuntó JP pensativo—. Y quedan registradas.

—Así es. Si tienen el proyectil podrían buscar coincidencias en esa base de datos con los francotiradores sospechosos.

—Lo haremos.

—Por lo demás, no pagan mal y suele ser suficiente con disparar ráfagas intimidatorias para espantar a los piratas.

—Pero no siempre será así.

Han Solo se encogió de hombros dando a entender que no era de su incumbencia.

Violeta, que llevaba un rato escuchando en silencio y anotaba mecánicamente las respuestas, no pudo evitar una pregunta que le rondaba la cabeza.

—¿Y no os tiembla el pulso en el último momento antes del disparo? —preguntó tuteándolo. Han Solo se quedó descolocado. Solo se había preparado los posibles aspectos técnicos de la conversación.

—Bueno —contestó dubitativo—, tú recibes órdenes de limpiar un objetivo, pero la última decisión es tuya. Es un instante difícil, sabes que es tu misión, que es necesario para el desarrollo de una operación más global, pero en tu cabeza está el que le vas a quitar la vida a alguien, aunque sea un asesino. No debes apartar el ojo del visor, porque hay que seguir la trayectoria del disparo, y le garantizo que se ve cómo salta la sangre —añadió casi en un susurro.

JP se dio cuenta de que la conversación había entrado en un terreno demasiado personal y la interrumpió.

—¿Coincide con Alvear en que la persona que abatió a la elefanta era un tirador de precisión? —preguntó.

—Sin duda —afirmó agradecido por el cambio de tercio—. En mi opinión, alguien que ya no está en activo en el ejército.

—¿Y cómo se contrata una acción así? ¿Cómo das con el tirador?

—Puede ser a través de algún contacto. Imagine a un empresario que trabajó con un contratista durante un viaje por una zona conflictiva. No solo usted sabe ganarse a la gente, inspector —señaló con sentido del humor—. Son muchas horas juntos en las que un profesional te puede salvar la vida. Eso genera una relación especial. Se intercambian teléfonos...

—Podría ser —aceptó JP.

—Pero también por Internet se puede conseguir cualquier cosa si se sabe buscar.

—¿Y cuánto se podría cobrar?

Han Solo hinchó los mofletes y resopló. El viento apenas impulsaba la barca, que se había quedado detenida en mitad de la laguna.

—Todo en esta vida tiene un precio —dijo haciendo cálculos mentales—. Yo creo que por seis u ocho mil euros se podría conseguir un buen tirador que disparara al elefante. Pago en criptomonedas, por supuesto.

—¿De qué perfil sería el tirador?

—Tendría que ser alguien que estuviera fuera del sistema o que tenga deudas. Es un trabajo sucio, arriesgado.

—¿Algún nombre? Usted conoce a todo el mundo.

—He estado pensando toda la noche —admitió Han Solo—. Un tirador no debería matar un ser vivo si no es por una causa justificada. Tal vez necesitase demostrarse a sí mismo que sigue en activo. Tengo tres posibles sospechosos —especificó sacando un papel del bolsillo—: el primero está en Zaragoza. Es un destino habitual al dejar las fuerzas especiales. Sé que tiene deudas de juego y está amenazado. Hay otros dos que viven en la Comunidad Valenciana.

—Esos lo tendrían más fácil.

—Bueno, desplazarse tampoco sería un problema, pero ayudaría el conocer la zona, está claro. Es normal que los tiradores retirados se queden por aquí, han vivido en Alicante mucho tiempo y en Zaragoza hace un frío de pelotas.

Violeta lo apuntaba todo muy concentrada.

—El segundo, Francisco León Mogarraz —dijo señalando el nombre en el papel—, viajaba mucho para realizar pequeños trabajos. Ya no está en la élite ni mucho menos, me dicen que ha engordado y no puede hacer operaciones complicadas, pero sigue teniendo una puntería admirable. El tercero se ha separado varias veces. Ya se imaginará, esta vida es complicada y tiene que mantener a tres familias. No me gustaba cuando coincidimos en el ejército, no era trigo limpio. Creo que haría cualquier encargo por pasta.

—Tenemos una foto. No es buena, pero podría ayudarle.

JP le enseñó en el móvil la fotografía que tenían del sospechoso con la bolsa de palos de golf que había captado la cámara de seguridad del edificio cercano al parque de animales.

—Joder. Esa figura..., yo creo que es el tercero del que les he hablado. Lo llamábamos Proust.

59

Hay días de todo tipo, días de paz y días de pelea, días de llanto y de risa, días de infortunio y de suerte, de duelo y celebración. Pero hay algunos especiales que hacen olvidar incluso los peores momentos. Son días de luz, tranquilidad y amor, días de anhelo sin sombra y de confianza sin resquemor. Esos días permanecen en la memoria de los humanos toda una vida.

Elena lo sentía así, desnuda y libre, en la terraza privada de la habitación con el sol templándole el ánimo mientras su pareja aún dormía en la cama de sábanas tan blancas como la nieve. Había sido una gran idea marcharse de Valencia, no mirar el móvil de Adolfo, del que se seguían descargando datos, alejarse de los animales y de los compañeros del máster y disfrutar del lujo que le ofrecía su relación con Cristina, que, en otras ocasiones, le había hecho sentirse culpable. Pero no en esa mañana en la que contemplaba, sin ser vista, los tejados de la ciudad a la que amó de niña, pero que había odiado en la adolescencia y que tenía arrinconada en la memoria por ser el hogar de su madre, con la que habían quedado en comer al día siguiente, domingo.

Ahí, sola y serena, pensó que tal vez no fuera mala idea tener un hijo y así remediar su mala experiencia. Era una locura asumible, emocionante, lo que más deseaba Cristina y un regalo que ella podía hacerle. Un regalo también para sí misma, aunque fuese una decisión precipitada que no se había planteado hasta el equívoco de la clínica. La muerte de Blanca, embarazada, le recordaba la necesidad de que la vida triunfase y la naturaleza se abriera camino desde las entrañas. Una por otra; el equilibrio, aunque fuesen especies distintas. La necesidad de dar esperanza al mundo, educar a ese nuevo ser en libertad y armonía, apasionado y feliz. Esa promesa que todas las madres deberían hacerse a sabiendas de que son conjeturas que no solo dependerán de ellas, que el camino es complicado y lleno de piedras. Ansiaba tener fuerza para levantarlas.

Sentada en la terraza, con la brisa del amanecer, percibía que estaba en deuda con el mundo que tanto le había regalado a pesar de las dificultades: amor, talento, entusiasmo. Pero se conocía bien, el deseo de ser madre podía ser un impulso sin vuelta atrás, por lo que decidió esperar para comunicárselo a Cristina. Por la noche tenían una cena especial, tal vez fuera la ocasión para hablarlo.

Le vibró el teléfono, que estaba sobre una mesita auxiliar: su madre. Sintió una pereza extrema y no contestó. Ya tenía suficiente con tener que verla al día siguiente. Aunque a Cristina parecía no importarle, iba a ser una comida espantosa que podría estropear el fin de semana romántico, tan necesario para la relación.

Elena se conjuró para que nada ni nadie lo estropease. Los humanos a menudo creen que basta con desear algo para que se convierta en realidad.

60

JP había recogido a su mujer y a su nieta a la hora del desayuno gracias a que acabaron pronto el paseo en barca por la albufera. No había sido tan largo como preveían y sí muy productivo. Antes de dejar a Violeta en su casa, pasaron los datos de los tres sospechosos a los compañeros de la UDEV para que los investigaran y se cogieron el resto del día libre para compartirlo con sus seres queridos. Una semana tan insólita como intensa.

Cuando Ximo los recibió en la entrada del parque, Coral estaba excitadísima con la visita. Llevaba días soñando con que su abuelo le enseñara los elefantes y se los explicase, como si fuese un biólogo avezado. La realidad era que JP, desde que abandonó la granja, las gallinas y las cabras de su padre, jamás se había vuelto a plantear ni lo más mínimo sobre el mundo animal, salvo la promesa de comprarle un perro a su nieta. Y no se había atrevido ante el indudable enfado de los padres. Así estaban las cosas, sin perro, pero con hámster: Gusanito.

El incidente del día anterior con los antiespecistas había provocado un aumento de la seguridad.

Lo primero que quiso visitar la niña fue el bosque de los baobabs. Como dijo en el coche, quería comprobar si los elefantes seguían tristes por la muerte de Blanca. Al salir de casa, había cogido el dibujo que hizo en clase y con el que ganó el concurso de primaria para enseñárselo al resto de la manada. Los encontraron bañándose en el lago. Frente a ellos, emocionada y con sus abuelos atentos a cada reacción, se le cayó una lagrimita. Tantor, el gran macho, se aproximó curioso. La niña lo miró y desplegó el dibujo.

—Sigue triste —dijo segura de que era así—. Pero está mejor.

No se atrevieron a contradecir a la niña; ni por asomo vislumbraban lo que pasaba por la cabeza del elefante. JP le dio un beso en la frente a su nieta y, acto seguido, se sintió ridículo por la presencia del jefe de seguridad. Ante él era policía y no abuelo, no quería que eso se olvidara.

Tantor llenó la trompa con agua y la expulsó hacia el grupo de humanos que lo observaba. Coral sonrió encantada por la ducha. Se despidió con la mano y le pareció que él la imitaba.

—¿Podemos ir a ver a los chimpancés? —preguntó emocionada.

—Claro.

—Es que Jane está embarazada, ¿verdad?

—¿Quién es Jane? —se interesó Rosa.

—Es una de las chimpancés —aclaró Ximo solícito.

—¿Y cómo sabes eso? —preguntó Rosa, sorprendida, a su nieta.

—Todos en el colegio lo sabemos. ¡Va a tener una cría!

—Así es —confirmó Ximo. No era experto en *tours* guiados por el parque, pero ponía su empeño en quedar bien con JP; no olvidaba que era el policía que llevaba la investigación. Mejor tenerlo contento.

Se dirigían hacia el recinto de los chimpancés cuando Sidy, que los había visto en el lago, los alcanzó. Se lo veía nervioso. JP se había fijado en él el día de la muerte de Blanca.

—Es usted el inspector que lleva el caso, ¿verdad?

—Sí —afirmó JP molesto por la interrupción de la visita.

No eran horas de trabajo. Aunque sabía que todas las horas de un policía podían serlo. Y Rosa lo tenía aceptado desde hacía años.

—¿Podemos hablar un momento? —pidió con ojos inquietos.

Rosa miró a su marido y comprendió que debía llevarse a Coral.

—Vamos a comprar un helado, ¿vale?

Ximo se adelantó a la posible pregunta y les señaló el camino del restaurante de cabañas africanas, que no quedaba lejos.

—Para mí uno de chocolate negro —dijo JP con una sonrisa dedicada a su nieta. Una vez se hubieron alejado, se giró hacia Sidy, más serio. Si lo asaltaba así no sería para comentarle curiosidades sobre los bichos.

—Sé que Elena habló con usted en la comisaría —expuso Sidy directo ante la mirada intranquila de Ximo.

—¿La señorita Campos, la veterinaria? —preguntó JP a sabiendas de a quién se refería.

—Sí.

—Como comprenderá, no podemos decirle a usted de qué hablamos.

—Sé de qué hablaron —afirmó rotundo—. Les contó la teoría de los sabotajes y la culpabilidad de uno de los vigilantes, Adolfo Avilés.

A Ximo no le hizo gracia volver al tema; ya había tenido suficiente disgusto con Elena como para que ahora otro miembro del personal apoyase esa teoría. Sidy lo percibió y necesitó explicarse.

—Yo también estuve cuando mataron a Blanca.

—Y te habrá afectado tanto como a ella —argumentó Ximo en un intento de descalificar la argumentación del cuidador de elefantes.

—Comprendo que para usted sea un marrón que alguien de su equipo pudiera estar implicado en lo sucedido —razonó JP mirando a Ximo—, pero nuestro deber es escuchar a los testigos e investigar.

Ximo se contuvo; sabía que si protestaba sería contraproducente, él también había sido policía en los inicios de su carrera y conocía el carácter de los inspectores, y más de las viejas glorias, como era JP. Hizo un ademán a Sidy para que continuara.

—A ver, la otra noche... —dijo sin saber bien por dónde seguir—. La noche en la que mataron a Blanca, varios compañeros salieron de copas.

—Sí, y creo que la señorita Campos agredió al vigilante —apostilló JP—. ¿No fue así?

Sidy se puso nervioso. En su corta vida, los policías no siempre habían significado justicia ni orden, pero no veía otra opción que hablar; Elena se estaba arriesgando demasiado con sus pesquisas.

—Tranquilo —puntualizó JP al ver la expresión de su interlocutor—, ya nos ha dicho que no piensa denunciarla.

—Fue solo un encontronazo. El caso es que después fuimos a la discoteca Moon y estuvimos bailando. En un momento en el que nos separamos, unos tipos agredieron a Elena en el callejón de atrás y trataron de violarla.

—Eso no nos lo comentó —aclaró JP sorprendido.

—Lo denunciamos en comisaría, pero todavía no sabemos nada.

—¿Y qué fue lo que pasó?

—No llegaron a... consumarlo, porque llegué yo y se fueron. Ahora no creo que fuera casualidad, inspector. Tal vez podrían investigarlo también ustedes.

—¿Qué quiere decir?

—Esa noche, cuando nos cruzamos con Adolfo, él estaba con unos amigos, también seguratas, pero de otra empresa. Creo que los agresores podrían haber sido ellos.

—¿Les vio la cara? —preguntó Ximo.

—No, llevaban pasamontañas.

—¿Entonces?

—Eso es lo extraño: demasiado preparado como para que se encapricharan con Elena en la disco de manera fortuita.

—Tal vez buscaran a cualquier chica guapa que se quedase sola —propuso Ximo, al que no le estaba gustando el cariz que tomaba la acusación.

—Tal vez, pero cuando pienso en ellos, me resultan conocidos. Juraría que uno llevaba la misma camiseta de superhéroes que el colega de Adolfo cuando los encontramos unas horas antes. No les costaría nada pedir las imágenes del local y comprobarlo —dijo a JP. Casi sonó a súplica.

Ximo y el policía se quedaron confundidos ante la teoría de Sidy.

—Gracias, señor...

—Saware. Por favor.

Ximo hizo un ademán para que no molestase más al policía que no gustó a Sidy.

—En unos días sale la nueva contrata de seguridad del parque, Ximo, y si esto sigue así, a lo mejor os quedáis sin trabajo. Quizá deberías tomarte esto con mayor interés —añadió Sidy, que entendió que ya había hecho todo lo posible para que investigaran los hechos. Se despidió con un gesto y se alejó.

Ya solos, JP miró al jefe de seguridad.

—¿Lo de la contrata es cierto?

—Sí, pero la dirección está contenta con nosotros, se lo aseguro.

—A pesar de lo de ayer.

—Hemos reforzado la seguridad, como puede ver —añadió señalando a otro compañero que hacía guardia a unos metros de distancia—. ¿Qué piensa de lo que nos ha contado de la discoteca?

—Que este chaval ha visto demasiadas películas.

—Eso creo yo —afirmó aliviado.

Coral se acercaba con los helados y JP se fue hacia ella mientras marcaba una memoria del móvil.

—Te hemos traído tu favorito —dijo Rosa seguida de Coral, que daba saltitos de entusiasmo. Lo estaba pasando estupendamente.

JP tomó el suyo con una gran sonrisa. Violeta contestó al otro lado de la línea.

—Pide las imágenes de la discoteca Moon de la noche en la que mataron a la elefanta. Luego te explico —ordenó sin que el jefe de seguridad pudiera oírlo—. Y averigua qué empresas concursan a la contrata de seguridad del zoológico.

61

Los únicos seres que tienen el concepto de vacaciones son los humanos, pero eso no quiere decir que los demás no descansen o pierdan el tiempo. No hay más que ver a los leones tumbados a la bartola dieciocho horas al día como unos adolescentes cualesquiera. Solo les faltan los cigarritos de la risa. Otro tema diferente son las hormigas o las abejas, que no paran de laborar: suben, bajan, vuelan o corretean por el hormiguero y la colmena para limpiarla, o en el exterior a la búsqueda de comida para la reina y las larvas. Para esos tiempos de asueto, los que los disfruten, ninguna otra especie ha inventado algo similar a los vestidos bonitos y los restaurantes de diseño.

Por la noche, tras pasar el día de compras y ver *El rey león* en la Gran Vía, Elena entraba guiada por Cristina en uno de esos lugares gastronómicos, situado en la milla de oro del barrio de Salamanca. Jugaba en la decoración con reproducciones de animales y plantas para generar la sensación en los comensales de que se encontraban en la selva amazónica.

—Este es mi lugar favorito para cenar en Madrid —dijo Cristina.

A Elena le pareció un local abigarrado y confuso: la exagerada vegetación que colgaba del techo, las piñas asadas expuestas como si fuesen pollos y la cocina vista que le despertaba estrés al ver la cara de agobio de los cocineros. Aun así, se mostró alegre ante el entusiasmo de su cicerone.

Las condujeron a la mejor mesa, que daba al patio tras la cristalera *art decó*. Funcionaba como un diorama en el que destacaba, entre plantas exuberantes, una jirafa hecha de tiras de bambú. Elena comprendió que su pareja tenía enchufe en aquel sitio, la conocían y la habían recibido con familiaridad; seguro que la echaban de menos desde que se marchó de la ciudad.

—Jirafas en el Amazonas; aquí necesitan un biólogo más que un decorador —dijo sin poder evitarlo y sonrió para hacerse perdonar el comentario.

Cristina no se lo tomó a mal y ambas se sentaron.

—¿Te gusta?

—Es maravilloso —mintió con convicción. Esa mezcla de naturaleza artificiosa le resultaba desconcertante—. Un buen lugar para que me cuentes tu secreto.

—No seas impaciente —dijo Cristina con complicidad—. Pedimos primero, degustamos la comida y en los postres te cuento el porqué de mi fobia a los animales.

—Lo compro.

La cena transcurrió agradable entre mezcolanzas imposibles de ceviche, sushi y bogavante. Elena estuvo tentada de plantearle el tema de la inseminación. Ya no estaba tan convencida como por la mañana en la terraza, tras la noche de pasión, pero quería que Cristina le explicara por qué para ella era tan importante tener hijos. Frente al helado de maracuyá se lo preguntó sin rodeos; el clima de confianza era propicio.

—Es un impulso natural. Si no transmites los genes es como si no hubieras existido.

A Elena le sobrecogió la afirmación y le vinieron a la

mente las palabras de la profesora Marina Santaolalla, en la clase del máster. Ambas parecían haberse puesto de acuerdo.

—A mí me da miedo la muerte —reconoció Cristina mientras aplastaba el helado con la cucharilla.

—No lo sabía.

—No me gusta hablarlo. Pero la realidad es que no puedo admitir que la vida se acabe, que continúe sin mí. Comprendo que es algo irremisible. Me cuido, como bien, hago ejercicio, espero vivir muchos años, pero lo único que me puede confortar con el hecho de que esto se acabe sería dejar descendencia.

A Elena le encantaba que se estuviera abriendo. Ella no se había planteado la muerte a sus veintisiete años.

—Por distintas circunstancias —prosiguió Cristina con la mirada perdida en la mesa—, se me pasó la edad de tener un hijo a los treinta y tantos, que habría sido lo lógico, y ahora, como escuchaste ayer a la doctora, no dependo de mí misma. Y eso también me bloquea. Toda mi vida he sido capaz de conseguir lo que me proponía: el trabajo, las parejas —añadió cogiéndola cariñosa de la mano—. Salvo en esto.

Elena comprendió que la importancia de un sí era tal que debería estar segura, que no se podría echar atrás una vez hubiese dado la conformidad. Una cosa era irse a vivir juntas y otra llevar al niño en su vientre. Sintió vértigo por la decisión que estaba a punto de tomar.

—Te voy a llevar a un sitio especial para mí —propuso Cristina avisando al *maître* para que les acercase la cuenta. Al mirar hacia atrás, se encontró con una mujer de algo más de cuarenta años que entraba en la sala. Era estilosa, de pelo largo, liso y brillante y figura perfecta. Iba acompañada por otra chica más joven e igual de atractiva. Al verse, Cristina y la recién llegada se tensaron como si dos enemigos naturales se cruzasen en la selva y se tantearan antes de atacar. A Elena le quedó claro que algo había ocurrido entre ellas.

—¿Qué haces aquí? —preguntó la recién llegada, visiblemente molesta porque Cristina pisara su territorio.

—Bueno, es mi restaurante favorito. De hecho, yo te traje por primera vez. Así que creo que podré venir con mi pareja —recalcó— cuando quiera.

—Pero estabas en Valencia.

—Pero no encadenada. Se me permite viajar —respondió dolida. Las palabras ya de por sí tensas reflejaban un maremoto interior.

—¿Y esta? — preguntó señalando a Elena.

—No tengo por qué darte explicaciones.

—Muy bien, nos iremos nosotras —dijo la recién llegada ante el asombro de su pareja.

—No te preocupes —zanjó Cristina—, estamos pagando. Os dejamos la mesa.

—¡Vete a la mierda! —sentenció la mujer que (a estas alturas, a Elena le quedaba claro) había sido su pareja no hacía tanto tiempo, y se marchó sin mediar palabra. Su acompañante, abandonada, huyó en cuanto fue capaz de reaccionar ante la mirada de odio de Cristina, quien dijo que necesitaba ir al baño y desapareció.

Elena se quedó plantada. El encanto de todo el día se había roto.

62

Había costado más de la cuenta que Coral se durmiera; tal era el subidón con el que regresó de la visita al parque de animales, con un peluche de elefante de la tienda de recuerdos como trofeo. Para JP había sido un día maravilloso empañado por la interrupción del cuidador de elefantes. Si lo que se traslucía era cierto, el asunto del vigilante empezaba a tomar forma, aunque aún no veía pruebas suficientes como para inculparlo y la jueza no les iba a permitir pincharle el teléfono: los derechos de un humano están por encima de los de cualquier animal, aunque se tratase de una elefanta albina querida por los niños de la ciudad.

Con Rosa leyendo en el dormitorio, JP se había instalado en la cocina con el portátil para investigar los perfiles de los tiradores de precisión y Metallica de fondo. Violeta, que tampoco tenía un plan especial para la noche del sábado, le había hecho una videollamada hacía unos minutos.

—¿Podrías bajar un poco la música? Hasta mis vecinos están dando golpes en la pared pensando que soy yo la que está pasada de moda.

A JP le hizo gracia y bajó el volumen. En su casa ya no protestaban y hasta la niña era capaz de dormirse con *heavy metal* de fondo.

—Haré como que no he escuchado esa blasfemia. ¿Has pedido las imágenes de la discoteca Moon?

—Los de la UFAM ya las habían solicitado cuando Elena Campos presentó la denuncia por agresión sexual. De momento, te mando una copia de su declaración —dijo mientras la adjuntaba a un email.

—A lo mejor no conduce a nada, pero hay que considerarlo.

—También he mirado la lista de las empresas que concursan para llevarse la contrata de la seguridad del parque. ¿Crees que tiene sentido lo que te ha contado el cuidador de elefantes?

—Es un poco rebuscado, pero el caso lo es. ¿Quién me iba a decir a mí que a estas alturas de mi carrera me dedicaría a investigar el asesinato de un elefante?

—¡Has dicho «asesinato»! —recalcó Violeta.

—Hasta yo estoy echado a perder, *la mare que va!* Espera, ¿eso que ha cruzado por ahí detrás es un perro?

—Eh... sí. Lo adopté hace un año, cuando empecé a vivir sola. ¡Luna! —dijo Violeta llamando al animal, que acudió de inmediato. Lo mostró orgullosa a cámara y la perra miró a la pantalla con una expresión que parecía humana.

—Los cabrones han aprendido a sonreír como nosotros para caernos bien.

Violeta rio y el labrador se alejó sin entender la broma.

—Me hace mucha compañía.

JP no conocía detalles de la vida de la inspectora, tan solo que sus padres vivían en Galicia, y pensó que gracias al perro no se sentiría tan sola en una ciudad nueva.

—Me he puesto a investigar los tres nombres que nos dio Han Solo —expuso Violeta mirando cómo se tumbaba a descansar su mascota—. El primer tirador sospechoso queda descartado. Al parecer, murió hace un mes en el Líbano.

—¿Se sabe si ha sido en una acción sobre el terreno?

—No ha trascendido. Me he puesto en contacto con la embajada española para que me pasen los datos y la identificación del cadáver.

—¿Ese era el que vivía en Zaragoza?

—Sí, el de las deudas de juego. Muy presente en redes sociales con un perfil muy de derechas: banderas, chistes sobre políticos nacionalistas... La verdad es que tenía un aspecto envejecido para su edad.

—Lo descartamos mientras confirmamos la muerte con la embajada.

—Los otros dos —prosiguió Violeta—, sin redes ni presencia en Internet. Y lo que hay, no es relevante. Del segundo, Francisco León Mogarranz, directamente no he encontrado ni una mención desde que dejó el ejército hace tres años, cuando lo pasaron a la reserva. Y en las fuerzas especiales, solo positivas: certificación tres estrellas de buceo, perfecto inglés, misiones en Túnez, Afganistán, Líbano... Cruz al Mérito Militar con Distintivo Blanco. Está en paradero desconocido.

—Habrá que seguir buscando. ¿Qué sabes del tercero?

—Es el que creyó reconocer Han Solo por la foto que le enseñamos. Un tal Martínez Reguera, alias Proust, de unos cuarenta y cinco años. Tenemos la imagen del DNI renovado hace cuatro. Con barba, cejas prominentes, mandíbula ancha, moreno —dijo enviándosela por WhatsApp—. También tiene un buen currículo, con una medalla del ejército estadounidense, ni más ni menos. La última dirección conocida es de Altea Hills.

—No le ha debido de ir mal como contratista.

—Eso parece. Dejó las Fuerzas Armadas a los cuarenta años.

—O sea, que no fue por jubilación.

—Tuvo un acto de indisciplina grave durante una misión.

—¿Y eso último lo has visto en el portal de transparencia del Ministerio de Defensa? —preguntó JP extrañado.

—Qué va. Es que... mi padre es militar —confesó Violeta.

—¿Y te pasa información? —preguntó sorprendido.

—Ni de coña, es superestricto. Pero conozco gente.

—Eres un pozo de sorpresas, pepinillo. ¿Y qué se dice del tal Proust?

—Habría estado implicado en algún asunto de corrupción durante una misión de paz.

—El ejército limpia a las ovejas negras.

—Entró enseguida en una empresa privada y no ha parado de trabajar hasta hace poco. Estuvo embarcado en el Índico, como nos dijo Han Solo. Pero lo dejó hace varios meses. Me dicen que también ha caído en desgracia en el sector de los contratistas, que no es de fiar y que haría cualquier trabajo por dinero.

—Suena bien. No dejemos tampoco de investigar al segundo tirador, el tal León Mogarranz, a ver si encontramos algo. Pero, por ahora, vamos a ponerle vigilancia a Proust. Es nuestro sospechoso número uno. Tenemos que comprobar si ha tenido relación con algún empresario que pudiera estar interesado en los terrenos de alrededor del parque.

—O con las compañías de seguridad que aspiran a llevarse la contrata del zoológico —añadió Violeta.

63

A pesar de que eran más de las once y media de la noche, la puerta de la calle Ibiza por la que se accede al Parque del Retiro permanecía abierta y la gente entraba y salía animada por la cálida temperatura del final de la primavera. Cristina, que guiaba a Elena de la mano, parecía dirigirse a las modernas terrazas que daban al Florida Park, antigua sala de fiestas reconvertida en discoteca. Había recuperado el ánimo después del bronco encuentro del restaurante, aunque no estaba tan alegre como durante la cena. «Una mala experiencia. Me dejó hace años y también fue otro de los motivos por los que me marché a Valencia», había dicho sin añadir ningún otro detalle. Elena no preguntó; comprendía que la ruptura había sido desagradable y la ex le había parecido una borde.

Pasaron de largo las terrazas de diseño para sorpresa de Elena, que pensó que se tomarían ahí la última, y se perdieron hacia el interior.

—Es por aquí.

—¿A dónde vamos?

Cristina la condujo por un sendero de tierra que no estaba transitado, en el que las farolas pugnaban con las ramas por iluminar el camino. Todo el mundo estaba concentrado en la zona de restauración. El sonido de las voces se iba apagando a medida que se alejaban de las terrazas y la espesura de los árboles aumentaba. Sobrepasaron la biblioteca Eugenio Trías, que también estaba en el interior del Retiro, hasta llegar a la antigua Casa de Fieras. Cristina se detuvo ante las dos columnas de ladrillo rematadas por sendas esculturas de leones tumbados que enmarcaban el acceso. Tomó aire y entró a la plazoleta conformada por asientos semicirculares de azulejos andaluces. Cristina volvió sobre sus pasos y tiró de su chica hacia las antiguas instalaciones que todavía perduraban, plagadas de cedros, plátanos de sombra y abetos. Elena recordó que había visto fotos de los años sesenta, nada que ver con los zoológicos actuales: jaulas diminutas de barrotes en las que los animales apenas se podían mover. Quedaban reminiscencias de la estructura en el edificio de ladrillo visto de dos pisos, ahora biblioteca; las leoneras se habían transformado en cómodos recintos acristalados con mesas para que los usuarios pudieran estudiar o trabajar allí. Se fijó en un cartel que anunciaba un pódcast del escritor Javier Sierra para Radio Nacional.

—Aquí tenían encerrados a dos osos pardos —explicó Cristina tras señalar un pequeño habitáculo enrejado en el frontal. Estaba construido con piedras irregulares que pretendían simular una gruta. Presidiendo la falsa cueva, un pequeño gnomo de orejas puntiagudas tocaba un flautín.

Elena se sobrecogió al pensar que allí hubieran convivido durante años dos enormes plantígrados. Siguieron avanzando hasta detenerse ante un espacio octogonal excavado en el suelo de unos cuatro metros de profundidad: el foso de los monos. Pretendía ser una instalación con carteles divulgativos sobre la Casa de Fieras, con siluetas colgadas de las paredes blancas de las distintas especies que habitaron el zoo: elefante, jirafa, león, oso. La construcción estaba rodeada de árboles cuyas ramas se mecían por la brisa de la noche. La luz de la luna proyectaba sombras que se movían en el fondo como animales feroces en busca de víctimas.

La imagen era espectral.

—Es aquí —señaló Cristina, cuya respiración se había acelerado desde que entraron en el Retiro. Sin mediar palabra, se subió el vestido para que no le impidiese saltar los barrotes de hierro que daban acceso al recinto y, aprovechando un saliente de la pared, comenzó a descender los cuatro metros que la separaban del fondo, a pesar de que no resultaba sencillo. Elena se quedó desconcertada. Su pareja, que sentía fobia por los animales, se metía en el foso de los monos, aunque hiciese años que ninguno trepase por allí. Antes de que pudiera reaccionar, ya estaba abajo y le tendía la mano para que se reuniese con ella. Al descolgarse, perdió pie y se asustó. Cristina alargó los brazos para que se apoyase en las palmas y la fue bajando a pulso hasta conseguir que aterrizase en el suelo con cierta dignidad, consciente de que no sería tan fácil salir de allí sin ayuda.

Cristina la tomó de la mano y la invitó a esconderse en uno de los ventanucos horadados en la pared, de apenas un metro de alto por uno y medio de ancho. Se sentaron y Cristina se acurrucó. Ese lugar tenía una fuerza evocadora para ella; el semblante le había cambiado y los ojos expresaban desasosiego.

—¿Estás bien? —preguntó Elena, que no entendía qué hacían allí.

—Tenía cuatro años y es el primer recuerdo de mi vida —musitó con la mirada perdida—. Por lo visto, me traían a menudo; vivíamos cerca, a mis padres les gustaba pasear por el Retiro y a mí me fascinaban los monos. No recuerdo la especie, lo siento —dijo cómplice con Elena.

—Debían de ser babuinos —aclaró al ver las figuras reproducidas en el centro del foso.

—Ese día me trajo la niñera. Solía estar lleno de niños y recuerdo los gritos de emoción al ver cómo saltaban por las ramas y se perseguían unos a otros. Nos sentaban con las piernas colgando entre los barrotes —dijo señalándolos—. Producía vértigo la altura, pero me dicen que yo no tenía miedo y que siempre pedía quedarme más tiempo. La niñera explicó a mis padres que se despistó un segundo y que, no supo cómo, me precipité al foso. Al caer me rompí la pierna. Mis recuerdos no son tan concretos, tan solo sensaciones: susto, dolor, confusión... Y pánico cuando se me acercaron los monos. Se pusieron muy nerviosos por mi presencia y comenzaron a correr desorganizados y violentos. Daban chillidos agudos y, aunque no eran grandes, yo era muy poquita cosa.

—No son tan pequeños, un macho puede llegar a pesar hasta treinta kilos. Los babuinos son inteligentes, pero también pueden ser agresivos.

—El caso es que la niñera entró en *shock* y se quedó paralizada. Alguien debió de avisar a algún responsable del zoológico, pero la situación se alargó. Me dijeron que el macho dominante me mordió en varias ocasiones —rememoró señalando los vestigios de la cicatriz que tenía en el brazo—. Todavía me parece ver la sangre. Una de las hembras salió en mi defensa, me cogió de la pierna sana y tiró de mí hasta meterme aquí, donde estamos ahora. Varios machos, liderados por el agresor, trataban de morderme, pero ella los mantuvo a raya. Yo había cerrado los ojos y lloraba aterrorizada.

La descripción de lo ocurrido le recordó a Elena la agresión que había sufrido a la salida de la discoteca. Habló para conjurar los recuerdos.

—La hembra tal vez hubiera perdido una cría —apuntó—, el instinto maternal es muy fuerte en los mamíferos.

—¡Qué me vas a decir a mí! —respondió Cristina con una sonrisa melancólica.

—Los cachorros generan ternura y afán de protección. Estamos biológicamente destinados a cuidarlos; los vemos débiles, torpes, sin colmillos, con ojos grandes; no son unos competidores. Lo normal es que los adultos no se sientan amenazados, pero con los machos puede ser distinto.

—Estos se pusieron muy violentos.

—Considerarían que eras una amenaza o, simplemente, alguien ajeno al grupo que había irrumpido por sorpresa, y se asustaron.

—Mordieron a la hembra en varios sitios, ella me colocaba detrás, impedía que me alcanzasen. Así, hasta que abrieron la entrada de la guarida de los monos y tres cuidadores saltaron al foso armados con palos. Los machos les hicieron frente en un primer instante, pero enseguida huyeron a los cobijos. A partir de ahí, tengo imágenes imprecisas: me dolía la pierna y las heridas y, mientras me sacaban, miré a la hembra, que sangraba en el suelo, entre estertores. No se me olvidará esa imagen. Mis padres no me quisieron decir que había muerto, pero estoy segura de que no sobrevivió al ataque —concluyó con lágrimas en los ojos.

—Pobre —dijo Elena en un susurro y la abrazó. Ella misma había sentido el terror y el desamparo en cada golpe, cada dentellada. La muerte de la babuina le traía a la memoria la de Blanca y se sintió más unida que nunca a su pareja.

—Después solo recuerdo las luces del hospital, un cansancio extremo, sueños horribles... La siguiente imagen es de días más tarde, ya en casa, con la pierna escayolada y vendajes en los mordiscos. Desde entonces, la presencia de cualquier animal me genera pavor.

Cristina se relajó al terminar el relato, apoyó la cabeza

en el pecho de su compañera y permitió que escapase el terror contenido de años.

—¿Cómo no me lo habías contado antes?

—No se lo había confesado a nadie.

Elena lo entendió y pensó que ella no tenía recuerdos de tan niña, tal vez nada le hubiera impactado lo suficiente a esa edad. Comprendió que Cristina no quisiera visitar el parque de animales en el que trabajaba ni ningún otro, y que cuando por fin se decidió hubiera preferido a los elefantes frente a los simios. Se quedaron abrazadas un rato largo.

—¿Tú crees que estamos preparadas para ser madres?

La pregunta sonó a invitación. O eso pensó Cristina, a la que el corazón le dio un vuelco; por primera vez veía luz al final del túnel. Iba a contestar cuando notó que vibraba el móvil en el bolsillo de Elena, que decidió no cogerlo. No era buena idea interrumpir la situación de confidencias que se había creado. Pero la vibración resultaba evidente. Era tarde, casi las doce de la noche, era raro que la llamaran. Sacó el móvil del bolsillo pensando que sería su madre para citarlas al día siguiente y colgó pulsando dos veces el botón lateral. Así entendería que estaba ocupada. Antes de hacerlo, vio que se trataba de Brezo.

—Perdona —se excusó y estrechó de nuevo a su pareja.

Permanecieron en silencio cómplice durante varios segundos, hasta que el móvil volvió a vibrar. El mensaje no había sido tan claro para la encargada de los simios. Elena colgó lo más rápido que pudo y trató de recuperar la situación. La magia había desaparecido, la pregunta sobre la maternidad continuaba en el aire y Cristina se separó para volver a la posición fetal, aunque más serena que cuando entraron en el foso. Elena le acarició el pelo, pero fue interrumpida por tercera vez.

—Algo pasa —supuso—. Es mejor que responda y le diga a Brezo que lo solucione ella.

Descolgó, pero no le dio tiempo a hablar. Brezo, nerviosísima, balbuceaba al otro lado de la línea.

—Sidy —dijo llorosa.

—¿Qué ha pasado? —preguntó Elena sin repetir el nombre para que Cristina no escuchase que se trataba de él.

—Ha tenido un accidente. Lo han atropellado cuando iba en bicicleta.

—Pero ¿está bien?

—Tiene conmoción cerebral. Lo están operando.

64

No le había gustado nada la decisión de Elena de regresar esa noche a Valencia para estar cerca de Sidy, del que no sabían pormenores salvo que lo estaban interviniendo: ni cómo había sucedido el atropello ni las posibles secuelas. El fin de semana planeado para estar solas y tranquilas había saltado por los aires como la bicicleta del cuidador de los elefantes. La magia de esos días con sus noches, en las que tendrían tiempo para contarse lo más íntimo, las incertidumbres, pero también las expectativas y las ilusiones, se había quebrado por la llamada de Brezo en la situación más delicada posible: con Cristina, más de cuarenta años después, en el foso en el que se originaron sus terrores. Igual que la niñera la desatendió, Elena la había abandonado al albur de sus recuerdos.

Les costó escalar el foso de los monos para desesperación de Elena, que estuvo a punto de perder los nervios. Cuando por fin lo consiguieron, fueron al hotel a recoger las pertenencias y malmeterlas en la maleta, quitarse los vestidos bonitos y ponerse cómodas; pagar la habitación y conducir de madrugada los trescientos sesenta kilómetros que separaban Madrid de Valencia; tanta distancia como la que había en ese momento en el interior del coche entre Cristina y Elena, para la que la situación era angustiosa: escuchar por fin la confesión que tanto había esperado y tener que largarse apresurada. Los sentimientos hacia su pareja pugnaban con los que profesaba hacia Sidy. Pudo más la inquietud de que su amigo no saliera de la operación. Los humanos necesitan estar físicamente cerca de los seres queridos en los trances complicados.

El miedo, esa emoción de la que había hablado la profesora Santaolalla en el máster y que, según decía, los animales no tenían la capacidad de sentir. O no como los humanos. Para ellos era tan ardua de manejar que inventaban relatos infantiles con lobos, brujas y personajes malvados. Era necesario que los niños supieran definir lo que sienten, que fueran capaces de dominarlo antes de enfrentarse a la vida adulta.

«Una mosca, un mamífero o incluso una bacteria —añadía Marina— escapan del peligro, pero para ellos el miedo es una reacción instintiva sobre la que no se razona; se enfrenta o se huye. Las especies más complejas valoran las distintas opciones según el tamaño de las garras y los dientes, la ferocidad, la sorpresa, pero sin discurso interior, sin adelantar consecuencias, aunque sí con aprendizaje de experiencias pasadas. El miedo es una reacción fisiológica por la que segregan epinefrina para aumentar la coagulación por si sufriesen heridas; y glucosa, que aporta más energía a los músculos. A esto, los humanos añadimos algo esencial —explicó—. Sabemos lo que significa el peligro: dejar de existir. Y eso lo cambia todo.» Algo difícil de aceptar, como le reveló Cristina en el foso de los monos.

Aquel día, el debate en el aula fue encarnizado entre los que pensaban que los humanos y el resto de los animales eran equivalentes y los que creían que, sin conciencia del yo ni capacidad para entender qué supone la amenaza, no hay un miedo real. Hay emociones, pero no elaboración de sentimientos. Elena, en el centro, sin estar segura de un argumento ni del contrario a pesar de su profesión. Lo sienten, sin duda, pero no la angustia que genera: el pánico. Recordó un concepto que le había escuchado a Arsuaga en una conferencia: los humanos y el resto de las especies somos similares no porque ellas se parezcan a nosotros, sino porque nosotros nos parecemos a ellas. Esa era la clave.

Elena recordaba el estudio sobre el parque natural de Gorongosa, en Mozambique, del que desaparecieron los depredadores a causa de la prolongada guerra civil. La nueva situación varió el comportamiento de los pequeños antílopes, que habitualmente se escondían en los bosques. Al quedarse sin enemigos naturales, ya no tenían nada que temer y salieron a las praderas para alimentarse y empobrecer el ecosistema, que estuvo a punto de colapsar. Para que los antílopes volvieran a las zonas boscosas y la vegetación se pudiera recuperar, utilizaron grabaciones de depredadores y diseminaron muestras de orina. El programa fue un éxito y se restableció el equilibrio anterior. Algo similar ocurrió en Yellowstone con los ciervos y la reintroducción de una manada de lobos.

El miedo puso a cada cual en su sitio.

En el parque de Valencia, los herbívoros se sentían protegidos en los hábitats, sin amenazas externas. Esa seguridad de la que disfrutaban en cautividad era uno de los motivos por los que a Elena le reconfortaba su trabajo: era un espacio libre de miedo. Y esa es la auténtica libertad.

Los humanos, aunque renieguen, darían casi cualquier cosa por conseguirlo.

Esa reflexión bullía en su cabeza para no pensar en Sidy y en la posibilidad de perderlo. No se atrevía a llamar a Brezo para que le diera más detalles de lo que ocurría en el quirófano, tan solo un wasap de vez en cuando. Notaba que, cada vez que se iluminaba la pantalla del móvil al recibir un mensaje, Cristina aceleraba, no porque quisiera llegar antes al hospital, sino porque su enfado se disparaba.

Algo se había roto esa noche en la Casa de Fieras.

65

Cristina prefirió dejarla en la puerta del Hospital General, al lado del control de acceso con forma de quilla de barco, y marcharse aduciendo que estaba agotada de conducir durante toda la noche. Elena, cuyo aspecto deplorable contrastaba con lo bella que había empezado la jornada, no estaba en situación de ponerlo en duda. Quedó en que la llamaría cuando tuviera detalles.

Sin esperar a que el coche desapareciera, entró acelerada en el complejo hospitalario con el teléfono en la oreja para localizar a Brezo, que contestó desde la sala de espera de Urgencias. Hablaron mientras recorrían los pasillos hasta encontrarse. Ambas se abrazaron entre lágrimas; la situación las superaba. Sidy no tenía familiares en España, por lo que nadie más había acudido al hospital. Estaban solas, pero unidas.

—¿Cómo está? Antes iba en el coche y no podía hablar.

—Me imagino a Cristina de mal rollo cada vez que yo te mandaba un mensaje sobre Sidy...

Elena elevó las cejas y movió la cabeza, superada por las circunstancias.

—¿Cómo está? —repitió.

—En el accidente perdió la consciencia, pero no tuvieron que reanimarlo. Nada más llegar le hicieron un TAC.

Dicen los médicos que tiene un edema en la cabeza que hay que drenar.

—Pero ¿qué ha pasado? —preguntó Elena descompuesta.

—No se sabe muy bien. Lo trajo un taxista que vio el accidente. Nos dio parte de la matrícula —añadió enseñando un papelito donde estaba apuntada—. Parece ser que un coche hizo un giro inesperado y lo embistió.

—¿Aposta? —dedujo sorprendida.

—No estaba seguro. Sidy iba pegado a los coches aparcados y estaba oscuro, el coche hizo un giro rápido. Quizá no lo vio. El caso es que se piró sin auxiliarlo.

—¿No se quedó a ver si estaba herido?

—El taxista dice que huyó.

No habían pasado más de quince minutos, en los que Elena no dejó de moverse por la sala de espera casi vacía, cuando la doctora se acercó. Las dos amigas se agobiaron al verla.

—La operación ha salido bien —dijo tranquilizadora—. No tenía fractura de cráneo y hemos podido drenar el hematoma subcutáneo. Las próximas horas serán cruciales. Hasta que no despierte no sabremos si puede tener algún tipo de secuelas.

—Pero ¿ustedes son optimistas? —preguntó Elena, necesitada de buenas noticias.

La doctora torció el gesto, porque no le gustaba contestar preguntas, pero los ojos ávidos de su interlocutora la animaron a definirse.

—Lo normal sería que se recuperase, pero es pronto para decirlo.

—Muchas gracias, doctora.

La cirujana asintió y se fue. Elena se quedó plantada en

mitad del pasillo. Brezo se aproximó y se abrazaron con todas sus fuerzas. ¡Qué reconfortante es la compañía de la manada para los humanos en los malos momentos!

La soledad, en cambio, como la que sentía Cristina sin poder dormir en la casa de Port Saplaya, resultaba insoportable.

66

JP estaba pasando un fin de semana muy revuelto, entre las consultas a Internet sobre tumores y el repaso de los detalles de la investigación que le había ido mandando Violeta. A las tres de la mañana todavía no se había acostado, a pesar de los intentos de Rosa por arrastrarlo a la cama. Hacía media hora que lo había dado por imposible y decidió que, al menos, uno de los dos durmiera un poco. El lunes tenía cita con el médico para comprobar si tenía un cáncer en la próstata. Temía quedarse sin erecciones incluso antes de la jubilación. Pero Rosa tenía razón: él no podía ocultar la cabeza en la tierra como los avestruces. ¿Quién era el que había dicho que los jodidos avestruces hicieran eso? Tenía que preguntárselo a la veterinaria cuando la viese, aunque le sonaba al típico bulo, una *fake news,* como diría Violeta.

Volvió a escuchar por decimotercera vez *Wish you were here,* del grupo Pink Floyd. Sus gustos musicales se habían vuelto eclécticos con los años. Si había empezado por los Rolling Stones y las guitarras de Jimmy Page, de Led Zeppelin, o de Wishbone Ash y Black Sabbath en los setenta, en las décadas posteriores, debido a lo que disfrutaba en los conciertos en directo y al éxito del género, se había centrado en el *heavy metal:* Van Halen, AC/DC, Ozzy Osbourne en solitario, sin desdeñar ninguna buena canción grabada antes del 84. De ahí en adelante, todos los nuevos músicos le parecían una basura. En España solo se salvaban Barricada, Miguel Ríos, Luz Casal y Rosendo, por auténticos.

David Gilmour volvió a cantar al sufrimiento de Syd Barrett, el antiguo batería del grupo con problemas de drogas, y deseó que estuviera con ellos. Un deseo que se repetiría en tantas ocasiones como un incondicional reprodujese el tema. Los miembros del grupo y JP se sentían como almas perdidas en una puta pecera. Y tan acojonados como los avestruces.

—*Iaio.*

Una vocecita interrumpió el riff tocado por Gilmour y la emoción de JP, que intentó recomponerse para que su nieta no lo viera llorar por haber empleado la vida en resolver todos los casos que se le habían presentado salvo el suyo propio: la relación con su hijo y con Rosa, que, sin duda, se merecía mucho más de lo que le había entregado: más escucha, amor, silencios cómplices; más paseos por la playa, que a ella tanto la relajaban. Haberla acompañado de verdad en la muerte de su padre, al que adoraba y que era un excelente tipo. Y más sexo, ahora que peligraba.

En fin, demasiadas cosas.

—*Iaio* —repitió Coral preocupada— ¿Te vas a morir?

Aquellas palabras ingenuas y agudas casi le provocaron un ataque al corazón.

—Eh, pero ¿qué haces despierta a estas horas?

—No podía dormir. Oí antes que la *iaia* te regañaba porque tenías que ir al médico y tú no querías.

—Bueno, es que me viene mal —se excusó—. Estoy con el caso de la elefanta... Y tú quieres que descubra al que lo hizo, ¿verdad?

—Claro —dijo resuelta—, pero tú me importas más.

Le cogió la cara con las dos manitas suaves, pinchándose con la barba blanca de tres días, y lo besó en la mejilla con sonoridad. Le hizo tanta gracia el «pop» que le salió de los labios que lo repitió, tronchándose.

La infancia de los humanos es así, salta de las lágrimas a las risas con una facilidad que solo recuperan los enamorados.

—Quiero que vayas al médico y que te cure —concluyó—. Y después detienes al malo. ¿Me lo prometes?

A JP le costó decir que sí; no podía mentir a su nieta. Aunque tenía cita en algo más de veinticuatro horas, en su cabeza maquinaba distintos planes para escapar.

—¿Me lo prometes? —repitió contundente.

—Claro. Iré al médico —asumió JP desbordado por la muestra de cariño—. Me acompañará la *iaia,* que no me dejará huir. Ya la conoces.

Ambos sonrieron: la conocían de sobra.

—Ya sé que todos nos vamos a morir, nos lo explicaron cuando lo del abuelo de Patricia, una compi del cole. Hasta Gusanito —dijo en referencia al hámster—, pero quiero que sea dentro de muchos muchos años. Cuando seas muy viejito —dijo con una ternura solo comparable a la de los perros que miran a sus dueños cuando tienen hambre.

Y lo abrazó. JP no consiguió impedir que unas lágrimas rebeldes le brotaran de los ojos cansados. Estaba triste y a la vez feliz. ¿Estaría enamorado?

67

Amanecía cuando Brezo y Elena llegaron a la vivienda que compartían en el centro de Valencia. Se besaron en la mejilla para infundirse ánimo y se fue cada cual a su habitación a descansar; la noche había sido larga y terrible. ¡Qué lejos quedaban los recuerdos bonitos de su paso por Madrid!

Las persianas del dormitorio estaban a medio bajar y el sol, asustadizo, se colaba entre las rendijas de las lamas creando un ambiente anaranjado. Cuando fue a poner el móvil a cargar, estaba casi sin batería y vio que tenía un wasap de Cristina: «He encontrado algo. Llámame». Dudó si era buen momento para hacerlo. Pensaba darse una ducha y meterse después en la cama, pero el mensaje era de apenas unos minutos atrás. Y no quería contrariar todavía más a su pareja.

—He encontrado algo en el teléfono de Adolfo —le dijo nada más descolgar. Estaba sentada en pijama en su dormitorio y con el ordenador encendido.

A Elena, una noticia que la hubiera afectado hacía unas horas le sonaba ajena.

—No sé ni si quiero oírlo. Sidy... está en la UCI —explicó después de dudar si debía dar la información—. Parece que ha salido bien, pero no nos han dejado verlo.

Hubo un momento de silencio. Había dolor en ambas mujeres, aunque por motivos muy diferentes.

—Me alegra que haya salido bien —respondió Cristina para aparcar las diferencias. Sonó sincera y dolida—. Hay un nuevo pago en criptomonedas. De ayer. Y he encontrado también varias fotos de elefantes y un estudio de distintos calibres de balas.

—Hoy no quiero saber nada. Necesito dormir. No sé si he llegado demasiado lejos con la investigación. Me hace daño.

A Cristina la desilusionó el comentario. Llevaba toda la noche enfrascada en el teléfono del vigilante.

—Quiero que sepas que, a pesar de todo lo que ha ocurrido, me encantaría que te vinieras a vivir conmigo.

—A mí también, pero hoy estoy destrozada. Me voy a dar una ducha y a dormir un poco —explicó entrando en el baño—. Total, no voy a poder trabajar en el parque en unos días.

—Como quieras. Si estás más libre podemos ir a la clínica para que te expliquen el procedimiento...

—Cristina —la interrumpió—, lo siento mucho, pero no estoy preparada para tener un niño en mi vientre. Perdona si te he dado esperanzas. Lo hablamos en unas semanas, si quieres.

Cristina recibió las palabras en soledad, sin inmutarse, aunque por dentro la decepción le desgarraba las entrañas.

—Me parecería bien que buscases otras opciones. Sé que es la ilusión de tu vida y no puedo negarme a que seas madre. No se me ocurriría.

Y, sin mediar más palabras, colgó el teléfono y se metió en el baño.

Cristina se quedó consternada por la noticia que, sin embargo, después de la noche tan extraña, ya se temía. Volvió a centrarse en el ordenador para no pensar en sí misma. Esta investigación le había despertado emociones que llevaban años dormidas y podía servirle para desahogar sus problemas.

La vida del vigilante de seguridad estaba en sus manos.

68

Por fin, a primera hora del lunes, los médicos iban a permitir a Elena entrar unos minutos a ver a Sidy en la UCI. Según le contó la doctora, la evolución era favorable y estaban a punto de pasarlo a planta. Se había puesto guapa, llevaba un maquillaje suave y el pelo suelto. No le había comentado a Cristina a dónde iba y pedaleó ilusionada hasta llegar al hospital en tiempo récord. Una vez dentro, se dirigió hacia el box en el que descansaba Sidy. Había llegado a imaginarse lo peor y ahora se encontraba, por fin, con la primera buena noticia de los últimos días.

—¡Qué susto me has dado, joder! —Soltó la tensión acumulada—. Me han dejado entrar solo unos minutos. ¿Cómo estás?

Sidy sonrió feliz al ver una cara amiga. Todavía se sentía un poco desorientado y débil, pero los analgésicos mantenían controlado el dolor.

—Estoy hecho polvo, pero, quitando el agujero que me han hecho en la cabeza, no tengo nada grave —respondió con un atisbo de humor—; una luxación en el hombro, un pequeño esguince de rodilla...

—Menos mal —contestó aliviada—. ¿Te puedo abrazar?

—Eso siempre, aunque me duela.

Lo hicieron con torpeza; el gotero y la cama en la que

estaba tumbado complicaban cualquier expresión de cariño. Aun así, permanecieron unos segundos lo más próximos posible, oliéndose y entremezclando las respiraciones. Cuando se sintieron confortados del miedo que habían sufrido, Sidy se separó.

—Elena —musitó mirando hacia el resto de los boxes para comprobar que nadie los escuchaba.

—¿Qué pasa? —preguntó ella al advertir cierto misterio en el tono.

—Creo que me atropellaron.

—Lo sé.

—No me entiendes, que lo hicieron aposta. Ese tío vino a por mí.

—¿Estás seguro?

—En el semáforo anterior se ubicó a mi lado un coche oscuro —narró con cierta dificultad—. No sé por qué me dio mal rollo, se pegó mucho a la bici. Pero ya sabes que hay conductores a los que les joden los ciclistas porque vamos despacio. Cuando se puso en verde, arranqué y él se debió de quedar parado unos segundos. Me extrañó que no me adelantase, por lo que me volví, simple curiosidad. En ese momento, él aceleró y me embistió por detrás. Tuve suerte, porque, al salir volando, caí sobre el capó de un coche que estaba aparcado y rodé hasta la acera golpeándome en la cabeza. Por lo visto, el conductor atropelló la bicicleta y salió huyendo. No sé qué habría pasado si hubiera caído en la calzada delante de él.

—Pero ¿por qué? ¿Quién querría hacerte eso?

—A lo mejor se me han contagiado tus fantasías, pero ¿qué pasaría si todo estuviese conectado?

—¿Todo el qué? —preguntó Elena ansiosa.

—Lo que te sucedió a ti a la salida de la discoteca y esto.

—No entiendo —replicó perpleja.

—Imagina que tienes razón y los sabotajes los hizo Adolfo.

—Eso es seguro. Está recibiendo pagos extraños en criptomonedas. Lo ha descubierto Cristina.

—Más a mi favor. Se encabrona cuando lo amenazas en el pub y por eso te atacan.

—Pero no fue él, lo habría reconocido.

—Creo que lo hicieron sus amigos.

Elena se quedó callada.

—¿Te acuerdas de que en el Delorean estaba con varios tipos? Uno de ellos llevaba la misma camiseta de superhéroes que el agresor del callejón.

—Joder —exclamó Elena abrumada por la revelación—. Tú me salvaste y ahora también van a por ti.

—Pero hay más.

—¿Más?

—El sábado, en el parque, hablé con el policía borde que lleva la investigación.

—¿Qué hacía allí?

—Fue con su nieta.

—Seguro que no es tan antipático como aparenta.

—Se lo enseñaba Ximo. Y les conté lo de tu agresión a la salida de la discoteca y que habías presentado una denuncia. No creo que se trate de una casualidad que esa noche, después de comentarlo, me atropellasen.

—¿Qué me quieres decir? —preguntó Elena, que intuía la respuesta.

—¿Y si Ximo también estuviese metido en esto?

Se quedó aturdida. Nunca había desconfiado del jefe de seguridad.

—Imposible —negó—, Ximo siempre me ha escuchado y me consta que investigó los incidentes. Vi con él las imágenes del botellón que habían grabado las cámaras.

—¿Seguro que eran todas? ¿No serían las menos significativas? Tal vez las demás se borraron.

—Podría ser —reconoció al caer en cuenta de que las imágenes que vio no eran claras—. Pero si Ximo tuviera algo que ver..., yo le he ido contando absolutamente todas mis sospechas. ¿Tú crees que irán a por nosotros?

69

Aquella mañana, en la que Elena había visitado a Sidy y acrecentado su desasosiego, el sol iluminaba indiferente Altea Hills, una urbanización de lujo cercana a Benidorm en la que vivían más de veinte mil personas. Situada en la ladera de la sierra de Bernia, disfrutaba de un microclima agradable al estar expuesta a la brisa marina y al abrigo del fuerte viento que llegaba desde el continente. Desde la mayoría de los chalets se podía contemplar el Mediterráneo, un detalle al que los humanos dan gran importancia y son capaces de pagar un alto precio por obtenerlo.

Proust, el tirador de precisión investigado por la UDEV, era dueño de un chalet de los más modestos. Aun así, no lo podría haber adquirido con los años a sueldo del Ejército.

—A este *chota,* como tú dices, le ha ido bien como contratista —concluyó Violeta desde el coche camuflado mientras hablaba por el móvil con JP.

Por suerte, al estar situado en la ladera, podían vigilar la casa desde muy lejos sin que el sujeto advirtiese la presencia policial. El inspector que la acompañaba había salido del vehículo y observaba con unos prismáticos los movimientos del sospechoso.

—Deberíamos comprobar si la tiene pagada o pidió hipoteca —respondió JP, a su vez en el asiento del copiloto de su coche particular. Lo conducía Rosa. Tras dejar a Coral en el colegio, se dirigían al hospital para hacerse las pruebas médicas.

—La casa está en venta —explicó Violeta consultando la web de pisos a la que habían subido diversas fotos del interior del inmueble a nombre del tirador—. Quizá ya no le va tan bien y necesite dinero.

—Y por eso aceptó un encargo tan peculiar —respondió JP sin importarle que su mujer escuchara la conversación—. ¿Lo habéis visto a él?

—Sí, ha salido hace un rato a pasear al perro.

—¿Qué perro tiene?

—Un pitbull.

—No esperaba menos. No sé cómo permiten a la gente tener razas peligrosas.

—Han hecho estudios y parece ser que el carácter de los perros no tiene que ver con la raza —se atrevió a señalar Violeta.

—Pero un bichón maltés de dos kilos, si tiene mal carácter, como mucho te rompe unos calcetines y un pitbull el cuello. ¿Hacen test psicotécnicos a los perros cuando los compras? Porque, vamos, tal y como está la sociedad, con llevarlo después de que te coma a un psicólogo para animales ya estaría todo solucionado.

Violeta notó que JP estaba de mal humor y decidió cambiar de tema.

—Hablé con el fiscal de Medio Ambiente, pero la jueza no nos autoriza a pinchar el teléfono ni mucho menos a entrar en la vivienda. Tampoco a mirar en sus cuentas bancarias.

—Era de esperar. A mí también me parece absurdo investigar la muerte de un elefante como si fuera la de una persona, pero ya que lo hacemos, ¡hagámoslo bien, *collons*!

Violeta no supo qué contestar. Estaba tan molesta como él.

—He mirado las licencias de la federación de golf. Puede ser una tontería, pero como llevaba una bolsa de palos para ocultar el arma...

—¿Y? —preguntó JP.

—Tiene licencia desde hace cinco años, más o menos cuando dejó el Ejército. Es socio de un club cercano.

—No sé si quiere decir mucho, pero es un dato. ¿Tenéis también localizado al otro sospechoso, al tal Mogarranz?

—Todavía no.

El coche conducido por Rosa entraba al *parking* del hospital cuando JP tapó el micrófono del móvil para hablar con ella sin que lo oyera Violeta.

—Déjame aquí, gracias, ya entro yo.

—Ni de coña, Casillas, que todavía te me escapas. Quiero estar presente en tu humillación.

JP torció el gesto y se bajó del coche.

—¿Vive solo? —preguntó de nuevo a Violeta, ajena a lo que ocurría entre la pareja.

—No hemos visto a nadie más en el chalet.

—Al perro.

—Al perro. Sí.

—Cualquier movimiento, me avisáis. Vamos a mantener un equipo ahí hasta nuevo aviso.

Una ambulancia con la sirena encendida se detuvo en la puerta del hospital al lado de JP. El sonido le llegó a Violeta a través del teléfono.

—¿Dónde estás? —preguntó preocupada.

—Te dejo, que entro en el médico con mi mujer —improvisó.

—¿Está bien?

—Sí, pero me pidió que la acompañara, no es nada.

Rosa miro atónita cómo mentía a su compañera.

—Ah, *collons* —dijo parafraseándolo—, ¿que la que tiene problemas de próstata soy yo?

JP no supo si sonreír o enfadarse, así que decidió tirar por la calle del medio y entrar a regañadientes en el hospital, nervioso no solo por lo desagradable que intuía que iba a ser, sino también por la mala noticia que le pudieran dar. Por lo visto, según decía Rosa, al tacto podían diagnosticar el tumor.

Y, si era así, estaba jodido.

70

Elena, con mezcla de desánimo debido a su situación personal y esperanza por la evolución de Sidy, recorría la plaza presidida por Escipión, el elefante *steampunk* de cinco metros. Los antiespecistas, entre los que volvían a estar Aurora y Jon, blandían una mañana más las pancartas que atacaban al parque con el entusiasmo del primer día, aunque más vigilados. Debería haber entrado por detrás para evitarse el numerito, pero este acceso le quedaba más cerca y no quería dar la vuelta a todo el recinto. Iba a firmar la baja por quince días, como le había propuesto el director, y a recoger algunos enseres de la taquilla. Le iba a costar ausentarse, aunque fuera poco tiempo: aquello era su vida. Pensaba dar un último paseo para decir «hasta luego» a los animales, aunque ellos no entendiesen el lenguaje de los humanos ni protestasen por su ausencia. Estaría de vuelta para el parto de Jane, la chimpancé. Era lo único que le había pedido al director: asistir al alumbramiento, aunque estuviese dentro de los días de la baja. Abalde le prometió que así sería y que le permitiría volver para supervisarlo.

Saludó al vigilante de la entrada —por fortuna no era Adolfo— y se adentró hacia la pasarela que llevaba a los hábitats. El saber que no estaría Sidy la desasosegó y, para aliviarse, se forzó a pensar que pronto estaría de vuelta. Antes que ella, incluso.

JP no podía estarse quieto en la sala de espera del urólogo. Media hora removiéndose en la silla con su camiseta favorita de los Rolling: el texto «Simpatía por el diablo» rodeaba la famosa boca con la lengua fuera, en esta ocasión, en llamas. Una advertencia al doctor que lo iba a atender: soy un tipo duro, llevémonos bien.

Había visto entrar a tres pacientes y su turno se acercaba inexorablemente: sería el siguiente al que llamasen. Hubiera preferido que Rosa no le diera explicaciones de lo que iba a ocurrir a partir de que traspasase la puerta, ni la postura vejatoria, ni los guantes que utilizaría el doctor, ni si le untarían vaselina para proceder a la inspección rectal. Preguntas absurdas de las que no quería conocer la respuesta. Como el puto avestruz: a meter la cabeza bajo tierra.

Lo único que lo congraciaba con la realidad era que no se habían oído gritos de terror dentro de la sala.

Se abrió la puerta de la consulta y se le tensó el escroto. Fue un acto reflejo que lo puso en guardia. Por el momento, no salía el paciente, pero todo indicaba que la suerte estaba echada. Fue entonces cuando le vibró el móvil en los viejos vaqueros. En la pantalla apareció «Portero torre». Durante las investigaciones solía meter en la memoria los números de teléfono de las personas implicadas y los borraba una vez hubiera resuelto el caso. Si no lo resolvía, mantenía los números y les ponía un prefijo («NO») y así los agrupaba en una lista. Era la manera de tener presentes a las personas a las que consideraba que había fallado, las investigaciones en las que no contribuyó a hacer justicia. Esa misma que le negaba a Violeta que fuese su responsabilidad. Durante los años de carrera había acumulado unos cuantos casos sin resolver, aunque eran los menos. Creía acordarse de todos y cada uno de los afectados. No había comentado esa costumbre con nadie. Ni tan siquiera con Rosa.

Estaba dispuesto a cortar la llamada, pero le extrañó que el portero de Torre Navis lo llamara días después de la última conversación. Tuvo un presentimiento. Rosa le hizo un gesto para que se diera prisa: el paciente anterior se despedía de la enfermera. No daba la impresión de que cojease al andar. No podía ser tan grave lo que sucediese allí dentro.

—Ahora no puedo hablar, estoy en el médico —dijo al teléfono, y fue a colgar a pesar de la intuición que tenía. Lo habría hecho si no llega a ser por el grito que dio el portero al otro lado de la línea.

—¡¡Espere!! —chilló, y su voz denotaba angustia—. ¡Creo que puede ser importante!

—¿Qué pasa? —preguntó JP al tiempo que el paciente anterior se alejaba. La hora había llegado.

—Ya sabe que todas las mañanas reviso las cintas de las cámaras de seguridad del edificio —le recordó con la voz temblorosa.

—Sí —confirmó sin prestarle demasiada atención. Rosa se había levantado y tiraba de él hacia la consulta.

—Pues bien... Al comprobarlas hace un rato, he visto que una persona ha entrado hoy a las tres de la mañana —hizo una pausa dramática—. Llevaba una bolsa con palos de golf.

—¡¿Cómo?! —preguntó JP, al que la noticia no le llegaba al cerebro.

—Una persona con palos de golf ha entrado a las tres de la mañana. Creí que debería saberlo.

—¿Es el de la vez anterior?

Rosa miraba a JP y la enfermera a ambos.

—¿Juan Pedro Casillas? —llamó.

Su mujer le hizo una señal de que esperase un instante; deducía por la conversación que ocurría algo grave. La expresión de su marido así lo confirmaba.

—Llevaba también una gorra y no se le veía la cara —corroboró el portero con un hilo de voz.

—¿Sigue arriba?

—Eso creo. Desde luego, yo no le he visto salir y no me he movido de aquí.

—¿Qué hora es? —preguntó ansioso buscando un reloj en la sala.

—Las diez menos cinco —contestó Rosa—. Nos están esperando.

—Joder, están a punto de sacar a los animales —pensó en alto JP y volvió a dirigirse al teléfono sin hacer caso ni de su mujer ni de la enfermera, que se empezaba a impacientar—. No haga nada. No suba al apartamento. Lo único, si el tipo sale, me telefonea otra vez.

La enfermera de Urología volvió a llamarlo.

—¿Juan Pedro Casillas?

Rosa tiró del brazo de JP, que marcaba una memoria del móvil ajeno a lo que sucedía a su alrededor. Los demás pacientes lo miraban indiscretos. Cualquier cosa con tal de distraerse de lo que se les venía encima. JP hizo un ademán brusco a su mujer para que no lo incordiara y salió hacia el pasillo a la espera de que Violeta contestase. Rosa pidió disculpas con un gesto a la enfermera y lo siguió.

—¿Sigue Proust en Altea? —preguntó JP sin dejar hablar a Violeta.

—Sí, continúa paseando al perro. Ya ha meado seis veces, está marcando todo el territorio.

—Joder, no puede ser, nos hemos equivocado de hombre. Sal hacia Torre Navis ¡ya! —ordenó y colgó sembrando el desconcierto en su compañera.

Marcó la memoria del comisario mientras avanzaba cada vez más deprisa por el pasillo perseguido por Rosa. Tardó en responderle y eso lo impacientó.

—Comisario, por fin; tengo razones para pensar que

van a volver a atentar contra el zoológico. Nuestro sospechoso está en la azotea del edificio desde el que se ve el zoológico.

—¡¿Dónde está usted?! —A Guridi se le heló la sangre al anticipar las desgracias que pudieran ocurrir y que no sabría cómo explicar a sus superiores.

—Voy para allá. Llego en cinco minutos —dijo optimista—, pero avise al GOE y que las patrullas cercanas acudan al zoológico y a la torre lo antes posible. El tipo va armado y es muy peligroso. Yo voy a llamar al jefe de seguridad para que desaloje a los visitantes.

JP colgó la llamada antes de que el comisario pudiera pedir aclaraciones. Aunque Guridi no era un hombre de acción, dio las órdenes necesarias para que el Grupo Operativo Especial acudiese a la torre y los zetas montasen un doble anillo de control en las calles aledañas como le había pedido su subordinado, que salía del hospital camino del coche. Miró a su mujer, que entendió lo que sucedía.

—Vete. Ya te pido yo otra cita.

Y le entregó las llaves del vehículo. Mientras corría por el aparcamiento, llamó a Ximo para que detuviese la salida de los elefantes. Eso, si el «asesino» quería alcanzar a los animales y no subir la apuesta cazando a un humano. Era una opción a contemplar. Le saltó el contestador del jefe de seguridad mientras llegaba al coche. Por fortuna, el bluetooth, nada más arrancar, le conectó el móvil al sistema de audio. Marcó el teléfono de Elena, a la que tenía agendada como «la veterinaria pirada».

Ella sí respondió a la llamada.

—¿Quién es? —No tenía el móvil del inspector guardado en la memoria.

—Inspector Casillas —dijo seco—. ¿Dónde está?

—Entrando en el parque. ¿Por qué?

—Escúcheme bien: impida que salgan los animales, sobre todo los elefantes. Creemos que van a volver a disparar contra ellos. ¡Y que desalojen a la gente! Puede llamarme para lo que necesite —y colgó.

Elena, una vez asumido el mensaje, miró el reloj del móvil. Las 10:01. Los animales estarían a punto de salir, si no lo habían hecho ya. Le dio tal subidón de adrenalina que corrió como no sabía que fuera capaz hacia el largo puente que unía la entrada con la zona de los hábitats y, antes de llegar, se dio de bruces con otro de los vigilantes de seguridad.

—Ha llamado la policía, dice que desalojemos. ¡Van a matar a otro elefante!

El vigilante dudó, pero la cara de Elena, aterrada, lo hizo reaccionar. Ya habían entrado un par de colegios y algunos turistas que se desperdigaban por las instalaciones. El vigilante cogió el *walkie* y desapareció dando instrucciones al resto de los compañeros.

Elena alcanzó a toda velocidad la pasarela sobre el antiguo río; aún estaba lejos del bosque de baobabs, por lo que prefirió llamar a Jacobo, el cuidador con el pelo de colores. Tardó en contestar, pero le cogió el teléfono. Elena detuvo la carrera en mitad del puente para poder articular bien las palabras. Jadeaba. Inspiró profundamente.

—¡¿Han salido ya los elefantes?!

—Tantor, sí, y también varias de las hembras.

—¡Rápido, intenta meterlos a todos de nuevo en el cobijo! —ordenó—. La policía cree que van a volver a disparar contra ellos. Pero ten cuidado, por favor; no te expongas, podrían querer matarnos también a nosotros.

Al decir esto, Elena miró hacia Torre Navis. Desde el puente se veían con claridad los últimos pisos. De pronto, recordó la conversación de hacía un rato con Sidy y pensó que ella podría ser el objetivo. Tenía que quitarse de en medio lo antes posible y estaba en mitad de la pasarela.

Corrió por el ala que llevaba al interior del parque lo más deprisa que pudo, pero la separaban más de veinte metros. Le faltaba el aire y el miedo se apoderaba de sus piernas, haciéndolas flaquear. Quince metros. Sacó fuerzas de donde no tenía; diez, pensó en Sidy y en Blanca; cinco, aceleró el paso hasta alcanzar el final del puente sana y salva y bajar la escalinata que la conducía a las recreaciones. Se detuvo pegada a la pared para coger aire. Desde ahí no se veía la torre, no podrían dispararle. Cogió el teléfono y llamó de nuevo a Jacobo.

—¿Cómo va?

—Pues he conseguido que entre Greta, pero el resto están ya muy alejados buscando las frutas.

—Joder...

Elena colgó y retomó la carrera para llegar al bosque de baobabs: a ella le harían caso. Decidió acortar por la zona de los chimpancés, aunque era cuesta arriba. Sin dejar de correr, vio de reojo el recinto, que permanecía tranquilo. Jane, con su tripa prominente, tomaba el sol relajada en la cúspide del árbol más alto, ajena al peligro. Le pareció verla como en cámara lenta; se tocaba la tripa, feliz.

En ese instante, algo le impactó contra la cabeza y la chimpancé cayó desmadejada desde cinco metros de altura, destrozando ramas, para aterrizar boca arriba sobre el césped.

Dos segundos después, un zumbido igual al que había oído la mañana que asesinaron a Blanca envenenó el aire.

PARTE IV

71

Todo se había precipitado.

Cuando creían que la investigación estaba encarrilada y habían dado con un sospechoso que ya tenían vigilado, la nueva actuación del tirador los pilló desprevenidos. La llamada del portero de la torre reventó en mil pedazos todas las hipótesis. ¿Quién era el tipo que había entrado en el edifico por segunda vez a las tres de la mañana con los palos de golf? Desde luego no era Proust, al que Violeta veía pasear tan tranquilo por Altea Hills con su pitbull.

¿Qué habría pasado en el parque? A JP nadie le cogía el teléfono; ni el jefe de seguridad ni la veterinaria. Se preocupó por ella; seguro que había intentado que los elefantes se escondieran en el cobijo lo antes posible aun a riesgo de su propia vida. Son animales salvajes; por muy domados que los tengan no responden a las órdenes como si fueran caniches. Y, peor aún, en esta ocasión la víctima podría ser un humano. Y si el asesino hubiera decidido subir la apuesta, Elena era la persona más significada. Pensó en la teoría de Sidy y en el incidente de la discoteca.

Le bullía la mente mientras conducía por el paseo de Pechina hacia la torre cuando se topó con un zeta que se dirigía al mismo lugar. Pitó para que le dejase paso y les mostró la placa desde la ventanilla.

—¡Seguidme!

El vehículo policial le permitió adelantar y ambos conductores sortearon los demás automóviles con habilidad. Al llegar a las inmediaciones del edificio, JP dejó que se pusiera a su altura.

—¡Cruzad el coche aquí para que no pase nadie y yo cierro al fondo de la calle! ¡Nos vemos en la puerta!

El policía nacional al volante asintió mientras JP aceleraba. Se detuvo en el siguiente cruce, comprobó la pistola, se bajó e hizo una señal a los compañeros uniformados para que rodearan el edificio por el lado contrario. Se tropezó con un par de viandantes y les advirtió con la mirada que se alejaran. Por la cara con la que acompañó el gesto, le hicieron caso sin rechistar. En la puerta los esperaba, muy nervioso, el portero de la finca.

—¡¿Ha salido?! —preguntó JP.

El conserje negó, incapaz de articular palabra, y le tendió las llaves del apartamento; las había preparado con antelación. JP le agradeció la eficacia con un leve movimiento de cabeza y se encaminó, seguido por los nacionales, al ascensor.

—¡Quédate aquí por si aparece! —ordenó a uno de ellos. Prefirió tutearlos para darles confianza. Al fin y al cabo, eran del mismo cuerpo, aunque de distinta especialidad—. Llegarán más compañeros, les explicas la situación. Y tú, te vienes conmigo.

Entraron en la cabina del elevador panorámico y pulsó el botón del último piso. Las puertas se cerraron y empezaron a ascender.

—¿Cómo te llamas?

—Alberto.

—Muy bien, Alberto. Yo soy JP, inspector de la UDEV. Conozco el piso, así que entraré primero y tú me cubres, ¿de acuerdo?

El policía asintió, impresionado con las vistas cuando ya

llegaban al octavo. Se veía de lejos el parque de animales, aunque no se adivinaba lo que hubiera pasado.

—Va armado con un fusil de francotirador muy aparatoso —prosiguió JP sin conferir emoción a sus palabras—. No es muy maniobrable. Pero no descartemos que pueda llevar también un arma corta. Es un profesional y sabe lo que hace.

Alberto asintió con preocupación contenida. El trayecto se les hizo largo. En el piso dieciocho, comprobaron las pistolas y les quitaron el seguro.

—No dispares si no es estrictamente necesario —ordenó JP según se detenía el elevador.

Con el pulso firme, levantaron las armas justo en el instante en el que las puertas les franquearon el paso: el descansillo estaba vacío. JP miró hacia los demás ascensores: ninguno se movía. Eso quería decir que lo más probable sería que el sospechoso continuara en la terraza. Cogió la llave que le había entregado el portero y abrió con cautela. Tampoco se veía movimiento en el recibidor. JP atravesó el lujoso apartamento seguido a un par de metros por el policía nacional. El ventanal estaba mal cerrado y una ligera brisa se colaba por la rendija ondulando las cortinas.

Cogió aire, levantó la pistola y, despacio, salió a la terraza.

72

Al ver como Jane se desplomaba sobre la hierba, Elena corrió para rodear el recinto de los chimpancés hasta el lado contrario. Lo conocía a la perfección: la única posibilidad de entrar para auxiliarla con inmediatez era atravesar el río. Una vallita de madera, fácil de saltar, cerraba esa vía de escape. A los chimpancés les da miedo el agua y por eso no se atrevían a salir por ahí. Era un ingenioso diseño que permitía que los visitantes tuvieran la sensación de estar inmersos en la selva sin barreras arquitectónicas y sin peligro de interactuar con unos animales que podían ser divertidos, pero también muy peligrosos y tremendamente fuertes.

Elena llegó al acceso por el caminito de asfalto rodeado de árboles, se quitó las zapatillas y tiró el móvil al suelo, franqueó la barrera, se arrojó al agua sin pensárselo dos veces y comenzó a nadar con dificultad debido al peso de la ropa.

Brezo, que había llegado a la zona elevada de la recreación, contempló la escena: Jane, embarazada y tendida en el suelo, sangraba por la oreja y movía ligeramente las manos. El resto de la familia saltaba y aullaba sin entender la situación.

—¡Elena! —gritó al entender sus pretensiones—. ¡No lo hagas, es peligroso!

Elena la miró un segundo y pensó que, si Jane moría, arrastraría con ella a la cría que llevaba en las entrañas. Al caer boca arriba podría haber sobrevivido si la bolsa amniótica hubiera aguantado el impacto sin romperse. Tenía que rescatar a la hembra antes de que su corazón dejase de bombear la sangre que mantenía vivo al monito y practicarle una cesárea de urgencia. Nunca lo había hecho, pero tenía los conocimientos necesarios.

Al ver que Elena no le hacía caso y continuaba nadando, Brezó sacó el *walkie* del bolsillo del pantalón y pulsó el botón del transmisor.

—¡Rápido, abrid los cobijos de los chimpancés, hay que conseguir que entren! ¡¡Deprisa!! —ordenó al resto de los cuidadores que la escuchaban.

Los chimpancés se movían en torno a Jane y lanzaban los gruñidos agudos y de larga duración que suelen emitir ante una situación inquietante. Un «waaaaa» aterrador.

Elena alcanzó la pradera y salió empapada del agua. La camiseta se le pegaba a la piel y los pantalones le impedían andar con comodidad. La encargada de los simios, al verla en campo abierto, chilló y dio palmadas; hizo todo el ruido del que fue capaz para llamar la atención de la tropilla y así evitar que detectasen a su compañera. Un par de visitantes, que también habían presenciado los acontecimientos, reaccionaron. Habían entendido lo que ocurría y la imitaron aullando y haciendo aspavientos con las manos. Clara, la hembra que tenía a su cría de un año en brazos, se asustó y se dirigió veloz hacia el cobijo. La siguieron otras dos juveniles. Las puertas se abrieron y desaparecieron en el interior. La reacción de los cuidadores había sido rápida: les arrojaron comida y los llamaron para que se acercasen.

Elena se ocultó entre los árboles para valorar la situación. Se había precipitado y era consciente de que irrumpir en medio de la tropilla podría ser un suicidio. El único macho adulto, Gombe, cogía a Jane del brazo e intentaba levantarla. Sin embargo, la hembra cada vez se movía menos y sangraba en abundancia por la oreja. El disparo no le había acertado de lleno, pero fue suficiente para que perdiera el equilibrio y cayera desde gran altura.

Uno de los cuidadores llegó a la valla por la que había saltado Elena con una escudilla y una cuchara y se la lanzó. Nada más cogerla, empezó a darle golpes. Eso asustó a las hembras, que huyeron hacia la guardia. Solo quedó el macho en las proximidades de la chimpancé herida, que parecía dar sus últimos estertores. Gombe lanzaba gruñidos amenazadores enfurecido por el estruendo provocado por unos y otros. Tenía el pelo erizado y daba la sensación de ser enorme.

De pronto, centró la mirada en Elena. La veterinaria sabía que, bajo esa mata de pelo, un simio de sus características era mucho más fuerte que cualquier humano.

Rápido y cruel si se lo proponía.

73

No había nadie en la terraza ni señal de que lo hubiera habido: ni casquillos ni olor a pólvora, pero eso no quería decir que fuese así. JP se aproximó al balcón y observó el parque de animales a lo lejos. Buscó el bosque de los baobabs. Lo encontró al momento; los árboles llamaban mucho la atención. Tres elefantes paseaban tranquilos hacia el lago. Agudizó la vista y le pareció vislumbrar que un humano asomaba por el cobijo. Seguro que los estaba llamando sin éxito, aunque no daba la sensación de que hubiese ocurrido nada grave.

El policía nacional se colocó a su altura.

—Ahí están los elefantes —explicó JP—. Yo diría que todo está en orden.

¿No había pasado nada? ¿Una falsa alarma? Sin embargo, llegaban gritos apagados y golpes desde otra zona.

—¿Y ahí? —preguntó el policía nacional señalando el hábitat de los chimpancés, que no se veía completo.

JP sacó el móvil, pulsó la cámara y amplió el zoom todo lo que le permitió el aparato. La imagen no era buena, pero algo ocurría, no cabía duda. Habían vuelto los golpes metálicos.

En ese momento sonó el teléfono de Alberto, que lo cogió de inmediato.

—Es mi compañero —se excusó y lo puso en altavoz mientras regresaban al interior de la vivienda.

—El sospechoso ha bajado por las escaleras y ha salido por la puerta de servicio sin pasar por el vestíbulo —explicó el policía desde el portal. Hemos visto que se alejaba a través de la cristalera. Lleva la bolsa de golf, pero solo con dos palos.

—¿Ha visto el zeta?

—No, imposible. Ha atravesado la calle de atrás hacia el Parque de Cabecera.

—Ahí suele haber mucha gente. Síguelo con cautela. Que no te vea —ordenó JP al llegar al ascensor, que mantenía la puerta abierta gracias a la porra del policía—. ¡No intervengas hasta que lleguemos! Recuerda que es muy peligroso.

74

Elena detuvo los golpes y se quedó congelada.

Los chimpancés corren más deprisa que los humanos y sabía que no le daría tiempo a regresar al río antes de que la alcanzara, por lo que decidió salir del escondite con la mirada baja en señal de sumisión. El macho, con el pelo crispado, ladeó la cabeza curioso. Conocía a Elena, lo alimentaba en el cobijo en innumerables ocasiones y le curaba las heridas, pero la situación no era la cotidiana y podía pensar que ella había provocado la caída de su hembra. La veterinaria avanzó despacio en campo abierto y Brezo hizo una señal a los visitantes para que permanecieran en silencio; mejor no poner más nervioso a Gombe.

Era impredecible lo que pudiera pasar.

Humano frente a chimpancé, siete millones de años desde el último antecesor común y una diferencia en el ADN de un uno por ciento. Tan iguales y tan diferentes.

Se acercó muy despacio, encorvó el cuerpo para parecer más pequeña y desvió la mirada hacia el suelo. Conocía los gestos que se hacen entre ellos. El macho, que hasta entonces tenía los labios apretados en señal de amenaza, pareció entender el mensaje de subordinación y se calmó. Para los humanos es imposible saber qué cruza por la mente de los demás animales, pero el vello dejó de estar erizado y la posición corporal ya no era tan agresiva. Se apartó de la hembra para permitir que Elena se hiciera cargo. ¿Su cerebro sería capaz de unir las acciones previas de la veterinaria con esa situación? ¿Entendía que Jane necesitaba que ella la curase?

Cuando consideró que la distancia con el macho era segura, se agachó sobre Jane y le inspeccionó la herida. El disparo la había rozado a la altura de la oreja. Sangraba, pero no era mortal. Otra cosa era la caída desde cinco metros y el golpe contra el suelo. Un hilillo de sangre salía por su boca. Mala señal. Su vida peligraba si no intervenía rápido. Elena miró al macho; le dio la sensación de que entendía la gravedad de lo que ocurría. Lanzó dos gritos agudos y se alejó hacia el cobijo.

Brezo se relajó al ver que Elena se quedaba sola en el recinto. Cogió de nuevo el *walkie* y transmitió las órdenes a sus compañeros.

—Cuando Gombe entre en su jaula, cerrad la puerta y traed una carretilla. —Era la mejor manera de transportar a Jane.

Elena miró hacia Brezo y asintió. No necesitaban decirse nada más. La comunicación humana era muy eficaz, una combinación casi perfecta de palabras, expresiones y posturas corporales. Tocó con la palma la tripa peluda de la chimpancé. Se percibía la respiración entrecortada de la madre y sus tenues latidos. Cerró los ojos para concentrarse y oprimió la panza con cuidado a ver si así provocaba el movimiento de la cría, si es que seguía con vida.

Nada. Los asistentes estaban mudos por la conmoción.

Sin abrir los ojos, aproximó la cara al vientre y empezó a tararear la nana que su padre le cantaba cuando era niña. Brezo estaba a punto de tirar la toalla y marcharse. No quería ver una muerte más: en cuestión de una semana, iban a morir los animales más emblemáticos y queridos de todo Valencia.

Al cabo de unos segundos, Elena dio un respingo y una sonrisa saltó en su cara. Miró hacia Brezo.

—¡¡La cría está viva!! —gritó Elena eufórica—. Se ha movido —añadió justo cuando dos de los cuidadores salían del cobijo con la carretilla.

Brezo se llevó las manos al rostro.

—¡Vamos, deprisa, la llevamos a la clínica!

75

JP y Alberto, el policía nacional, salieron apresurados del ascensor y se toparon con el portero, que los estaba aguardando.

—El sospechoso se ha marchado por ahí —dijo señalando hacia el Parque de Cabecera, situado enfrente del edificio— y su compañero lo está siguiendo.

—Gracias —respondió Alberto, al tiempo que JP salía ya por la puerta de cristal hacia el exterior.

Atravesaron la calle de atrás, el camino de la acequia de Favara, y entraron en un espacio verde inmenso, con un lago central que serpenteaba entre senderos y árboles y que, al norte, terminaba en la valla del zoológico. ¿Se dirigiría hacia allí? Los policías tomaron la dirección que les había indicado el portero hasta llegar al camino asfaltado por el que circulaban las bicicletas. Empezaba a hacer calor y a JP le costaba mantener el ritmo de Alberto, mucho más joven. Apenas había desayunado por los nervios de la prueba médica que le tendrían que haber hecho. Se esforzó por aumentar la velocidad.

—¡Ahí está mi compañero! —dijo Alberto, que se detuvo a esperar a JP, quien agradeció la breve parada.

El otro policía nacional también los había visto y les hacía señales de que siguieran. Volvieron a correr entre ciclistas. Cuando lo alcanzaron, estaba cerca del Centro

Sociocultural La Fábrica, un enorme edificio industrial y vanguardista envuelto por un enrejado desigual de color blanco y rojo, que lindaba con el Parque de Cabecera por el oeste.

—Ese es el sospechoso —dijo el policía nacional señalando a la figura con gorra y palos de golf que subía con tranquilidad la cuesta que llevaba a La Fábrica—. No se ha dado cuenta de mi presencia.

JP lo observó en la distancia: era fornido y no demasiado alto, imposible asegurar que se tratara del mismo de la fotografía que tenían, pero no parecía ser Adolfo Avilés. Vestía ropa cómoda, pantalones anchos con multitud de bolsillos, una camiseta que le quedaba también amplia y zapatillas de deporte.

—Voy yo delante —propuso JP—. Vosotros, de uniforme, llamaríais la atención. Eso sí, seguidme a poca distancia. Y avisad a las patrullas para que corten el tráfico por el otro lado, pero que se aproximen sin encender las sirenas. No queremos que se dé cuenta de que vamos detrás de él, podría resultar arriesgado.

JP ascendió el camino que salía de la zona ajardinada por el que había escapado el sospechoso. Los policías nacionales esperaron hasta que el cambio de rasante hiciera imposible que el tirador los descubriera, y después se pusieron en marcha. Cuando JP llegó a la rotonda que daba al centro sociocultural, comprobó que en la calle adyacente había coches estacionados y pensó que el «asesino» de animales tendría el suyo dispuesto para la huida. Eso, si no contaba con un cómplice. Debía acelerar el paso, aunque corriera el peligro de que lo descubriera; si se subía en el coche no lo podría perseguir. El sospechoso, a pesar de caminar sin prisa, miraba a ambos lados para comprobar que no hubiese amenazas. En uno de los giros se volvió a su espalda y cruzó la mirada con la de JP, que estaba a menos de diez metros. Lo había «mordido», como dicen en el argot policial. Tocaba correr. JP arrancó antes que el sospechoso, al que la bolsa le pesaba por los palos y, seguramente, el rifle. El inspector ganaba terreno, lo alcanzaría antes de que llegase a los vehículos aparcados.

De pronto, el perseguido viró a la derecha en un movimiento rápido y se coló por la puerta de La Fábrica. JP fue detrás de él. Tuvo que bajar el arma, desenfundada durante la carrera, para no llamar la atención de la gente con la que se cruzó en el vestíbulo, muchos de ellos de edad avanzada. Dejó atrás la escultura de Mikel Navarro y continuó hasta el pasillo. Miró a ambos lados y comprobó que el sospechoso, sin soltar la gran bolsa, se alejaba. Reemprendió la carrera: máquinas de *vending* y papeleras de reciclaje a la izquierda, un extintor a la derecha y varios ancianos en dirección contraria. Mientras sorteaba los obstáculos móviles que le salían al paso como si se tratara de un videojuego, atravesó una zona infantil llena de niños.

—¡Alto, policía! —gritó a sabiendas de que el sospechoso no le haría caso, como ocurrió. Eso sí, logró que un montón de monitoras asustadas abrazasen a los críos y se quitasen de en medio, que era su objetivo.

El tirador se adentró en un nuevo vestíbulo, amplio, de paredes y suelo claros y columnas rojas. Advirtió una puerta transparente que daba a la calle, pero, cuando se dirigía hacia ella, vio a través de la cristalera a los policías nacionales que se aproximaban y lo apuntaban con sus pistolas. El fugitivo cambió de planes y se escondió detrás de una columna rectangular que daba a la sala contigua.

—¡Quietos, estoy armado! —chilló amenazando a los perseguidores.

JP se detuvo y los nacionales entraron con sigilo por la puerta. La gente había escapado despavorida. Solo quedaban ellos cuatro.

—¡No hagas el idiota y ríndete! —El inspector alzó la voz con su habitual amabilidad.

—¡¿Qué queréis?! ¡¿Qué tenéis contra mí?! —preguntó el sospechoso.

—Sabemos lo que hay dentro de la bolsa que llevas. También lo que ha pasado en el zoológico. Es inútil que huyas, León Mogarranz —dijo aventurando el otro nombre que les había facilitado el tirador en la Albufera. Porque León, ¿era nombre o apellido?

Se produjo un silencio al otro lado de la columna. JP intuyó que había acertado.

—¡¿Quién coño es ese León Mogarranz?! —bramó la voz.

La respuesta perturbó a JP. Si no era el tercer sospechoso de Han Solo, ¿quién era?

—¡Entrégate y hablemos de lo que has hecho!

—Sea lo que sea, no me pueden caer ni siquiera dos años.

—Pues entonces no lo compliques. Tira primero la bolsa y sal después con las manos en alto.

Pasaron unos segundos que se les hicieron eternos. El tirador parecía alterado. JP quería convencerse de que el sospechoso no se jugaría una prisión mayor, pero no las tenía todas consigo. ¿Aceptaría que lo capturaran sin oponer resistencia?

La bolsa de los palos rodó por el suelo hacia ellos y asomó el cañón del rifle.

—Ahora sal con las manos detrás de la cabeza y sin tonterías. Tengo entradas para ver a los Stones en Londres y no quiero que me jodas el viaje.

El sospechoso apareció de detrás de la columna con las manos en alto y, según se acercaba, las colocó detrás de la nuca. A JP le pareció que llevaba algo en la espalda y mantuvo la posición. No iba a disparar si podía evitarlo. Alberto, asustado, dejó que fuera el inspector el que llevara la iniciativa.

—Mejor súbelas —ordenó JP— y gírate hacia nosotros muy despacito.

El sospechoso sonrió triste y eso mosqueó al inspector, que pensó que tal vez la vida le fuera tan mal que no tuviera nada que perder, pero el anónimo se giró como le había pedido. No llevaba nada escondido en la espalda. JP, sin dejar de apuntarle, le hizo una señal a Alberto para que lo esposara.

¿Quién sería?

76

Habían pasado diez minutos desde que el proyectil impactara en la oreja de Jane y esta cayese desde la copa del árbol, y dos desde que el corazón de la chimpancé se había parado en la mesa del quirófano del parque. La situación era extremadamente tensa cuando Brezo entró con un desfibrilador pensado para utilizarse en humanos. Elena, que le había estado aplicando masaje cardiaco, terminaba de depilarle con ayuda de Félix, otro veterinario, la zona del pecho donde habría que colocar los electrodos para que estuvieran en contacto con la piel. El mecanismo era sencillo, preparado para que lo emplease cualquier persona sin conocimientos médicos.

Una vez hubo ajustado las almohadillas de colores al pecho, la máquina habló. Sería ella la que manejase los tiempos, para desesperación de la veterinaria.

«Evaluando la frecuencia cardiaca», dijo la voz femenina enlatada a la que no le podían explicar que ya la tenían monitorizada y conocían cuál era la situación. Escasos segundos después, la máquina volvió a dar instrucciones.

«Preparando descarga. Pulse el botón que parpadea.»

Elena apretó el botón rojo, lo que provocó la descarga eléctrica que elevó con violencia el pecho de Jane. Al caer sobre la camilla, el desfibrilador habló de nuevo.

«Descarga administrada, inicie RCP.»

Brezo consultó el monitor que mostraba las constantes vitales de la chimpancé.

—¡La tenemos con nosotros! ¡Está latiendo!

Jane había vuelto a la vida.

—¡Bien! —exclamó Elena, todavía acongojada. Se acercó al oído sano de la chimpancé y le habló con ternura—. Tranquila, Jane, aguanta un poco más, por tu cría.

No se podía afirmar que hubiese ni tan siquiera escuchado las palabras, pero a Elena, decírselo le aportó serenidad.

—Bisturí —añadió mirando a Félix.

—Hay que esperar a ver qué dice Abalde.

—¡¿Dónde coño está?! —preguntó Elena.

—Intentando localizar al médico de la universidad —respondió Brezo—. Tiene experiencia en cirugía interna con animales. Pero no sabemos más.

Brezo marcó el número del director técnico; comunicaba. De los presentes, ninguno había practicado una cesárea, aunque dominasen la teoría.

—No va a aguantar —anunció Elena acariciando la cara de Jane, manchada por la sangre que manaba de la oreja. Le inspeccionó la herida. También le afectaba el cráneo, aunque de manera superficial. Consultó el aparataje médico: el pulsioxímetro marcaba que la saturación estaba alarmantemente baja—. ¡Hay que hacerlo ya!

Elena, que no aguantaba quieta, decidió lavarse las manos y Félix preparó la mascarilla para aplicar la anestesia. En ese momento, se abrió la puerta y apareció Abalde, transido. Su cara lo decía todo.

—El cirujano no podría venir antes de cuarenta y cinco minutos. —Elena soltó un bufido—. Está lejos, pero me ha dicho que salía para aquí.

—No tenemos ese tiempo. Ha tenido un paro cardiaco —explicó Elena señalando el desfibrilador—, no creo que podamos volver a reanimarla.

Abalde guardó el móvil. Él también era veterinario y estudió las constantes vitales de Jane. Negó con la cabeza.

—Yo no me veo capaz —asumió.

—Yo sí —afirmó Elena con determinación.

—Pero no lo has hecho nunca.

—No. Pero he visto hacerlo en humanos. No somos tan diferentes.

Abalde sopesó los pros y los contras. Ya habían ocurrido demasiadas desgracias y comprendió que no tenían nada que perder.

—Si te atreves, adelante —aceptó por fin tras echarse a un lado.

Elena reaccionó como si tuviera un resorte interno y cogió el bisturí que le ofrecía Félix.

—Débil, pero todavía respira —dijo este mientras le colocaba la mascarilla de la anestesia.

—¿Le rasuro la tripa? —preguntó Brezo.

—No hay tiempo. Hay que sacar a la cría cuanto antes. Tampoco le pongas más que un hilo de anestesia, podría no soportarla.

Elena valoró el procedimiento un instante antes de hacer el corte. Decidió que fuese vertical. Desde el ombligo hasta el pubis.

—Es el método más rápido —explicó mientras ejecutaba la incisión con las manos firmes, sin temblores. No había espacio para la duda. Se había preparado durante años para ser una buena veterinaria y leído horas y horas en estos últimos meses sobre los embarazos en chimpancés; no eran tan diferentes de los humanos. Había visto ecografías de veintidós semanas en las que era complicado saber de cuál de las dos especies se trataba. A partir de ahí, el cerebro del simio dejaba de crecer.

«Cincuenta genes de diferencia. Somos casi la misma criatura», pensó mientras retiraba la grasa abdominal y cortaba con precisión los tejidos que protegían la musculatura. Separó la membrana ante la mirada del resto y, con los dedos tintados de sangre, desgarró el tejido que recubre la pared abdominal tal y como había estudiado.

Una vez que hubo alcanzado la cavidad uterina, rajó la matriz y la bolsa para que drenase el líquido amniótico y así poder extraer a la cría. Introdujo las manos...

Y por fin la sacó. El proceso no había durado más de cuatro minutos.

—¡¡Sí!! —exclamó Brezo sin contener la emoción ni las lágrimas.

—¿Respira? —preguntó Félix ansioso, porque no se apreciaba que el pecho de la cría se moviese.

Elena lo sujetó con una mano y le hizo una compresión en la espina dorsal. El animalito no reaccionó. Repitió la operación ante la angustia de los presentes y del cuerpo abierto en canal de la madre, que aún tenía un atisbo de vida.

De pronto, la cría empezó a hacer ruiditos similares a los del llanto de un bebé. Respiraba. Todos gritaron de alegría.

¡Estaba viva!

Abalde le agradeció a Elena con un apretón en el hombro la decisión tomada.

—Sube la anestesia. Que no sufra —dijo la veterinaria. Después, miró a Jane, moribunda, y le habló con cariño—. Puedes quedarte tranquila, mi amor, te prometo que tu cría vivirá.

La besó en la frente. Félix sabía lo que significaba subir la anestesia en esas circunstancias.

La vida y la muerte.

La naturaleza.

77

—¿Es igual matar a una persona que a un chimpancé? —preguntó JP según se sentaba con una botellita de agua en el despacho de la UDEV. El detenido, un tipo de más de cincuenta años, moreno de cara y pelo, y que pasaría desapercibido en cualquier reunión, llevaba media hora esperando con las esposas puestas. Violeta entró detrás, recién llegada de Altea Hills y sobrepasada por cómo había virado la investigación en una mañana.

—Buenos días, inspector...

—Casillas. Y ella es la inspectora Palacios. Le preguntaba si es igual.

—Técnicamente, sí.

—¿Se siente lo mismo?

Al tirador le sorprendió la pregunta y miró con falsa extrañeza el despacho.

—Pensé que esto era la policía y no el psicólogo.

—Muy observador, señor Del Nido..., si es que su DNI es auténtico.

—Lo es, la condena por falsificación de documento público es de seis meses a tres años. Peor que matar bichos.

—¿Exmilitar?

El detenido asintió sin mostrarse orgulloso. Podría ser

cínico, pero había incumplido un juramento en el que un día creyó.

—Debo reconocer que no estaba usted entre nuestros sospechosos. Nunca me había enfrentado a un caso así y mire que llevo años.

—Y le gustaría comprender por qué lo he hecho.

—Sentía curiosidad.

—Es un trabajo como otro cualquiera.

—Veo que no niega los hechos.

—Me han pillado al salir del edificio con el arma y es evidente que cuando comprueben las estrías del cañón y las marcas de los casquillos verán que se han disparado desde el mismo fusil. ¿Para qué perder el tiempo? Cuanto antes me interroguen antes me podré ir a casa.

—Y sin abogado. *Amb dos collons.*

—No me fío de nadie. Y sé de leyes todo lo que tengo que saber.

—Entonces sabrá que tenemos orden de registro y que en estos momentos nuestros compañeros estarán entrando en su vivienda.

—No van a encontrar nada ilegal. Un par de plantas de maría, todo lo más.

—Nada ilegal aparte de matar a dos animales, claro.

Se encogió de hombros y miró con deseo la botella de agua fría. JP se dio cuenta y le dio un trago largo.

—¿Qué diferencia hay entre lo que hizo el rey emérito y lo que he hecho yo?

—Él, al menos, pidió perdón —respondió el policía siguiéndole el juego.

—¿Y usted le cree?

JP sonrió. Le gustaban los duelos dialécticos. Estaba harto de interrogar a malos de medio pelo.

—Bueno, él no lo hizo delante de niños. Lo del zoológico podría haber acabado en tragedia.

—No había ningún peligro para un tirador de mi experiencia.

—Para un tirador de precisión un elefante es un objetivo de gran tamaño y, sin embargo, no acertó al primer disparo —argumentó para picarlo.

—El viento no era igual en destino y los putos baobabs esos no tienen hojas para comprobarlo. Pero en el segundo acerté. De pleno —añadió provocador, y a Violeta se le encogió el estómago por la frialdad. Se revolvió en el asiento y continuó tomando nota sin intervenir.

—Pero no puso la mano para atrapar el casquillo y así evitar que volase... hasta la calle.

—Por eso no lo encontré... —dijo haciéndose la composición de lugar—. Veo que utiliza la nomenclatura correcta: no dice «francotirador»; conoce la postura de la mano... Se ha informado.

—Es nuestro trabajo. Soy yo, ¿o está usted muy tranquilo?

—«Si se hubiera causado la muerte del animal se impondrá una pena de seis a dieciocho meses de prisión» —citó de memoria—. He leído en la prensa que a la juez el caso le parece una gilipollez. Estoy de acuerdo. Es absurdo que hayan gastado tantos recursos para detenerme.

—Pero para el personal del zoo no es una gilipollez. Ni para la prensa, las redes o los niños. —Al decir esto, la carita de Coral le vino a la mente—. Va a ser usted el hombre más impopular de toda la Comunidad Valenciana.

—Como imaginará, eso me quita el sueño —respondió irónico.

—Bueno, no creo que esta publicidad le venga bien en su trabajo.

—Nunca se sabe, inspector. Se sorprendería de las peculiaridades que se valoran en mi profesión.

—No me sorprendería. ¿Y por qué lo ha hecho? ¿Era un reto? ¿Tiene usted algo en contra del zoológico?

—No. Nada. Me da igual.

—¿En contra del director?

—Tampoco.

—¿Y de la veterinaria, Elena Campos?

78

En ocasiones, se producen hechos inesperados.

Elena se sentía madre sin quererlo: en un santiamén y sin prepararse, abrazaba a un bebé de chimpancé huérfano del que habría que ocuparse las veinticuatro horas del día durante muchas semanas. Eso, si sobrevivía a las primeras horas y le encontraban una hembra de su especie que lo adoptase, lo que resultaría complicado, ya que no acostumbran a aceptar crías que no sean suyas.

Tras lavarlo y practicarle las pruebas pertinentes, les pidió a los compañeros que hicieran los preparativos necesarios para esas primeras horas. Lo había visto en multitud de vídeos del Instituto Goodall, especializado en la protección de chimpancés y con el que colaboraba la fundación del parque. En ellos se explicaban los primeros pasos cuando llegaba un recién nacido a los refugios. Precisaba pañales de niño humano prematuro —los chimpancés nacen incluso más pequeños—, tetinas, biberones, leche de farmacia. Y, en este caso, un peluche con forma de mono de los que vendían en la tienda para que durmiera acurrucado en él. El equipo se puso en marcha a toda prisa para cumplir las demandas mientras que Abalde fue reclamado para atender a la policía.

La vida continuaba fuera del improvisado paritorio.

Cuando se quedó sola, abrazada a la cría de pelo alborotado, Elena buscó un sitio acogedor en la sala de curas del pequeño hospital y se sentó en la butaca que le pareció más confortable. Esa habitación se iba a transformar en el dormitorio de Jamm, el nombre que habían elegido; significaba «paz» en algunas regiones de Senegal.

Por fin, miró al monito sin el filtro de su responsabilidad cómo veterinaria: unos ojos inmensos y vibrantes la contemplaron llenos de incertidumbre y necesidad. Los humanos lo llaman amor a primera vista, pero es un chute hormonal con el que la naturaleza inunda a las madres para que alimenten y cuiden a los cachorros recién nacidos. Las vincula con una conexión inquebrantable hasta que la cría se valga por sí sola. Si las atacase un depredador, no se mostrarían amorosas, sino agresivas. Elena sabía que, durante el comienzo de la lactancia, gracias a la dopamina, las crías producían más refuerzo incluso que la cocaína. Y estar a cobijo permitía que la hembra se pudiera centrar en el apego. De ahí la importancia de la protección del grupo. Sin embargo, muchas especies se alejan al interior de la selva para parir solas. No los humanos, que precisan de la colaboración de otro miembro del clan. A causa del gran tamaño del cerebro y de lo complicado que resulta el tránsito por el canal del parto, el bebé humano no nace de cara a la madre, sino que le da la espalda, y eso imposibilita que la hembra tire de la cabeza para sacarlo. Si el proceso se complica, necesita ayuda.

A pesar de lo que suelen afirmar, el oficio más antiguo del mundo ha sido, sin duda, el de partera.

Jamm la miraba cada vez más confiado, ajeno a lo que había sucedido minutos atrás, a la muerte y a la violencia. La primera imagen que había visto en su vida era la de Elena, y esa unión se mantendría a través de los años. Ella no iba a poder darle de mamar, pero sentía un chute hormonal semejante. El olor, el tacto, la voz, harían inseparables a dos criaturas de distintas especies, aunque compartiesen el noventa y nueve por cien de los genes. Tan iguales y tan diferentes. Elena se dio de sí la camiseta y lo colocó sobre su pecho para que sintiese el calor de su piel. Respiración con respiración, acompasando los latidos y las emociones. Tan solo sobresalía por el escote la cabeza de grandes orejotas. Jamm, por el reflejo de presión palmar, aferró su manita al pelo de la veterinaria, suspiró profundo y se durmió.

Elena no podría decir el tiempo que pasaron así. La cría abría un ojo inocente para comprobar que su fuente de calor y protección seguía ahí y continuaba dormitando. Pensó en Sidy; le daba pena no haber compartido esos instantes con él. Seguro que deseaba salir del hospital cuanto antes para conocer al recién llegado.

Notó cómo le vibraba el teléfono en el bolsillo y lo sacó con dificultad: su madre. La había olvidado por completo. Cuando tuvo que volver precipitadamente a Valencia por el accidente de Sidy, suspendió la comida con un wasap y estaba segura de que quería reprochárselo. Reaparecía en las peores circunstancias. Y Elena no dudaba de que iba a llamar con insistencia hasta que le respondiera, por lo que activó el modo avión.

Se acordó de Cristina y se sintió como una traidora. ¿Estaba siendo injusta con ella y sus deseos de maternidad? ¿Sería verdad que prefería a los animales antes que a los humanos? No había tenido tiempo de pensar en la cuestión que le planteó el inspector durante el interrogatorio, pero le resonaba desde entonces.

Brezo, al abrir la puerta, rompió el momento. Venía de la farmacia con otro ritmo y traía lo necesario para alimentar al bebé. Comenzó con los preparativos. No lo había hecho nunca, pero no podía ser tan difícil: calentar agua, desinfectar el recipiente y la tetina, mezclar la leche... Cuando estuvo preparado el primer biberón se lo tendió a Elena.

—Haz los honores —dijo—. Hoy le has dado la vida.

Elena, con una emoción indescriptible, cogió el biberón, se lo acercó a la boca a Jamm y dejó que salieran unas gotitas de leche templada. En cuanto el chimpancé las olió, entreabrió los párpados y se lanzó desesperado a mamar de la tetina de silicona. No era lo más natural del mundo, pero tampoco podía comparar con un pezón real.

Las dos mujeres sonrieron con lágrimas en los ojos. El pequeñín era fuerte y luchador, no les cabía duda de que iba a sobrevivir. Guiado por el instinto, succionó con decisión más de la mitad del contenido y después se fue quedando dormido por el esfuerzo. De vez en cuando, más como un acto reflejo, chupeteaba entre sueños.

Abalde entró en la habitación y se quedó mirando la preciosa estampa de las dos jóvenes fascinadas con el monito. Pero no venía a eso. Se acercó para tocar el hombro de Elena y le susurró:

—¿Podemos hablar?

A Elena le costó reaccionar y más desprenderse de la cría, pero entendió que se trataba de una conversación importante. Brezo también se dio de sí el polo azul y tendió los brazos para que se la cediera. Deseaba acunarla. Elena le pasó a Jamm, que, al sentirse en el aire, abrió las manos por el instinto de agarre. Con cierta dificultad consiguieron meterlo dentro de la ropa sin que se despertara.

Una vez lo vio cobijado y tranquilo en el pecho de su amiga, Elena salió detrás del director técnico.

—No quiero cogerme la baja —se adelantó—. Quiero cuidar de Jamm.

No dio tiempo a que Abalde contestara, ya que Ximo los esperaba fuera, en el anillo que circunvalaba la superficie pública del parque. La veterinaria ocultó su disgusto; empezaba a desconfiar de él.

—La policía ha detenido al culpable —anunció el jefe de seguridad.

—¿Ya lo ha detenido? —repitió Elena mientras intentaba procesar la información. Multitud de preguntas se agolparon en su mente—. ¿Y es...? —Elena no se atrevió a pronunciar el nombre de Adolfo.

—No —negó Ximo—. No tiene nada que ver con él. Cuando dispararon a Jane estaba conmigo en la tienda.

Elena miró a Abalde buscando un apoyo que no encontró.

—Creo que deberías pedirle disculpas. Lo que has dicho sobre él es muy grave —concluyó Abalde con dureza.

Elena se sintió perdida: una vez más, sus certezas se derrumbaban.

79

—No insista, no sé quién es esa tal Elena Campos. Aunque me lo pregunte cien veces.

El ambiente estaba enrarecido en el despacho de la UDEV donde el exmilitar Del Nido seguía esposado sin catar el agua y JP preguntaba con insistencia. El diálogo entre ambos fluía con demasiada rapidez como para que Violeta metiera baza.

—¿Y qué pasa con Adolfo Avilés?

—Ya le he dicho que tampoco lo conozco. Podría parecer que hay conexión porque ambos trabajamos para empresas de seguridad, pero le garantizo que son dos mundos distintos. Lo que yo hago no tiene nada que ver con vigilar un zoo o unos cines. Que yo sepa, ellos no operan a nivel internacional.

—¿Y alguna de las otras empresas que compiten para hacerse con la concesión del zoológico?

—Busque usted la conexión. No la va a encontrar.

—Y entonces, ¿por qué lo hizo? ¿Un reto, diversión?

—Por dinero, inspector, ¿por qué si no?

—Alguien le ha pagado por esto.

—Muy perspicaz.

—¿Quién?

—No tengo ni idea.

—Nos podemos estar setenta y dos horas preguntándoselo y lo sabe. ¿No quiere volver a su casa ya?

—¿Para encontrarme con la policía registrándola?

—¿Podría tratarse de algún empresario de los que ha escoltado en sus viajes? Estamos ya confeccionando esa lista.

—No me habría contactado con este secretismo. Hoy en día te encuentran por Internet. Y te pagan en criptomonedas.

—Tenemos acceso a sus cuentas y miraremos ese pago. ¿No prefiere ganar tiempo?

—El pago será ilocalizable. Esa gente sabe lo que hace. Traté de averiguar quién estaba detrás y no lo conseguí.

—Pero aceptó, a pesar de que venía de un anónimo.

—Al principio me extrañó el encargo, no se crea. Me pareció una coña lo de matar a un elefante, pero me adelantaron tres mil euros solo para que viera que iban en serio, me mandaron una foto del objetivo y un vídeo grabado desde el edificio en cuestión. Lo tenían bien planificado y solo necesitaban a un profesional que lo ejecutara.

Violeta se inclinó sobre JP:

—Eso querría decir que el que se lo encargó estuvo en el edificio —le dijo en voz baja para que Del Nido no la oyera—. Preguntaré a la agencia sobre las visitas de los meses anteriores.

JP asintió. Era una buena idea, aunque podrían haber utilizado un nombre falso, como hizo él cuando le firmó la hoja al portero.

—¿Nos entregaría una copia de ese vídeo? —preguntó girándose de nuevo hacia el sospechoso.

—Lo borré al terminar el primer trabajo. ¿Me suelta? —propuso Del Nido levantando las muñecas aprisionadas por los grilletes.

—¿Cuánto le pagaron? —dijo JP por toda respuesta.

—Siete mil euros por el elefante y subieron a diez mil por la chimpancé. ¿Ha muerto?

—Creo que sí.

—¡Menos mal! —respondió cínico—. Si no, no cobro.

JP, por segunda vez durante el interrogatorio, pensó en su nieta. Nunca había tenido esa clase de distracciones y sintió ganas de pegar un puñetazo al sospechoso. En vez de eso, sacó unos papeles de la carpeta.

—¿Desde el principio fueron dos encargos?

—No, solo uno. Lo di por terminado, cobré lo que faltaba y me olvidé del tema.

—¿Y qué pasó después?

—Me contactaron de nuevo.

—¿Cuándo?

Del Nido miró el reloj.

—Hace... unas treinta y seis horas, a través de Tor.

—La *dark web,* claro.

—Claro. Yo creo que tenían cierta prisa y me ofrecieron más dinero. La verdad es que pensé que estaban ustedes más despistados con la investigación, pero veo que me arriesgué demasiado. ¿Cómo han dado conmigo?

—Tenemos nuestras fuentes. ¿Y si le hubieran hecho un tercer encargo: matar a un ser humano?

—¿Por diez mil euros? ¿Está usted loco?

JP comprendió que estaba delante de un tipo que no se iba a amilanar por un interrogatorio policial. ¡A saber lo que habría aguantado en las fuerzas especiales y como contratista privado!

—No hagamos de esto un drama, inspector. Estamos hablando de un elefante y de un puto mono.

—Perdón, una cosa —dijo de pronto Violeta interviniendo por primera vez—. ¿Le mandaron un vídeo de la chimpancé grabado desde el edificio?

Al tirador y a JP les sorprendió la pregunta.

—No, en el mensaje me dijeron que era la que estaba embarazada. Y me hicieron llegar una foto escaneada de la prensa. Me costó un poco identificarla desde tan lejos. No veía toda la zona de los monos, por eso me retrasé. Pero cuando la vi subir al árbol supe que era ella.

—¿Cree que matar a la chimpancé estaba previsto desde el principio o que fue algo que surgió?

JP miró a su compañera: era pertinente la línea que abría.

—Si lo tenían previsto, no me lo dijeron.

Violeta miró a JP.

—Algo pasó para que necesitasen matar a otro animal.

80

Jamm estaba dormido sobre el pecho de Brezo, que no se atrevía a moverse por si se despertaba. No se le ocurría pensar que, en el caso de que estuviese en la selva, su madre treparía por los árboles para saltar de una copa a otra con su hijo aferrado al pelaje. Y es que los humanos actuales están muy lejos de la naturalidad con la que los animales crían a su prole.

Elena entró en el despacho que permanecía en penumbra, con las lamas de la ventana entrecerradas, impactada por la noticia que le había dado Ximo. Al ver de nuevo a Jamm se le olvidó el disgusto y se acercó para sentarse en el sofá junto a Brezo, que le abrió un hueco. Se quedaron así, tranquilas, absorbiendo el momento de paz. Nada ni nadie pondría en peligro a ese monito. Estaba protegido por dos hembras feroces, capaces de subirse a un árbol si su cría fuera atacada por una pantera y de hacerle frente con lo que estuviese a su alcance.

—Habrá que estar con él veinticuatro horas.

Brezo asintió.

—Y después, intentar que lo admitan en el grupo. Todo el mundo necesita una manada de su propia especie. Necesitamos una madre chimpancé.

—Habrá que ir muy poco a poco hasta que todas lo vayan aceptando.

— He visto cómo lo han conseguido en otros casos,

aunque no es sencillo. Primero se lo mostraremos a las hembras desde fuera de la valla del cobijo a ver si alguna se interesa por él. Y al final del proceso tendrá que consentir el macho. La cría no es suya y podría matarla.

Ese dato las sobrecogió. Así era la naturaleza: cruel y práctica. Transmitir los genes. El más fuerte gana. O el más inteligente. O el más adaptativo. Elena recordaba que, entre los chimpancés, un porcentaje alto de las crías no eran del macho alfa, sino de otros miembros del clan inferiores en la escala social. Son animales listos y aprovechan cualquier descuido para ofrecer comida a las hembras receptivas y llevárselas a un árbol apartado para copular. La verdadera lucha a veces no es física, sino que se produce en las trompas de Falopio entre los espermatozoides de los aspirantes a ser padres.

Y solo uno triunfa.

El móvil de Brezo vibró. Lo tenía en el bolsillo de detrás y no era fácil sacarlo. Se movió temerosa de importunar a Jamm, circunstancia que no ocurrió, y Elena la ayudó a extraerlo de un tirón. Se trataba de Sidy.

—Contesta tú —musitó Brezo.

Elena se levantó y se alejó unos pasos hacia la ventana. Los hilos de luz que atravesaban las venecianas le iluminaron las pecas.

—Sidy, soy Elena —dijo al aparato.

—He llamado a este porque tenías el tuyo fuera de cobertura.

—Sí, perdona. ¿Cómo estás?

—Bien, bien, han drenado el hematoma y espero que me den el alta durante el día.

Elena sonrió feliz al escuchar la noticia.

—Ya me he enterado de lo que ha ocurrido —prosiguió Sidy con prudencia—. He hablado con Abalde. Lo siento un montón.

—Fue terrible... —respondió Elena y las imágenes de Jane al desplomarse regresaron a su mente—. Vi cómo cayó desde el árbol.

Un nudo en la garganta le impidió continuar. Sidy tomó la palabra para animarla.

—¿Qué tal está la cría?

—Jamm, la hemos llamado Jamm —especificó Elena, y decir el nombre la confortó—. Está muy bien, ha comido y ahora duerme con Brezo —añadió tras girarse a contemplar la escena que la reconciliaba con la vida—. Ya sabes que no ha sido Adolfo. Me ha dicho Ximo que estaban juntos.

—¿Y confías en Ximo después de mi atropello?

—Pues no, pero Abalde me lo ha confirmado.

—En cualquier caso, podría estar implicado de alguna manera. Detrás de lo que está pasando tiene que haber algo muy grave. La policía le ha dicho a Abalde que el detenido es un francotirador.

—No entiendo nada, te lo juro. ¿Por qué se toman tantas molestias en hacer daño?

Ambos suspiraron a la vez, unidos por la incomprensión hacia la violencia humana. No pensaban que la especie a la que pertenecían fuera lo peor, como reclamaban a menudo las redes sociales, pero les resultaba inaceptable que mientras unos descubrían vacunas capaces de salvar a millones de personas o creaban obras de arte, otros dedicaran su tiempo a «asesinar» animales o a provocar guerras que devastaban los territorios y los ecosistemas y a los seres vivos que habitaban en ellos.

—¿Se sabe algo del detenido? —preguntó Elena en el momento en que se abría la puerta y aparecían dos vigilantes de seguridad que acarreaban un colchón. Uno de ellos era Adolfo.

Se quedó congelada.

—¿Dónde lo ponemos? —preguntó como si nada hubiera sucedido.

Brezo señaló con la mano hacia la esquina más alejada de la ventana. Los dos hombres obedecieron y lo depositaron en el suelo.

—Gracias —susurró la encargada de los simios, que seguía abrazada a Jamm.

Sidy percibió que Elena no seguía en la conversación, incapaz de articular palabra. No sabía qué le hacía sentir peor: que el vigilante fuese culpable y se hubiera librado o haberse equivocado en sus sospechas y tener que asumir una disculpa.

Adolfo levantó la vista y la observó. Ella intentó mantener la mirada, pero la acabó bajando como frente al chimpancé macho. Le dio rabia y la alzó de nuevo. Ese gesto sería una provocación en el mundo animal, pero aun así lo hizo.

Adolfo sonrió; le motivaba el enfrentamiento.

—Espero que sea la última muerte que se produzca en el parque —dijo con voz neutra y salió.

Un escalofrío recorrió la piel de Elena.

81

—Al menos, que se quede una noche aquí el hijo de puta —espetó JP al ver al tirador salir esposado del despacho camino de los calabozos—. Es evidente que la jueza lo mandará a casita, aunque sea con cargos.

JP se levantó de la silla mientras Violeta terminaba de escribir las conclusiones del interrogatorio. Prepararía un atestado lo más minucioso posible en el que nada relevante se quedara fuera.

—El caso es que el tío parece sincero —dijo a JP antes de que se marchara.

—Pero eso no es decir mucho. Si le pagan, para qué preguntar. Cuanto menos sepas, mejor. Es de primero de asesino —añadió JP con ironía—. Y sabe que lo que ha hecho no es penalmente grave. Yo creo que ni pisa la cárcel.

—Eso me parece increíble. Ojalá le encontremos algo en el ordenador —deseó Violeta en voz alta—. Tal vez se pueda recuperar entre los archivos borrados el vídeo de la elefanta que le mandaron. Y al revisar las llamadas, comprobaremos si tenía relación con la empresa de seguridad que quiere hacerse con la contrata, aunque lo niegue. No me parece descabellado.

—Buscaremos en sus cuentas, también los pagos en criptomonedas, pero tiene razón: es complicado rastrearlos. Al final todo tiene un precio. ¿Cuánto quieres por matar a un elefante?

—Es muy absurdo —concluyó Violeta.

—Analicemos lo que ha ocurrido hoy —propuso JP y volvió a sentarse—. Parece claro que ha sido una acción improvisada y Del Nido se ha arriesgado más de la cuenta. No debe de andar bien de pasta. Podría tener deudas.

—Es como si alguien hubiera necesitado subir la apuesta. Lo de la elefanta albina no produjo las consecuencias suficientes —dedujo Violeta.

—Para una empresa de ese tamaño, diecisiete mil euros no es una cantidad prohibitiva por montar el pollo que ha montado. Y la concesión debe de ser millonaria. Los propietarios del zoo tienen otros parques por España. ¿Cuánto falta para que saquen a concurso las concesiones?

—No estoy segura, pero creo que era inminente. ¿Crees que se atreverían a tanto?

—He investigado en otras ocasiones a empresas de seguridad —expuso JP—. Es un sector que mueve más de tres mil millones de euros anuales. Aunque hay buenos profesionales, he visto de todo: contratos millonarios para vigilar ministerios o el acceso a las cárceles. Los sindicatos de la Guardia Civil, en su día, denunciaron unos sobrecostes de hasta un doscientos por cien. Y así todo. En Valencia tenemos alguna empresa vinculada a la extrema derecha...

—Recuerdo que leí sobre la contrata del aeropuerto de Castellón. El aeropuerto fantasma con una empresa también fantasma.

El comisario, elegante y sobrepasado, como de costumbre, entró con un informe en la mano e interrumpió a Violeta.

—No sé si felicitarlos por la detención o cagarme en todo —dijo lanzando la carpeta sobre la mesa.

—A mí, con que me respete las fechas de vacaciones

que le he pedido, me vale. Tengo un viaje a Londres —dijo JP tras coger el informe.

—Muy ingenioso, Casillas. Se irá si este embrollo está resuelto. Anticorrupción me ha pasado un informe ampliado sobre los terrenos adyacentes al zoológico —explicó señalando la carpeta—. Al parecer, existe una disputa desde hace años. En un principio se otorgaron a los mismos dueños del parque de animales para que construyesen uno de atracciones. Hasta ahí el proceso fue legal, pero se retrasó el inicio de las obras debido a la pandemia y hay algunos empresarios que no están de acuerdo con la concesión y tratan de hacerles la vida imposible. En varias ocasiones han llevado el tema al pleno del Ayuntamiento para intentar revertir la decisión.

—¿Tráfico de influencias? —preguntó Violeta.

—A ver, pepinillo —dijo JP—, esto es Valencia. ¡Dejemos un margen a la improvisación!

—No hay que descartar que se trate de una agresión contra el zoológico para intentar desprestigiarlos frente al Ayuntamiento —concluyó el comisario, tan agobiado como al entrar. Suspiró y antes de irse miró a JP—. Bien por ese detenido —reconoció con esfuerzo y se fue dejándoles el marrón.

JP y Violeta se miraron.

—Tengo la sensación de empezar de cero. Cualquiera podría haber contratado a Del Nido: la empresa de seguridad, la que quiere los terrenos, ¡o vete tú a saber quién más!

82

A primera hora de la tarde, Elena entró en casa de Cristina agotada, a pesar de haber ido en taxi y no en bicicleta. Y es que la jornada todavía iba a ser larga. Traía la camiseta dada de sí y con restos de la sangre de Jane, la coleta desordenada y el ánimo tocado. Cristina, que trabajaba en el portátil sentada en la cocina con ropa cómoda, la vio: la imagen era patética.

—¿Cómo estás? —preguntó al levantarse de la silla—. Tenías el móvil apagado. He llamado al parque, pero me han dicho que te habías marchado. Estaba muy preocupada.

—Perdona, es que me telefoneó mi madre, no quería hablar con ella y lo puse en modo avión.

—Devuélvele la llamada. También habrá oído lo que ha pasado con la chimpancé.

De golpe, Elena se echó a llorar. Fue como si le brotaran las emociones que había contenido para practicar la cesárea y organizar los primeros instantes de la vida de Jamm. Había sido resolutiva, sin tiempo para pensar en ella misma y en el golpe sufrido.

Cristina la abrazó con ternura y permanecieron así un buen rato, con la cabeza de una cobijada en el pecho de la otra, protegida del mundo que se había tornado hostil.

—Han explicado en redes que estaba embarazada —dijo Cristina con cautela.

Elena absorbió todo el aire del que fue capaz en una sola inspiración e intentó calmarse.

—La cría se ha salvado —aclaró más confortada—. Tuve que practicar una cesárea de urgencia. Era la primera vez que la hacía. Fue terrible abrir el vientre de la madre a sabiendas de que no despertaría. Pero sacamos a su hijo a tiempo.

—¿Y está bien?

—Sí, estupendo —respondió entre la risa y el llanto—. Es un machito de pelos alocados y ojos gigantes. Busca la teta todo el rato, pero se conforma con el biberón. ¡Qué remedio! Fue increíble cuando lo tuve en mis manos, es una cosita...

A Cristina le dolió escucharla. Ella se imaginaba lo que se sentiría, aunque la naturaleza llevaba años negándoselo.

—Quédate hoy a dormir.

—Hoy imposible. Tengo que pasar por casa para ducharme y coger algo de ropa. Tenemos que hacer turnos con el monito y me voy a quedar toda la noche con él, no puede estar solo.

—Claro, lo entiendo. Pero puedes ducharte aquí si quieres. Y tienes algo de ropa tuya en mi armario.

Elena asintió.

—O podrías venirte por fin a vivir aquí, como hablamos.

—En cuanto pasen estos primeros días en los que tenemos que atender a Jamm, lo organizamos todo, ¿te parece?

Cristina asintió y Elena se dejó besar en los labios. Después, sonrió con cierta amargura y se dirigió hacia el cuarto de baño.

—He mirado el móvil de Adolfo.

Elena se detuvo entre ansiosa y harta del tema.

—Adolfo recibió ayer un nuevo pago en criptomonedas. Una cantidad alta.

—Pero la policía dice que no ha sido él —rebatió Elena—. Parece que el culpable es un francotirador.

—¿Qué? ¿Un francotirador?

—Sí, no entiendo nada.

—Tal vez Adolfo lo conozca del campo de tiro al que fuiste y sea una especie de intermediario. Si ha recibido un pago... Demasiada casualidad, ¿no crees?

Elena se quitó la camiseta, la dejó en el cesto de la ropa sucia y abrió la ducha pensando en que, desde luego, lo que decía Cristina era una opción. La cabeza de Blanca cicatrizaba bien en su espalda, testigo mudo de lo ocurrido tras su muerte.

—Para mí, Adolfo sigue siendo sospechoso. Mi asalto, el accidente de Sidy, parecen advertencias para que nos estemos quietos.

—Hemos llegado muy lejos, no podemos aflojar.

Elena asintió. Una sombra de miedo cruzó por sus ojos.

—La verdad es que estoy un poco asustada —dijo.

—Tal vez sea hora de contarle a la policía todo lo que sabemos.

83

Cuando Elena, con una pequeña mochila al hombro, llegó al despacho de la clínica habilitado como cobijo temporal para Jamm, Sidy estaba sentado en el suelo al lado del colchón y hablaba bajito con Brezo. Llevaba un apósito en la cabeza y raspaduras en la mano, únicos vestigios visibles del accidente. La habitación continuaba en penumbra y Jamm dormía abrazado al gran mono de peluche que le habían traído de la tienda.

Se alegró tanto de verlo que casi da un grito. Sidy se levantó y fue a su encuentro. Se abrazaron una vez más. La vida los estaba poniendo a prueba.

—¿Estás bien del todo?

—Bueno, bien, bien, no; como antes.

Ambos rieron bajito. Brezo se levantó y los tres se abrazaron. Eran momentos complicados, pero estaban unidos, tenían un objetivo común y la convicción de que sacarían adelante a la cría.

A los primates de las distintas especies, el grupo les da energía y seguridad.

—¿Qué tal? —preguntó Elena señalando a Jamm, que respiraba acompasado.

—Muy bien; ha comido, ha cagado y se ha dormido hace un rato.

Elena se separó y se acercó a mirarlo. Daba paz, como indicaba su nombre.

—Yo me voy a casa —comentó Brezo—. Volveré por la mañana para hacer el siguiente turno.

—Descansa.

Las chicas se besaron y Brezo salió. Elena y Sidy se quedaron solos junto al monito. Observarlo dormir resultaba adictivo, fascinante, como mirar el fuego en una noche fría.

Primitivo.

—Sabes —empezó Sidy—, en el refugio de chimpancés en el que trabajaba mi madre también murió una hembra de las que habían rescatado. Lo recuerdo bien, porque me impresionó, aunque yo no tendría más de ocho años.

—¿Qué pasó?

—Fue de repente. Tal vez nunca se recuperara de las heridas que le infligieron los cazadores furtivos. Lo que sí recuerdo es la relación que esa chimpancé tenía con uno de los machos: él estaba obsesionado, la seguía a todas partes, la cogía de la mano, le regalaba comida. Resultaba un poco plasta, pero inofensivo. Nunca copulaban. Era... no sé, amistad.

—¿Y cómo se tomó su muerte?

—Eso fue lo curioso. Esas conductas no se pueden reproducir para un estudio, son fortuitas. Cuando los demás la vieron tirada en el suelo sin moverse, mostraron curiosidad y extrañeza, observaban el cuerpo, lo olían. Pero ese macho no podía ni mirarla. Se colocaba de espaldas, soltaba gemidos y trataba de enterrarla arrojándole montones de paja. Así, con los dos brazos.

Sidy imitó los movimientos del chimpancé intentando cubrir a la fallecida, tal vez para no verla.

—Pobre.

—Les dejaron el cadáver unas horas para ver si se hacían a la idea de lo ocurrido, como hicimos nosotros con los elefantes. Los demás fueron perdiendo interés, pero él no. Aullaba por las noches, por el día se sentaba en el lugar donde había muerto su amiga y chillaba. Estuvo así un mes. El resto de la tropilla estaba harto de su comportamiento, no les dejaba dormir.

—¿Y qué hicieron?

—Una noche le dieron una paliza para que se callara. Literal. Fue sorprendente. El macho comprendió que los demás estaban hasta los huevos de él y cambió.

—No te rías, me da pena —protestó Elena.

—Un poco de humor negro; es gracioso. Y el mensaje fue clarísimo: ¡¡hemos aguantado tus llantos un mes, pero queremos dormir!!

—¿Y qué ocurrió después? ¿Se le pasó el disgusto?

—Se buscó a otra mona a la que admirar. Tardó una semana, el tío. Y también la seguía por todas partes, la cogía de la mano...

—No copulaba...

—No, se perdía lo mejor.

Ambos rieron cómplices.

—Y así siguió hasta que me escapé del pueblo y me vine a España.

—Menuda historia. Demuestra lo listos y sensibles que son...

—Y lo brutos —matizó Sidy.

—Sí, también. Echo de menos el refugio, me encantó conocerlo. Y a tu madre, que es una *crack*. Es increíble cómo rastrea a los chimpancés por la selva.

Se miraron.

—Ya sabes que me voy en unas semanas. Vente a África conmigo.

84

Para los humanos, la hora del regreso al hogar puede resultar muy variada: momentos de gran alegría y merecido descanso o de tensión y reproches. Cada vez más personas se compran mascotas porque necesitan que alguien se entusiasme al verlos. Los hijos los reciben igual cuando son pequeños, pero con los años la relación se va transformando en malos modos y ausencias. Con las parejas les suele ocurrir lo mismo. Los perros, sin embargo, no cambian de actitud suceda lo que suceda. Su fidelidad es inquebrantable. Por eso, ambas especies llevan treinta mil años conviviendo.

Cuando JP llegó agotado a casa nadie salió a recibirlo, ni tan siquiera Gusanito. Escuchó llorar a su nieta en el dormitorio y a Rosa, que intentaba calmarla. Corrió para depositar la pistola en la caja fuerte, se quitó la cazadora y se dirigió veloz hacia ellas. Las persianas estaban bajadas y encontró a su nieta desolada y tumbada en la cama. Rosa lo miró también compungida, le hizo una señal para que se encargara y se levantó para dejarle el sitio.

—Se ha enterado en el colegio de lo de la chimpancé y lleva toda la tarde llorando —explicó cuando se cruzaron en la puerta.

JP se lo temía. Le vino a la cabeza la imagen del presunto culpable durante el interrogatorio y le volvieron las ganas de propinarle una paliza. Las contuvo, porque no le iban a ser útiles para consolar a Coral. Se sentó en la cama y le apartó el pelo de la cara con una delicadeza de la que no sabía que fuera capaz.

—Hemos cogido al malo.

La cara de la niña cambió. El deseo de justicia es básico no solo en los humanos, también en los animales superiores. Se han diseñado experimentos en los que se da un premio en forma de rodaja de pepino a un mono si cumple con el objetivo marcado por el entrenador. Pero si al de la jaula contigua le dan una uva por idéntico comportamiento, el primero se cabrea e intenta romper las paredes de cristal: no es justo, él también quiere una uva. Sin embargo, se ha comprobado que, si el favoritismo beneficia a un pariente cercano, el enfado disminuye.

—¿De verdad? —preguntó Coral con un atisbo de ilusión.

—Sí. Esta mañana. Él ha intentado huir, nosotros lo hemos perseguido por la calle; él corría, nosotros detrás, hasta que se ha escondido en un edificio lleno de gente. Pero lo hemos acorralado y no le ha quedado más remedio que rendirse y salir con las manos en alto. Ya está entre rejas —narró como si se tratase de un cuento con final feliz.

—¿Y por qué lo hizo?

La pregunta lo pilló desprevenido.

—No lo sé, Coral. Yo tampoco lo entiendo.

La niña se incorporó y se secó las lágrimas con la manga del pijama.

—¿Es feo?

—¿Cómo?

—Que si el malo es feo.

—Pues... la verdad es que no es muy agradable. ¿Por qué lo preguntas?

—En las películas los malos son horribles.

—Bueno —dijo JP cariñoso—, en la vida real suele ser

un poco más complejo, pero este es muy antipático. Y un chulo.

Coral asintió satisfecha. Era tal y como se lo había imaginado.

—O sea, que ya no a matará a más animales —aventuró.

—Creo que están a salvo —respondió JP inseguro. Sin saber qué motivación había detrás de los crímenes era difícil garantizar que se hubieran acabado.

—Dice la *iaia* que se ha salvado el monito.

—Eso parece, sí.

—¿Lo has visto? —preguntó ilusionada.

—No.

—Eres policía, di que te lo enseñen.

JP sonrió enternecido por la admiración de su nieta. Nunca la había experimentado antes; ni en casa ni en la comisaría.

—Y a lo mejor yo también podría ir a visitarlo.

—Habrá que esperar unos días. Será muy pequeñito.

Coral estuvo de acuerdo, pero el tener un objetivo, algo muy humano, la ayudó a salir de la espiral de tristeza en la que llevaba embarcada toda la tarde.

—He oído en el cole que le han puesto el nombre de Jamm, que significa paz.

—Un nombre precioso —afirmó JP.

—Sí que lo es —dijo Coral satisfecha y, conjurando la tristeza, le dio un abrazo inmenso al abuelo, al que las lágrimas lo sorprendieron tratando de escapar de los lagrimales.

Tras un estrujón final, Coral se separó, se dejó caer sobre la cama y se arropó. Estaba agotada.

—Mañana me lees un cuento, ¿vale?

—Claro.

JP le dio un beso en la frente, apagó la luz de la mesilla, se levantó y la contempló unos segundos en los que tuvo un sentimiento muy extraño, como un hormigueo en el estómago y un calambre en la nuca. Pensó que sería por el cansancio y el hambre, y salió dejando la puerta entreabierta.

En el salón lo esperaba Rosa, con un platito colmado de queso curado y jamón del bueno.

—¡*Collons,* Casillas, ya podrías haber tenido esa mano con nuestro hijo cuando lloraba como un perro sarnoso!

La comparación sacó una sonrisa a JP. La verdad era que el niño acostumbraba a llorar sin consuelo durante horas, en las que le habría gustado arrancarle la cabeza. Ahora se alegraba de no haberlo hecho: Coral no sería su nieta. Se dejó caer en el sofá cual piltrafa. El día había sido largo y la carrera a pleno sol de la mañana le pasaba factura. ¡¿Quién le mandaba llevar la cazadora a todos lados?! Pura imagen. A su edad.

—Pues si ya habéis detenido al culpable, podemos centrarnos en las pruebas médicas y pedir una nueva cita.

La cara de JP no daba a entender que la investigación estuviera resuelta.

—Lo habéis detenido, ¿no?

—Sí, pero es un trabajo de encargo. No sabemos quién está detrás. Yo creo que se trata de algo grande.

Rosa se sentó a su lado y le cogió la mano. JP, por una vez, no la retiró.

—Y encima Mick Jagger con COVID, ¿has visto? —dijo cabreado—. Ha suspendido varios conciertos de la gira y peligra el de Londres. *Caguen tot!*

85

—Me encantaría volver contigo a África, sería como un sueño.

Elena y Sidy hablaban en voz baja en la penumbra del despacho mientras Jamm dormía como un bendito. Solos en el parque, salvo por un par de vigilantes de seguridad entre los que no debería estar Adolfo, se sentían en el lugar más recóndito del mundo sin que nadie los perturbase.

—Pues es la oportunidad de alejarnos de lo que está pasando y dejar que la policía se encargue. La situación se ha vuelto peligrosa.

—¿Y si creen que la empresa de seguridad no ha tenido que ver?

—Confiemos en ellos.

Elena trató de hacerse a la idea de dejar la investigación en manos de la policía. No estaba convencida. Ni tampoco de abandonar unos días a su pareja precisamente cuando tendría que decidir qué hacía con la inseminación y si se iban a vivir juntas.

—También está Cristina —dijo con timidez—. Ayer por la mañana le dije que no quería tener un hijo con ella y esta tarde voy y le hablo de Jamm y de la emoción de abrazarlo.

—Y te sientes culpable.

—Pues sí.

—Pues no lo hagas, Elena. Seréis pareja, pero tenéis vidas muy diferentes. Eres joven, no te puede obligar a que te plantees ser madre justo ahora, a que lleves a *su cría* dentro de tu vientre. No funciona así.

—Pero ella lo desea desde hace muchos años y yo le puedo hacer ese regalo.

—No es como comprar unos pendientes caros, ni siquiera como regalar un perro que dura doce o quince años. Un niño es una responsabilidad para toda la vida, hay que estar preparado. No lo puedes abandonar en una gasolinera —dijo para poner un punto de humor.

Elena sonrió sin convicción y se quedó pensativa.

—Cristina siempre se ha portado genial conmigo.

—Y tú ¿qué? Piensa un poco en ti por una vez. ¿Qué sientes?

—No sé, la quiero.

—¿Y qué pasa conmigo?

—Estoy confundida. También... siento algo —admitió.

—¡¿Cómo puedes sentir algo por ella y por mí a la vez, joder?! Es que me estalla la cabeza. No podemos ser más diferentes: ella una mujer blanca y rica, yo un tipo negro...

—Ya. ¿Y qué quieres decir con eso?

—Eres lo más maravilloso que me ha pasado en la vida. Cuando estoy contigo soy feliz, nos compenetramos, tenemos los mismos intereses. Yo estoy loco por ti, Elena. Y si no te lo digo es porque no quiero forzarte a tomar una decisión. Comprendo que tienes dudas y acepto que estés con ella, pero tienes que decantarte tarde o temprano. ¿Te gustan los hombres o las mujeres?

—Esto no funciona así, Sidy, no sé explicarlo bien..., soy bisexual. Y me ha costado mucho aceptarlo. Me he enamorado y he sufrido tanto por un hombre como por una mujer; me he cabreado con ambos, he tenido orgasmos;

no sabría decir a quién he querido más. ¡No es una competición, joder, no quiero elegir! Las cosas simplemente suceden, hay días en que me apetece estar contigo, que me abraces... o que me folles. Es verdad, pero también hay otros en los que quiero irme a la cama con ella; me gusta su ternura, pero también su agresividad.

—No sé si quiero oír esto.

—Pues es lo que hay. Si no lo puedes entender...

—Ya, qué fácil, no lo puedo entender porque soy un pobrecito africano.

—Yo no he dicho eso y lo sabes. Lo que pasa es que a nosotros nadie nos comprende. No pertenecemos ni a una tribu ni a otra y la gente piensa que, en el fondo, o somos heterosexuales que queremos probar cosas nuevas o lesbianas que no nos atrevemos a reconocerlo. A Cristina también le cuesta aceptarme.

—Te manipula —dijo de sopetón algo que llevaba tiempo barruntando.

—¿Por qué dices eso?

— Es mayor que tú, tiene más experiencia y se las sabe todas.

Elena puso cara de «venga ya».

—El otro día me contaste que en la clínica de fertilidad la doctora se confundió y creyó que eras tú la que ibas a inseminarte.

—Sí, ¿y qué?

—¿De verdad crees que fue casual? Es demasiado lista para dejar nada al azar.

—No tienes ni idea de lo que dices.

—Te está utilizando. Eres joven y sana. Serías una buena madre para ella.

—¡Venga ya! ¡¡Vete a la mierda, Sidy!!

Jamm se despertó asustado por el grito y empezó a gimotear. Elena se sintió fatal por alzar el tono sin ser consciente de dónde estaban. Se dirigió al colchón y cogió a la cría. Sidy se había extralimitado.

—Lo siento, yo... —dijo compungido e intentó abrazarla.

—Vete. Quiero estar sola.

86

A ambos les costaba conciliar el sueño.

Y se estaban convirtiendo en habituales las conversaciones nocturnas por Zoom entre JP y Violeta sobre temas pendientes de la investigación. Ella, que al principio lo llamaba con timidez y ahora ya se atrevía a hacerlo con tan solo enviar un wasap previo, estaba vestida con una camisa y un vaquero, como de costumbre, y hablaba desde el salón de su casa a través del portátil. A su lado, dormitaba Luna. JP, que sabía que la inspectora solía tener algo interesante que contarle, lo hacía en la cocina a través del teléfono y con la jaula de Gusanito de fondo. La imagen no era muy buena, el wifi no tenía los megas necesarios.

—Estamos un poco empantanados, demasiados frentes abiertos —dijo JP irritado.

Violeta consultó su tableta llena de esquemas y aplicaciones que la ayudaban a gestionar el tiempo y la información. Entró en una de ellas.

—En estos casos, a mí me funciona hacer una *to do list.*

—¿Otro de tus anglicismos?

—Una lista de lo que tengo que hacer.

—Ya, como la de la compra.

—Sí, pero con prioridades. No necesitas igual el pan y la leche que las pinzas de la ropa.

—¿Os enseñan ahora eso en la Academia?

—No, es un método mío.

—Y ¿cuál es nuestro pan y nuestra leche?

—Eh..., por ahora me he centrado más en las pinzas. Pero creo que pueden ser más importantes de lo que parece.

—Pues tú dirás.

—Los de la unidad de atención a la mujer me han mandado las imágenes de la discoteca Moon y las he analizado.

—¿Y has encontrado algo?

—Sí.

—Soy todo oídos, como cantaban Los Bravos.

Violeta no entendió la alusión a la música de finales de los sesenta.

—No hay cámaras en el callejón, así que no podemos ver quiénes fueron los agresores de la veterinaria. He buscado las de la entrada, la zona de baile y el pasillo de los baños. Hay un tipo con una camiseta de superhéroes, como la que nos comentó Sidy Saware que llevaba el amigo de Adolfo Avilés. También se ve a Elena y cómo este, junto con otro, no le pierde ojo. Claramente, la vigilan. Un rato después, se cruzan en el pasillo del baño y se chocan a mala leche con ella. No se ven bien las caras, pero uno lleva la misma camiseta.

—No es una prueba para nuestra jueza favorita, pero nos vale como indicio.

—Y a la hora a la que sucedió la agresión, se los ve correr y subirse a un coche en el *parking*. Tengo la matrícula.

—¿A quién corresponde?

—Ángel Gavilán. Y aquí viene lo bueno —dijo e hizo una pausa significativa.

—No estarás creando suspense como si estuviésemos en *CSI*, ¿verdad?

—No era mi intención. El tipo trabaja en una de las

empresas que pretenden quedarse con la concesión de la seguridad del parque: SecurTotal Plus.

—*No fotes!*

El perro se desperezó por el grito, bostezó y siguió a lo suyo. Violeta prosiguió.

—Y he mirado sus redes sociales y es amigo...

—De Adolfo Avilés —terminó la frase JP.

—¿Lo sabías?

—No, pero si me lo cuentas será por algo relevante.

—Pues sí. Compañeros de tiro, juegan juntos al fútbol en un equipo, en fin. Y creo que he identificado al otro agresor, también comparte Facebook con ambos.

—Bien hecho, pepinillo, bien hecho. A ver si va a resultar que la veterinaria pirada tiene razón y estos son los culpables de todo. Llámala mañana a primera hora y que se pase por la UDEV sin falta. Tenemos que hablar con ella.

87

El miedo a ser devorados hace que los animales busquen refugio, se suban a los árboles, se junten en grandes manadas o se escondan bajo tierra.

Convertirse en madre mamífera significa proteger a las crías a pesar de dicho miedo. Y es un papel duro. Dejará de tener a un adulto que la resguarde y deberá asumir el jugarse la vida por la descendencia, les procurará alimento, se sobrepondrá a las adversidades sin descanso. Y se complica si sucede de golpe, sin los consabidos meses de embarazo. La naturaleza necesita preparación, que las hormonas hagan su trabajo, que el vientre y los pechos crezcan, que se produzcan contracciones, descienda la libido, cambien los riñones, el corazón, la sangre, los pulmones, el sistema endocrino; que todo el organismo avise de lo que va a acontecer. De hecho, es tan intensa la transformación que las monas, cuando pierden a sus crías, las acarrean incluso muertas o las sustituyen por palos durante un tiempo. Se ha observado a ballenas que hacen lo propio con boyas marinas.

Pero cuando la maternidad ocurre de improviso, el cuerpo no está listo, no soporta igual el llanto ni las noches sin dormir; no se asume el agotamiento ni la ansiedad.

Y Elena no podía más, llevaba una semana intensa y cuidar de una cría de primate recién nacida era agotador.

Diferente a los herbívoros que, nada más ser expulsados del útero, corrían, saltaban y seguían a la madre sin que hubiera que enseñarles nada. No hay como tener pánico a que te coman para aprender deprisa.

A las cuatro de la madrugada, Jamm se había despertado ya un montón de veces, comido otras tantas, cagado, arañado a su cuidadora, peleado con la camiseta y apretado el pezón al buscar consuelo y leche. Elena nunca había permanecido hasta tan tarde en el parque y se daba cuenta de que estaba lleno de ruidos: un espalda plateada que golpeaba la verja del cobijo, el barritar de los elefantes o los pasos que creía escuchar en el anillo de circunvalación.

La realidad era que estaba aterrada también por la abrumadora responsabilidad, el enfado de Sidy, la distancia con su pareja, el desapego de su madre y el temor a que sus sospechas fuesen reales y Adolfo y sus amigos, o los dueños de la empresa de seguridad, hubieran matado con frialdad calculada a dos seres vivos por interés económico. Hasta esa noche deseaba tener razón, pero en la oscuridad aparecían los fantasmas y no tenía a Cristina al lado, a Cristina la adulta, la protectora. Se sentía sola sin su «manada» cerca, como un pequeño chimpancé extraviado en la selva rodeado de los aullidos de las fieras.

La tranquilizó observar a Jamm, que, por fin, se había dormido tras la última toma y, aunque agitado, descansaba abrazado al peluche.

Se curó el pezón del arañazo. Por la mañana lo vería todo con más optimismo. El amanecer representa eso: la claridad, la resurrección, la ausencia de espíritus malignos. La ciencia se desarrollaba de día y la ficción, los relatos de espectros, pertenecían al reino de la noche, de la imaginación desbordada. Si la razón duerme aparecen los monstruos.

Cuando despuntaba el sol y los animales, humanos o

no, percibían el calor de los rayos, conjuraban el temor a ser devorados en la oscuridad y abandonaban la protección de las guaridas para salir al aire libre.

Y así, cada mañana. Desde el principio de los tiempos. Sobrevivir para transmitir los genes.

Vibró un mensaje en el teléfono. Elena se apresuró a mirarlo, pensó que Sidy querría hacer las paces, lo deseaba; o tal vez era Cristina para interesarse por cómo había transcurrido el turno. Al coger el móvil no prestó atención al número, que estaba oculto; lo abrió y saltó un vídeo: la imagen de un elefante con las orejas desplegadas la sorprendió. De pronto, el paquidermo recibió un disparo en la cabeza y se desplomó ante sus ojos. Elena dio un respingo; era lo último que se esperaba. Apareció un nuevo plano en el que un chimpancé también caía malherido al suelo e, inmediatamente después, uno subjetivo y lejano de una chica sola en un apartamento a través de una cámara espía. La música atronaba y la imagen se acercó hasta mostrar la expresión de la cara: la joven parecía atemorizada, como si supiese que alguien la espiaba.

La pantalla se fundió a negro y de la oscuridad absoluta surgió un rótulo: «Tú podrías ser la siguiente».

88

Brezo la había relevado por la mañana y el cambio de turno resultó frío. La habitación estaba muy desordenada, incluso con un pañal sucio por el suelo. Elena le hizo la entrega de Jamm sin contarle los detalles de la mala noche pasada por culpa de los despertares del monito, los ruidos, la responsabilidad y el pánico. Todo fueron excusas para salir cuanto antes: que si le dolía la espalda, que si necesitaba darse una ducha.

Al llegar a la casa que compartía con Brezo, comprobó con alivio que la cocina y su dormitorio estaban recogidos y olían a limpio. Contrastaban con la habitación que acababa de abandonar. Se duchó durante un largo rato con agua fresca para que la espabilara y desprendiera el olor a mono. Se lavó bien el pelo, se secó con cuidado las escarificaciones de la espalda, que todavía le molestaban al tacto, y buscó un pijama en el armario. Pensaba dormir hasta mediodía. Abalde le había dado permiso para cuidar de la cría.

Era temprano y el día apuntaba a caluroso.

Iba a meterse en la cama cuando sonó en el móvil un número oculto. La curiosidad y cierto morbo la empujaron a contestar. La inspectora Palacios se identificó nada más descolgar y, con amabilidad, le pidió que acudiera a la UDEV lo antes posible, aunque no le aclaró cuál era el motivo. Elena supuso que si la convocaban así sería porque querrían adelantarle los pormenores del caso tras la detención del tirador. La prensa no había ampliado los detalles. ¿Estaría implicado Adolfo? ¿Tendrían pruebas de la conexión?

Había pasado una semana desde la muerte de Blanca, pero parecía una eternidad. ¿Quién le iba a decir entonces que acudiría a la Unidad de Delitos Violentos por segunda vez? Se sentía exhausta, pero la posibilidad de hablar con los investigadores la despejó. Tenía abundante información para ellos si de verdad estaban abiertos a escucharla; desconocían el accidente de Sidy, los pagos a Adolfo y el vídeo que había recibido esa noche.

A las diez y media de la mañana llegaba caminando a las inmediaciones de la UDEV. Desde lejos, vio bullicio en la puerta: una unidad móvil de la radio y varios cámaras que buscaban el mejor sitio para grabar. Los sorteó sin llamar la atención y fue a entrar en el edificio del que salía Del Nido acompañado por su abogado. Las preguntas de los periodistas le hicieron entender de quién se trataba.

—¿Está usted libre? ¿Qué ha dicho la jueza del caso?

—¿Por qué mató a la elefanta? ¿Y a la chimpancé?

Las preguntas se solapaban unas a otras, pero lo importante era captar la cara del «asesino»; un mal gesto, un empujón podrían valer para abrir el informativo regional.

El tirador no quiso responder y se giró para esquivar el acoso de la prensa, dándose de bruces con Elena, algo desconcertada por el inesperado encuentro. Se miraron.

—Yo las quería —expresó la veterinaria cara a cara.

Del Nido no sabía quién era y la sorteó, pero Elena fue tras él, y los periodistas, de ambos.

—¿Es usted la veterinaria? —preguntó uno que, protegido por la cámara, creía haberla reconocido—. ¿Qué opina de los crímenes del zoo?

Elena no hizo caso, cogió del hombro al tirador con una fuerza que no sabía que tenía y lo obligó a girarse hacia ella.

—¡Ojalá exista el infierno y te pudras en él!

Del Nido se quedó atónito. A la propia Elena sus palabras la sobrecogieron; nunca había deseado algo así, pero era lo que sentía en esa mañana: ojalá ardiera en el infierno, si es que existía. La prensa captó el instante con flashes y planos cortos. El tirador estaba incómodo, sin reaccionar. Su abogado tiró de él para alejarlo del corrillo que se estaba formando alrededor.

Elena lo vio alejarse llena de odio.

Minutos después y todavía muy agitada, entraba en el modesto despacho de la UDEV donde Violeta y JP se levantaron para saludarla y le señalaron una silla que no era especialmente confortable. A Elena no le importó.

—Han soltado al asesino de Jane y Blanca —dijo retadora—. Me acabo de encontrar con él.

—Bueno, señorita Campos, las cosas no son exactamente así —matizó seco JP—. Ha quedado a disposición judicial con cargos. Es la jueza la que dicta los autos.

—¿Pero ha sido él o no?

Violeta y JP se miraron ante la pregunta tan directa.

—Todo indica que ha sido él, sí —reconoció el inspector molesto por el tono.

—¿Y lo sueltan y ya?

—A la espera de juicio —aclaró Violeta—. La instrucción no está cerrada. Seguimos reuniendo pruebas.

—¿Y qué pasa con Adolfo? ¿Tiene algo que ver con el culpable?

JP levantó la mano para atajar el tema.

—No vamos a comentar los avances de la investigación con usted.

—¿Y para qué me han hecho venir? —espetó indignada—. No ha sido muy agradable coincidir en la puerta con el asesino. ¡Ha sido una mierda, la verdad!

—Lo sentimos —avanzó Violeta—, no era nuestra intención. Está usted aquí porque queríamos comunicarle que hemos identificado a los agresores del callejón.

La noticia la pilló desprevenida.

—¿Los que intentaron violarme?

—Sí.

—¿Y quiénes fueron?

—Estamos investigando junto con la UFAM. Tal vez los agresores sí tengan relación con Adolfo Avilés.

A Elena se le iluminó la cara con una mezcla de satisfacción y cabreo.

—No me creyeron.

—La creímos lo suficiente como para investigarlo —zanjó JP, al que la actitud de la joven no le gustaba.

—Pues es que hay más —dijo provocadora.

—Explíquese.

—Ustedes hablaron el sábado en el parque de animales con Sidy. Lo que no saben es que esa misma noche sufrió un accidente mientras conducía su bicicleta.

—¿Está bien? —preguntó Violeta de inmediato.

—Tuvo una ligera conmoción cerebral, pero está fuera de peligro.

—Entiendo que si nos lo cuenta es porque cree que pudo ser intencionado y que tiene relación con el ataque que sufrió usted —intuyó JP.

—Así es. Y Ximo, el jefe de seguridad, estaba presente cuando hablaron.

—Sí.

—Creemos que también podría estar implicado.

JP lanzó un bufido que no quedó claro si era de incredulidad o de agobio.

—Sidy acusa a Adolfo, Ximo lo oye y lo atropellan horas después —explicó Elena—. Me suena a advertencia: «No vayas por ahí».

—Es una suposición muy arriesgada.

—Un taxista cogió la matrícula del vehículo. Solo son tres números... —dijo Elena. Sacó el móvil, lo desbloqueó y les enseñó la foto de un papel con anotaciones.

Violeta reconoció las tres cifras y miró a JP, que comprendió que coincidía con la matrícula de los agresores del callejón. Se empezaban a entender sin necesidad de hablar.

—¿Ocurre algo? —preguntó Elena.

—Investigaremos también al jefe de seguridad —concluyó JP, parco en palabras y haciendo un gesto de que por ellos la conversación había concluido.

Elena no se inmutó. En vez de marcharse, buscó en la galería de imágenes del móvil.

—Esta noche me han mandado esto.

Le dio al *play*. Se reprodujo el vídeo del elefante y el chimpancé «asesinados» que le habían enviado esa noche.

—¡Joder, parece el tráiler de una película! —expresó el policía sorprendido ante la calidad del montaje y la música.

Violeta lo miró por el rabillo del ojo para echarle en cara el comentario frívolo. Las imágenes representaban una clara amenaza para la chica.

—Me lo han enviado desde un número oculto.

—Es sofisticado —reconoció Violeta.

—¿Y esto qué prueba? ¿Se lo ha mandado Ximo Alborch o Adolfo Avilés? —preguntó JP desabrido.

—¿Qué más necesitan?

—¡No suposiciones, sino pruebas de verdad! Y de eso nos encargamos nosotros.

—¡Ah, ¿sí?! ¡Pues miren las cuentas de Adolfo!

—¡No podemos hacer eso sin permiso de la jueza!

—¡Ha recibido pagos en criptomonedas coincidiendo con los sabotajes al parque! ¡Uno tras el falso botellón en el que murió el flamenco, otro cuando drogaron al gorila y el último ayer!

Los policías se quedaron en silencio sopesando lo que les había revelado.

—Creo que es mejor que no le preguntemos cómo ha obtenido esa información —respondió JP muy serio.

Elena le sostuvo la mirada a pesar de que los nervios le encogían el estómago. El investigador imponía, pero ella ya no se iba a amilanar ante nadie.

—Compruébenlo —dijo levantándose retadora.

—Ya ha hecho demasiado. Déjenos que continuemos nosotros.

Elena asintió y se dispuso a salir del despacho. Había conseguido captar la atención de los policías.

—Tenga usted cuidado —dijo Violeta justo cuando Elena desaparecía por la puerta—. Esa gente es peligrosa.

89

Se había perdido la última sesión del máster y eso no le hacía gracia. Era una ocasión de reflexionar en la que se olvidaba de ella misma y de sus emociones, que solían abarcar demasiado. Le gustaba Marina Santaolalla porque daba sustento teórico a sus rutinas en el trato con animales. La profesora había participado en innumerables experimentos y exponía las conclusiones sin preocuparle que resultaran polémicas. Aunque no siempre estuviese de acuerdo con lo que enseñaba, le hacía pensar, replantearse cuestiones que daba por sabidas.

La clase estaba llena, con la luz baja por los vídeos sobre comportamiento animal que les proyectaba, los ojos y los oídos atentos y deseosos de aprender, pero también de rebatir, como les solicitaba. Elena, en la última fila y con un café doble en la mano, escuchaba atenta hasta que detectó a Aurora unas filas más adelante. La turbó; no quería volver a sufrir una polémica en clase a causa de su trabajo. Y menos tras el incidente con el rifle de *paintball.* Incluso se planteó no volver al máster con tal de no cruzarse con los activistas, pero las teorías de la profesora, basadas en sus numerosos trabajos de campo, la atraían demasiado.

—De momento —dijo irónica Marina—, la cópula es el único sistema que tienen los mamíferos para procrear.

Y, no nos engañemos, los machos acostumbran a ser violentos.

—Y no solo los mamíferos —apuntó Aurora—. Los tiburones muerden a las hembras para que no escapen durante la cópula.

—Así es —certificó Marina—. Y, en determinadas especies de escualos, las crías se devoran unas a otras en el vientre de la madre. La violencia, como ya hablamos el otro día, está muy presente en la naturaleza. Los ritos de apareamiento, en realidad, lo son de apaciguamiento de los machos para que no sean tan agresivos.

La clase se quedó muda. No se lo habían planteado.

—Y todo esto nos lleva al tema de hoy: la maternidad.

Una extraña emoción inundó a Elena. Aunque venía en el programa, no había revisado que llegaba justo en el día más propicio.

—Nos maravillamos cuando vemos en redes sociales determinados comportamientos en los animales —dijo Marina mientras se reproducía en la pantalla un vídeo en el que una hembra de leopardo se hacía cargo de la cría de una antílope a la que había matado. La acariciaba con la lengua, le daba calor, la subía al árbol con ella y la vigilaba para que no se cayese—. Es puro instinto. Seguramente habrá perdido a su propia cría. Y a nosotros nos sorprenden cuando tienen estas «actitudes humanas».

—Es que son más humanos que los humanos —dijo tajante Aurora—. Tenemos mucho que aprender de ellos.

—¿A qué diríais que debemos aprender? ¿A matar a la madre para quedarnos con la cría? ¿A que los machos se peleen entre ellos para aparearse con todas las hembras? ¿A comerse la cabeza de tu pareja durante el coito?

Hubo risas entre los asistentes.

—No, a colaborar, a ayudarse. A ser generosos —replicó Aurora picada con Marina.

—¿De verdad todos los animales son altruistas? ¿Ellos eligen ser generosos tras valorar distintas opciones? Además, ¿por qué tener «actitudes humanas» es mejor? —preguntó para provocar.

Elena observó al resto de los alumnos: ninguno tenía respuesta. Y al mirar a los asistentes, se percató de que Jon no estaba. Se extrañó, porque no faltaba nunca, pero lo agradeció.

—Eso es un planteamiento antropocentrista, ¿no os parece? Y es que, aunque digamos en alto lo contrario, lo humano nos parece superior. Menuda contradicción —señaló acercándose a Aurora—. Lo interesante de los animales es cuando actúan según es propio de cada especie: se comen unos a otros, se defienden en grupo, pelean por dejar descendencia, pero también cantan y bailan para atraer a una pareja o construyen nidos.

Marina Santaolalla paseó en silencio por el aula, llegó hasta el portátil que tenía sobre la mesa y abrió una carpeta llena de archivos.

—Sin embargo, hay comportamientos relacionados con la maternidad en las especies más cercanas a nosotros, como chimpancés, delfines, incluso elefantes, en los que sí encontramos rasgos más complejos —enunció mientras pinchaba un vídeo en el que se veía a un grupo de paquidermos con una cría muy pequeña—. Una manada —explicó mientras se sucedían las imágenes—. Los cazadores furtivos mataron a la madre. Lo lógico es que la recién nacida también hubiera muerto, pero tenía una tía dentro del grupo con una hija de dos años a la que todavía amamantaba. La huérfana huele la leche y, naturalmente, acude muerta de hambre.

En el vídeo se veía cómo su propia tía le pegaba un trompazo para alejarla y a la matriarca que llegaba para imponer orden.

—Es la abuela —prosiguió Marina—. Mirad lo que hace: obliga a su hija a dar de mamar a la nieta, aunque no quiera. De hecho, intenta negarse, pero al final obedece.

Elena se emocionó al ver cómo el elefante bebé succionaba con ansiedad. De vez en cuando, la tía trataba de quitársela de encima, pero la presencia de la abuela lo impedía.

—No fue sencillo, la matriarca tuvo que intervenir durante meses hasta que la sacó adelante.

—¿Ves como tenía razón? Son inteligentes —argumentó Aurora.

—Lo son, pero a lo mejor no como imagináis. ¿Por qué la matriarca se comporta así? Ya lo dije en otra clase: la maternidad está ligada a la transmisión de los genes. Para la abuela todos sus descendientes son iguales, portan sus genes. No es así para la tía, que prefiere alimentar solo a su propio hijo y no a la sobrina. Veamos otro caso —propuso y abrió un vídeo diferente—. En una colonia de hormigas solo la reina se reproduce, mientras que el resto trabaja para ella. Hay obreras, soldados... Todas dan la vida por el grupo, pero no transmiten los genes. ¿Alguien sabe por qué colaboran?

—Porque son hermanas —afirmó Elena en voz baja.

—No la he oído bien.

—Porque todas son hermanas —repitió Elena atrayendo las miradas del resto.

—Eso es. Si la reina está a salvo, los genes de toda la colonia también lo estarán. La selección natural busca caminos sorprendentes.

Elena no pudo evitar pensar en Cristina y la vía muerta a la que había llegado. Se sintió mal.

—Recordad algo —dijo Marina para concluir la clase—: los animales son fascinantes por ellos mismos, no porque se parezcan a nosotros.

90

Pretendían que fuese un acto sencillo que diese por terminada la amenaza al parque de animales. Aunque no estuviese cerrada la investigación, todo el mundo deseaba volver a la normalidad, sin Blanca y sin Jane, pero con Jamm. En esta ocasión, el lugar elegido sí fue la laguna del bosque de los baobabs, a la que habían atraído a los elefantes con piezas de fruta. Cuando llegaron los periodistas, jugaban y se salpicaban agua a medio sumergir en el lago como si nada grave hubiera ocurrido. Se los veía felices y hasta envidiables, despuntaba el calor del inicio del verano. La pequeña cascada caía sobre ellos y la vegetación, la tierra parda del suelo y las grandes rocas contribuían a que pareciese una estampa sacada de África.

También se había citado a *influencers,* ya que el asunto era tendencia en Twitter, Instagram y hasta en TikTok, donde los vídeos con elefantes y chimpancés se habían multiplicado por cinco en la Comunidad Valenciana.

En la rueda de prensa, hablaría primero el comisario para explicar la detención del día anterior sin dar muchos detalles. Diría que había sido una operación espectacular. JP no estaba muy de acuerdo en exagerar el mérito policial, pero sabía que su opinión no sería tomada en consideración. Después, Abalde, el director técnico, daría la noticia de la muerte de la chimpancé de manera oficial, pero también, para equilibrar, la del nacimiento de la cría a la que cuidaba el personal del parque y que presentaba buenas condiciones de salud. Tenía esperanzas de que sobreviviera, aunque el proceso fuera largo y complejo. Lo esencial era transmitir que, ahora sí, no existía ningún peligro para los visitantes ni para los animales.

Esperaba que no le temblase la voz al decirlo.

Mientras la jefa de Prensa terminaba de colocar a los periodistas debajo de la sombra de los árboles y enfrente del lago, JP se acercó a Abalde. Lo encontró nervioso pero ilusionado, vestido con un traje de chaqueta de lino sin corbata y con su habitual coleta canosa; consultaba una chuleta con el esquema de lo que quería trasmitir.

—¿Cuándo se decide la concesión de la empresa de seguridad? —preguntó el inspector.

—Esta tarde nos reunimos.

—¿Y están contentos con la actual?

—Pero ¿por qué me lo pregunta? —respondió Abalde con sorpresa—. ¿Es que desconfían de la empresa que tenemos contratada? No creo que les podamos achacar las muertes de los animales. Era imposible evitarlas. Ni ustedes han podido.

—No, de la empresa no desconfiamos.

Abalde miró al inspector. Era como un juego de póquer en el que ninguno quería mostrar todas sus cartas.

—¿Están dando crédito a las acusaciones de Elena sobre Adolfo Avilés? —preguntó el director preocupado.

—Se presentarán también otras empresas al concurso, supongo —JP respondió sin responder.

—Hay tres, pero solo dos son las claras finalistas por volumen. La otra es demasiado pequeña y sin experiencia en espacios tan complejos.

—¿Y esa segunda empresa es SecurTotal Plus?

—¿Cómo lo sabe?

—¿Los están presionando?

—Son agresivos y tienen buenos contactos políticos. Están consiguiendo muchos contratos de la administración. Dejémoslo ahí —contestó Abalde, que había entendido la insinuación—. ¿Los creen capaces...?

Desde lejos, el comisario Guridi los vio y se encaminó hacia ellos. Le había parecido oír algo de la conversación y no le había gustado. JP se dio prisa en terminarla.

—Entre a mirar los amigos de Facebook de su vigilante.

Cuando Abalde iba a pedir más detalles, el comisario los alcanzó al tiempo que JP cambiaba a una actitud más sonriente.

—Mi nieta dice que le encantaría conocer al monito recién nacido.

Abalde se quedó descolocado y tardó en reaccionar.

—Ya está lista la prensa —interrumpió el comisario, e hizo un gesto para que Abalde lo acompañase.

Antes de seguir a Guridi, el director técnico intercambió una mirada con el inspector que lo dijo todo: Adolfo Avilés podía estar boicoteando a su propia empresa de seguridad, tal vez pagado por SecurTotal Plus; allí estaba el origen y la motivación de lo que había ocurrido.

Abalde llegó delante del micro, carraspeó y, cuando iba a empezar a hablar, se escucharon unos gritos provenientes del bosque de baobabs. Cuando todos los presentes miraron hacía allí, una gigantesca pancarta se desplegó desde una rama del árbol que estaba situado en el centro del hábitat. Arriba, satisfecho, estaba Jon de nuevo junto a otro activista. Gritaban y movían las manos para llamar la atención.

—*Collons*... El salvador de los mosquitos —espetó JP.

En la pancarta, a la vista de todos los periodistas e *influencers*, se podía leer: ZOOLÓGICOS ASESINOS.

91

Elena llegó muerta de cansancio a la segunda noche en la que se encargaría del sustento de Jamm. No había dormido ni tres horas seguidas. Cristina, preocupada por su salud, había ido a recogerla a casa de Brezo para acercarla en coche. Anochecía y el equipo de cuidadores guardaba a los animales en los cobijos. A esa hora tan solo quedarían en las recreaciones los elefantes y los leones, a los que se los oía rugir para reclamar la comida. Las jirafas, las más miedosas, se inquietaban al oírlos, aunque con el tiempo habían aprendido que en las guaridas no tenían nada que temer. Si en la naturaleza dormían de pie, alerta, ahí se atrevían a tumbarse para conciliar el sueño, un comportamiento que les hacía especial ilusión a los veterinarios: significaba que se sentían seguras.

Cristina detuvo el vehículo en la puerta trasera del parque, un callejón sin salida que daba a los almacenes exteriores de comida y paja y por la que solían entrar los trabajadores a diario. Elena llevaba una mochila con un termo, algo de comida, un libro de etología y una camiseta desgastada que no le importaba que ensuciara el chimpancé. Ambas bajaron.

—Gracias por traerme —dijo y la besó en los labios.

—Te acompaño —respondió Cristina—. Si no te importa.

Elena se extrañó. Todavía recordaba la única vez que habían entrado juntas: la mañana en la que mataron a Blanca.

—Me encantaría conocer al monito. ¿Puedo?

Elena sonrió encantada y asintió.

Tras recorrer el anillo exterior a la zona visitable, llegaron a la edificación en la que estaban las oficinas y la clínica. Brezo, aprovechando los últimos rayos de sol, las esperaba con la cría en brazos. Se saludaron e intercambiaron a Jamm de manos.

—¿Ya sabes la que ha montado otra vez ese grupo de antiespecistas? Los han tenido que desalojar con todos los periodistas delante.

—Prefiero no hablar de ello —dijo Elena muy seria—. Los tengo en clase del máster y después de la agresión con el rifle de pintura no quiero ni verlos.

Una vez dado el parte, que era todo lo normal que permitían las circunstancias, Brezo se despidió y se marchó a descansar. Se lo había ganado.

Las dos mujeres entraron en el dormitorio improvisado. Cristina se agobió al verlo. La luz era tenue y estaba tan desordenado como de costumbre: la sábana que cubría el colchón arrebujada, varios juguetes tirados por el suelo y el peluche de Jamm sobre el sofá cabeza arriba. Olía a animal. Hizo un esfuerzo por no darle importancia y miró, por primera vez, a la cría.

—¿Puedo tocarla? —preguntó.

Elena asintió feliz por el interés de su pareja y le acercó el monito. Cristina alargó y retiró un par de veces la mano antes de decidirse.

—No te va a morder. No tiene dientes.

Cristina por fin le tocó la cabecita, apocada al principio

para después rascarla con suavidad. Jamm soltó un gemido encantador.

—¿Quieres darle el biberón?

Cristina se removió sin decidirse, pero Elena tomó la iniciativa.

—Venga, siéntate. —Señaló el sofá.

Cristina obedeció, la veterinaria le tendió a la cría para que la acogiese entre sus brazos y se alejó a preparar el biberón. Cristina permaneció un par de minutos rígida, sintiendo el peso liviano y la tibieza de la piel de Jamm y se fue relajando hasta disfrutar de la situación. Aunque empezaba a temer que no sería posible dejar algo suyo en la tierra que no fuera un programa informático o el diseño para manejar el *stock* de los componentes que vendían en su empresa.

Algo vivo. Que respirase. Que tuviese emociones y sintiera. Que fuese consciente de sí mismo.

Elena regresó con el biberón preparado y se lo entregó.

—Para mí es muy importante que estés aquí —dijo. Se sentó a su vera y la besó.

Cristina le dio la tetina a Jamm, que mamó con fruición.

—Déjame soñar por unas horas con que esta cría es nuestra.

92

Elena se despertó cuando un rayo de sol le incidió en los párpados y los atravesó con suavidad. No recordaba dónde estaba. Se desperezó tratando de identificar la habitación. Lo primero que le sorprendió fue que estaba a la altura del suelo. Vio unos pies descalzos que paseaban y levantó los ojos para identificar a quién pertenecían. A contraluz, con las lamas que dejaban pasar caprichosamente los rayos, vio a Cristina vestida con un chándal a la moda. Su ropa siempre lo estaba. Acunaba un cuerpecito. Pensó que era un sueño, que habían tenido ese hijo tan deseado por su compañera y que vivían felices en una casita de la Albufera.

A los pocos segundos, su cerebro se despertó y comprendió la situación: estaban en el parque de animales y era Jamm el que descansaba en brazos. Permaneció tumbada, disfrutando de la visión hasta que su compañera se giró en uno de los paseos y cruzaron las miradas. Se incorporó impresionada por lo bien que Cristina había asumido la peculiar maternidad. Se había hecho cargo de la cría durante las últimas horas de la noche y ella había podido descansar.

—Ya ha desayunado —explicó Cristina tras mostrar el biberón en el que solo quedaba un culito de leche.

—Me encanta verte con él.

—Me ha costado, no creas —dijo orgullosa de sí misma—. Pero cuando me he dejado llevar, ha resultado natural. Este pequeño bichito solo quiere comer, dormir y sentir calor.

Elena se levantó. Vestida con la camiseta larga y gastada que había traído y que le cubría hasta la mitad del muslo, se aproximó a la pareja de primates de distinta especie y los abrazó. Pensó que la felicidad absoluta se debía de parecer a esa situación: dejar pasar los segundos, respirar, permitir que las emociones invadieran el cerebro y bloquear el lenguaje hablado, la reflexión consciente, el cúmulo de pensamientos con los que la mente la bombardea. Ser solo animal por una vez; sentir como ellos, percibir olores sin juzgar, regocijarse con el calor de los cuerpos y el roce de la piel y disfrutar de las explosiones químicas que el contacto físico provoca en el cerebro.

Dos golpes secos en la puerta y el olor a cruasanes recién sacados del horno precedieron a la entrada de Brezo, que llegaba descansada y vestida con ropa vieja.

—Buenos días —saludó en un tono de voz elevado. Sin darse cuenta, interrumpió el instante mágico del trío. Abrió las persianas para anunciar el nuevo día y la ventana para ventilar el cuarto. Para cuando se fijó en Elena, esta ya se había separado de Cristina y la miraba sorprendida ante tanta alegría.

—¿Ha pasado algo? —preguntó.

—¡Ya lo creo! —respondió Brezo dejando los cruasanes sobre la mesa del despacho—. No sé si tenías razón con tus sospechas, pero a pesar de todos los incidentes ocurridos han renovado la concesión a la actual empresa de seguridad y dicen que Adolfo se irá definitivamente. El acuerdo es de anoche a última hora.

Elena hizo un gesto contenido de triunfo.

—Adolfo es el centro de todo lo que ha pasado. Estoy segura.

Cristina entregó el monito a Brezo, que lo recibió embelesada, se dirigió a Elena y la cogió de los hombros mirándola fijamente.

—Han creído tu teoría —concluyó emocionada—. Por eso han rechazado a la nueva empresa de seguridad. ¡Lo has conseguido!

—Lo hemos conseguido. Todavía quedan flecos por demostrar, pero es un paso muy importante. ¿Sabemos algo de la policía?

93

La justicia animal se resuelve con empujones, testarazos o mordiscos. Como máxima sofisticación, se arroja una uva a la cara del cuidador. Para los humanos, sin embargo, es compleja y llena de parafernalia. Precisa de abogados, jueces, fiscales, procuradores, policías..., todos ellos con extraños disfraces; salas preparadas para las vistas, calabozos para los detenidos, armas, leyes, parlamentos y boletines del Estado. Y se pretende impresionar a unos y a otros al construir carísimos edificios con el consabido sobrecoste para la administración.

El juzgado de Valencia era un conjunto de cristal, acero y hormigón con cierto gusto estético, aunque grandes carencias en la dotación de servicios. Un prisma de seis plantas partido en la mitad por un *hall* diáfano con claraboyas en el techo por el que más de tres mil personas deambulaban a diario en busca de justicia.

Tal vez no todas.

En una de las alas, más modesta, se encontraba el juzgado de lo penal que llevaba la causa de las muertes de los animales del zoológico. El despacho en el que se encontraban JP y Violeta reunidos con la jueza Miravall era agradable y amplio, con luz natural y una mesa repleta de legajos apilados y, en la esquina de la entrada, un filtro HEPA de lucecitas azules que purificaba el aire. La jueza, de mediana edad, vestida con un traje de chaqueta sobrio, media melena y cara de pocos amigos, hacía un resumen del atestado que le habían entregado los inspectores. Le parecía demasiado largo y repleto de detalles insignificantes. JP no había revisado lo escrito por Violeta y ahora se arrepentía.

—A ver si lo he entendido, inspectores —dijo la jueza con un tono que no presagiaba nada bueno—: su teoría es que tras la muerte de los animales estaría SecurTotal Plus, la empresa que quería hacerse con la contrata de la seguridad.

—Es correcto —reconoció JP, que vestía una camiseta con una foto de los miembros de los Stones de la última gira. O sea, faltaba uno.

—Y que, para presionar al consejo que debía aprobar la concesión, han cometido una serie de actos delictivos: estropearon tornos, robaron camisetas, mataron a un flamenco, envenenaron al gorila y rompieron unos huevos que, por lo visto, eran muy valiosos —enumeró según la lista que le habían entregado—. Y, como no habría sido suficiente para generar el caos en el parque, tal y como ha dicho antes el inspector Casillas, «subieron la apuesta y contrataron a un francotirador».

—Tirador de precisión —matizó JP.

No debió hacerlo.

—A un tirador de precisión —asumió irritada la corrección— para que «asesinase», ha dicho usted inapropiadamente, a la elefanta y la chimpancé.

JP asintió sorprendido por haber utilizado el verbo «asesinar» sin ser consciente. Su nieta estaría orgullosa de él, pero no le había parecido profesional usarlo. Y menos con esta jueza.

—Esos sucesos —prosiguió la magistrada— estarían relacionados con las agresiones que sufrió una de las veterinarias, a la que, según consta en una denuncia a la UFAM, intentaron violar. Y también, igualmente, relacionados con el atropello al cuidador de los elefantes; que resultó herido. Un ciudadano senegalés llamado Sidy Saware.

—Correcto.

—Pero no han aportado pruebas de esa conexión.

—Por eso le pedimos que nos conceda las escuchas de los implicados y la protección de la chica.

La jueza se quedó pensativa tras la mesa llena de legajos dispuestos en montones inabarcables para alguien que no tuviera la cabeza tan cartesiana como ella.

—Les voy a conceder las escuchas para el presunto agresor de la veterinaria Elena Campos —dijo rompiendo el silencio—. Considero que aportan pruebas de la implicación de Ángel Gavilán. Pero no veo clara la vinculación con la contrata del zoológico ni con el vigilante de seguridad, que ustedes consideran el centro de todo, el tal Adolfo Avilés. El que sean amigos en redes sociales comprenderán que no es suficiente.

—Adolfo Avilés es la conexión de todo el entramado. Tenemos motivos para pensar que ha recibido pagos de SecurTotal Plus.

La jueza lo miró sin dar crédito a lo que estaba diciendo.

—O lo saben o no lo saben.

—Tenemos un testigo que lo asegura. Y Ángel Gavilán trabaja para SecurTotal Plus.

—Trabajar para la competencia y ser amigos no es delito. ¿Alguna prueba más concluyente?

—Aún no. Por eso le pedimos intervenir las cuentas y pinchar...

—Ya veo, que yo les haga su trabajo —le interrumpió—. ¿Y el tirador? ¿Han conseguido algo de él?

—Hemos comprobado que tiene ingresos en criptomonedas, pero son difíciles de rastrear —reconoció JP.

—¿Y usted no habla? —preguntó la jueza, que había

caído en cuenta de que Violeta permanecía en un segundo plano.

—Bueno, yo he redactado el atestado.

La jueza levantó las cejas enojada.

—¡Ay, las novatas! Mire que yo soy minuciosa, pero es excesivo. No hace falta que me haga un análisis psicológico del portero de la finca. ¿Y por qué pone todo el tiempo «parque de animales» en lugar de «zoológico»?

—Bueno, es que no es lo que habitualmente entenderíamos por un zoológico...

—Y usted —dijo interrumpiendo a Violeta pero refiriéndose a JP—, que tiene casi tantos años como los tipos esos de la camiseta que lleva, la próxima vez revíselo. ¡Hechos, inspectores! ¡¡Hechos!!

—Lo tendré en cuenta, señoría —asumió Violeta—. Y, si nos diese la protección de Elena Campos... Creemos que podría estar en peligro.

—Según me han comentado al entrar, ayer salió la concesión. Si su teoría fuera cierta, es probable que el tema concluya aquí.

—Pero no le han dado la concesión a SecurTotal Plus. Podrían vengarse.

La jueza miró a Violeta con dudas de que eso fuese a pasar.

—Ya tienen a su hombre y le pueden pinchar el teléfono —concluyó—. Síganlo a él y no necesitarán emplear a un equipo de más de ocho personas para proteger a la joven.

Violeta fue a protestar, pero JP, conocedor de cómo funcionaba la jueza, le tocó el codo para que no insistiese.

—Desde el inicio no me ha gustado cómo se ha llevado este caso, ya se lo comuniqué al comisario. Es verdad que tiene connotaciones más graves, ya que ocurrió en presencia de los visitantes del zoológico, pero no cambia la naturaleza del delito: maltrato animal. Repito: a-ni-mal. ¡¿Investigarlo como si hubiesen asesinado a un ser humano?! ¡¿A santo de qué?!

—La alarma social... —rebatió JP no muy convencido.

—La alarma social impresiona a los medios, pero no a los profesionales como usted o como yo. Creía conocerlo de otros casos, inspector Casillas, y me parecía usted más coherente.

Esas palabras hirieron a JP, aunque no quisiera reconocerlo. «Un puto elefante», pensó.

—Los derechos y la presunción de inocencia están por encima de lo que me piden —bufó dejando el atestado sobre la mesa—. Bastante que tienen las escuchas. Encuentren las pruebas que les faltan o dedíquense a algo más productivo. Eso es todo.

94

Día tras día, la inquietud que provocaba la oscuridad avanzaba por la ciudad y llegaba al parque, donde los últimos rayos de sol despedían el crepúsculo y la tranquilidad de los animales hasta el día siguiente. Violeta, enfadada por la negativa de la jueza a concederles la protección, detuvo el coche policial camuflado en la calle cortada que daba a la zona trasera por la que accedían los empleados.

—No hay quien siga a una bicicleta por las calles de Valencia —protestó a través del móvil.

Hablaba con JP, que se encontraba sentado en el sofá del salón con *Wild Horses* de fondo mientras Rosa le leía el cuento a su nieta. Él no había tenido ganas. A través de los altavoces, Jagger cantaba que la vida era más fácil en la infancia.

—Tiene que estar al llegar —prosiguió Violeta—. Abalde me ha confirmado los turnos y a ella le tocaba hacerse cargo del chimpancé esta noche.

—¿Tenemos ya la localización del móvil de Ángel Gavilán? —preguntó el inspector en un intento de animarse. No quería que su compañera le notara el bajón.

—Desde la autorización de la jueza no debería tardar más de seis horas. Y ya han pasado. Han quedado en avisarme desde la brigada cuando les llegue.

—Nos va a ayudar a controlarlo, pero sin el consentimiento judicial es imposible que protejamos a la veterinaria, Violeta. No tenemos gente.

—Si la veo entrar me quedo más tranquila.

—¿Y mañana? —preguntó JP dando un toque de realismo a la conversación.

—No sé, vendré a las ocho para comprobar que sale bien.

—¿Y así todos los días?

Violeta se encogió de hombros en un gesto que JP no podía percibir a través de las ondas.

—Ya la hemos avisado para que tenga cuidado. No podemos proteger a todo el mundo. Para tomar esa decisión están los jueces. En ocasiones nos autorizan y en otras no. Manda su criterio.

—Este caso era muy claro —protestó Violeta.

—Tú llevas poco tiempo, pepinillo, pero en unos meses verás que no hay horas en el día para proteger a todos los que pensamos que lo necesitan.

—¿Me vas a decir que las víctimas dejan de importarte?

—Hay que priorizar. No llegamos a todo.

—Ya. Pues se comenta en la UDEV... —empezó a decir Violeta y se cortó.

—¿Qué se comenta?

—Que... no borras de tu móvil los números de teléfono de las víctimas si no resuelves el caso.

JP se quedó perplejo. No conocía el rumor, que, por otro lado, era acertado.

—Eso son cosas mías. Manías de viejo policía.

—Ya.

Se produjo un momento de silencio en el que la penumbra de la noche acabó de tomar el callejón que apenas si tenía iluminación eléctrica. No había un alma.

—¿Ha llegado ya la veterinaria pirada? —preguntó JP para cambiar de tema.

—No, joder. ¿Cuánto se tarda en bici desde su casa? —se preguntó Violeta mientras lo tecleaba en Google Maps—. Opción bicicleta: treinta y dos minutos. Debería de estar al llegar.

—La tía se hace la Volta Ciclista a la Comunitat Valenciana en cinco días.

—Deberíamos detener a Ángel Gavilán y así nos evitamos problemas.

—Solo lo tendríamos a él. Las investigaciones son un eterno debate entre lo que tienes que dejar que pase y lo que debes evitar. Es un fino equilibrio en el que no siempre aciertas. Pero a veces hay que arriesgar.

—Es demasiado riesgo.

—El procedimiento es así. Y si el *chota* ese habla con Adolfo Avilés o con los jefes de la empresa de seguridad los tendremos a todos. El tal Gavilán solo es el eslabón más débil.

—Espera —anunció Violeta—, me llega un mensaje de la UDEV. Ya tienen la localización.

La inspectora pinchó el enlace que le acababan de mandar.

—¿Y dónde está? De copas con los amigos, como si lo estuviera viendo.

—No.

Violeta se fijó en la ubicación sin dar crédito a lo que veía. La comprobó de nuevo.

—¿Qué pasa? —preguntó JP ansioso.

—¡Joder! —Levantó la vista del móvil y giró la cabeza a los cuatro puntos cardinales.

—¿Violeta?

—El navegador dice que está aquí.

—¡¿Cómo que está ahí?! —preguntó incorporándose en el sofá.

—La localización no es tan precisa, pero tiene que estar cerca, en los alrededores del parque.

—¿Lo ves?

—No —dijo escudriñando la calle, que estaba desierta.

—¡Voy para allá!

JP fue en busca del arma a la caja fuerte del dormitorio. Rosa lo vio cruzar por delante de la puerta de Coral y se preocupó. Puso una excusa a la niña y salió en su busca.

—¿Pasa algo?

—Me tengo que ir. ¿Qué ves? —preguntó por el móvil a Violeta mientras se guardaba la pistola reglamentaria.

—¡Ten mucho cuidado, por favor! —suplicó Rosa consternada.

JP le dedicó un segundo a su mujer. Ambos se miraron y salió de casa con determinación.

—¡Ahí! —dijo Violeta tras unos segundos de tensión—. Hay una furgo con los cristales tintados aparcada cerca de la entrada. No me lo puedo creer... —añadió temiéndose lo peor.

—No hagas nada, Violeta. Voy para allá y pido refuerzos. A lo mejor ha ido a buscar a Adolfo Avilés a la salida del curro. Hoy era su último día, ¿no?

Ese dato no tranquilizó a la inspectora, que no sabía si salir del coche. No parecía haber movimiento en la furgoneta. Mientras, el inspector abría otra línea de teléfono por la que avisar a una patrulla para que se acercara a la posición de su compañera.

Por el retrovisor, Violeta vio a Elena acercarse; pedaleaba con parsimonia.

—¡Llega la veterinaria! —dijo cuando JP alcanzaba la calle y abría su coche—. Me ha sobrepasado sin percatarse de que estaba aquí, se ha parado a unos metros de la entrada y ha bajado de la bici. Parece que va a entrar sin problema.

Violeta, que había puesto el móvil en altavoz, sacó la pistola y le quitó el seguro. Le temblaban las manos. Nunca había tenido que usarla salvo en las prácticas de tiro. JP ya conducía por las calles de Valencia tras pedir que avisaran a una patrulla.

A Elena la detuvo una llamada que le llegó al móvil. Al mirarlo, la pantalla le iluminó la cara. Violeta pensó en bajarse, aunque la asustara, y acompañarla dentro. Pero, cuando iba a hacerlo, vio que se abría la puerta de la furgoneta y dos hombres con pasamontañas se bajaban. Todo fue muy rápido; Elena no pudo reaccionar, le pusieron una capucha en la cabeza, la maniataron con unas bridas y la agarraron en volandas.

—¡La han cogido, voy a salir!

Los tipos la introdujeron en el vehículo por el portón lateral y cerraron con ellos también dentro. Se encendieron las luces y el conductor, al que no se le veía la cara, comenzó la maniobra para desaparcar entre coches.

Violeta arrancó el suyo. JP lo estaba escuchando todo al otro lado de la línea.

—¡¡No intervengas!! —chilló.

Pero Violeta, sin hacerle caso, aceleró y situó su vehículo en paralelo muy próximo a la furgoneta, de tal manera que los asaltantes que estaban en el interior no pudieran desaparcar ni abrir el portón lateral.

Se bajó, pistola en mano, preparada para lo que fuera a ocurrir.

PARTE V

95

Atardecía.

Y estaba harta de cambiar de opinión según las emociones fueran o viniesen. Los sentimientos no podían guiar sus actos, sobre todo los que implicaran a otras personas. No por una noche maravillosa en la que habían cuidado juntas a Jamm iba a llevar en sus entrañas al hijo de Cristina, aunque por momentos lo pensara así; no por tener encima el cuerpo de Sidy estremeciéndola iba a dejar su vida y marcharse a África con él. O tal vez sí a todo, a querer a los dos a la vez; a lo mejor las emociones no se equivocan tanto como la cabeza. ¿Cómo deciden los animales? ¿Por impulsos? ¿Por aprendizaje? ¿Por instinto? ¿Son felices?

Elena descuidaba la conducción confundida por las dudas. Demasiadas preguntas para guiar con seguridad la bicicleta camino del parque donde Brezo la esperaba con Jamm para el cambio de turno. Los humanos no pueden prescindir de lo que son y actuar como si no tuvieran diálogo interior. No les basta con desearlo para que cese. Por eso buscan filosofías y técnicas: respiraciones profundas, yoga, *mindfulness,* taichí, control mental. Intentan desalojar los pensamientos angustiosos para vivir aquí y ahora, en el presente inmediato, como hacen los demás animales.

Pero los pensamientos angustiosos siempre regresan.

Un coche se cruzó sin señalizar por delante de Elena y

le volvió el temor a que la agredieran. ¿Sería el tráfico endiablado de la gente de vuelta a casa o una advertencia más? El accidente de Sidy, el vídeo amenazante de la noche anterior y el encuentro en la entrada de la UDEV con el «asesino» no ayudaban a serenarse. Los escasos treinta minutos que solía tardar en el trayecto se convirtieron en más por el cansancio de los últimos días. A medida que el sol y el calor descendían, la brisa marina le dio nuevas fuerzas. Cuando por fin encarriló la calle trasera del parque, el último rayo se perdía entre los árboles de los hábitats.

La zona estaba desierta. Se bajó de la bicicleta poco antes de la entrada porque le vibró el móvil en el pantalón de flores que llevaba. Miró la pantalla: un número desconocido. Descolgó por curiosidad.

—No me conoces —dijo una voz femenina—. Soy Paloma. Perdona que te llame así, he conseguido tu teléfono en el zoológico.

—No sé quién eres —respondió Elena, que no entendía qué querían de ella.

—Nos vimos el otro día en Madrid, en el restaurante.

Elena buscó en la memoria: Madrid, restaurante... ¿La exnovia de Cristina?

—Perdona que te llame, pero quería hablar contigo.

—No creo que tengamos nada que decirnos —contestó Elena.

—Quería explicarte lo del otro día.

Elena, molesta por la invasión de su intimidad y a punto de colgar, avanzó hasta la verja empujando la bici y, de pronto, sin advertir de dónde venían, dos figuras con la cara cubierta la levantaron en vilo y el móvil se le cayó al suelo. Le pusieron una capucha de tela y le ataron las manos con tal fuerza que casi le cortaba la circulación de la sangre. Sintió pánico. No había nadie cerca para ayudarla. Trató de chillar, pero su garganta estaba muda. Voló en los brazos de los asaltantes hasta caer en una superficie que sonó metálica.

Oyó cómo alguien cerraba un portón. Debía de estar en una furgoneta. Intentó levantarse, pero la empujaron contra el suelo inmovilizándola. Sintió que se ahogaba. «¡Hija de puta!», la insultaron, y después un motor arrancó y un leve giro de ruedas iniciaba una maniobra. No podía más, le faltaban las fuerzas.

De pronto, en el exterior, el acelerón de un nuevo vehículo seguido por un frenazo justo a su altura. Y una puerta que chocaba con algo resistente.

—¡Joder! No se puede abrir —bramó uno de los secuestradores mientras propinaba coces a la carrocería lleno de rabia—. ¡Quita el coche de ahí, gilipollas!

Elena daba un respingo en cada golpe al temerse que la siguiente patada fuera contra ella. A pesar del pánico y de no ver nada, comenzó a hacerse una composición de lugar a través del oído. Para muchas especies que viven en la oscuridad, ese sentido es el fundamental.

—¡¿Quién cojones es esa tía?! —espetó uno de los agresores—. ¡Hostia, va armada!

—¡Nosotros también! —respondió otra voz.

Elena se agazapó aún más por si había disparos e intentó esconderse sin saber dónde.

—¡¡Quietos, policía!! —gritó una voz femenina demasiado aguda.

Ese tono le resultaba familiar. Elena trataba de entender qué estaba sucediendo, pero solo obtenía retazos: unos pasos apresurados que rodeaban la furgoneta, el conductor que abría su puerta para salir, una fuerte ¿patada? que debió de impactarle contra la cara, porque gritó de dolor mientras caía al suelo aturdido.

La mujer habló de nuevo con voz firme.

—No hagáis ninguna tontería —y una pistola que se armaba.

Elena giró la cabeza hacia sus secuestradores, que estaban a su lado y continuaban dando puntapiés a la puerta cada vez con más rabia. Cada embestida retumbaba en sus pulmones como un tambor.

De pronto se quedaron en silencio. Mal presagio. No podría explicar cómo lo sabía, pero la miraban a ella. Lo percibió.

—Ni se os ocurra tocar a la chica —dijo la mujer adelantándose a las intenciones de sus oponentes.

En ese momento, se oyeron las sirenas de varios coches que se acercaban por el callejón a toda velocidad.

—¡Violeta Palacios! —gritó su defensora con voz potente—. ¡De la UDEV!

Por eso la voz le sonaba. Era la compañera del policía antipático. Se oyeron puertas que se abrían, gente corriendo y más pistolas que se armaban.

—Retirad mi coche, que bloquea el lateral, y haceos cargo de estos —dijo la inspectora—. Tened cuidado, porque hay una chica secuestrada. Yo me ocupo del conductor.

Los policías recién llegados debieron de retirar el vehículo que impedía que se abriera la furgoneta y los secuestradores dejaron las pistolas en el suelo justo al lado de Elena y salieron. Escuchó el clic de las esposas al cerrarse en sus muñecas.

—Adolfo Avilés... Ahora sí que te hemos pillado —dijo Violeta satisfecha.

Esa afirmación sobrecogió a Elena. ¿Adolfo había intentado secuestrarla? Eso confirmaba sus sospechas. Pero nadie se fijaba en ella y cada vez respiraba con más dificultad. Intentaba quitarse la capucha con la ayuda del hombro, sin conseguirlo. La angustia fue en aumento hasta que las manos de una mujer la liberaron por fin, devolviéndole la vista.

Lo primero que contempló fue la cara de la inspectora Palacios.

—¿Estás bien? —le preguntó.

—Sí, creo —balbuceó asustada.

—No te preocupes, estás a salvo —aseguró mientras cortaba con una pequeña navaja las bridas con las que le habían atado las manos.

La abrazó y permanecieron así un buen rato, sintiendo la respiración de la otra, el calor, la sororidad entre hembras de la misma especie.

—Es Adolfo Avilés, Elena. Tenías razón —afirmó Violeta al separarse.

De fondo, los policías se llevaban a los tres detenidos. Elena los miró. Adolfo, esposado en la espalda y con la cabeza baja, no parecía tan peligroso como unos minutos atrás.

—Los otros dos son los tipos que te atacaron en el callejón de la discoteca.

Elena, con lágrimas en los ojos, la miró.

—Gracias.

—Puedes estar tranquila. Todo ha terminado.

96

En quince minutos el circo estaba montado.

Las luces estroboscópicas iluminaban en azul el área acordonada en la que cuatro coches de la Policía Nacional y uno de la Local impedían el paso a los curiosos que se habían acercado. Elena, con el pelo despeinado y el pantalón subido a la altura de los muslos, era atendida de las magulladuras dentro de una ambulancia del SAMU. No parecían graves: unas rozaduras dolorosas en las muñecas producidas por las bridas y pequeños hematomas en la frente y la rodilla izquierda, que era el que más le dolía. No recordaba cómo se lo había hecho, pero suponía que al ser arrojada a la furgoneta. Lo más desagradable era la tensión muscular, como si todas las fibras de su cuerpo se hubiesen contraído de golpe y la agarrotasen.

La peor parada, sin duda, había sido la pantalla del móvil, que le impedía marcar correctamente las memorias.

JP aparcó el vehículo particular y, tras mostrar la placa, se encaminó al encuentro de Violeta. La inspectora había mantenido a raya los nervios durante toda la detención; no le habían aflorado hasta saber que los agresores iban camino del calabozo. No hasta ese instante.

—Te dije que no intervinieras —recordó JP, sin creerse sus propias palabras.

Violeta, sentada en el capó del coche, bebía de una botella de agua; la tensión la había deshidratado. Se la veía frágil a pesar del arrojo demostrado. Tapó la botella con parsimonia y abrió las manos para expresar que había sido inevitable. JP no supo cómo reaccionar. Si fuera un compañero de generación, le habría largado una palmada en la espalda que incluso le hubiera hecho daño y que significase: «Buen trabajo, cabrón». Pero ¿cómo se actuaba con una mujer joven que ha cometido una imprudencia heroica?

—*Amb dos collons* —expresó con la delicadeza típica del macho humano—. Los de la patrulla me han explicado por teléfono lo que hiciste. ¡Joder, tengo que reconocer que estuvo bien planificado! ¡Eran tres contra ti!

—Ahora me tiemblan las piernas.

—Y lo de impedir que abrieran la puerta lateral con tu coche es ingenioso.

—No sé cómo se me ocurrió. Me surgió de dentro.

—Como si fueras un depredador que estuviera cazando. —Ambos se miraron extrañados por la comparación—. Este caso me está rallando —afirmó JP rascándose la cabeza—. Ya hablo como la veterinaria pirada. ¿Cómo está?

Violeta levantó las cejas y suspiró al tiempo. Bebió otro sorbo.

—Lo que ha aguantado esta chica en los últimos días no es normal.

—Hiciste bien en vigilarla. No sé qué pretendían esos tres hijos de puta, pero seguro que no la iban a invitar a cenar.

—A ver qué dice ahora la jueza. Lo de esta noche demuestra la conexión de la otra empresa de seguridad con los hechos.

—Tenemos que interrogar a los detenidos, pero, desde

luego, es significativo: no les conceden el contrato e, inmediatamente, ocurre esto.

—La culpan de que no se lo hayan dado.

—Parece una venganza.

—Creo que deberías hablar con ella —dijo Violeta y señaló a Elena con un gesto. Seguía sentada dentro de la ambulancia mientras terminaban de curarla. Al mirarla, le pareció que se sentía orgullosa, como si su valentía fuera el centro de todo lo sucedido.

A JP le dio una pereza inmensa, pero era su deber. Cruzó el dispositivo policial hasta el SAMU del que ya se bajaba Elena con un par de puntos de aproximación en la ceja, los pantalones arremangados y pelos de loca. Se le habían electrizado con la capucha y todavía no habían vuelto a una posición natural. JP sintió algo cercano a la compasión.

—*Bona nit.* ¿Cómo está?

Elena no se había percatado de la presencia del inspector. Al mirarlo, fue consciente de lo mucho que imponía, con esa fortaleza física a pesar de los años y el carácter seco que se esforzaba en fomentar. La camiseta de «Simpatía por el diablo» tampoco ayudaba a crear una imagen cercana.

Elena tuvo ganas de llorar. Carraspeó para que no fuese tan evidente. Y, en ese instante, sin un motivo claro, recordó a su padre. Si estuviera vivo tendría una edad similar a la del policía, aunque un temperamento más afable. En los monos, las crías que tenían un padre cercano tenían más posibilidades de sobrevivir y subir en el estatus social.

—Supongo que he tenido suerte de que su compañera estuviera aquí.

—Se quedó preocupada por usted el otro día y decidió vigilarla.

Se produjo un silencio. No sabían qué decirse. JP no le iba a comentar los detalles de la investigación ni tampoco a darle consuelo, como haría un padre. Violeta contemplaba la escena: JP, en su incomodidad, le resultaba tierno.

—No van a salir de la cárcel en bastante tiempo, ¿verdad? —preguntó Elena, que llevaba un rato dándole vueltas.

En la especie humana, los años de prisión reconfortan a las víctimas. Un difícil equilibrio de reparación de daños. Los chimpancés, sin embargo, se mantienen más partidarios de algo similar al ojo por ojo: me muerdes; si puedo, te muerdo.

—Intento de secuestro más un delito de lesiones... —enumeró el policía— les podría acarrear unos cinco años de prisión.

Elena torció el gesto.

—No le parece suficiente, ¿verdad?

Elena suspiró, sacó un coletero verde del bolsillo del pantalón y se recogió el pelo en silencio.

—Ya, tampoco a mí —reconoció JP—. Cuídese.

Elena le agradeció el intento de mostrarse amable mientras Sidy, a lo lejos, pretendía traspasar sin éxito el cordón policial.

—¿Podrían dejarlo entrar? —preguntó Elena.

JP asintió y se dirigió hacia allí. Según se alejaba, le sonó el teléfono: el comisario.

—¡Casillas! —nada más contestar JP, retumbó la voz de Guridi más alegre de lo habitual—. Tengo entendido que han hecho ustedes una gran operación.

—En realidad, ha sido la inspectora Palacios —aclaró.

—Bueno, quien sea. Los tenemos a todos, ¿no es así?

—A los tres agresores de la veterinaria del zoo —especificó JP.

—¿Y con esto cree que zanjaremos de una vez la investigación? El asesino en serie de animales ya nos está paralizando demasiados recursos. ¿Van a poder demostrar que fueron ellos los que idearon todo?

Las preguntas se solapaban unas a otras mientras JP llegaba adonde estaba Sidy. Hizo un gesto con la cabeza al policía nacional para que le permitiese cruzar la cinta. El senegalés le agradeció la deferencia, avanzó hasta Elena todo lo rápido que le permitía su esguince de rodilla y se abrazaron.

—Me voy contigo a África —afirmó.

—¿Estás segura?

—Sí. Necesito alejarme de aquí. Está claro que van a por nosotros.

Según lo dijo, Cristina, todavía vestida de ejecutiva, llegaba al cordón donde un policía le impedía el paso. Sidy la vio discutir con él.

—¿Cómo se lo vas a decir?

Elena le hizo un gesto de que eso era su problema.

—Lo que tú quieras. Pero se lo va a tomar fatal.

97

Todas las detenciones que había realizado JP en los últimos años seguían el mismo proceso: al arrestado se le informaba de sus derechos, se lo trasladaba a la brigada y se avisaba a la Científica para la reseña fotográfica y de huellas, que incluirían en lo que ellos llamaban la base de indubitados. También le pedían el ADN; si el detenido se negaba, sería el juez el que lo debería autorizar. Y se le concedía una llamada con un policía presente. Violeta había quedado en contactar con el Colegio de Abogados para que acudiese a la UDEV el elegido por Adolfo Avilés. Debido a las altas horas de la noche lo dejaron para la mañana siguiente. Los de la Científica estuvieron de acuerdo, ya era demasiado tarde para las huellas o las fotos. No corría prisa, no iba a salir tan pronto del calabozo.

JP y Violeta condujeron a Adolfo Avilés al despacho de la brigada. Mientras la inspectora iba a por agua, JP pensó que sería una buena ocasión para intercambiar diversas frases en tono informal, nada que ver con una declaración en toda regla.

El vigilante de seguridad estaba sentado a la mesa, llevaba una sudadera veraniega con capucha, unos vaqueros sucios al haber estado tirado en la calle durante la detención y una herida mal curada en la ceja, por el golpe que le había propinado Violeta con la puerta. JP, a solas con él, le entregó el documento en el que se recogían sus derechos para que lo firmara.

—La veterinaria tenía razón desde el principio —dijo al pasarle el bolígrafo.

Adolfo hizo como si leyese concentrado el papel. Sabía que no tenía por qué contestar.

—Resulta que al final tú estabas detrás de todo —continuó JP ante el silencio de Adolfo—. A ver si lo digo bien: primero fueron los tornos, luego un robo cutre de camisetas, el botellón con el pájaro rosa desnucado, el gorila farlopero, los huevos y, por fin, pasamos a mayores, ya que el caos en el zoológico no había sido tan importante como pretendíais.

JP miró a su interlocutor, que trataba de no inmutarse a pesar de que su situación no era favorable. Siguió sin contestar, con los ojos en el documento.

—Contratasteis al tirador de precisión que mató primero a la elefanta y después a la mona. A pesar de todo, los tíos del zoológico van y no cambian de empresa de seguridad en el nuevo contrato.

En ese momento entró Violeta con el agua, interrumpiendo a JP. Le tocaba el papel de policía empática.

—Ahora le verá esa herida un médico —anunció.

JP interceptó el vaso y miró al detenido.

—Los tíos del zoológico no cambian de empresa de seguridad en el nuevo contrato —retomó—. Y vosotros culpáis a la veterinaria.

—Y por eso decidís secuestrarla —añadió Violeta sumándose a la conversación informal.

Adolfo tampoco respondió, aunque se mordiese la lengua. La mención a Elena lo ponía de los nervios.

—Ya he firmado esto —dijo entregando el documento—, aunque no creo que sirva de nada.

—Muy bien, *che*, pues a curarte esa heridita y al calabozo —concluyó JP—. Mañana a primera hora te daremos Merthiolate y avisaremos a tu abogado como es preceptivo.

Adolfo hizo ademán de levantarse.

—Hace frío abajo, te aviso —anunció JP—. Y un secuestro son palabras mayores.

—Intento —aclaró el vigilante de seguridad.

—Intento —repitió JP—. Que la habéis cagado por inútiles. Una jovencita os ha detenido a los tres machotes.

Sabía que ese comentario iba a molestar a Adolfo, como así fue. JP se levantó primero para dar por concluida la conversación y le entregó el vaso de agua.

—Que no se diga que no somos amables.

Adolfo bebió con ganas. Tenía la garganta seca. No estaba preparado para que lo encerraran por más que se mostrara seguro de sí mismo. Terminó y dejó el vaso sobre la mesa. Cuando ya iba a salir tras Violeta, JP habló de nuevo.

—Más el intento de violación por parte de tus amigos, claro.

Adolfo se giró hacia el policía. Había conseguido sorprenderlo.

—Estabas harto de ella, te acosaba, te insultaba en lugares públicos... Yo no creo en casualidades, así que igual te dio por encargar a tus amigos, que van camino del calabozo, que le dieran *un susto* en la discoteca. No sé qué te contarían, pero no fueron capaces entre los dos de hacer frente al senegalés, se cagaron de miedo y huyeron como gallinas, ya que todo va de animales. Tenemos un vídeo estupendo de ellos corriendo por el *parking* como pollos sin cabeza.

A Adolfo se le escapó una mueca.

—No te esperabas que lo supiéramos, ¿verdad? Hemos hecho nuestro trabajo. A lo mejor son ellos los que se te adelantan y confiesan. Tienen más que perder que tú.

Una sombra de duda atravesó la mirada de Adolfo. No se fiaba de sus compañeros.

—Si nos dices quién está detrás de vuestros actos te puedes ahorrar un tiempo de cárcel. Porque está claro que tú solo no eres capaz de montar este tinglado, pagar una pasta al tirador... ¿No vas a decir nada?

Adolfo intentó sostener la mirada de JP.

—Nosotros no tenemos prisa. Ahora nos iremos a casa y cenaremos satisfechos por el trabajo bien hecho. Mañana desayunaremos, una duchita, pasearemos por el Rastro de los domingos como buenos ciudadanos y yo me iré al concierto de Londres para ver a los Stones. Y tú, en la puta cárcel. Es tu primera vez, la que más miedo da. Por cada día en el exterior pasa una semana para el que está encerrado. Cuando transcurra un año, habrás envejecido siete. Volveremos a tener esta conversación en unos días, tal vez no estés tan callado.

98

El abrazo fue intenso. Y eso que Elena, cuando la había llamado con el teléfono de la policía, no le dio todos los detalles sobre la agresión. En el camino hacia casa solo había hablado Cristina, afectada por lo sucedido, pero satisfecha por la detención de Adolfo y sus cómplices. Creía que el intento de secuestro sería la piedra angular que demostrase su vinculación con los incidentes del parque. Tenía un subidón que contrastaba con el cansancio acumulado de su pareja, a la que le flaqueaban las fuerzas para decirle que, de momento, no quería trasladarse a vivir a su casa y, sin embargo, sí marcharse a África con Sidy.

Al entrar en casa, Elena tenía decidido plantear el tema con delicadeza, aunque resultase doloroso. Sin embargo, Cristina entró resuelta, encendió las luces del salón, se quitó los mocasines negros y se dirigió al ordenador que estaba en la mesa del despacho contiguo al salón.

—Ven —indicó mientras tecleaba la contraseña—. Te quiero enseñar un mensaje que he descubierto.

—Estoy muy cansada. Creo que mejor me voy a acostar —respondió mientras dejaba el móvil con la pantalla rota encima de la mesa.

—Mañana te compro uno.

—No hace falta, con cambiar la pantalla...

—Mira, por favor, merece la pena —dijo Cristina sin

dar tregua y señaló un archivo en la pantalla del Mac: «H»—. Hackeos. Aquí guardo los más importantes.

—Mejor lo hablamos mañana. Querría tomarme unos días y salir de Valencia...

—Es una idea fantástica. La semana que viene acabo el trabajo que tengo entre manos y podemos irnos a donde quieras: Seychelles, Maldivas...

—Yo había pensado en otro estilo de viaje —susurró Elena débil.

—El que tú quieras. Hace tiempo que quiero volver a Japón, por ejemplo, y tú no lo conoces. Lo de Madrid resultó un poco desastroso, entre el encuentro con mi ex y lo de la Casa de Fieras.

—La Casa de Fieras estuvo bien —respondió Elena tras asumir que tendría que sentarse.

—Pero lo del restaurante fue un bajón.

—¿Sabes que me llamó antes?

—¿Quién te ha llamado?

—Paloma, tu ex.

Cristina se tomó unos instantes para asumir la noticia.

—Paloma... ¡No me lo puedo creer! ¡¿Cómo ha dado contigo?!

—Creo que a través del parque. A mí también me extrañó.

—¿Y qué quería? —preguntó alterada. Escuchar el nombre de Paloma la descentraba.

—La verdad es que no lo sé. Fue justo antes de... lo de Adolfo y ya se me había olvidado completamente. ¿Estás bien?

—No sabes lo que fue cortar con ella. Era una persona desequilibrada que me hizo la vida imposible.

—Lo siento. Me lo tenías que haber contado.

—No te quise soltar el rollo el otro día. Era nuestro fin de semana, pero me acosó, me escribía mails amenazantes, me mandaba fotos extrañas. Verás —dijo pinchando una carpeta que se llamaba «P»—. Aquí recopilé los disparates que me envió. Pensé en denunciarla, aunque al final paró y no lo hice. Ahora me arrepiento.

Cristina amplió la foto del pantallazo de una conversación de wasap. «Espero que nunca encuentres a otra como yo. Y si lo haces, me encargaré de avisarla de qué tipo de persona eres.»

—¡Joder..., qué fuerte! —exclamó Elena sobrecogida.

—Por eso te ha llamado. ¡Qué cabrona! No me deja en paz. Por su culpa renuncié a todo. Yo ya tenía claro que para mí era importante tener un hijo y ella lo fue retrasando con excusas y cuando cumplí cuarenta y seis años, me dejó. Ya casi sin tiempo.

La empatía de Elena se disparó y abrazó a Cristina, que estaba tensa; se le habían despertado recuerdos dolorosos. Se apartó y volvió a centrarse en el ordenador.

—Mira esta foto escaneada que me mandó.

En ella se las veía a las dos de medio cuerpo en la playa, desnudas y felices; guapísimas. Cristina detrás, con las manos tapando el pecho de Paloma y con su cabeza rasgada en dos mitades. Impresionaba.

—Prefiero no ver estas cosas —expresó Elena.

—Ya, ya, perdona, lo entiendo. Hace mucho que está fuera de mi vida —aseguró clicando en la carpeta de Adolfo.

Elena ya solo pensaba en ducharse e irse a la cama. Ya hablarían del viaje a África en otra ocasión.

—Lo que te decía cuando entramos —dijo Cristina con ilusión renovada—. Mira este mensaje de Ximo a Adolfo: «Me ha parecido que Sidy sospecha algo». Para mí, deja clara su participación en los hechos. Y hay más.

Elena se levantó angustiada.

—De verdad, no puedo esta noche.

—Pero es importante.

—Lo hablamos mañana. Por favor.

Se miraron. Cristina, por primera vez desde que habían entrado, comprendió que su pareja estaba sobrepasada.

—Claro —aceptó con desilusión.

Elena se alejó hasta las escaleras arrastrando los pies. Le iba a costar subir al segundo piso. Necesitaba una ducha y diez horas de sueño reparador.

Cristina se quedó frustrada frente a los datos de la investigación, sin comprender que su pareja no compartiese el entusiasmo por lo que quería contarle.

—Ximo está entre los culpables. ¡Seguro!

99

—

La fachada del edificio, los furgones, pasillos, mobiliario de oficina y hasta las alfombrillas para los ratones tenían el color corporativo: un verde chillón. Quedaba claro que la imagen y el lujo eran esenciales para SecurTotal Plus, no tanto el buen gusto.

El CEO de la compañía los recibió en un despacho tan grande como el recinto de los elefantes, aunque sin baobabs ni lago. Y también repleto de plantas bien cuidadas. ¿Las regaría el propio directivo? JP lo recorrió con la vista, asombrado. A esas alturas de su carrera no se iba a dejar amilanar por las apariencias. Y Violeta tampoco; continuaba impactada por lo vivido la noche anterior y ansiaba justicia, esa que su compañero negaba que les correspondiera hacer a ellos.

—Como creo que ya conoce —dijo el inspector tras las presentaciones, que fueron tensas—, ayer detuvimos a dos de sus empleados cuando intentaban secuestrar a la veterinaria del zoo de Valencia.

—Un asunto deplorable que ya hemos puesto en conocimiento de Recursos Humanos para efectuar sendos despidos procedentes —respondió ceremonioso.

—Una buena medida, sin duda. No sé si sabe también que ambos vigilantes iban acompañados de un tercero con el que tienen relación personal y que trabaja para la empresa concesionaria de la seguridad del zoológico.

—Desconocía ese dato, como imaginarán. La vida personal de nuestros empleados no nos incumbe.

—¿Aunque secuestren gente?

—Tengo entendido que sucedió fuera del horario laboral —respondió cínico.

—Horas extras bien remuneradas. El caso es que pensamos que entre Adolfo Avilés y ustedes existe vinculación.

—Lo veo complicado si trabaja para otra empresa.

—Eso es lo que estamos investigando, pero tenemos indicios para sospechar que los sabotajes contra el parque estaban coordinados y que podrían tener relación con SecurTotal Plus.

—¿Me está diciendo que pagábamos a ese individuo para cometerlos?

—Y así generaban dudas sobre la actual empresa de seguridad, que no era capaz de evitarlos.

El CEO se levantó de la mesa y paseó hasta el ventanal que daba a la ciudad. Se tomó un tiempo para girarse y responder.

—Los he recibido en un mal momento para la compañía. Como bien saben, no nos han concedido la seguridad del parque. Y ahora nos acusan de estar detrás de la muerte de esos animales, ¿con qué pruebas?

—Todavía no es una acusación formal. Tenemos los teléfonos y los ordenadores de los tres implicados y estamos recabando información.

—¿Sabe lo que le digo? —interrumpió el CEO a JP, hecho que le sentó fatal—. Ustedes disparan con pólvora del rey, se gastan el dinero de los contribuyentes, nuestro dinero —recalcó—, en perder el tiempo al investigar la muerte de un par de animales porque cuatro locas de Instagram suban vídeos de elefantitos, pero ¡ya está bien! ¡Que sepan que vamos a interponer una querella contra la UDEV! Hemos pasado el asunto a nuestros servicios jurídicos porque tenemos razones para pensar que ustedes han influido en el Consejo de manera determinante para que no nos concedieran la contrata de seguridad. ¡¿Sabe cuánto dinero hemos dejado de ganar por su culpa?!

—¡Ya hemos demostrado la conexión entre los tres detenidos! —replicó JP—. Y tenemos testigos que nos aseguran que, además del intento de secuestro, ha habido más agresiones, manipulación de los tornos, robos en la tienda...

—¡Qué drama, roban en una tienda! ¡Eso se ve a diario, inspector!

—¡No he acabado! —respondió firme JP, al que le sonaba el teléfono. Lo miró, vio que era el comisario y le colgó sin miramientos—. También destrozaron unos huevos muy valiosos, mataron a un pájaro rosa...

—Un flamenco —apuntó Violeta.

—Y drogaron a un gorila. Por no hablar de la contratación de un tirador que abatió a la elefanta y la chimpancé —añadió elevando el tono de voz cuando sonaba el teléfono de Violeta; era de nuevo el comisario.

La inspectora se alejó lo bastante como para que no la oyeran hablar, el despacho tenía metros suficientes para ello, y respondió mientras los improperios y las acusaciones seguían de fondo. Tras oír los gritos del comisario a través del móvil, colgó y se acercó a JP, temerosa. Y eso que solo le pensaba transmitir la mitad de lo escuchado. No se atrevía a reproducir el mensaje en su integridad.

—¡Ahora no, inspectora Palacios! —negó JP enfurecido.

—Por favor —inquirió tan amable que su compañero se sorprendió. Su cara denotaba que lo que le habían dicho era grave. JP así lo entendió y se alejó tras ella intentando calmar su ira.

El CEO los miró satisfecho; podía adivinar de lo que iban a hablar.

—Al parecer —susurró Violeta—, han encontrado mensajes en el móvil de uno de los detenidos que exculpan a la compañía.

A JP se le cayó el alma a los pies. ¿Se habrían precipitado? ¿Lo había superado el cabreo que tenía con la investigación y no había sido prudente? No pudo evitar lanzar una mirada de odio al CEO, que lo estaba esperando.

—Buena suerte con la jueza —dijo satisfecho tras la inmensa mesa de tonos verdes—. La demanda ya está en marcha.

100

—

«Has visto las noticias??? Falta una semana para que se decida la concesión de la contrata de la seguridad del zoológico y le pegan un tiro a la elefanta. A la puta elefanta blanca!!!!! No hemos podido tener más suerte. Quién coño habrá sido ese genio???»

El comisario leyó con voz atronadora el mensaje de wasap que habían encontrado esa mañana en el móvil de uno de los vigilantes detenidos de SecurTotal Plus. Al parecer, tras comprobar el número, su interlocutor era uno de los altos directivos de la compañía y el mensaje se envió la tarde en que comenzó la investigación.

—¿Y bien? —preguntó Guridi mirando fijamente a JP, que no abrió la boca, pero tampoco apartó la mirada.

—No lo sabíamos... —respondió incómoda Violeta.

—No lo sabían, pero se fueron a media mañana a hablar con el CEO de la empresa. ¿A decirle qué?

—Todo apunta a que detrás de los tres detenidos está la empresa de seguridad y debíamos comprobarlo —respondió JP—. Y ese audio puede ser una estrategia por si en algún momento los descubríamos y les revisábamos los teléfonos. Son una empresa de seguridad, sabrán cubrirse.

—Hay varios mensajes más de este estilo. ¿De qué los vamos a acusar?, ¿de alegrarse de que le vaya mal a la competencia?

—Cuando investiguemos el ordenador de Adolfo Avilés saldrán los pagos en criptomonedas.

—Vamos, Casillas, llevas en la UDEV más de treinta años. ¡Te has precipitado!

—No creo en las casualidades: ¡unos animales «asesinados» y un intento de secuestro tienen que estar conectados! No puede ser que pasen dos sucesos tan graves en torno a un lugar al mismo tiempo.

—A no ser que alguien se esté aprovechando de esa circunstancia —dijo Violeta.

—¿Qué quiere decir, Palacios?

—No lo sé... Es muy poco probable que coincidan dos actos delictivos así, con tanta relación aparente entre ellos, como dice el inspector, pero tal vez la conexión no sea tan evidente.

—Pues encuentren ese vínculo, porque la jueza está cabreadísima.

—¿Y no le parece raro que un vigilante intercambie wasaps con un directivo de la compañía con ese nivel de confianza?

—¡Me trae por saco con quién se escriba, Casillas! Nada hace sospechar que ellos hayan matado al elefante o al chimpancé.

—Ya, pero...

—¡Ni pero ni hostias! ¡Nos van a crujir! Porque tú hablaste con el director el día de la rueda de prensa, que escuché algo de lo que le decías.

JP se mordió la lengua para no replicar. No le gustaba mentir ni en defensa propia.

—Joder, esa conversación pudo ser determinante en la reunión del Consejo —prosiguió el comisario—. ¡¿Para qué coño compartes detalles del caso con un implicado?!

—Para sacar información hay que dar algo a cambio.

—¡Una mierda! ¡Se lo comentaste porque se os ha ido

la olla! ¡¿Pero qué puñetas le pasa a todo Valencia con el puto elefante y la mona esa, joder?! Las redes sociales como locas, el fiscal de Medio Ambiente también, las televisiones jamás habían solicitado tantas entrevistas. Y a ti nunca te había visto así. Tenemos nuestras diferencias, pero tú eras muy buen policía.

Esa afirmación descolocó a JP. Nunca se lo habían reconocido; y para una vez que lo hacían, era en pasado.

—¿Tienes problemas personales? —preguntó Guridi más como una amenaza que por interés sincero.

—No —mintió tajante—. Estoy bien.

Era la última persona a la que le iba a reconocer que, nada más salir de allí, tenía que acudir al hospital a que le metieran de una vez por todas el dedo por el culo. Lo dejó pendiente cuando le dieron el aviso de que el tirador iba a actuar por segunda vez.

—Os quiero mañana aquí a primera hora para valorar todas las hipótesis. Pero olvidaos de la empresa de seguridad y abrid la mente. Se unirá a la investigación Miguel Poveda.

—No necesitamos a Poveda —replicó JP.

—Pues yo creo que sí. Tenéis una semana para apañar algo que deje contenta a la prensa y a la jueza. Y da gracias si al final no tengo que abrirte un expediente. ¡Y ahora: largo!

JP salió dando un portazo. Violeta no había reaccionado tan deprisa y se quedó dentro de la habitación sin saber qué hacer. El comisario le hizo un gesto para que se largara.

Cuando lo hizo y corrió hasta el despacho de la UDEV, se encontró con que JP recogía la cazadora para marcharse.

—¿A dónde vas? —preguntó extrañada.

—¡¿A ti qué coño te importa?!

Y salió.

101

El reencuentro de Elena con Jamm a última hora de la tarde fue mágico. Llevaban día y medio sin verse y ya lo echaba de menos.

Iba vestida de calle, pero no le importó mancharse: jugaron juntos, le dio el biberón, lo pesó y comprobó que estuviera bien de salud. Aunque lo deseaba, tampoco iba a pasar esa noche con él; todavía estaba asustada y tenía pendiente la conversación con Cristina sobre el viaje a África, por lo que se quedaría Brezo. Eso sí, quiso dejarlo limpito y le cambió el pañal antes de irse. Fue consciente de que nunca lo había hecho con un niño. No tenía hermanas, ni amigas con hijos. Sí cierta relación con el bebé de su prima, pero siempre evitó cogerlo; le parecía que se iba a romper con facilidad. Las crías humanas no la atraían ni lo más mínimo. La actitud de su madre tampoco había ayudado: solo hablaba del cansancio, las renuncias y lo costoso que era criar a un hijo. Todo lo contrario de lo que sucedía entre los monos: las hembras jóvenes, aun sin descendencia, veían a las madres interactuar felices con la cría y querían poseer ese bien tan preciado; se lo arrebataban a las progenitoras en cuanto se despistaban; jugaban con el recién llegado, lo mecían y abrazaban, aprendían a ser madres casi por envidia. Algo que estaba dejando de ocurrir en la especie humana, al menos en Occidente, donde cada vez se compraban más mascotas y se tenían menos descendientes.

Su madre la había llamado hacía un par de horas nerviosísima, pero a los pocos minutos de conversación, cuando Elena le aseguró que estaba bien y que la prensa había exagerado con lo del intento de secuestro, esta tornó hacía los reproches de la madre: que si le habían suspendido la comida en el último momento, que si no quería presentarle a su pareja por algo sería... Elena le colgó el teléfono enfadada, aunque después la volvió a llamar con cargo de conciencia. Pero entonces su madre ya no respondió. Era una maestra en generar culpa y ella nunca había sido su bien preciado.

Elena no estaba serena, a pesar de que había descansado durante todo el día. Lo notó al pegar las tiras adhesivas del pañal. Jamm no se quedaba quieto y terminó por agarrarlo de la pata con excesiva fuerza, por lo que el chimpancé empezó a lloriquear. Brezo intervino para poner paz y rematar la operación. A Elena no le hizo gracia que fuera otra la que tomase las decisiones sobre la cría.

Y es que no era capaz de hacer balance de cómo la afectaba lo ocurrido. Presentía que necesitaba salir de Valencia por un tiempo y por eso le urgía regresar a ese lugar en el que fue feliz con Sidy hacía seis meses. Desde que volvieron, no había experimentado una armonía igual. No sabía si Dindefelo funcionaría como sedante, pero debía intentarlo. La discusión de la otra noche la había dejado tocada y la perspectiva de perder a Sidy le daba más vértigo aún que el enfado de Cristina cuando le contara lo del viaje. En el último año le había dado muchas oportunidades a ella y ninguna a Sidy; lo había tratado como a un amigo y amante ocasional, pero no le había dado lo que ansiaba: compartir un compromiso total y sincero, sin ser el segundo plato de nadie. ¿Había sido injusta con él?

Con el parque ya cerrado al público, se despidió de Brezo y de Jamm y fue a buscar a Sidy, que había pedido el alta médica a pesar de la pequeña cojera. Cuando encontró al cuidador, cada elefante estaba ya en su cobijo. Le saltó la sonrisa nada más verla.

—No he podido decírselo —explicó cohibida—. Pero esta noche lo haré.

—Cuando tú decidas —aceptó de buen grado el senegalés—. Yo mañana tengo que ir a recoger una cebra a Málaga, tienes tiempo.

Un rayo de sol del atardecer atravesó el vano de la gran puerta metálica por la que se salía al hábitat. Sidy, una vez comprobó que todo estaba en orden, accionó el engranaje para clausurarla hasta la mañana siguiente. A los elefantes les tocaba comer y dormir. Cuando estaba a punto de cerrarse del todo, Elena lo cogió de la mano y tiró de él.

—¡Ven!

Salieron a la arena del bosque de baobabs. El espacio era inmenso y más para el tamaño de los humanos; estaba cercado por rocas gigantescas con un gran montículo central en cuya cima crecían árboles. Al fondo, a más de sesenta metros de distancia, se vislumbraba el lago con la cascada.

—Cierra los ojos —propuso Elena.

Sidy lo hizo al tiempo que ella lo cogía de la mano.

—Cuando los abras, estaremos en África, en Senegal.

Apretaron los párpados con fuerza, sintieron el calor y la humedad reinantes y, cuando los abrieron, se transportaron a seis meses atrás, a su visita al Parque Nacional de Niokolo-Koba, último refugio de elefantes en Senegal, y a la reserva natural de Dindefelo.

—Me encantó que me enseñaras tu tierra. Me sobrecogió el cariño de la gente... y el estado de las carreteras

—dijo y prorrumpió en una carcajada para evitar ponerse profunda en exceso.

—Yo me quedo con el baño bajo la cascada, aunque el agua estuviese fría.

—Impresionante. Más de cien metros de caída, ¿no?

—Unos ciento veinte.

—Me acuerdo del camino andando hasta que llegamos.

—¿No se te hizo largo? Fueron unas horitas.

—No, estaba deseando verla. Nos cruzamos con varios grupos de niños jugando al fútbol.

—Eso es igual en todo el mundo.

—Se los veía disfrutar. Solo centrados en el presente. Recuerdo el bosque tropical, la vegetación exuberante..., los mosquitos y el sudor, también —enumeró con una sonrisa—. ¡Y los termiteros! ¡Cómo me impactaron!

—¿Por la forma?

—Sí, como si tuvieran un paraguas en la parte superior.

—Los construyen así para evitar que con las lluvias se inunden las galerías.

—¡Menudas arquitectas! Eso son años de evolución. Y por fin, el salto de agua. Te juro que todavía, muchas noches, cuando me acuesto agobiada, visualizó el paraje, la temperatura que hacía, la humedad, la brisa, los olores... y a ti.

Elena se sonrojó. Había sido demasiado explícita. Pero Sidy no se molestó.

—Yo también sueño con ese día.

Se quedaron en silencio.

La respiración acelerada, la carne trémula, el pensamiento lejano. El sol se ocultaba detrás de los árboles. La ciudad se silenció para ellos. El tráfico, distante, semejaba el rumor del río Thiokoye y los graznidos de las aves les evocaban Senegal.

Elena sonrió traviesa y miró a todos lados: no había nadie a la vista. Sidy se percató de que una idea atrevida le cruzaba la mente.

—Sígueme —dijo Elena y echó a correr sobre la suave arena del recinto. El senegalés tardó un segundo en reaccionar y la persiguió, a pesar de la pequeña cojera por el accidente de bicicleta, a todo lo largo del entorno, hasta llegar a la orilla del lago. La cascada de más de quince metros, como si fuese auténtica, vertía agua sin cesar. Las hojas de los árboles se mecían con la brisa y los elefantes barritaban. El sol iluminaba las piedras tiñéndolas de un naranja intenso y atravesaba las gotas haciéndolas brillar como oro líquido.

No sería África, pero el efecto estaba conseguido.

Elena miró a Sidy, sonrió encantadora, se quitó los tenis que llevaba y los tiró a lo loco por encima de la cabeza. Después, se soltó los pantalones anchos y se los bajó de un tirón hasta los tobillos para sacárselos del todo con habilidad.

—No... —dijo Sidy—. ¿Y si nos pillan?

Fue él el que volvió la vista hacia los cuatro puntos cardinales.

—¿Y qué más me van a hacer? —preguntó retadora—. Me han intentado violar, suspender de empleo y sueldo, secuestrar...

Sidy se quitó el polo del parque, dejando a la vista su torso. Elena se desprendió de la camiseta, mostrando la escarificación de la espalda, le lanzó un beso y saltó al agua de cabeza. La impresión hizo efecto de inmediato y la relajó. Buceó unos metros y emergió cerca de la pequeña catarata. El agua estaba tibia. Sidy, que se había terminado de quitar la ropa, volvió a echar un vistazo a los alrededores y también se zambulló en el lago. Nadó hasta donde estaba Elena, esperándolo; preciosa, con medio cuerpo fuera mostrando el pecho firme, el pelo empapado y la piel húmeda. Estaban reviviendo el instante en el que se besaron por primera vez bajo la cascada de Dindefelo.

—Te quiero.

Se aproximaron atraídos por un torbellino interno y juntaron los labios; el agua les caía alrededor, gotas doradas por los últimos rayos del atardecer. Las emociones no mienten aun cuando la cabeza esté confundida y lo que se había despertado en Elena no era el capricho por un cuerpo o una pasión momentánea. Ahora lo sabía.

El tiempo se detuvo.

102

Mientras le metían, literalmente, el dedo por el culo, JP era consciente de que no había estado centrado al cien por cien en la investigación. Había sido impulsivo y no había actuado como un policía de su experiencia. Con la de veces que repetía a los compañeros: «Cuando descubráis algo no vayáis a contárselo al implicado, jugad con esa información». Lo contrario de lo que hizo él esa mañana en la que creyó que tenía el caso controlado. No contó con que se topaba con gente dura, grandes empresarios dedicados a la seguridad, un sector muy competitivo.

Humillado dos veces en el mismo día: hacía años que nadie le echaba una bronca tan merecida ni estaba en una postura tan expuesta. Para colmo, le habían hecho esperar varias horas en la consulta y ya era de noche. ¿En cuántos culos habría entrado ese dedo antes que en el suyo? Tal vez fuera verdad que el organismo lo estaba avisando y era viejo para según qué menesteres. Esa percepción no lo ayudaba a aceptarlo ni mucho menos, sino a encabronarse más. Tenía ganas de cerrar el agujero con fuerza y partirle el índice al médico jovencito que lo estaba mancillando.

Hacerlo no lo iba a hacer, pero imaginarlo lo relajó lo suficiente como para que el urólogo penetrara lo necesario y palpase lo que buscaba.

Y chascó la lengua.

Lo hizo de tal manera que JP entendió que se iba a morir de cáncer. No sabía cuándo, pero no le cupo lugar a dudas. Era increíble cómo un mero gesto, una expresión, un suspiro puede transmitir tanto a otro ser humano. ¿Funcionaría igual entre los animales? Un león ruge y el otro entiende que lo está desafiando, o que quiere aparearse, o que hay comida en tal sitio. Pero ¿tienen un lenguaje más complejo? ¿Son capaces de transmitirse sentimientos unos a otros, si es que los tienen?: «Estoy triste porque me voy a morir por culpa de un puto cáncer». Y solo con un rugido.

103

La segunda mitad del camino desde el parque a Port Saplaya lo pedaleó entre lágrimas, reviviendo cientos de situaciones apasionadas, felices y también complicadas de la relación con Cristina, que se había portado genial: la invitaba a sitios maravillosos, la comprendía, la mimaba, la había hecho madurar como persona y como amante. A su lado, había aprendido a solicitar lo que anhelaba y no solo a complacer. Pero lo acontecido en los últimos diez días la había arrojado en los brazos de Sidy y le daba la sensación de que era definitivo. Se sentía inmadura y frívola por dejarse llevar así por las emociones.

No se merecía lo que le iba a decir.

Se veía luz en la ventana de la cocina. Antes de entrar en la casa de tres plantas a orillas del canal, se secó los ojos y contuvo la respiración para aplacar los nervios. Estuvo así un par de minutos, hasta que se decidió.

Lo hizo en silencio, procurando que la cadena no chirriase en cada giro de la rueda. La música clásica de fondo ocultó su llegada. Apoyó la bici, se quitó los tenis y los calcetines y se quedó descalza. A pesar de ser verano, el suelo estaba fresco a causa del hilo radiante instalado debajo de la madera. El efecto era asombroso: una temperatura estable no condicionada por la estación del año. Caminó hasta la cocina, donde se encontró a su pareja de espaldas; preparaba un *steak tartar* en la isla central, con la cristalera de fondo en la que se veía el mar iluminado por los focos del pequeño puerto. Mezclaba con habilidad un huevo crudo con la carne.

Elena cogió aire con intensidad y eso la delató. Cristina se giró y vio el aspecto deplorable que traía: ojeras moradas por la preocupación, respiración agitada y el pelo todavía húmedo que anunciaba los vestigios del engaño.

—¿Ha pasado algo? —preguntó.

—Lo siento.

Y se echó a llorar desconsolada. Cristina la abrazó con el presentimiento de que se trataba de algo grave, pero íntimo.

—Vamos, tranquila. ¿Qué me quieres contar?

—Te... agradezco todo lo que has hecho. No es culpa tuya, sino mía. Un viaje a Japón o a las Seychelles contigo sería maravilloso, pero no me lo merezco —respondió con un discurso desordenado.

—No digas eso. Tú te mereces lo mejor.

Elena negó entre sollozos sin poder articular palabra.

—Puedes decirme lo que quieras. Siempre hemos sido libres.

—Quiero... quiero irme a África con Sidy... Lo necesito.

Cristina, por mucha madurez que tuviera, percibió esas palabras como una puñalada en el corazón. No por temidas resultaron menos dolorosas.

—Soy horrible por hacerte esto, te he fallado como te falló Paloma. Lo siento... —Y se derrumbó sobre las baldosas de barro de la cocina. Estaba abatida. La vida la había arrollado como un tren.

Cristina se agachó y la animó a levantarse. La puso a su altura y le dio un beso en los labios empapados de lágrimas y calientes por el sofoco. Fue sensual, una muestra de cariño y comprensión. Elena, confundida, le devolvió el beso, pero Cristina, con dignidad, la detuvo. No iba a aprovecharse de su culpabilidad.

—No podemos decidir a quién queremos —sentenció—. No funciona así. No sé cómo será el de tus animales, pero el corazón de los humanos es complejo e imprevisible.

Esas palabras resonaron en la mente de Elena. Los animales lo tenían más fácil; los machos hacían cuatro bailes y la hembra elegía, o se daban unas cuantas cornadas y ya con eso quedaba decidido el apareamiento.

Se fundieron en un abrazo en el que ambas lloraron durante un largo rato.

El vértigo que sienten los humanos cuando terminan una relación no tiene parangón en otra especie animal. El temor a no encontrar a alguien que te quiera igual, a confundirte en la decisión, paraliza.

Y, a veces, no tiene vuelta atrás.

104

A la niña le había costado dormirse más de lo habitual. JP le leyó dos cuentos a toda prisa, sin poner voces, sin contestarle a las preguntas que le hizo sobre los personajes. Incluso dejó el segundo sin terminar y tuvo que ser Rosa la que lo acabase hasta el obligado «colorín colorado» final.

Tras apagar la luz, Coral había dado mil vueltas en la cama antes de conciliar el sueño. Los niños y los animales presienten el estrés en el entorno. Ya pueden decirles que todo está bien, que ellos huelen la intranquilidad y los nervios. O el miedo.

JP deambulaba por el salón; lo irritaba su nieta por primera vez. «¡Duérmete, Coral!», gritó en un par de ocasiones, como si fuese algo en lo que obedecer. Cuando por fin cayó rendida era medianoche y los nervios acumulados durante el día eran una estampida de elefantes furiosos. Cualquier pequeño detalle haría que estallase.

—El niñato ese no tiene ni idea. ¿Cómo puede saber lo que tengo con tan solo... *collons,* tan solo con el dedo?

—Porque lo hace a diario. Y si toca una zona dura, irregular, resulta muy evidente. Ahora te harán más pruebas: una resonancia o a lo mejor prefieren biopsiarlo directamente. Se toman unos trocitos con una pistola especial...

—Ya sé lo que es una biopsia —la interrumpió molesto—. ¿Qué consecuencias tiene que te quiten la próstata?

— El patólogo es el que ahora debe decidir. Hay una

clasificación de hasta diez entre los análisis de la PSA y la biopsia, y depende del Gleason que salga. Tu PSA estaba en cuatro. Lo peor que podrías tener es cuatro más cinco, que sería grave. Cuatro más cuatro sería agresivo, pero lo normal es que se cure. Aunque lo más probable es que tuvieras disfunción eréctil y pérdidas de orina.

—¿Permanente?

—En ocasiones, se recupera al año.

—¿Y si no?

—Es pronto para saberlo, pero tienes que ir mañana al hospital. También podría estar más avanzado y haber afectado a otros órganos. Hay que descartarlo cuanto antes.

—No voy a ir. Es el peor momento.

—Esto no funciona así, Casillas, las enfermedades no preguntan.

—¡Joder, es que no puedo descentrarme ahora! ¡Los *fills de puta* de la empresa de seguridad pretenden demandarnos! ¡Y no estamos seguros de quién está detrás de la muerte del puto elefante!

La palabra «elefante» despertó a Coral, que se sentó en la cama a escuchar.

—¡A mí me trae sin cuidado quién haya matado al puto bicho, pero es mi trabajo y tengo que dedicarle todo el tiempo! Hoy el comisario nos ha echado una buena bronca.

—Te entiendo, pero hay que hacer las cosas bien.

—¡¿Tú me vas a decir lo que es hacer las cosas bien en mi trabajo?!

—¡No, en tu salud! ¡Soy enfermera, *collons,* como dices tú, desde hace más de treinta años! Y entiendo que es complicado pensar en que te puedas morir, pero compórtate como un adulto, deja la investigación en manos de otros más jóvenes y mañana te vas a que te hagan la prueba te guste o no.

—¡No me digas lo que tengo que hacer! Mi trabajo es muy importante...

—Ya, llevo toda la vida oyéndote decir que salvas vidas. ¿Y cuántas vidas salvas? ¿Una o dos al año?

—¡¿A qué coño viene eso?!

—¿Y cuántas salvo yo? ¿Te lo has preguntado alguna vez? Todos los días, Casillas, todos los días. Hablamos con los pacientes, les quitamos el miedo que tienen, los animamos a seguir el tratamiento en circunstancias delicadas, les damos esperanzas, consejos de alimentación, ejercicios, los abrazamos cuando se caen sin fuerzas por la medicación, consolamos a los familiares, porque también para ellos es duro. Y los acompañamos en la pérdida de un ser querido. Tú no borras los teléfonos de los casos que no resuelves, pero te juro que a mí no se me ha olvidado ni el nombre ni la cara de un solo paciente que se me haya muerto. Carmen: sesenta y tres años; Candela: ochenta y cuatro, era la tercera vez que se le reproducía; Julián, que parecía que lo superaba; Marquitos, siete... ¡Tan solo siete años, joder!

El recuerdo de los pacientes le inundó la cabeza y se rompió. La incertidumbre de los últimos días era excesiva incluso para su buen talante.

—También yo tengo miedo —reconoció.

JP tampoco pudo más, había traspasado el límite, y salió de la casa dando un portazo delante de la niña. No pudo evitarlo.

Rosa se quedó petrificada. Notaba cómo le subía la tensión y respiraba con dificultad cuando contempló a su nieta apoyada en el quicio de la puerta del dormitorio. No podía tener un ataque de ansiedad. En ese momento, no.

—Ay..., amor. ¿Nos has oído discutir?

Y corrió a abrazarla olvidándose de sí misma. La protección de las crías propicia actos heroicos en muchas especies. La humana es una de ellas.

—¿El *iaio* se puede morir?

—Si no se muerde la lengua, no —dijo y arrancó la sonrisa preocupada de Coral.

105

El alcohol y las drogas no son un vicio exclusivo de los humanos.

En Yemen, las cabras mascan hojas de khat, plantas euforizantes; los renos, en el norte de Europa, comen setas venenosas y se dice que creen volar por el bosque; los mandriles, antes de las peleas, consumen raíces alucinógenas para aminorar el dolor de las heridas; los delfines mordisquean peces globo por sus efectos estupefacientes, y los avestruces, jirafas, distintas especies de monos e incluso los elefantes, se sacian con la fruta del árbol de marula, que los emborracha y los hace tambalearse como peleles.

Y es que no todas han desarrollado una mutación que les permita sintetizar el etanol, aunque sea en cantidades pequeñas. Los murciélagos, los simios y los humanos, sí. La evolución es eficaz y el consumo abundante de frutas maduras, al cabo de miles de años, aumenta la tolerancia a dicho licor.

Hasta un límite.

Pero en ninguna especie, salvo en la humana, los animales acuden al bar de la esquina cuando están deprimidos a embriagarse con tequila y contarle su vida al pobre camarero que esté de servicio.

Y eso era lo que hacía JP pasadas las dos de la madrugada, patético en su quinto chupito: dar la coña a un trabajador al que no le importaba su historia y que solo tenía en mente cerrar y marcharse a casa.

—Mi mujer es de puta madre —dijo con la boca pastosa, y el camarero pensó que si era tan estupenda qué coño hacía en la barra con un ciego del quince—. No he sabido valorarla como se merece. Trabaja como la que mejor, se ocupa de la casa y de todo. Y con buen humor. Es graciosa, la *jodía*. Sin ella no sería nadie. Na-die —recalcó—. Y tengo una nieta listísima.

JP se quedó en silencio y miró profundo a los ojos del camarero, que se asustó al pensar que le iba a calzar una hostia.

—Mi nieta me quiere —dijo por fin rompiendo la tensión—. No sé por qué puñetas, pero me quiere. Me adora. No como mi hijo, al que le caigo como el culo. ¿Qué le parece?

El camarero entendió que la pregunta era retórica y que no hacía falta que contestase. Pero no era así.

—¿Que qué le parece, *che*?

—Muy bien. Seguro que tiene usted una nieta encantadora y una mujer estupenda.

JP asintió convencido y el movimiento de cuello estuvo a punto de provocar que se cayese del taburete que, a duras penas, lo sostenía con un atisbo de dignidad.

—¿Quiere que lo lleve a casa?

—No hace falta, puedo llegar solo.

JP sacó un billete de cincuenta de la cartera y al hacerlo mostró la placa sin querer. El camarero cogió el dinero sin decir nada y le dio la vuelta lo más deprisa que pudo.

—Aquí tiene.

JP enfiló la calle de casa esquivando las baldosas sin pretenderlo. Había hablado mucho, pero no confesado lo que sentía: que le daba pánico mostrar debilidad, que jamás se lo había permitido, ni a través del cariño ni de la ternura.

Y que no sabía si estaba a tiempo.

106

Le había pedido una pastilla a Cristina. No le gustaba tomarlas, pero esa noche necesitaba dormir del tirón. Aunque su pareja se había tomado la ruptura mejor de lo previsto, no quería estar dando vueltas en la cama y cruzar miradas en cada uno de los giros.

Quería dormirse y ya. Hasta la mañana siguiente.

Y concilió un sueño muy profundo en el que le venían imágenes intensas y desordenadas que no iba a ser capaz de interpretar: un elefante que le brotaba de la espalda, animales con cabeza humana, árboles kilométricos de ramas que parecían raíces, rápidos interminables por los que se deslizaba a toda velocidad hasta un remanso de paz que podía ser un lago africano. Tumbada en la orilla, una sombra le tocó con dulzura la espalda y ella se arrebujó en la fina sábana que le cubría el cuerpo sin llegar a despertarse. Era el calor de un cuerpo entremezclado con sonidos de la selva. No se planteó a quién pertenecía. Al propio sueño, tal vez. Un abrazo tierno, una caricia en el pelo, un beso en el hombro, una mano en la cintura, una respiración en el oído, dedos que acariciaban la escarificación de la trompa que le recorría la columna vertebral.

Y entonces, cuando el tímido sol del amanecer interrumpió la noche, se despertó, no de golpe, y se sintió acogida en la ensoñación y en la realidad, y también excitada, aunque no estuviera segura de quién era el compañero de cama.

Olor a mandarina.

«¿Cristina? —pensó—. Estoy soñando con ella, con su piel en mi espalda, su olor, sus palabras dulces en mi nuca, su mano en mi vientre.» Una mano amante, atrevida, empezó a descender por el pubis hasta alcanzar la cinturilla de la ropa interior y rozar el vello.

—Te quiero —musitó una voz.

«Me quiere», pensó somnolienta, vencida aún por el cansancio. «¿Y yo?, ¿a quién quiero yo?» Y se sintió culpable una vez más al recordar la noche con Sidy en el lago. La mano amante se introdujo en la ropa interior con habilidad y permaneció ahí, varada, familiarizándose con el lugar alcanzado y sin atreverse a avanzar sin permiso, solo como promesa de placer. Elena se quedó bloqueada; se había excitado con el tacto de la piel, pero la mente no la dejaba ir más allá.

Cristina se dio cuenta de las dudas y le susurró al oído:

—Una bonita despedida, que nos quedemos con este recuerdo.

Elena no sabía decir que no, aunque traicionase a Sidy, porque ¿no había traicionado antes a su pareja con él? ¿Dos traiciones se anulan? ¿Era la matemática de las relaciones? Dio un respingo. Cristina separó la sábana que las cubría y recorrió su cuerpo, besó el vientre y bajó muy despacio hasta quitarle la ropa interior. Elena hizo un amago de sujetarla sin mucha convicción. Intuía lo que venía después, por lo que se tapó la cara con el antebrazo. Podría parecer que lo hacía para concentrarse, pero la realidad era que no quería mirar. Los animales, cuando no ven, creen que no son vistos, que el peligro desaparece, y en ocasiones se esconden mal, solo la cabeza, de ahí el falso mito del avestruz. También les ocurre a los niños pequeños de la especie humana.

Con los ojos cerrados, sintió como Cristina, cautelosa y desnuda, le separaba las piernas con ternura y buscaba su sexo con la lengua. Era una maestra capaz de hacerla volar. Lo había experimentado en muchas ocasiones y se dejó hacer, al principio sin abandonarse; «una despedida bonita», se decía, «se lo debo», y la excitación se disparó. A orillas del orgasmo, su espalda se arqueó involuntariamente con los espasmos, pero Cristina contuvo las suaves acometidas y recorrió de nuevo su piel, ahora de abajo arriba hasta sentarse sobre su rostro, con delicadeza, ofreciéndole su propio sexo. Elena, demasiado excitada para frenar, lo lamió con deleite mientras con la mano alcanzaba el suyo y acompasaba ambos ritmos. Los jadeos encendían aún más a su amante, que, con cadenciosos movimientos de cadera, aumentaba la fricción. Las contracciones previas al clímax les nacían de las entrañas y se iban expandiendo por el sistema nervioso; era como una carrera para alcanzar cuanto antes el orgasmo. En ese punto, Elena notó cómo su amante comenzaba a estremecerse cada vez con más ímpetu sobre sus labios y empezó a dar bocanadas de aire, agobiada. Se le cortó la excitación ante la angustia de no poder respirar; intentó decirlo, pero no era capaz de articular palabra debido a la opresión, cada vez más intensa. La violencia se acrecentaba. Alargó las manos para apartarla, pero Cristina le atrapó con fuerza las muñecas, inmovilizándola, sin dejar de dar golpes de cadera hasta alcanzar el orgasmo con un grito desgarrador.

Solo entonces, cuando entró en la fase de resolución, Elena consiguió empujarla a un lado.

—¡Joder! —acertó a decir—, casi me ahogas.

Pensó que había actuado así por la intensidad del orgasmo, pero al ver la cara de su amante, tumbada sobre las sábanas desnuda y satisfecha, sintió un escalofrío.

—Sois todas iguales —concluyó Cristina.

107

—¿Los animales son capaces de amar? ¿Nuestras mascotas nos quieren? ¿Qué pensáis?

Marina Santaolalla lanzó la pregunta a la clase que permanecía en penumbra, como era habitual. Enseguida, un murmullo se esparció entre los alumnos. El tema era polémico, de los que provocaban debate. Aurora saltó la primera.

—Por supuesto que aman. Son seres sintientes.

—¿Qué quieres decir con eso?

—Que experimentan dolor, ansiedad, que sufren. Que no son cosas, como se decía antes.

—Hasta ahí podríamos estar de acuerdo. Pero eso no implica necesariamente que amen. ¿Y el resto? ¿Qué pensáis?

—Yo tengo un perro —respondió la francesa—. Nadie me ha querido nunca tanto.

—¿Y eso no te entristece?

La francesa se quedó cortada ante la pregunta de la profesora y no supo qué responder.

—A ver, entiendo que se refiere a que le es fiel y no le falla nunca —explicó otro alumno saliendo al paso.

La francesa asintió más tranquila, aunque se quedó desasosegada.

—¿Eso es lo que buscamos en una relación, fidelidad?

—Es muy importante.

—Más importante es la libertad.

Varios alumnos se solaparon en las respuestas.

Elena los miraba sin digerir lo que opinaban; tenía la cabeza en la relación sexual tan perturbadora que había mantenido con Cristina al amanecer. Todavía se sentía despreciada.

Marina alzó la voz por encima del jaleo formado.

—De acuerdo, la fidelidad puede ser importante, pero ¿y el sentido del humor, y llevarnos la contraria con inteligencia, disfrutar juntos del teatro o de un concierto, ver una buena serie y comentarla, volver de un viaje maravilloso y pasarse tres meses repasando las fotos? ¿Y cuando alguien nos descubre su yo más íntimo? Esas conversaciones hasta las tantas de la madrugada exponiendo tu intimidad a otro ser humano, ¿sería comparable con pasear y acariciar al perro?

Nadie se atrevió a contestar.

—Yo creo que partimos de un problema terminológico —prosiguió Marina— y por eso los etólogos suelen hablar de apego en vez de amor. ¿Os parece que lo que siente un bebé o un perro es el mismo sentimiento que tenéis por vuestras parejas, padres, amigos, equipos de fútbol?

La clase rio el chiste de la profesora, que no interrumpió el discurso.

—¿Un bebé tiene la capacidad de NO querer a sus padres? ¿Puede reflexionar sobre ello? ¿Tiene esa libertad? ¿Un perro puede no querer a sus dueños? ¿Es su decisión?

—Te hace chantaje cuando lo dejas solo —reconoció la francesa.

Al escuchar la palabra «chantaje», Elena pensó en la discusión con Sidy de unos días atrás, cuando le advirtió de que Cristina la manejaba a su antojo. Esa noche se había enfadado, pero ahora se abría a la posibilidad de que tuviera razón.

—Ah, luego su amor no es tan incondicional —retomó Marina—. Lo que sucede es que es fácil de obtener: a tu perro le das de comer, lo sacas a pasear, lo acaricias de vez en cuando y con eso ya lo tienes.

—¡A mí también se me gana con eso! —respondió uno de los alumnos entre risas.

—Me lo imaginaba, Javier —respondió la profesora, que hizo reír al resto—. Y no creáis que lo critico. Llevamos una vida complicada, llena de estrés, incertidumbre, y el «amor incondicional» de un ser vivo aumenta nuestra autoestima, nos aleja de la soledad. Es muy gratificante... mientras lo pongamos en su justo lugar. Llevamos treinta mil años conviviendo con los perros y, en ese tiempo, han aprendido a expresar amor, saben lo que nos conquista y son capaces de sacar lo mejor de nosotros. El movimiento de cejas que desarrollan es único entre todas las especies y solo semejante al nuestro. Con esa variedad de gestos faciales reflejan nuestro cariño. Y el efecto es brutal.

—Entonces, ¿crees que ningún animal es capaz de amar salvo los humanos?

Marina se quedó en silencio y paseó por el aula.

—¡Qué difícil es afirmar eso! Yo adoro a mi perro. Y él a mí, sin duda —afirmó con una sonrisa cómplice—. A día de hoy, es imposible entrar en su mente. Lo que creo es que la sociedad actual se deja dominar por las emociones y no busca la verdad, el conocimiento. Desarrolla teorías y experimentos solo para demostrar lo que ya creía de antemano. Sesgo de confirmación: eso no es verdadera ciencia. Preferimos respuestas fáciles en un mundo que cada vez se nos torna más complicado. Como hablamos en una clase anterior, los animales no se parecen a nosotros, sino nosotros a ellos de modo sofisticado. Eso quiere decir que el germen del amor ya estaba presente antes de nuestra llegada. Si nos vamos hacia atrás, seguro que los neandertales lo tenían,

Homo erectus, también..., pero ¿hasta dónde podríamos retrotraernos? Los chimpancés, los gorilas, los delfines en otra rama, ¿los elefantes? Elena, ¿qué opinas?

Elena se quedó cortada, porque se dirigieron hacia ella las miradas de los compañeros.

—Blanca me quería —dijo con convicción. «De una manera más pura que Cristina», pensó para sí.

—Seguro que teníais una relación preciosa —respondió Marina, más emotiva de lo normal—. Me encantaría tener la respuesta a la pregunta, pero solo tengo dudas —afirmó ante el silencio respetuoso de la clase—. Y no estoy aquí para resolvéroslas, sino para aumentarlas. Sentid, por supuesto que sí..., pero pensad después. Si algo nos distingue de los animales es la capacidad para hacernos preguntas y tratar de responderlas. Eso sí —añadió tras una pausa en la que parecía dar la clase por concluida—, no creo que las gambas sean capaces de amar a otras gambas y, desde luego, no tienen sistema nervioso central. ¡Coméoslas sin prejuicios!

La afirmación molestó a Aurora, pero ya no hubo opción a réplica; los alumnos comenzaron a recoger sin parar de comentar las teorías de la profesora, salvo Elena, que estaba metida en su mundo. Cuando ya iban a salir, un estudiante preguntó en alto:

—¿La máxima expresión del amor sería dejarnos devorar por nuestro amado como hacen algunas arañas o las mantis religiosas?

A Elena le vino el recuerdo del orgasmo de Cristina durante el cual había estado cerca de ahogarla. Le dio un escalofrío al revivirlo.

—Eso no es amor —respondió sin poder evitarlo—. Es violencia.

108

JP entró en la UDEV con un café doble, las gafas de sol incrustadas en el cráneo, una camiseta de Mick Jagger más viejo que nunca, dos horas de retraso y una resaca de mil pares de narices. Atravesó la zona común soportando la mirada del resto de los compañeros hasta llegar al despacho en el que tenían centralizada la investigación y en el que Violeta hacía esquemas en la pizarra blanca. La tenía llena de flechas y sin un solo borrón.

La carita de su nieta disgustada por la bronca de la noche anterior le pesaba más que el alcohol. No saludó, se acercó a la mesa cargada de atestados, diligencias y notas informativas de lo que habían investigado hasta esa mañana y, de un golpe, los barrió con el brazo para desperdigarlos por el suelo. Violeta se sobresaltó.

—*A prendre pel cul!* ¡Empezamos de cero!

El cabreo de la noche anterior lo instaba a asumir el reto. Así era él, no se rendía ante nada. Otro tema eran los muertos que dejase por el camino, ya fuera su nieta, su mujer o su propia próstata.

—Tenemos a tres hijos de puta detenidos por intento de secuestro y de violación y no podemos vincularlos con la empresa de seguridad ni con la muerte de los animales. Asumamos, aunque no estemos convencidos, que son dos casos distintos. ¿Opciones?

Violeta, una vez hubo pasado el vendaval, tapó el rotulador y empezó a recoger las carpetas.

—Estos eran los nuevos sospechosos. He llegado pronto para ordenarlos.

—Ah..., joder, no sabía —respondió cortado—. Luego recogemos. Cuéntame de memoria qué tienes.

Violeta necesitó unos segundos para centrarse. Abandonó a su pesar los expedientes en el suelo, se acercó a la pizarra y sacó la lengua pensativa.

—Dos alternativas —dijo—. Una ya la habíamos valorado: el conflicto de los terrenos aledaños al parque.

Violeta señaló el esquema de socios, políticos y casos anteriores de corrupción que había detallado en la pizarra: todo un entramado.

—Es una sospecha razonable —aceptó JP tras beber un sorbo largo de café.

—Ha llegado un informe de la UDEF con análisis económicos y fiscales de empresas que podrían estar implicadas. Ya casi lo he leído entero.

JP levantó las cejas admirado, con una habilidad comparable a la de un perro. Desde hacía años sabía que se necesitaba más orden en las investigaciones. Violeta podría ser una buena policía. Y más tras su intervención en el intento de secuestro de Elena. Solo había que darle un poco de tiempo.

—Pero ha surgido una segunda posibilidad —señaló la inspectora.

—Soy todo oídos.

—Los antiespecistas.

—¿Perdona?

—Ya viste la que montaron con los rifles de *paintball* hace unos días. Es el mismo grupo que colgó la pancarta gigante en el baobab antes de la rueda de prensa.

—Ya, pero ¿de ahí a matar animales? ¿No se supone que les gustan?

—La mayoría de los grupos cometen acciones pequeñas: denuncias de maltrato en granjas, transportes en condiciones poco higiénicas. En ocasiones lo llevan a cabo de manera no muy legal: últimamente se pegan a los cuadros de los museos. Pero los activistas más extremos van un paso más allá, califican las granjas como campos de concentración nazi o hablan incluso de esclavitud. Hace poco, por ejemplo, liberaron a miles de visones que murieron en pocos días o mataron a otras especies autóctonas; prenden fuego a laboratorios, barcos de pesca. Han llegado a poner bombas en mataderos en Londres o México. En Internet he encontrado un foro en el que se habla de atacar zoológicos, incluso de asaltar circos.

—Pero si son los que encargaron la muerte de la elefanta y la chimpancé, ¿para qué montaron el follón de los disparos con pintura?

—¿Qué mejor coartada? No podemos ser sospechosos porque lo que hacemos es esto: denunciar sin hacer daño a los animales.

—¡*Collons,* lo que nos faltaba!

—Serían algo así como atentados de falsa bandera. Atacarían el zoológico con la pretensión de que todo el mundo se echase encima del propio parque, como ha sucedido.

Un compañero de la UDEV entró con prisa y los interrumpió.

—Miguel Poveda va a interrogar a vuestro detenido. Creí que debíais saberlo.

JP se levantó como un resorte, más rápido incluso que su dolor de cabeza, pisó las carpetas del suelo y salió del despacho antes de que su compañera pudiera reaccionar.

Cuando entró en el despacho en el que interrogaban a Adolfo Avilés, seguido por Violeta, se encontró con un ambiente distendido, unos cafés sobre la mesa y al inspector Poveda, un tipo rudo de cuarenta y cinco años con una sombra de barba oscura en la cara y un cuaderno entre las manos, que conversaba con el detenido y su abogado. Adolfo se tensó al ver a los recién llegados, hecho que no le gustó a Poveda, al que le había costado más de un cuarto de hora relajar el ambiente. JP se sentó a oír y alejó la silla de la mesa. Violeta se quedó en la puerta para no llamar la atención.

—Me estaba proponiendo un acuerdo —dijo Poveda.

JP no movió un músculo de la cara.

—Yo no maté al elefante ni al mono, ni contraté a nadie para que lo hiciera. Y tampoco rompí los huevos de la grulla.

—¿Y quién lo hizo? —preguntó Poveda.

—Ya le digo que no fui yo y mucho menos mis compañeros —añadió señalando hacia fuera de la sala—. Pero estaría dispuesto a reconocer que sí permití que los chavales del botellón agredieran al flamenco y que drogué al gorila, si eso ayuda en la investigación y se me tiene en cuenta ante el juez.

—¿Y en qué iba a ayudar lo que nos ha dicho? —preguntó JP.

—Ustedes siempre han pensado que todo estaba relacionado, pero no es así.

—¿Y entonces por qué intentaron secuestrar a Elena?

—A ver, secuestrar... Es verdad que quisimos darle un susto, nada más.

—¿Y por qué quisieron darle un susto? —repreguntó JP acercándose a la mesa y apartando a Poveda del interrogatorio.

—Me hizo la vida imposible desde que me pilló calzándole una hostia al avestruz. Esas aves tienen una mala leche de pelotas y me había picado en dos ocasiones. Por eso permití a los del botellón que maltrataran al flamenco. Fue una chiquillada, una venganza. No pensé que lo iban a matar. Pero ella se volvió loca y cuando nos acusó de asesinar a la elefanta la cosa se fue de madre. Habrán mirado nuestros teléfonos y si hubiéramos sido nosotros los que contratamos al tirador encontrarían pruebas.

JP recordó el wasap que le leyó el comisario el día anterior y que exculpaba a la empresa de seguridad.

—¿Y los pagos en criptomonedas?

—¿Quién me dice que no haya sido la propia Elena? Hacer un pago así no es difícil.

—Entonces, según usted, ¿la empresa SecurTotal Plus no le dio nada por los sabotajes? —preguntó Poveda para dejar claro ese punto.

—No.

—¿Y por qué la señorita Campos iba a involucrarse tanto en lo que ha sucedido?

—A ver, me parece increíble que ustedes no se hayan dado cuenta a estas alturas —dijo hiriente—. Elena quiere llamar la atención, se cree Agatha Christie. Llevo años trabajando con ella, la conozco, pregunten a sus compañeros. Necesita ser el foco. Por eso monta estos pollos.

—No le entiendo.

—Parece que la elefanta fuera suya.

Esa afirmación sorprendió a los policías. Habían tenido una sensación similar.

—Ni del zoológico ni de nadie —insistió—. Es como si se la hubieran matado a ella. Con la chimpancé, igual. Después de lo del flamenco se erigió en el centro de atención y me acusó. Monté lo del gorila para joderla, pero salió al revés: se la veía gozando de esa especie de sufrimiento público. Ella era la que más lo sentía, el director la llamaba, le hacía caso, escuchaba sus teorías. Con ustedes ha sido igual. No sé qué poder tiene para atraer el interés de la gente, pero vive para eso. Quiere que le hagan casito.

—¿Y a qué nos lleva su teoría? ¿Qué tiene que ver con lo sucedido?

—Yo dejé de hacer putadas porque me di cuenta de que no conseguía mi objetivo. Y un tiempo después destrozaron los huevos de las grullas. Ahí entendí que algo se me escapaba. Otra vez ella era el centro de todo; Elena, la mártir. ¿No les ha parecido a ustedes que la víctima de este caso era ella?

Los policías no contestaron, pero Violeta y Poveda no consiguieron ocultar que estaban de acuerdo.

—Ella tenía acceso a la sala de incubación, en la que no había cámaras instaladas y lo sabía —retomó Adolfo—. No sé por qué rollo mental ha seguido buscando protagonismo cuando yo ya había decidido abandonar.

—¿Está usted insinuando que ella misma contrató al tirador para que matara a la elefanta? —preguntó JP asombrado.

—Y así volver a ser la heroína que lucha por la justicia. No debió de tener suficiente y, unos días después, lo volvió a contratar para lo de la chimpancé. Es como si fuese una droga, cada vez quiere más.

—Munchausen —dijo Violeta bajito.

—¿Cómo? —preguntó JP

La inspectora hizo un gesto con la mano: luego se lo explicaría.

—Yo era su pelele, me provocaba y a la vez me acusaba de todo lo ocurrido ante ustedes. Estaba a punto de perder el trabajo y se me fue la olla. Por eso decidí darle el susto, pero no tengo nada que ver con la muerte de los animales. Fue ella.

109

Elena había decidido ir a recoger las pertenencias que tenía en Port Saplaya cuando Cristina no estuviese. Seguía consternada por lo sucedido esa mañana. Cualquiera podía tener un mal momento, pero al terminar, se levantó con frialdad y tras ducharse se marchó a trabajar sin pedir disculpas. Nunca se había portado así con ella. Era exigente en el sexo, pero también entregada y cariñosa. La noche anterior, cuando hablaron de dejarlo, estuvo comprensiva, incluso fue una situación bonita, tierna. ¿Qué le habría ocurrido para cambiar en unas horas?

Elena cogió la poca ropa que tenía en el armario, el cepillo de dientes y un par de libros que eran suyos.

Entró en el salón para buscar la tableta y vio, sobre ella, un teléfono nuevo con una nota.

«Para que sustituyas el roto.»

Elena no se lo esperaba. Sacó su móvil viejo del bolsillo trasero: la pantalla se había destrozado cuando se le cayó la noche del intento de secuestro. Aun así, dudó si debería aceptar el regalo. La realidad era que con el actual no podía leer bien los mensajes y le costaba marcar. Se lo tomó como un detalle de despedida. Lo cogió para observarlo de cerca: era un dispositivo de alta gama. El teléfono la sorprendió al reconocerle la cara y desbloquearse: tenía reconocimiento facial. ¿Cómo lo habría programado? Tal vez mientras ella dormía. Ese dato la inquietó. Trasteó en él y comprobó que era una copia exacta del anterior. Cristina se había tomado la molestia de clonarlo. A Elena le convenía tener todos los datos, pero se sintió desnuda. Ella tenía acceso total a su vida. Hasta esa mañana no le habría importado.

No quiso darle más vueltas al asunto, prefería salir de la casa lo antes posible. Pero al ir a guardarlo, se fijó en que tenía un aviso parpadeando en la zona superior de la pantalla. Con el otro aparato no lo podía ver, porque esa era la esquina más deteriorada. Llamó al buzón de voz con curiosidad; ya nadie dejaba mensajes grabados.

«Hola, soy Paloma. Perdona que te llame...»

Elena, que no se lo esperaba, se asustó y pensó en colgar, pero las siguientes palabras la hicieron cambiar de opinión.

«La otra noche me quedé preocupada. Mientras hablábamos escuché ruidos, un golpe y después gritos. Me pareció que alguien te estaba atacando. Te he llamado desde entonces a ver si estabas bien, pero tenías el móvil apagado o fuera de cobertura. Por eso te he dejado este mensaje...»

Elena sentía cada vez más curiosidad.

«Me gustaría que hablásemos. Es sobre Cristina. Ella no es lo que parece. Por favor, llámame.»

Elena se quedó atónita. Había apartado de su cabeza la llamada anterior, pero, aunque no sabía por qué, las palabras de la exnovia le sonaron sinceras. ¿Se preocupaba de verdad por ella? ¿No querría hacerle daño, como dijo Cristina al mostrarle los archivos?

La vencieron la curiosidad y la intriga por saber qué había pasado entre ambas. Se acercó al ordenador que estaba en la mesa del despacho contiguo al salón y tocó el teclado. Le pedía la contraseña. Había visto a Cristina rellenarla en ocasiones y la tecleó de memoria. No solo ella podía acceder a su vida, también al revés. Es lo que tiene ser pareja, es difícil esconder los secretos.

Los ordenadores de la casa estaban en red, por lo que buscó la «H» de hackeos y entró. Lo primero que encontró fue la «A» de Adolfo. Se sintió tentada de examinarla, pero estaba harta del tema y, con el vigilante detenido, prefería que la policía fuera la que se encargara. Bajó con el cursor hasta la «P» de Paloma e hizo clic. Se abrieron más de veinte carpetas nombradas con códigos difíciles de interpretar. Optó por la primera: imágenes escaneadas de un montón de resguardos de lugares en los que habían estado: conciertos, sesiones de cine, ópera, *El rey león*... Había visto con Paloma el musical y no se lo dijo. También guardaba billetes de avión a Londres, París y Seychelles —el viaje que le había propuesto a ella—; compras de ropa, tickets de restaurantes. Decidió salir del archivo, molesta por las coincidencias. Por otro lado, eran lógicas; cuando te gusta un lugar, una música o una diseñadora, quieres compartirlo con tu pareja.

Abrió una segunda carpeta al azar y se topó con unas fotos preciosas de Paloma en el atardecer, desnuda y montada en un caballo blanco maravilloso. El pelo le caía sobre los hombros en una actitud de recogimiento. Le recordaron el cuadro de Lady Godiva pintado por John Collier, que siempre la había fascinado. Encontró imágenes de la preparación; tampoco es que fueran sofisticadas, pero se notaba que no habían improvisado. En una última, se veía a Cristina acariciando al animal. No parecía tenerle miedo. Eso la confundió. ¿Podría ser que el caballo formara parte de una terapia para curar la fobia?

Se estaba empezando a sentir mal por curiosear en una relación anterior de su ya expareja, pero aun así abrió una tercera carpeta: había fotos de ellas dos en la entrada de la clínica de fertilidad. Parecían felices. También alguna más en la sala de espera y otra en el quirófano; todo apuntaba a que la hicieron mientras inseminaban a Paloma. Eso quería decir que lo habían intentado y Cristina le había mentido cuando le dijo que la dejó colgada con su deseo de maternidad. O tal vez había sido tras varios intentos fallidos. Era un tema delicado.

Decidió que ya estaba bien, se levantó inquieta y se frotó los ojos; le había subido la temperatura y sentía calor en las mejillas. Cogió el ratón para apagar el ordenador, pero la curiosidad pudo más que la vergüenza y eligió un archivo más y clicó: apareció una única foto en miniatura. Pinchó para ampliarla: el mismo caballo blanco de antes.

Muerto.

Sangraba tumbado sobre la hierba y teñía el césped de rojo, que brillaba con el sol.

No pudo soportar la visión y cerró todos los archivos lo más deprisa posible, apagó el ordenador, cogió sus pertenencias, incluido el teléfono nuevo, y abandonó la casa soliviantada, con la imagen del caballo en la retina.

110

JP y Violeta esquivaron a Poveda diciendo que se iban a tomar un café para hablar entre ellos, frente a la máquina, de lo sucedido en el interrogatorio de Adolfo Avilés.

—¿Qué *collons* es eso de Munchausen?

—A ver cómo te lo explico: seguro que has oído hablar de casos en los que una madre hace enfermar al hijo y lo lleva al médico constantemente.

—Sí.

—Esa es una de las manifestaciones más conocidas. De fondo, hay una necesidad extrema de llamar la atención, de que les hagan caso. También pueden ser ellos los «enfermos». Asumen el papel de víctima, como decía antes el detenido, e incluso, en ocasiones, no son conscientes de lo que hacen. Por lo que leí en su día, se da más en las mujeres.

—¡Joder con la veterinaria pirada!

—No soy psicóloga, no sé si encaja exactamente en el perfil, pero para Elena los animales podrían ser más importantes que un hijo. Humano, quiero decir.

—Eso seguro. Cuando vino la primera vez ya me lo pareció. ¿Y de verdad crees que eso es lo que le sucede?

Violeta sintió el peso de la responsabilidad. Tenía años de estudio en Criminología, aunque carecía de suficiente experiencia práctica.

—Habría que comprobar el historial de Elena, sobre todo de niña, la relación con su madre, las visitas al médico.

Deberían ser numerosas. Y también los informes de animales que hayan enfermado en el zoo. A lo mejor lleva años con este problema y ha ido acrecentándose con el tiempo.

JP sintió que le desbordaba: demasiado psicológico para él. Prefería lo simple: asesinatos pasionales, venganzas o robos que se van de las manos. Drogas, como mucho.

—Es mucho afirmar, pero si estamos empezando de cero, no perdemos nada por comprobarlo.

Ante la pizarra, ahora sí los tres policías, contemplaban el esquema ordenado y meticuloso que había preparado Violeta, en el que aparecían todos los implicados hasta entonces en la trama, fuera cual fuese su participación: desde Adolfo Avilés hasta los antiespecistas, pasando por Elena, la corrupción urbanística, la empresa de seguridad... Tenía separados los incidentes del parque de animales en dos columnas y dejado fuera el robo de las camisetas y el sabotaje de los tornos, que les parecían temas menores. En un lado, lo que reconocía haber hecho el vigilante: golpear al avestruz, dejar que agredieran a los flamencos y drogar al gorila. Y en el otro: destrozo de huevos, muerte de Blanca y de Jane. Violeta había usado el nombre propio de los animales por primera vez en la investigación.

—Vale, ¿qué relación puede haber entre los incidentes? —preguntó JP, al que se le había hecho interminable el proceso previo.

Poveda sintió que debía dar su visión de recién llegado.

—La muerte del flamenco fue casual, también podría haber fallecido el gorila, pero no se buscaba en ninguna de las dos acciones perjudicar tanto al parque como con los sucesos de la columna de la derecha. Suponen una escalada.

—Bueno, cargarse unos huevos tampoco es tan grave —argumentó JP.

—Para nosotros no, un par de tortillas, pero eran valiosos para el zoológico.

—Y, sobre todo, para Elena —apuntó Violeta.

—Ya, la veterinaria en el centro de todo —afirmó JP tocando el nombre en la pizarra—. Ha estado ahí desde el principio: vio cómo mataban a la elefanta y corrió a consolarla; todos los ojos vueltos hacia ella. Hizo una cesárea de urgencia a la chimpancé para sacarle a la cría. Otra vez la protagonista. Es acojonante.

—Si le damos credibilidad a esa teoría, ¿por qué la elección de esas víctimas y no otras?

—Porque eran importantes para la empresa: los huevos de una especie en extinción, según nos dijeron, la elefanta albina y la mona a punto de parir.

—Un pájaro y dos mamíferos... —enumeró Poveda intentando encontrar una lógica—. No veo relación.

—¡Esperad! —interrumpió Violeta.

Ambos policías la miraron expectantes. Ella se tomó unos segundos para elaborar la teoría.

—Creo que lo tengo: los huevos..., la elefanta embarazada...

—¿Estaba preñada? —preguntó Poveda.

—Sí, salió en prensa —aclaró JP—. Más victimismo para Elena—. Y la chimpancé también, claro.

—Joder —dijo Violeta, y sintió como se le ponía la piel de gallina en todo el cuerpo—. Y si todo tiene que ver con... ¿la maternidad?

111

Elena guardó con pesadumbre la ropa que había traído de casa de Cristina. Después, fue a depositar el cepillo de dientes en el vaso de cerámica del baño, pero se dio cuenta de que ya tenía otro. Un objeto tan sencillo que representaba el final de una relación.

El gato de Brezo se restregó contra su pierna. ¿Eso era amor o solo quería su ración diaria de comida? Ya no era capaz de distinguir lo que pensaba sobre el tema. La última clase del máster la había removido, con la sombra constante de su expareja, y más después de la conversación con la profesora, a la puerta del aula, en la que habían cambiado impresiones sobre el dominio. Sobre cómo sometían los machos a las hembras en el caso de los mamíferos, aunque hubiera excepciones: en las hienas o los bonobos el comportamiento se invertía y eran ellas las que ejercían el poder.

Según Marina Santaolalla, el dimorfismo sexual, la diferencia física entre machos y hembras, marcaba las estrategias de cada especie. A más diferencia entre los sexos, más control del grande sobre el pequeño. En los gorilas, orangutanes o chimpancés el macho era un treinta por ciento más fuerte.

—Los papiones —explicó Marina citando más ejemplos— mantienen una vigilancia muy estricta sobre las hembras, incluso violenta, no las permiten alejarse del harén.

—¿Y los humanos? —preguntó Elena.

—Hay menos diferencia entre los sexos que en cualquier otro primate; ronda el diez por ciento. Somos los más igualitarios entre nuestros parientes cercanos. Pero, cuidado, eso no quiere decir que no exista el dominio en las parejas.

—Y ¿en el caso de dos hembras? —preguntó Elena abriendo su intimidad.

Marina contestó desde el punto de vista científico, sin considerar otros aspectos.

—Entre los bonobos, por ejemplo, es habitual la cópula entre hembras —explicó—. Y más de veinte especies de primates tienen relaciones homosexuales.

—Eso lo había leído.

—Los machos tienen mala fama porque su dominio está basado en la violencia física, pero las hembras tratan por todos los medios de impedir que las subordinadas se queden preñadas. Y, si una de ellas pare una cría, la perturban para impedir que crezca con salud y así, pequeña y débil, nunca podrá subir en el estatus social. Las confinan en los márgenes del grupo, donde existen más peligros. Es raro que sobrevivan muchos años. Es más sofisticado, pero igual de terrible.

—Así que, cuando los humanos nos preocupamos de la movilidad social, resulta que el problema viene de atrás.

—Hemos evolucionado de antepasados comunes, eso no se nos puede olvidar. La agresividad, el clasismo, el miedo al diferente, el dominio..., están arraigados en nuestros genes. Si queremos luchar contra ellos, tenemos que aceptar nuestra realidad. No somos seres de luz.

Una vez se quedó sola, Elena comprendió que debía devolver la llamada que le había hecho Paloma. No iba a ser una llamada fácil.

112

La estética de JP no pegaba con el entorno. Acababan de dejar el coche en el *parking* público y alucinaba mientras recorría junto a Violeta la red de canales de Port Saplaya: el puerto interior, las casas pintadas en tonos pastel, la vegetación y los yates atracados... Todo limpio y cuidado, aunque con un toque *kitsch.*

Consiguieron convencer a Poveda, con la promesa de que lo pondrían al corriente de lo que les contara, de que acudir los tres a visitar a la veterinaria era intimidante.

—Joder, había oído hablar de este sitio, pero no lo había visitado nunca.

—Aquí no se cometen delitos —afirmó Violeta—. Por eso no habías venido. Son demasiado felices.

—Eso será —respondió JP sin quitar la vista de los veleros y los edificios bajos de múltiples colores—. Igualitos que los de mi barrio. ¿Vive aquí la veterinaria pirada?

—La noche del incidente me dijo que podíamos localizarla en esta casa, que se iba a mudar.

JP miró una vez más el entorno, sorprendido; le pareció más Las Vegas que Venecia.

—¿Vamos a hacer las cosas bien o como siempre? —se atrevió a preguntar Violeta.

—No repetiremos la metedura de pata que cometimos en la empresa de seguridad de ir por las claras. Tenemos la excusa de la detención de Adolfo Avilés y venimos a informar a la veterinaria de los últimos acontecimientos. Con sutileza, le sonsacaremos lo que necesitamos.

—Si es con sutileza, mejor hablo yo.

—Te estás viniendo un poco arriba.

JP sonrió. Resultaba que la pepinillo también tenía sentido del humor. A pesar de que todavía le dolía la cabeza, su ánimo había mejorado gracias a esta nueva pista. Necesitaba actividad fuera de la brigada.

—Es aquí —dijo Violeta, y señaló la casita de tres pisos con una buganvilla preciosa en la entrada.

JP la miró de abajo arriba: la puerta de madera natural, las flores, los ventanales, el color verdoso de la fachada, la terraza abierta al exterior con sus dos arcos; bonita era.

—Me equivoqué al no quedarme con la droga incautada el mes pasado. En fin, asumámoslo.

Llamó al timbre. Unos segundos después, salió Cristina vestida con ropa cómoda de diseño y descalza. Había regresado antes del trabajo para comprobar si Elena había pasado por allí a recoger sus pertenencias. Y así era, porque no estaba el móvil que le había comprado ni su ropa.

—¿Qué desean?

—Somos los inspectores Casillas y Palacios —explicó Violeta tomando la iniciativa—. Queríamos hablar con Elena Campos.

—Ah, ¿con Elena? —Se quedó un instante pensativa antes de responder—. Pues el caso es que ha salido.

—¿Y sabe dónde podríamos encontrarla?

—Ahora mismo, no. ¿Ha pasado algo? Soy su pareja, Cristina Alarcos.

—No, nada —la tranquilizó Violeta—. Tan solo queríamos ponerla al corriente de cómo van las investigaciones. Ya sabrá que hemos detenido a tres personas en relación con el intento de secuestro.

—¿Usted fue la agente que lo impidió?

Violeta no supo qué decir.

—Fue ella —señaló JP más para avergonzarla que por valorarle la actuación.

Cristina, de sopetón, le cogió las manos, hecho que ruborizó a la inspectora.

—Menos mal. Le estamos muy agradecidas. Espero que esto vincule a la empresa de seguridad en los sucesos.

JP y Violeta se miraron. Era evidente que ambas mujeres comentaban las investigaciones.

—¿Quieren que le diga que se ponga en contacto con ustedes?

—No hace falta —dijo JP zanjando la conversación—. La llamaremos mañana.

Ya se iban cuando Violeta se giró.

—Perdone, una pregunta. La señorita Campos, ¿está embarazada?

—¿Eh? —exclamó sorprendida—. No, no está embarazada.

Violeta hizo una ligera reverencia con la cabeza a modo de despedida y, cuando ya se hubo alejado un par de pasos hacia donde la esperaba JP, Cristina habló.

—Pero lo estamos intentando —y sonrió feliz.

113

Seguía pendiente la llamada a Paloma. Aunque Elena sabía que debía hacerla, algo en su interior la bloqueaba. No iba a ser una conversación agradable y no sabía si estaba preparada. ¿Podría confiar en lo que le dijera? El que hubiera localizado su móvil presagiaba obsesión por Cristina y, tal vez, que quisiera estropear la relación. Cuando se encontraron por casualidad en el restaurante de Madrid había reaccionado con excesiva tirantez. Sin duda, algo grave había sucedido entre ellas. Pero ¿de quién habría sido la culpa?

Se olvidó del problema durante un rato en el que confirmó a Brezo que no tendría que buscarse una nueva compañera de piso. «Si además casi no nos vamos a ver; tenemos turnos incompatibles. Mientras una duerme en el parque de animales la otra lo hace en casa.» Le dio el parte de Jamm, cada día mejor adaptado a su realidad: comía, dormía más horas del tirón y, aunque todavía era muy pequeño, respondía a los estímulos y no daba la sensación de estar estresado ni deprimido. Elena pensaba hacer un turno más largo, ya que había faltado un par de noches.

—Perfecto —aceptó Brezo antes de marcharse—. Vendré a media mañana.

Elena, ya sola, le dio un biberón que el chimpancé apuró hasta el fondo, le cambió el pañal, lo acunó y percibió el calor del cuerpito hasta que se fue quedando dormido mientras ella lo acariciaba con amor. Cuando estuvo convencida de que había cogido un sueño profundo lo depositó en la cuna y le colocó en la espalda el mono de peluche por si se despertaba que no echase de menos la figura materna.

Entonces se decidió. Miró a Jamm para asegurarse, una vez más, de que se había quedado tranquilo y salió a la puerta exterior del pequeño hospital para no despertarlo. Hacía un bochorno que presagiaba tormenta. Un rayo iluminó el cielo en la lejanía, en dirección al mar, y empezó a levantarse el viento previo a la lluvia. También el olor a humedad, almizcle y ozono indicaba que estaba próxima. Petricor, lo llaman. Los animales perciben las señales mejor que los humanos de ciudad, que han perdido la capacidad. Pero hay señales muy evidentes: un trueno retumbó.

La tormenta todavía estaba lejos, pero se acercaba implacable.

Con dedos temblorosos, marcó el número de teléfono desde el que la había llamado Paloma. No sabía si quería mantener la conversación, pero tampoco podía soslayarla. Alguien respondió al primer tono como si estuviera de guardia, esperando. Elena se sorprendió.

—Hola, ¿eres Elena? —preguntó la voz.

—Sí... —respondió cortada.

—Soy Paloma. Estaba preocupada por ti.

—Escuché tu mensaje. Tuve un incidente, pero estoy bien, nada grave.

—¿Algo de Cristina?

—No, no, nada que ver.

Paloma respiró tranquila.

—¿Por qué debería hablar contigo?

—Entiendo que desconfíes si ella ahora es tu pareja.

—Elena no la corrigió—. Pero Cristina no es... una persona normal.

—¿Y quién lo es? —respondió Elena.

—Ya, no me refiero a eso. Para mí es complicado hablar del tema, lo he pasado muy mal durante un tiempo y me cuesta meterme en la vida de otras personas, pero a la vez me siento responsable.

—Bueno, ya soy mayorcita.

—Por supuesto. Si te molesta esta conversación, te pido disculpas.

Se notaba que Paloma tanteaba el terreno con cuidado; no quería asustar a su interlocutora y que se cerrara en banda.

—¿Te puedo hacer yo a ti una pregunta? —dijo Elena tomando las riendas.

—Claro —respondió Paloma.

—¿Hiciste un tratamiento de fertilidad con ella?

—¿Te lo ha comentado?

—Algo así.

—Lo intentamos dos veces, pero no salió bien. En la segunda yo ya estaba a punto de cumplir los cuarenta y, cuando no funcionó, le dije que no sabía si podría soportar otro fracaso. Me dejó, sin más.

Las primeras gotas, avanzadilla de la tormenta que se avecinaba, cayeron sobre el asfalto de la entrada del pequeño hospital. Eran grandes y pesadas y producían un ruido sordo al caer. Elena salió para sentir el frescor.

—¿Te dejó ella a ti? —preguntó asombrada.

—Sí, yo estaba enamoradísima. Cristina sabe cómo seducirte, puede ser maravillosa, atenta, desprendida.

—He leído un mensaje bastante agresivo que le enviaste después de dejarlo.

—Lo pasé muy mal. Cuando cortó conmigo llegué a pensar en que solo me quería como útero para sus hijos.

Esa afirmación impactó a Elena, que instintivamente se

tocó el vientre mientras paseaba alejándose por el anillo exterior a la parte pública del parque.

—Sé que lo intentó con otra chica de treinta años, pero que ella no quiso. Después no he sabido nada en dos o tres años hasta que os vi en el restaurante. ¿Te lo ha pedido a ti?

—Sí —reconoció lacónica Elena.

—Se ha quedado sin tiempo. Estaba obsesionada con dar a luz un hijo propio, pero tenía muchos problemas. Había hecho ya varias veces el proceso cuando la conocí. Yo creo que también le afectaba el estrés. Cada inseminación la vivía como un drama. ¿Y qué le has dicho?

—Me lo pensé, pero no estoy preparada.

—¿Y cómo ha reaccionado?

—No sé, al principio bien, la verdad.

—Ya.

—¿Te puedo preguntar una cosa?

—Lo que quieras —aceptó Paloma—. Dime.

—He visto una foto preciosa en la que estás con un caballo...

Nada más mencionarlo, percibió tensión al otro lado del teléfono.

—Lo siento —dijo Elena—. ¿He dicho algo que te haya incomodado?

—No, perdona tú. Por eso he buscado tu número y me he atrevido a llamarte.

Se hizo un silencio durante el cual Paloma consiguió serenarse. Elena estaba agobiada y expectante.

—No entiendo.

—Se llamaba Alegría.

—¿Qué le pasó? Es que he visto una foto en el ordenador de Cristina...

—Dilo, con el cuello cortado.

—Sí, tenía una incisión y sangraba.

—Lo hizo ella, Elena. Cuando le dije que no iba a someterme a más tratamientos de fertilidad.

Elena se llevó una mano a la cara para ahogar el grito. Su cerebro dedujo lo ocurrido.

—¿Era una yegua? —preguntó temiéndose lo peor.

—Sí. Y estaba embarazada de un potrillo.

114

JP llegó a casa. Era tarde, pero Coral no había aceptado acostarse sin darle un beso, aunque no le leyera el cuento. Cuando lo vio entrar, ya en pijama, corrió a abrazarlo. JP reaccionó como un gorila que se topa con una cría juguetona sin saber bien a qué se debe esa demostración de amor; una combinación de extrañeza e inseguridad en un bicho de casi doscientos kilos. La niña le echó los brazos al cuello y él la levantó como a un cachorrillo. Permanecieron así unos segundos eternos en los que la niña lloraba de emoción y también el abuelo, algo que no le había sucedido antes, ni con la muerte de sus padres hacía unos años, el nacimiento de su hijo o la resolución del caso más complicado de su carrera. Cerró los ojos y solo percibió el olor de la cría, la suavidad de la cara que él pinchaba con la barba, la respiración tenue del pecho y la presión de las manitas en la espalda. Lo disfrutó sin que el diálogo interior tratara de explicarlo, sin que mediase el cerebro racional, y entró en un mundo en el que las reflexiones estorbaban.

Lo vivió como lo habría hecho un animal: pura emoción.

Tras un buen rato, no sabría decir cuánto, abrió los párpados y se encontró con los ojos de Rosa, igual de emocionada. Los labios de JP se despegaron sin que el cerebro interviniese de manera consciente y, mirando a su esposa, susurró: «Perdón».

La niña se separó relajada y se sorbió los mocos. Era lo que tenían las crías humanas, capaces de transitar de la tristeza a la felicidad con una velocidad pasmosa que se perdía al cumplir años.

—No quiero que discutáis más, *iaios* —dictaminó, e hizo un ademán a Rosa para que se acercara.

Rosa abrazó a la pareja con fuerza y JP se sintió acogido, frágil y menos hierático que de costumbre. Tuvo que hacer un esfuerzo para no romper a llorar como un niño.

—Claro —aceptó con la voz temblorosa—. *No discutirem més.*

—En clase decimos una palabra cuando queremos que dos niños dejen de pelearse.

—Estupendo —intervino Rosa secando una lágrima rebelde—. Escoge una.

—No sé... ¿Banana Split? —propuso.

JP estalló en una carcajada; la elección lo había desconcertado.

—No hay quien discuta después de que alguien diga «Banana Split» —admitió.

Coral sonrió satisfecha, se acurrucó entre los abuelos y suspiró feliz.

—Me voy a dormir —resolvió tras unos instantes. Saltó de los brazos de JP y se fue a la cama dejando solos a los adultos.

Se habían quedado medio abrazados, pero sin la intercesión de la nieta. Se miraron. Años de convivencia viajaron en esa mirada: momentos duros de discusiones, pero también apasionados de sexo placentero y, aunque JP no fuera consciente, de detalles llenos de cariño que se le habían escapado sin querer. También años de soledad compartida, de incomprensión y de alejamiento; años de cansancio y rutina que, ahora, la visita de la nieta durante dos semanas había puesto patas arriba. Una nueva oportunidad que JP sentía que no debía dejar pasar.

—Estoy deseando ir al concierto de los Rolling contigo —dijo.

—Y yo.

—Y te prometo que a la vuelta me opero. Sea como sea, quiero vivir más años.

Rosa asintió preocupada, pero con ilusión.

—Pues a ver si follamos mucho en Londres —añadió—, por si las moscas. Que luego igual me dejas a dos velas.

115

La conversación telefónica había conmocionado a Elena. Tanto, que deambulaba perdida por el parque. La tormenta amenazaba cada vez más cerca, pero a ella sentir las gotas sobre la cara la aliviaba de su angustia. Se había olvidado de Jamm, dormido en la sala de curas, de Sidy y de Adolfo. Su pensamiento solo estaba centrado en Cristina, aunque tuviera mermada la capacidad de concentración debido el agotamiento emocional de la última semana. ¿Qué quería decir que hubiese matado a la yegua? Jamás habría concebido que su expareja fuera capaz de hacer algo así. ¿Habría sido sincera Paloma? ¿Qué buscaba contándole eso?

Sin darse cuenta, los pies la guiaron, a través de la Cueva de Kitum, hacia el lugar en el que había empezado todo: el hábitat de los elefantes. La cueva estaba oscura, los reflejos del agua de la piscina de los hipopótamos creaban caprichosos dibujos en movimiento que se proyectaban en las paredes. El aspecto era prehistórico. Encontró la abertura en la falsa roca que daba al bosque de baobabs. Estaba vacío desde hacía horas y tampoco veía a nadie de seguridad. Se subió al muro, salió por la oquedad y saltó a la arena, no eran más de tres metros y medio. Cayó bien, sin hacerse daño. La luna llena combatía contra los nubarrones para iluminar el entorno. El resultado era sobrecogedor: un juego de luces y sombras, de nubes voluptuosas y agresivas que el viento movía sin cesar en un intento de cubrir los rayos solares reflejados por el satélite.

Caminó hasta el lugar en el que Blanca había sido abatida por el tirador y se dejó caer al suelo. Cogió arena con las manos, las levantó y los granos se deslizaron entre sus dedos como el tiempo perdido que jamás se recupera, el amor que desaparece con la muerte o la confianza que se esfuma en la pareja.

¿Qué sentido tenía que la yegua estuviese embarazada? Tal vez, Cristina no había podido soportar que fuera a tener una cría y ella no. Elena entró en bucle con esa idea: «Si ella no puede, que nadie pueda». Fue entonces cuando recordó los huevos destrozados y la insistente negativa de Adolfo de haber sido él el que los rompiera. Cristina sabía lo importantes que eran y también que estaban en proceso de inseminar a Blanca. Durante esas semanas, no había hablado de otro tema, poco atenta al sufrimiento de su pareja. Era una locura ni siquiera imaginar que Cristina hubiera cometido una atrocidad así: la había ayudado en la investigación y encontrado pistas que inculpaban a Adolfo. Ella misma arriesgó la vida para hackear el móvil del vigilante y a lo mejor había sido una estratagema para proporcionarle datos falsos; despistarla de la verdadera culpable. No podía creerlo. La explicación tenía que ser otra e iba a encontrarla. Eso era, Paloma pretendía generarle dudas. Al fin y al cabo, no la conocía de nada. ¿Por qué fiarse? Ella podría haber matado a su propia yegua para inculpar a su ex. A lo mejor, ni siquiera era una yegua. Y podría haber contratado al tirador para continuar con la venganza.

Pensó en Jane, también abatida, también embarazada. Y recordó que había dejado solo a Jamm, aunque estuviese dormido. Las gotas empezaban a caer con más fuerza y, de golpe, el cielo se desplomó sobre su cabeza. Una orgía de rayos y truenos se enmarañaban en el cielo de Valencia.

Se levantó manchada por el barrillo que se había formado e intentó salir del recinto por donde había accedido. Pero era más fácil entrar que escalar para salir. Era una construcción diseñada para impedir que los elefantes se escaparan o interactuasen con la trompa con los visitantes. Pretendió trepar por las falsas rocas, pero el agua las convertía en toboganes resbaladizos. Cuando estaba a punto de alcanzar la abertura de salida, resbaló y cayó en el charco que había formado la lluvia. Estaba empapada y sucia, las muñecas le dolían a causa de las bridas con las que se las habían atado en el intento de secuestro, pero no podía rendirse. Otra posibilidad sería rodear la gran extensión del hábitat, lanzarse al lago y nadar hasta la orilla contraria. Ahí la barrera era más baja.

Pero tardaría mucho, por lo que decidió escalar de nuevo. Ahora se fijó con más precisión en la textura de la roca, que imitaba muy bien a las de verdad. Fue introduciendo el pie en cada pequeño recoveco y se aferraba con los dedos a las hendiduras que le ofrecieran sujeción. Ascendió concentrada hasta alcanzar la abertura por la que había entrado. La atravesó y se introdujo en la Cueva de Kitum empapada hasta los huesos. Se secó las gotas de la cara y corrió. Se había alejado mucho de la sala de curas; tenía que salir del espacio público del parque, entrar en el anillo que lo circunvalaba y recorrer por lo menos trescientos metros. Lo hizo sin detenerse, bajo la lluvia y con los rayos que iluminaban el camino. Al llegar, respiró un instante antes de abrir la puerta; estaba sin resuello. Entró en el pequeño hospital y después en la sala de curas. No se oía llorar a Jamm y eso la tranquilizó. Avanzó a oscuras hasta la cunita. Estaba oscuro, pero se vislumbraba, entre las sombras, el mono de peluche. Jamm no se quejaba, debía de seguir dormido. Elena no tenía ni idea de cuánto tiempo había tardado en regresar. Estaba helada y con restos de barro pegados al cuerpo, así que decidió quitarse la ropa que tenía para dormir y ponerse la seca con la que había llegado. Cuando se quitó la camiseta mojada y los pantalones, de pronto, un rayo iluminó la estancia y se reflejó en los barrotes de madera de la cuna. ¿Y Jamm? Le pareció que no estaba. Al ver el peluche había dado por supuesto que permanecería acurrucado en él. Se abalanzó y cogió el muñeco. Estaba su olor, pero nada más. No era posible. ¿Y Jamm? Se demudó. ¿El monito era pequeño como para poder trepar? No estaba segura, según pasaban los días estaba más activo.

Lo empezó a llamar cada vez más nerviosa.

—¿Jamm? ¡¿Jamm?! ¿Dónde estás?

Buscó la luz, pero al apretar el interruptor, no se encendió. La tormenta debía de haber provocado un apagón en la zona. Se pondría en marcha el grupo electrógeno, pero no daba luz a todo el parque, la zona de los animales peligrosos tenía prioridad, como era lógico. Buscó el móvil, que estaba en el colchón sobre el suelo, y encendió la linterna. Recorrió con el pequeño haz los rincones de la habitación, pero no encontró a la cría de chimpancé. No entendía qué podría haber pasado.

Era como si alguien se hubiera llevado a Jamm.

Desnuda y empapada, con barro en las uñas y en el pelo, como una madre primitiva que ha perdido a su cachorro, salió de la sala del pequeño hospital desesperada. No había ni rastro del monito. ¿Qué sentiría una chimpancé que hubiera perdido a su cría en la oscuridad de la noche atestada de peligros? ¿Pánico? ¿Terror?

Avanzó unos metros desnuda bajo la lluvia y aulló desde las entrañas.

—¡¡¡Jamm!!!

PARTE VI

116

—

Tras una noche de fuertes lluvias, había amanecido soleado en todo Valencia.

A estas alturas de la investigación, los policías se orientaban por el laberinto del parque casi como si fuera la UDEV. Llegaron a la entrada de la Cueva de Kitum, en la que se encontraron con un buen número de visitantes con gorras con las que evitar el sol. Abalde los esperaba allí, entre ellos. Su indumentaria era igual de informal que de costumbre: el polo de siempre y un pantalón de múltiples bolsillos; remataba la imagen con la coleta canosa. JP no se acostumbraba a que un director, por muy técnico que fuera, vistiese así, y eso que él llevaba una camiseta de Megadeth.

—Buenos días, inspectores. Lo primero, quería agradecerles su intervención del otro día —dijo al recibirlos—. ¡Quién sabe qué habría ocurrido si no hubieran estado!

—El mérito es de la inspectora.

Violeta, abrumada, sacudió la mano para quitarle importancia.

—Es nuestro deber.

Abalde la miró con admiración y les indicó el camino hacia el interior de la cueva.

—Hemos tenido una noche complicada, porque se fue la luz en toda la zona, pero ya está subsanado. Me ha sorprendido que quisieran ustedes ver a Elena, ¿ha sucedido algo nuevo?

JP negó con la cabeza.

—Ahora que tenemos detenidos, queríamos hablar con ella sobre algunos detalles.

—Estoy consternado con la participación de Adolfo Avilés en la agresión de la otra noche. Es verdad que Elena nos decía que estaba implicado y daba detalles, pero no me lo acababa de creer.

—¿Y confía en Ximo Alborch, su jefe de seguridad?

Abalde se detuvo.

—¿Ximo ha tenido también algo que ver?

—Pensamos que no, pero al ser el jefe directo de Adolfo Avilés, no podemos descartar nada —respondió JP, que ocultaba parte de la información que tenían sobre la posible vinculación en el accidente de Sidy.

—Bueno, eso sería terrible. Ya no sabría en quién confiar.

—No se preocupe, si sospecháramos de él, sería el primero el saberlo.

O no, pero eso no se lo iba a decir. Con Abalde guiándolos, terminaron de atravesar la cueva y salieron al anillo exterior de la zona visitable a través de dos grandes portones hechos con troncos de árbol. Los inspectores le habían adelantado, sin detalles, el motivo de la visita.

—La acabo de llamar, pero no me ha cogido. Debe de estar en la sala de curas, en el pequeño hospital que tenemos para los animales —explicó—. Es el lugar que hemos acondicionado para criar a Jamm, el chimpancé recién nacido.

—Sí, todo Valencia lo conoce —afirmó JP.

—El nacimiento ha tenido mucha repercusión —reconoció el director—. Y se encuentra fenomenal. Es un monito muy fuerte. Elena hoy hacía un turno más largo. Brezo, una compañera, la sustituirá a media mañana. Nos vamos cambiando, es cansado ocuparse de un animal tan pequeño.

—¿Elena es buena veterinaria? —preguntó Violeta en tono desenfadado mientras caminaban.

—Sí, fantástica. En cuanto la vi me di cuenta de que lo llevaba en la sangre. Tiene un don para tratar a los animales, además de una estupenda formación académica.

—Pero ¿no tiene una vinculación excesiva con ellos?

—Sí, es innegable. En ocasiones me ha preocupado, pero la realidad es que los cuida como nadie, se da cuenta enseguida de lo que les pasa.

—¿Y ha notado si han enfermado más desde que está de encargada? —prosiguió Violeta.

—No entiendo qué quiere decir.

—Estadísticamente, ¿diría que enferman más o menos que antes de hacerse cargo ella?

—Bueno, yo no diría eso; ella detecta enseguida los problemas. Antes que ninguno de nosotros.

Violeta y JP se miraron.

—¿Se han planteado que ella hubiera provocado algún tipo de dolencia a los animales?

—Pues no, la verdad. Sería una locura. ¿Creen que Elena ha tenido que ver en los sabotajes que han ocurrido?

JP se detuvo cerca de la entrada del pequeño hospital en el que estaba situada la sala de curas. Una de las cuidadoras descargaba sacos de arena de una carretilla cerca de la puerta. Abalde no quería que escuchase la conversación.

—¿Podrías avisar a Elena de que queremos hablar con ella?

—Claro —dijo, acarreó un último saco y después se dirigió al hospital veterinario. JP, cuando se hubo alejado lo suficiente, habló en confidencia.

—Le pido discreción: a estas alturas estamos abiertos a todas las opciones.

—¿Ya no piensan que SecurTotal Plus esté detrás de lo sucedido? —preguntó temiéndose haber influido en el Consejo sin justificación.

JP hizo un silencio valorativo durante el cual vio que un vigilante al que no conocía, a lo lejos, corría como buscando a alguien. Aunque iba apresurado, no le pareció que tuviera que ver con ellos, por lo que prosiguió.

—Lo que le comento es reservado: no creemos que Adolfo Avilés esté implicado en todos los sabotajes. Sí en algunos: lo del gorila, los flamencos esos, pero podría haber un segundo culpable que se hubiera aprovechado de lo que sucedía. Está claro que la empresa de seguridad se ha beneficiado, pero no es fácil de demostrar su vinculación. Y Elena...

En ese momento, el vigilante chilló descompuesto unos metros antes de alcanzarlos.

—¡¡Abalde!!

El director técnico se giró sorprendido por el grito, que sonaba desesperado.

—¿Qué ocurre?

—Por fin te encuentro. La cascada... —acertó a decir entre jadeos.

Se notaba que había corrido un buen tramo.

—¿Qué ha pasado?

—La cascada de los chimpancés. Está apagada. No cae agua.

—¡Es imposible!

—¿Y eso por qué es tan grave? —quiso saber JP.

—Los chimpancés se podrían escapar del recinto —explicó Abalde aterrado.

—Me temo que están a punto de salir. El río tiene apenas unos palmos y ya sabes lo curiosos que son.

—No ha sonado la alarma —dijo Abalde encendiendo el *walkie* que siempre llevaba en uno de los bolsillos.

—No. No entiendo qué ha podido pasar. ¿Podría ser por el apagón de anoche?

—Llama a la Policía Nacional y a la Local para que acudan con las armas, y yo voy a poner en marcha el protocolo de escape de animales.

Abalde se marchó a toda velocidad dando órdenes a través del *walkie* y JP detuvo al vigilante antes de que se fuera tras él.

—A la policía ya la llamo yo, vendrán antes; pero explícame bien qué sucede.

El vigilante tomó aire para no trabarse. Estaba acelerado.

—¿Recuerda cómo es el hábitat?

—Sí, el centro está lleno de árboles y vegetación, y en el fondo, la cascada, que es como en una montaña...

—Y hay un río que rodea todo el entorno —completó Violeta.

—El agua cae de la cascada y vierte en el río, que debe de tener unos cuatro metros de profundidad. A los chimpancés el agua les da miedo y no se meten. Sirve de límite natural para que no se escapen. Si se seca...

—Pueden salir y circular por el parque a su antojo —concluyó Violeta.

—Eso es. Hay un protocolo para evacuar a los visitantes y llevarlos a zona segura. Aun así, avisamos a la policía, que tienen armas especiales para dormirlos. Nosotros también tenemos, pero si se escapase toda la familia podríamos tener problemas serios.

JP miró a Violeta, que cogía el móvil para llamar a los compañeros, en el momento en el que la cuidadora salía del pequeño hospital.

—Elena no está —dijo.

—¿Cómo? —preguntó JP.

—No está en la sala de curas. Y tampoco Jamm.

117

Seca, con el pelo arreglado y la ropa limpia con la que llegó al parque, Elena llevaba un buen rato sentada enfrente de la clínica de inseminación mirando el mensaje que había recibido en el móvil pasada la medianoche: «Solo hay un camino para recuperar a Jamm».

La propuesta era una locura: una maternidad por otra.

¿Qué prefieres, le había planteado JP en el primer interrogatorio, a los humanos o a los animales? En días así, prefería a los animales.

«No llames a Sidy ni a la policía, no llames a nadie si quieres volver a ver al chimpancé con vida.» Temía que Cristina fuera capaz de cumplir la amenaza, lo había sospechado ante la foto de la yegua muerta. Y si viera los ojitos de Jamm, amorosos, grandes y tan expresivos, ¿también podría acabar con él? La duda se le hacía insoportable. Después de salvarlo del vientre de la madre moribunda, no podía permitir que le arrebataran el futuro a ese pequeño ser que no tenía la culpa de nada. Como tantas víctimas, animales o humanas que son asesinadas tan solo por placer o por el dominio del territorio. ¿De verdad podía poner en un plano de igualdad a unos y a otros? Las palabras de Marina Santaolalla le resonaban: «En su justa medida»; y ¿cuál era?

Preguntas sin respuesta en su cabeza.

Había salido del parque a escondidas entre las sombras de la noche. Brezo tenía que sustituirla a media mañana, por lo que era probable que todavía nadie la echase de menos. Y para esa hora, estaba en sus manos el que todo se hubiera solucionado.

Desde muy temprano permanecía sentada ahí, a la espera de que se hiciera de día y abrieran la clínica. Sin moverse del banco, había visto entrar a las trabajadoras. No era capaz de pensar con claridad, estaba derrotada. Necesitaba que algo tuviese sentido: que sobreviviera Jamm, que Cristina tuviera el hijo soñado. Ella era mero artífice de que la vida continuase, de que los genes se transmitieran. El niño estaría bien cuidado y el chimpancé también, aunque el dar a luz a esa cría humana la ligase para siempre con su expareja. «Sus genes y mi vientre», pensó cuando consiguió serenarse. Igual que la ligaban a Jane los cuidados a Jamm cuando lo rescató de su vientre. Tenía sentido. No podía fallar a la chimpancé, que había aguantado con aliento lo necesario para salvar a la cría.

Sin saber bien en qué instante tomó la decisión, o si fue inconsciente, un pie tiró del otro y ambos la condujeron a la entrada de la clínica, donde, para su sorpresa, la esperaban. Cristina lo había dejado todo bien atado: los había llamado la tarde anterior para contarles que, al final, Elena estaba encantada y se implantaría el embrión y que ella prefería no estar presente, porque el proceso había sido tan doloroso que temía influir negativamente. La doctora estuvo conforme a pesar de la precipitación con la que la avisaron. Era la mejor solución, le había dicho a Cristina en confianza, ya era mayor para quedarse embarazada; intentarlo una vez más con ella sería desperdiciar el embrión que quedaba congelado. Y Elena estaba en los días perfectos del ciclo; no en balde, Cristina controlaba desde hacía tiempo la aplicación que tenía en el móvil en la que recogía los periodos. La ruptura aceleró el plan, pero no fue casual el día elegido para el secuestro.

Elena corroboraba con su presencia la aceptación del tratamiento, nada hacía presagiar que acudiera forzada ante la amenaza de que otra vida se perdiese. Se dejó guiar por las amables enfermeras e hizo todo lo que le pedían: firmar los papeles del consentimiento, desnudarse en una de las habitaciones de la clínica, ponerse el camisón abierto por la espalda, recorrer el frío pasillo hasta el quirófano donde le harían la implantación, atender a las indicaciones de la doctora al preparar el ecógrafo, sentarse en el potro similar al del parto mientras el biólogo llegaba con la cánula en la que el embrión ya estaba descongelado desde la tarde anterior.

Y abrirse de piernas para recibir una nueva vida.

118

Hubo sustos, carreras y una actuación eficaz del equipo, que llevó a los visitantes a las zonas de seguridad incluso en menos tiempo que en los simulacros. El propio Abalde tuvo que disparar el dardo tranquilizante a Gombe, que se había vuelto irascible cuando, en su escapada, se dio de bruces con el cristal tras el que se encontraba el leopardo, su enemigo natural. La policía, tanto la Nacional como la Local, se había personado enseguida tras la llamada de Violeta para colaborar en lo que fuera necesario y contribuyó a la tranquilidad de los visitantes.

A media mañana la situación quedó controlada. La cascada volvía a funcionar, el agua subía de nivel en el río y el chimpancé macho permanecía adormilado en el cobijo por el efecto del sedante.

Pero quedaban un montón de cuestiones sin resolver: el sistema de la cascada había sido hackeado y también las cámaras de seguridad, que no grabaron durante la noche.

—Esto deja claro que no se han terminado los sabotajes —expuso JP, reunido con Abalde, el equipo de cuidadores y Violeta en la sala de juntas de las oficinas—. Alguien quiere que continúe el caos.

—Elena y Jamm siguen desaparecidos, no sabemos desde cuándo —señaló Abalde, que miró a Brezo por si tenía más datos.

—Yo me fui ayer sobre las diez de la noche. Y, ahora que lo pienso, me pareció que Elena estaba preocupada, aunque tampoco es extraño con la época que llevamos. No me preguntó con detalle, como suele hacer en otros cambios de turno.

Abalde y JP se miraron. La veterinaria podría estar pirada, como decía el policía, pero no tenía la capacidad de alterar el sistema informático. El director técnico hizo una indicación para que saliera todo el mundo y quedarse a solas con los policías.

—Muchas gracias a todos, de verdad. Sin vosotros esto podría haber acabado en desastre.

Brezo y los responsables de las demás áreas salieron compungidos sin hacer comentarios. Ya solos, Abalde se dirigió a los inspectores con desasosiego.

—No quiero decir lo que voy a decir, pero ¿Ximo? —preguntó.

JP enarcó las cejas. Era una opción que él también había valorado, aunque ya no daba nada por supuesto.

—Ha dicho que vendría ahora, en cuanto la situación estuviese completamente controlada —prosiguió Abalde—. La empresa que lleva el sistema informático, que ya se imaginarán que es complejo con tantas instalaciones, investiga la IP desde la que nos han hackeado. Aunque los atacantes han sido eficaces, parece que lo han hecho con prisa y no se han ocultado lo suficiente. Espero que nos digan algo pronto.

—¿Y alguien tiene idea de cómo podríamos localizar a Elena para entender por qué se ha llevado al mono?

Abalde se levantó y abrió la puerta de la sala de juntas.

—¿Brezo?

La encargada de los simios, que todavía permanecía en las oficinas adyacentes, se acercó solícita.

—¿Se te ocurre dónde podría estar Elena?

—No, he intentado localizarla, pero no contesta —respondió preocupada—. Voy a llamar a Sidy, a ver si él sabe algo.

—¿Podría estar con su pareja? Ayer por la tarde nos pasamos por la nueva dirección que nos dio Elena —explicó Violeta—. No se encontraba allí y hablamos con una tal Cristina Alarcos.

—Perdón —respondió Brezo cortada con el teléfono en la mano—, ya sé que es un tema personal... No ha llegado a irse a vivir con ella. Sigue en mi casa. No sé los detalles, pero por lo visto tuvieron una fuerte discusión.

—¿Sabes sobre qué discutieron? —se interesó Violeta—. Su pareja nos dijo que intentaban quedarse embarazadas... ¿Podría haber sido ese el motivo?

Brezo se encogió de hombros; Elena no le había dado más información al respecto.

—No veo en qué nos podría afectar todo esto —dijo Abalde.

—La maternidad —recordó Violeta.

Abalde los miró sin comprender. A JP no le hizo gracia, pero explicó las deducciones a las que habían llegado sobre el tema.

—Creemos que, tal vez, todo tenga que ver con eso.

—¿Con la maternidad? —preguntó Abalde evaluando esa hipótesis—. Blanca y Jane estaban preñadas.

—Y también ocurrió lo de los huevos —apostilló la inspectora.

Brezo los interrumpió mostrándoles el móvil.

—Tengo a Sidy.

Lo puso en altavoz para que todos pudieran oírlo.

—Hola, Sidy —se adelantó Abalde—, no podemos explicarte mucho más, pero necesitamos saber dónde está Elena.

—No me coge y la he llamado cada cinco minutos. Me tiene muy preocupado. Estoy volviendo a Valencia.

—¿Dónde podría haber ido con Jamm?

—Uff... A ver —empezó con prudencia—. Elena y yo tenemos la ubicación compartida desde que sucedió el intento de violación de la discoteca.

Abalde quiso pedir una ampliación sobre ese hecho que desconocía, pero comprendió que no era el momento. JP y Violeta se miraron ansiosos: tener la localización era, por fin, una buena noticia.

—Todo es extraño. Ha permanecido mucho rato en la dirección que le estoy enviando a Brezo.

Brezo, sin colgar la llamada, pulsó el link recibido, que llevó, en el navegador del teléfono, a una calle de Valencia. Amplió el plano hasta encontrar los detalles.

—¿Una clínica de fertilidad? —preguntó descolocada y enseñó la pantalla al resto, que se miraron entre sí. No alcanzaban a comprender por qué, pero encajaba con las suposiciones.

—¿Sigue allí?

—No —respondió Sidy, que ya estaba entrando en el término municipal de Valencia—. Está llegando a Port Saplaya.

—¡Vamos para allá! —respondió JP levantándose.

119

«Cuando termines en la clínica, te espero en el puerto de enfrente de mi casa. Te llevaré a donde está Jamm sano y salvo.»

Como una autómata, nada más leer el mensaje, Elena pidió a las enfermeras que avisaran a un taxi. La recogió unos minutos después y la llevó a la entrada de Port Saplaya. Pagó y caminó por los diques hasta llegar al lugar en el que habían quedado. Allí la esperaba Cristina sobre un pequeño pero vistoso yate de unos siete metros de eslora, vestida con ropa marinera de diseño. Enarbolaba una sonrisa desconcertante. En su día, se ilusionó al comprar el barco y hacer el curso de patrón, aunque lo utilizaba poco; el mar no terminaba de llenarla, demasiado silencio interior.

Elena dio un traspiés en el pantalán cuando trataba de subir a la embarcación. Cristina la sujetó del brazo y la ayudó. Una vez sobre cubierta, la abrazó. Fue intenso y extraño. ¿Podían estar dos personas unidas por medio de un chantaje?

—Necesito comprobar que Jamm está bien —dijo Elena sin atreverse a deshacer el abrazo para que su expareja no se enfadase.

—Cuéntame cómo ha ido todo.

—Bien, ya conoces cómo es el procedimiento. Necesito ver a Jamm —repitió con ansiedad creciente.

Cristina se separó unos centímetros sin dejar de sujetarla y la observó sin hablar; quería más detalles, pero tampoco era estúpida, sabía por qué estaban allí. Accedió, se dirigió hacia la popa y puso el motor en marcha.

—Larga el cabo —ordenó—. Te llevaré hasta él.

Aunque apenas había montado en el yate, Elena sabía lo que tenía que hacer. No le iba a ser fácil mantener la serenidad, ya que había supuesto que le entregaría al chimpancé nada más se encontraran y ahora veía que no iba a ser así. Mientras ataba la cuerda en la cornamusa, un escalofrío le recorrió la nuca. Se iban a quedar a solas en medio del mar, algo que no había previsto, pero que era ineludible. Su mente se disparó; no podía confiar en nada de lo que había sido su sustento en los últimos meses; su pareja se había transformado en un ser cruel frente a sus ojos, una locura que trataba de asimilar.

La travesía se le iba a hacer interminable.

Una vez estuvo todo dispuesto, Cristina manejó la embarcación con habilidad por los estrechos canales de Port Saplaya hasta salir al mar.

Según se alejaban de la costa, se giró.

—Una vida por otra. Es lo justo.

120

Cuando JP y Violeta llegaron a Port Saplaya y comprobaron que nadie les abría la puerta en casa de Cristina, el yate ya estaba fuera de la vista. Ni sospechaban dónde podría haber ido Elena. Si estaba en la calle con el chimpancé, lo lógico sería que llamase la atención. Pidieron una orden judicial, por si se había escondido en el interior del edificio. El comisario creía que se la iban a conceder. La jueza estaba harta del caso y quería acabar de una vez por todas con la instrucción; le comunicaron que la veterinaria tenía secuestrado al mono, aunque JP ya no tenía clara la terminología: ¿se puede secuestrar a los animales o solo robarlos? ¿Qué dirían el ordenamiento legal y la Real Academia? ¿Y los antiespecistas?

Mientras esperaban en la puerta bajo la agradable sombra que daba la buganvilla malva, JP paseaba inquieto.

—¿Va a tener razón el vigilante y la veterinaria está pirada de verdad?

—¿No es lo que siempre has creído?

—No estoy tan seguro. El caso es que mi instinto me decía que estaba loca, pero que era una buena chica, sincera en su amor por los bichos. Reconozco que, si al final es la culpable, me ha engañado completamente. Me estaba empezando a caer bien y todo.

—A ver si el contacto con los animales te está humanizando, Casillas.

Violeta, por primera vez, habló con libertad y lo llamó por el apellido, como hacía su mujer. Le provocó una sonrisa: ¿un puto elefante lo estaría humanizando? ¿O sería su nieta? Decidió pulsar un buen rato el telefonillo. Si estaban y no les abrían, al menos, que el zumbido prolongado las molestase.

—Yo también estoy desconcertada —reconoció la inspectora—: todo el tema de la maternidad me tiene loca. Según nos dijo Cristina Alarcos, Elena intentaba, al menos antes de la discusión, quedarse embarazada y... ¿por eso se ha cargado a los animales que lo estaban?

—Y destrozado los huevos.

—Pero salvó al monito de una muerte segura para ¿llevárselo? Uf. Me duele la cabeza.

Sonó el teléfono de JP y en la pantalla apareció: «Abalde (director)». Se lo enseñó a Violeta antes de responder.

—¿Sí? —preguntó al ponerlo en altavoz para que su compañera también lo escuchara.

—Inspector, los informáticos han localizado la IP desde la que inutilizaron el sistema de la cascada.

—Buena noticia. ¿Desde dónde?

—Fue desde... una casa en Port Saplaya.

—*No fotes!* —exclamó JP mirando la que tenían justo enfrente—. Pero ¿cómo ha podido hacerlo?

—No lo sé —respondió Abalde—. Aunque lo sabotearon con prisa y no se ocultaron lo suficiente, es un trabajo hecho por un profesional. Créanme que era casi imposible hackear nuestro sistema.

En ese momento, los policías vieron llegar a Sidy por el dique; caminaba rápido hacia ellos.

—Tiene que haber sido alguien que conociese la importancia de la catarata en el sistema de seguridad de los chimpancés —dedujo Violeta.

—Pero ¿Elena sabe algo de informática?

—No, inspector, pero me dice Brezo que su novia, Cristina Alarcos, sí; que es una *crack*. Y que la ayudaba a investigar extraoficialmente a Adolfo Avilés.

—Acojonante. Por eso la veterinaria sabía lo de los pagos en criptomonedas. ¿Estarán juntas también en esto?

—Tal vez lo de la catarata haya sido una maniobra de distracción para llevarse al chimpancé y ganar tiempo —aventuró Violeta—. Pero ¿con qué fin?

—No sé qué decirles. Estoy tan confundido como ustedes.

Sidy, vestido informal, con vaqueros y una camiseta que le marcaba los músculos, llegó precipitado hasta ellos y los saludó nervioso. JP aprovechó para despedirse de Abalde.

—Si sabe algo más nos avisa.

Sidy estaba ansioso por ayudar a los policías o, más bien, a Elena a través de ellos, si es que fuera posible.

—¿La han visto?

—Aún no —aclaró JP, que no dejaba de sorprenderse por el tamaño del senegalés. Le preguntó de sopetón—: ¿Crees que Elena ha preparado el secuestro del monito con su pareja?

—¿El qué? Imposible, no tiene sentido —contestó tras asumir el impacto que le había provocado la sospecha del policía—. Se estaban separando.

—Ese tema nos tiene confundidos. ¿No intentaban tener un hijo juntas? —preguntó Violeta.

—No es así —negó Sidy con rotundidad—. Cristina quería, incluso la presionaba para que aceptara, pero Elena le acababa de decir definitivamente que no.

—¿Está seguro de eso? A nosotros ayer nos dijo lo contario.

—Esa tía está obsesionada. Elena y yo nos íbamos a marchar de viaje a África y no se lo ha tomado muy bien.

Brezo y Sidy parecían manejar la misma información; ¿se habrían puesto de acuerdo?

—A ver, *che*—dijo JP tuteándolo para resultar más cercano—, yo creo que tú sabes más de lo que admites y es hora de que nos sinceremos. ¿Qué pasa con Cristina, Elena y el vigilante? ¿Por qué tienen tantos datos sobre él?

Sidy dudó si contestar. Su fidelidad a Elena era absoluta y no tenía claro si darles información la ayudaría o no.

—Vamos a solucionar esto de una vez para que no sigan muriendo más animales y ya veremos si también algún humano. No es inteligente que nos ocultes nada. No entendemos qué está pasando y me temo que tú tampoco. ¿Te había comentado Elena que secuestraría al monito?

Sidy estaba tan desorientado como ellos. No se podía creer lo que le decía todo el mundo sobre lo ocurrido en su ausencia. Se sentía culpable; si no se hubiera desplazado a Málaga tal vez las cosas habrían sido de otra manera. ¿Habría aprovechado Elena su marcha para llevarse a Jamm? ¿Con qué motivo? No tenía la respuesta y, ante la mirada incriminatoria de los policías, se decidió a hablar.

—Cristina es una experta informática —explicó para inculparla.

—Estamos al corriente.

—Hackeó el móvil de Adolfo y obtuvo información de ahí.

—*Hòstia!* —exclamó JP—. La veterinaria pirada y la madre de todos los hackers.

Sidy lo miró molesto por el comentario.

—Por eso sabían lo de los pagos en criptomonedas —dedujo Violeta.

—¿Y qué más información tenían?

—Que la empresa de seguridad estaba detrás de Adolfo.

—Difícil de demostrar legalmente.

—¿Qué hacemos? —preguntó Violeta.

—A lo mejor si llamas tú al timbre te abren —propuso JP refiriéndose a Sidy—. Creo que tenemos que hablar con ambas. Mejor si es por las buenas. Estamos esperando la orden judicial, que debe de estar al llegar.

Sidy se acercó al telefonillo de la casa de tres pisos y lo pulsó. No hubo respuesta. Lo hizo de nuevo y, mientras aguardaban, sacó el teléfono.

—Esperen, voy a comprobar dónde está ahora la ubicación.

JP miró hacia las ventanas por si se producía algún movimiento en el interior. Sidy, al comprobar el móvil, se quedó atónito con lo que veía. Violeta se dio cuenta.

—¿Qué pasa?

—No entiendo nada.

—¿Dónde está?

—Ahí —dijo, señaló el mar y después les mostró la pantalla del móvil, en la que un punto, que se alejaba despacio de Valencia, se encontraba rodeado de agua por todas partes.

121

—

Llevaban navegando más de diez minutos y la costa se veía lejana. El sol pegaba fuerte y Elena, vestida con la ropa de la noche anterior, sentía que la piel se le empezaba a quemar. Sentada en la proa, lo más alejada posible de su expareja, no podía esperar más, a pesar de que le daba miedo resultar impositiva. Se levantó y deambuló sin sentido por la pequeña cubierta, hasta que se decidió a acercarse a Cristina, que manejaba el yate con seguridad y la mirada perdida en el horizonte.

—¿Dónde está Jamm? Por favor... ¿Falta mucho?

—¿Dónde está mi embrión? —contestó seca.

Elena se quedó en *shock* con la respuesta. Intuía lo que quería decir y no pudo mantener por más tiempo el engaño. Le temblaron las piernas, desfallecida.

—No pude —susurró casi más para sí que para su interlocutora.

—Ya... ¿Creías que no iba a llamar a la clínica?

—En el último momento no pude, Cristina, todo esto es una locura. Me vi allí, sola, no era la solución. Podemos hablarlo.

—Ya es tarde. Te lo pedí por las buenas durante meses, te di todo lo que tenía, te ofrecí mi casa, te abrí mi corazón. Lo disfrutaste todo y a cambio..., solo egoísmo. ¿Dónde está la empatía de la que hablas?

—Es posible que haya sido egoísta —reconoció para apaciguarla—, que no haya pensado en tus deseos, pero no puedes actuar así.

Elena hablaba con prudencia. No manejaba la situación, no sabía a dónde la llevaba ni si le iba a entregar de verdad a Jamm.

—¿Y cómo haces tú las cosas? —preguntó Cristina.

—No te entiendo.

—Me vuelves a engañar, me dices que has hecho lo que te he pedido cuando no es verdad. Igual que cuando te fuiste a África hace seis meses con Sidy: «Un viaje de trabajo para ver un santuario con el que colaboramos desde la fundación del parque». Ya. Volviste diferente. Y las dos sabemos por qué.

—Es verdad, allí pasó algo entre nosotros.

—¿Y yo soy la culpable de que estemos en esta situación? Has llevado un doble juego desde el principio.

—No es así, fue puntual. Al regresar de África lo dejamos y no volvió a pasar nada hasta hace poco. Y te lo conté.

Cristina la miró. No pensaba aguantar más excusas.

—Tuve que hacerlo.

—¿El qué? ¿A qué te refieres?

—A tu vuelta noté que estabas distante conmigo, te brillaban los ojos. Y no era por mí. En esa época empezaron a complicarse los sabotajes, ya no eran solo los tornos o los robos en la tienda, y me contabas con tanto convencimiento la implicación de Adolfo que me di cuenta de que para ti era esencial investigarlo. Si te ayudaba podíamos recuperar la confianza como antes de tu viaje.

—¿No me creías?

—Al principio no estaba segura. Después, con lo que averiguamos, pensé que tenías razón. El tipo algo tenía que ver. Investigar nos acercó, olvidaste a Sidy. ¿Te acuerdas del día en que le cortaron el cuello al flamenco? Viniste destrozada.

—No pude salvarlo, la herida fue muy grave; se me murió entre las manos.

—¡Cómo llorabas!

—Me acuerdo. Y tú estuviste a mi lado —aceptó Elena y se aproximó un par de pasos a su ex por si podía enternecerla.

—Y después pasó lo del gorila. Llegaste emocionada, todos hablaban de lo bien que actuaste a pesar del peligro.

—Sí.

—Y nos fuimos ese fin de semana a Fuerteventura. ¿Te acuerdas cómo follamos? Tenías un subidón increíble y estábamos más unidas que nunca. Creí que nada nos podría distanciar.

—Allí, de noche, en la playa, me hablaste por primera vez de lo importante que era para ti la maternidad —respondió dando un paso más. Era arriesgado, pero tenía que intentar recuperar su confianza.

—Me pareció que me entendías.

—Te entendía, pero soy muy joven. Mi situación vital es diferente.

—Ya estabais centrados con la inseminación de la elefanta. Me hablabas de eso a diario. Me dolía.

—Perdona...

—En pocas semanas volviste a estar distante, volcada en tu trabajo. Y ya no ocurrían nuevos incidentes en el parque. Adolfo debió de cansarse de sabotear las instalaciones, o la empresa dejó de pagarle, no sé; tal vez decidieron espaciarlos. Pero yo no tenía tiempo. Por eso tuve que hacerlo.

—¿Qué quieres decir? —preguntó Elena.

—Te interesaba más si las grullas esas tenían o no descendencia. Que si estaban en peligro de extinción... Preferías que ellas pusieran huevos antes de que yo tuviera un hijo propio. Incluso un hijo contigo.

Elena la miró con ojos desorbitados, a pesar de que se resistía a intuir lo que su mente ya apuntaba.

—Y encima, la chimpancé también se había quedado preñada. Una puta locura.

—No me lo puedo creer, Cristina, dime que no has tenido nada que ver con lo que ha sucedido.

—No fue difícil hacerte pensar que se trataba de Adolfo. En realidad, ya estabas convencida sin que yo hiciera nada. Me habías contado dónde los estabais incubando, te quité las llaves y te dije que esa noche trabajaría hasta tarde...

—¿Rompiste los huevos para que me echara otra vez en tus brazos o por venganza?

—¡Porque te quería! Y era lo mejor para ti. Sidy no te conviene, no tiene nada que ver contigo. ¡Quería que compartiéramos todo; una nueva vida!

—Continuaste haciéndome creer que era Adolfo, casi me jugué la vida por robarle el móvil.

—¿Y no te gusta vivir con intensidad? ¡Cómo follamos ese día en el coche!

—¿Y las pruebas que me enseñaste?

—Unas eran verdad, otras no. Encontré desembolsos de la otra empresa de seguridad en criptomonedas, mails en los que le daban instrucciones..., pero los dos últimos pagos los hice yo, suplantándolos para confundir a la policía.

—¿Y lo de Blanca...? —preguntó sin atreverse a concretar más. Sintió cómo un terrible estremecimiento le recorría el cuerpo.

—Otra vez tenías algo con Sidy. Lo sabía porque desde que regresaste de África decidí controlar tu móvil. Tú tienes la culpa, por mentirme.

—Entonces, lo de Blanca fue... ¿un castigo?

—No se merecía tu atención. ¡Era un maldito animal,

joder! Todo el día con Sidy preocupados porque ella tuviera una cría.

—Esa mañana accediste a venir conmigo a ver el parque —rememoró—. En realidad, no te daban miedo los animales, todo era mentira.

—Lo que te conté en el Retiro era verdad, pero conseguí superarlo con los años.

—Paloma te ayudó con los caballos.

—Sí, al principio.

—Pero tú mataste a su yegua, que también estaba embarazada.

—Has hablado con ella. ¡Es alucinante! ¡Eres una traidora! —se irritó al sentirse descubierta.

Elena sabía que no debía provocarla, pero estaba demasiado dolida y no se podía callar.

—Habías contratado al francotirador y me acompañaste. ¿Qué querías? ¿Contemplar cómo mataban a Blanca? ¿Ver mi reacción? ¿Consolarme después? ¿Follarme?

La mirada gélida de Cristina confirmaba las peores sospechas.

—Eso ya no importa —zanjó cáustica.

—¡Estás loca, coño, necesitas ayuda! Y, claro, tampoco soportaste el embarazo de Jane y encargaste que también la mataran. ¡¡Eres un monstruo!!

Esas palabras enfurecieron a Cristina.

—¡Tú sí que eres un monstruo, que te importan más los animales que los de tu misma especie, que hablabas en casa todo el tiempo de cómo sufrías porque la puta elefanta no se preñaba mientras yo perdía el penúltimo embrión que tenía congelado!

Esa acusación impactó a Elena.

—Lo siento..., de verdad —dijo. Se acercó a un par de pasos y la miró a los ojos—. Yo me porté mal, pero eso no justifica lo que has hecho.

Se quedaron en silencio. Las olas rompían ligeras contra el casco y una gaviota solitaria las sobrevoló.

—Tienes que ponerte en tratamiento psicológico —dijo Elena con suavidad, casi con ternura a pesar del enfado y la tristeza—. Puedes rehacer tu vida. Te prometo que te voy a ayudar.

—Ya no tengo nada que perder. Han descongelado el último embrión que me quedaba y tú lo has rechazado. Lo has matado. Nunca tendré un hijo propio.

Elena estaba a punto de estallar por la tensión. No se lo había planteado desde ese punto de vista; pero ella no podía ni debía aceptar el chantaje. Había tomado la única elección posible. Con su decisión había respondido a la cuestión que le había planteado el inspector, aunque se hubiese jugado la vida de Jamm. No valía lo mismo una vida que otra. No así.

—Por favor, por lo que nos hemos querido, llévame hasta Jamm. Déjame que lo salve. ¿Está bien?

—Está perfectamente. Lo sé cuidar, ya viste cómo lo manejé la otra noche. Habríamos sido unas madres maravillosas.

—Seguro que sí. Me encantó ver cómo lo abrazabas. Cuando me desperté fue un sueño: las dos juntas con nuestra cría. Ya ha sufrido bastante, ha perdido a su madre. Hagamos que todo lo que ha pasado tenga algún sentido, por favor. Por favor —repitió con lágrimas en los ojos—. ¿Dónde lo tienes?

Se miraron; por la mente de ambas pasaron las buenas experiencias compartidas, la ternura y la comprensión. Cristina asintió, le hizo un gesto de que esperara y se dirigió al interior del yate para bajar al camarote.

Elena se quedó quieta en la proa. Miró el mar en toda su extensión. Habían navegado un buen rato y la costa se vislumbraba lejos, inalcanzable. La brisa era fresca, pero el barco estaba fondeado a merced de las olas y ese movimiento la mareaba. Había un atisbo de esperanza, el gesto de Cristina así lo indicaba. Podía entrar en razón y ella recuperaría a Jamm; volverían a puerto, hablarían con la policía y se pondría en tratamiento psiquiátrico. Seguro que cualquier juez tendría en cuenta lo que había sufrido y no sería muy estricto. No sabía si podría perdonarla por provocar las muertes de Blanca y Jane. Probablemente no. O no en mucho tiempo. Pero si le entregaba vivo a Jamm, merecería la pena el camino tan duro transitado.

Cristina apareció con el monito: se lo veía sano, llevaba el pañal puesto y estaba animado; braceaba aferrado a ella, a la que reconocía por la noche que había pasado cuidándolo. Indicaba que lo había tratado con cariño, que su intención era buena. Elena fue a acercarse, pero Cristina le hizo una indicación de que esperara.

—¿Qué pasa? —preguntó sorprendida.

—Tú has tomado tu decisión.

Elena la escuchó sin entender qué quería decir con eso.

—Yo también he tomado la mía.

Cristina extendió los brazos. Sustentaba a Jamm de las pequeñas axilas; colgado en el aire, movía las patitas por el acto reflejo de caminar. Estaba muy gracioso. Al ver a Elena lanzó dos gemiditos. La veterinaria se acercó feliz a cogerlo. Cuando lo iba a alcanzar, Cristina, en un movimiento rápido, lo arrojó lejos por la borda.

El sonido del impacto de Jamm contra el agua estremeció a Elena.

—¡¡Noooo!!

Un grito desgarrado voló perdiéndose en el cielo azul.

122

El que cada vez estuvieran más despistados con lo que sucedía no fue impedimento para que JP organizara en pocos minutos el rastreo de la señal que recibía el móvil de Sidy. Había llegado a Port Saplaya una pequeña zodiac de las GOES de la Policía Nacional en la que se subiría él junto al senegalés. Aunque la relación entre los cuerpos tenía tensiones, el inspector confiaba en la Guardia Civil y por eso los había avisado también. En realidad, eran ellos los encargados del servicio marítimo y tenían embarcaciones más grandes y potentes, mejor preparadas para un rescate en el mar. Una de ellas se dirigía a recoger a Violeta, que los acompañaría para coordinar la búsqueda. El comisario no creyó que el helicóptero fuera necesario, pero lo tenían prevenido. Las órdenes del Ministerio eran claras: debían solucionar lo antes posible los incidentes relacionados con el parque de animales. Las redes sociales, no sabían cómo, ya se habían hecho eco del rumor de la desaparición del chimpancé recién nacido y las teorías eran de lo más variopintas: desde que lo hubieran vendido a un millonario caprichoso hasta que hubiera fallecido como la madre. Incluso diversos medios internacionales se habían sumado en los últimos días al morbo generado por el «asesino de animales».

JP decidió no esperar a la Guardia Civil y se montó en la zodiac seguido por Sidy, al que le costó subir a bordo.

—Estamos en contacto —dijo a Violeta y señaló el *walkie.*

Un par de miembros de las fuerzas especiales de la Policía Nacional los acompañarían. Uno de ellos llevaba el móvil del senegalés para comprobar que iban en la dirección correcta. El punto en el mapa les llevaba bastante ventaja.

Una vez acomodados en la proa y mientras sorteaban otras embarcaciones por los diques de Port Saplaya, JP se dirigió a su acompañante:

—Te he dejado venir porque no entiendo lo que sucede. Y si encontramos a tu amiga, tal vez si habla contigo entre en razón.

—Gracias —respondió cortado. Desde que entró de manera ilegal en España había preferido no tener contacto con la policía. Y eso que no lo trataron mal cuando llegó en patera con quince años. Le dieron una manta y lo llevaron a un centro que estaba saturado en el que lo examinó una médico encantadora. No se había olvidado de su cara.

Desde ese día, no había vuelto a montar en nada que flotase.

Una vez salieron a mar abierto, la zodiac aceleró y empezó a botar contra las olas. Avanzaba rápido y las gotas saladas les salpicaban la cara. JP era de granja de interior, pero la velocidad le gustaba, aunque recordase la existencia de la próstata en cada salto.

En un vuelo que parecía no encontrar agua debajo, oyó el suspiro de Sidy. Al mirarlo, se percató de que estaba demudado. Le tocó la rodilla con la mano para llamar su atención.

—¿Te mareas?

—No. Es que... vine en patera.

El policía no supo qué decir. Sidy tenía la mirada perdida en el horizonte repleto de mar y olas.

—El viaje fue muy peligroso, íbamos demasiados —dijo más para sí mismo que para JP—. El motor se paró en dos ocasiones y la gente se puso nerviosa. Estuvimos así varias horas, angustiados. Por suerte, alguien consiguió que arrancase de nuevo... Cuando nos acercamos a la costa, nos hicieron saltar a bastante distancia, porque habían visto policías. O eso dijeron. Ahora lo recuerdo como si no me hubiera sucedido a mí, como si lo viese desde fuera. Yo sabía nadar lo suficiente y ayudé a sacar a un niño que había tragado mucha agua, y juntos alcanzamos la orilla. Ese día no encontramos a su madre por mucho que la buscamos. Apareció dos días después en la playa, ahogada.

JP asintió. Conocía el problema, aunque no trabajase en inmigración.

—Hacemos lo que podemos —se excusó.

Se miraron. Qué vidas tan distintas con el objetivo común de encontrar a Elena.

Sonó el *walkie*. Se trataba de Violeta, que navegaba junto con la tripulación de la Guardia Civil en la patrullera de diecisiete metros de eslora, capaz de superar los sesenta nudos; nada que ver en comodidad y prestaciones con la pequeña lancha de motor en la que iba JP.

—Ya hemos salido —anunció Violeta.

—Creo que estamos a menos de diez minutos de la señal y acercándonos, pero se empieza a perder la cobertura.

—De la UDEV me han pasado los datos del yate de Cristina Alarcos. Se trata de un Sessa de diez metros de eslora.

—¿Eslora? Pijadas marineras —protestó al tiempo que el copiloto le hacía señales—. Espera, me dicen algo. Ahora te contacto otra vez.

—¿Las habéis encontrado? —preguntó Violeta ansiosa justo cuando se cortó la comunicación.

JP se giró al copiloto ya sin escuchar a la inspectora.

—¿Qué pasa?

—Hemos perdido completamente la señal.

—¿Cómo?

—Estamos a más de diez millas de la costa...

—Podemos ir hacia el último punto que transmitió, ¿verdad? —preguntó Sidy esperanzado.

—Debéis entender que estamos en el mar y la localización falla desde hace un buen rato. Si el yate ha seguido avanzando, podría estar en un radio de varias millas.

123

Cuando vio volar a Jamm por los aires se le detuvo el corazón, miró a Cristina y tardó un instante en asimilar lo ocurrido.

—Sois todas iguales —volvió a decir acusatoria.

Lo dijo en el mismo tono que la última vez que estuvieron juntas en la cama. Al oírlo, Elena reaccionó y corrió hacia la borda, cogió un chaleco salvavidas colgado del pasamanos y, sin pensárselo, saltó al mar. Jamm, a seis o siete metros de la embarcación, braceaba por puro instinto, pero comenzaba a hundirse. Elena nadó lo más deprisa que pudo hacia él, lo sacó de una pata cuando desaparecía en el mar y lo subió encima del chaleco salvavidas. Estaba asustado, pero no había tragado mucha agua. Oler a Elena de cerca lo calmó.

—Tranquilo, Jamm, estás a salvo —susurró mientras se mantenía a flote.

Tras comprobar que lo tenía estabilizado en el chaleco, se giró hacia el yate. Cristina los miraba sin dejar traslucir emoción alguna. Elena se dirigió hacia el barco tirando del flotador con cuidado de no volcarlo. En la proa el casco era alto, sin agarres, y no conseguía subir sin ayuda.

—No puedo —dijo.

Cristina se acercó y los observó: las olas mecían a la pareja de diferentes especies.

Elena comprendió que no le iba a echar una mano y

recordó que la popa sí era accesible, por lo que braceó hacia ella tirando del salvavidas de Jamm. Según se aproximaba, oyó cómo se encendía el motor del yate y este comenzó a moverse en paralelo, de tal suerte que por mucho que nadase no conseguía alcanzar la parte trasera. Se detuvo y buscó a su expareja con la mirada; la veía semioculta tras la cristalera de la cabina.

—¡Por favor, Cristina!

Al ver que no reaccionaba, intentó trepar de nuevo por el costado. Enseguida comprobó que también era imposible.

—¡¡Ya vale, joder!! —gritó. Se empezaba a asustar.

No obtuvo respuesta. Las olas, aunque no eran altas, salpicaban a Jamm, que permanecía inseguro encima del chaleco salvavidas. El barco continúo moviéndose marcha atrás, pero cada vez más deprisa. En un intento desesperado, Elena trató de aferrarse al casco. Fue inútil, no había de dónde asirse. Cuando el yate se hubo separado de la pareja, Cristina se asomó para observarlos.

—¡Ayúdanos, por favor! Te juro que haré lo que me pidas. ¡¡Te lo juro!!

—Ya es tarde. Me has destrozado la vida —sentenció de regreso al timón.

Poco a poco, el yate empezó a virar manteniendo la distancia. Elena abandonó a Jamm con peligro de que cayese de la improvisada plataforma flotante y nadó lo más deprisa que pudo hacia el lateral de la embarcación, que proseguía con el viraje. Cuando se aproximó a un par de metros, Cristina aceleró y los dejó a merced del mar.

Elena vio cómo se marchaba de regreso hacia la costa. Levantó y agitó la mano pidiendo auxilio.

—¡¡¡Cristina!!!

Tuvo una última esperanza de que invirtiese el rumbo. No fue así. Un acelerón alejó el yate definitivamente.

124

La comunicación entre las embarcaciones era constante. Cuando Violeta avistó la zodiac en la lejanía y lo notificó a los guardiaciviles, ya sabían lo ocurrido con la señal: buscaban a ciegas desde hacía varios minutos.

—Escuchamos el canal abierto por si se comunican desde del yate —explicó el teniente que pilotaba la patrullera de la Benemérita—. Por ahora no tenemos nada sospechoso.

Sidy, que oyó las palabras por la radio de la Policía Nacional, se removió en la proa.

—¿Qué se puede hacer? —preguntó acongojado.

El piloto cogió el micrófono para hablar con la patrullera.

—Creo que lo mejor sería que os situarais en paralelo lo más lejos posible de nosotros sin perder contacto visual y prosiguiéramos la búsqueda en la suposición de que el yate se haya alejado siguiendo la trayectoria que llevaba.

—Vemos un eco en la pantalla —respondió el teniente de la Guardia Civil—. Podría ser un barco que se acercase bastante rápido.

—No entiendo, ¿qué más podría ser? —preguntó JP al piloto de la zodiac.

—A veces, las bandadas de gaviotas dan una señal parecida, incluso avanzan a una velocidad que podría confundir al radar.

JP asintió admirado y fijó la vista en lontananza. Un punto surgía del horizonte.

—¿Ahí? —preguntó.

El copiloto cogió los prismáticos y los dirigió hacia donde le indicaba. Le costó centrar la imagen. Cuando lo hizo se dirigió al compañero.

—Es un yate, estemos atentos.

—¿Podría ser el que buscamos?

—Es imposible determinarlo, pero no hay muchos por la zona. Hemos avistado una embarcación —avisó por radio—. Voy a comunicarme por el canal abierto.

El copiloto manejó la radio y volvió a ponerse el micrófono a la altura de la boca.

—Le habla la Policía Nacional, si nos escucha, pásese al canal 22. Cambio.

No obtuvo respuesta. La embarcación cada vez se aproximaba más y ya se empezaba a distinguir el modelo.

—Yo creo que es el que buscamos —opinó el piloto.

JP y Sidy agudizaron la vista. El yate iba deprisa y se lo cruzarían a unos quince metros de distancia. La zodiac aminoró la marcha para que pudieran observarlo mejor. Pasó a babor y Sidy lo siguió con la mirada, escrutando al piloto debajo de la cabina de cristal.

—¿La has visto? —preguntó JP.

—Joder, sí —respondió—. Podría ser Cristina. Elena no estaba en cubierta.

JP cogió el *walkie*.

—Violeta, que detengan a la embarcación, podría ser la que buscamos.

—¿Estáis seguros?

—No del todo, pero dadle el alto a ver qué sucede. Va hacia vosotros, la tenéis que estar viendo ya.

—¡La vemos!

Violeta señaló hacia el objeto que se aproximaba y el cabo encendió la megafonía, que sonó potente.

—Le habla la Guardia Civil. Detenga el barco y apague el motor.

El yate prosiguió su camino sin obedecer.

—Tal vez no lo haya escuchado —planteó Violeta.

—¡Le habla la Guardia Civil! ¡Detenga el barco y apague el motor! —insistió el cabo elevando el volumen al máximo.

El yate no hizo ademán de detenerse y sí de virar la marcha hacia ellos.

Desde la zodiac, los ocupantes no quitaban ojo a los acontecimientos.

—¡¿Qué hace?! —preguntó Sidy.

—¿Va hacia la patrullera? —preguntó JP boquiabierto.

Violeta no se podía creer lo que veía. Se puso de pie y tiró la tableta. Antes de lo que esperaban la embarcación se les echó encima. El teniente viró a estribor lo más rápido que pudo y, gracias a eso, el impacto no fue frontal, pero sí terrible. Ambas embarcaciones colisionaron con gran estruendo y una explosión posterior. Violeta salió despedida por los aires al igual que el resto de la tripulación.

JP no daba crédito a lo que había sucedido.

—¿Ha sido a propósito? —preguntó el copiloto.

—¡Esa tía está loca! —respondió JP—. ¡Vamos hacia allí antes de que se hundan!

El piloto giró la zodiac y emprendió la marcha avante a toda hacia el lugar del accidente.

—¡¿Por qué coño ha hecho eso?!

Sidy no contestó; pensaba que Elena iba en el yate y se sintió morir.

125

El sol le pegaba de lleno y sentía la piel irritada.

A pesar de estar en buena forma física y ser nadadora con cierta experiencia, el agotamiento comenzaba a dominarla. A nivel del mar no tenía una visión extensa del entorno. Ni siquiera veía la costa. Se sujetaba con las manos al chaleco con cuidado de no hundirlo, ya que Jamm estaba encima, y, mediante movimientos suaves de los pies, se mantenía con la cabeza fuera del agua. Pero era hora de tomar decisiones: debía ponerse el salvavidas sin que el chimpancé cayese. La operación se le antojaba ardua. Le pesaba la ropa, así que decidió desprenderse de todo. El móvil, pensó. Metió la mano en el agua y lo buscó en el bolsillo trasero del pantalón; ahí estaba, empapado y encendido, pero no mostraba cobertura. Lo intentó secar soplando en las junturas sin éxito y lo introdujo en el compartimento estanco del chaleco, como si le sirviese para algo. Después, despertó a Jamm, que se asustó y abrió inseguro sus grandes ojos. Se miraron. Elena le habló bajito.

—Tranquilo, Jamm, todo está bien. Ven aquí.

Batió los pies con más fuerza para mantenerse a flote y se colocó al monito sobre la cabeza. Jamm, instintivamente, se aferró al cabello, aunque no tenía la fuerza suficiente para soportar su propio peso. Elena debía permanecer estable para que no cayese al mar, ahora que estaba seco.

Una vez le pareció que lo tenía equilibrado, desató el salvavidas y, con esfuerzo, lo hundió para meter el brazo por la abertura de la manga. Jamm se tambaleó, por lo que tuvo que detener el movimiento a medias y recolocarlo. El mono lanzó un gemido y se aferró aún más al pelo. Elena terminó la maniobra con éxito, lo que contribuyó a que pudiera mantener con menos esfuerzo una parte del cuerpo fuera del agua. Se tranquilizó; lo más complicado estaba hecho. Pasó el chaleco por su espalda hasta llegar al segundo brazo y lo metió por su sitio. Le costó que Jamm la soltara; le tiraba del pelo con las manitas crispadas. Lo sostuvo con las suyas y se tumbó haciendo la plancha como le enseñaron en el curso de salvamento que hizo de adolescente. Colocó a Jamm sobre su pecho y lo ató con su pantalón, haciendo un nudo. La flotabilidad del salvavidas era buena, por lo que el chimpancé quedaba fuera del mar. Tan solo chapoteaba con una patita. Era como si estuviesen en una tumbona de agua. Le preocupó que le diera el sol, pero no tenía remedio. También a ella la impactaba de pleno; no sería bueno para la piel, pero le proporcionó el calor que necesitaba.

La mente le exigía descanso. Quizá se durmió, ni ella misma podría asegurarlo. No sabía el tiempo transcurrido cuando abrió de nuevo los ojos, somnolienta. Los pensamientos torpes y confusos la llevaron a la clínica.

Se vio de nuevo en el potro con las piernas abiertas. Miró al biólogo que traía el embrión descongelado. Entonces comprendió que no podía hacerlo. No debía ceder al chantaje. Era una locura. Carraspeó, sintió vergüenza y le tembló la voz, pero pidió que la ayudaran a bajarse ante la sorpresa del personal médico. Trató de explicarle a la doctora el trance, aunque no fue capaz de hacerse entender por lo nerviosa que estaba. Dijo que Cristina la había condicionado, pero no el motivo. Le daba miedo que Cristina se enterase y tomara represalias. Rogó que llamaran a un taxi, se vistió deprisa y salió de la clínica como si fuera una fugitiva.

No se imaginaba que la situación pudiese acabar como lo había hecho. Supuso que la iba a convencer, que entraría en razón y le daría al monito, arrepentida. Tumbada sobre una cama de agua de más de trescientos metros de profundidad y a diez millas de la costa, se arrepentía de haber sido tan ingenua. No le costaba admitir que los animales tuvieran comportamientos salvajes. Pero ¿los humanos? La inteligencia al servicio de la crueldad era algo que la sobrepasaba. Todo ese potencial dedicado a dañar a los demás, ya fuera en una guerra, en una relación familiar tóxica, en el acoso laboral o en una pareja que un día se quiso y al tiempo se odia. ¿Por qué los seres humanos no podían colaborar entre sí a pesar de las desavenencias?

Colaborar no era una prioridad para Cristina cuando su única idea era transmitir sus genes. Un impulso que Elena no sentía todavía, pero que estaba en la esencia de la evolución y que el ser humano actual era capaz de controlar. Por primera vez en la historia de la vida, una especie podía elegir no reproducirse. Algo así como un suicidio biológico consciente y aceptado. Le produjo vértigo. Recordó un mensaje que había leído en redes que aseguraba que los humanos eran los más dañinos. El resto de los animales tenía límites, unos se los ponían a los otros en una lucha encarnizada y constante. Pero para los humanos ya no había rival. Eran demasiados ejemplares para el planeta y podían controlar al resto de las criaturas. Debían decidir qué hacer con la victoria. Los ciervos, cuando no tenían depredadores que los contuvieran, destruían el entorno. Al igual que los elefantes. Incluso las frágiles mariposas se podían convertir en una plaga. ¿Resultaba imposible alcanzar el equilibrio sin un enemigo que hiciera de contrapeso?

¿Si los humanos se extinguieran el planeta mejoraría?

No quedaría nadie a quien le importara.

126

El espectáculo era dantesco: la patrullera de la Guardia Civil tenía reventada la superestructura bajo la que estaba el timón, había trozos de kevlar y vidrio por todas partes, y tenía destrozado el costado de estribor, con peligro de que la embarcación se partiera por la mitad. Tres de los cuatro miembros de la tripulación se levantaban del suelo con magulladuras y no se veía a uno de los agentes ni a Violeta.

Mientras el copiloto de la Policía Nacional mandaba un SOS por radio a cualquier navío que estuviera próximo, el conductor acercó la zodiac hasta tocar con la patrullera, que tenía un pequeño incendio en popa. El cabo intentaba sofocarlo con un extintor.

—¡¿Violeta?! —El grito de JP no obtuvo respuesta.

Sidy estaba tan consternado que no reaccionaba. El copiloto saltó a la lancha. Comprobó que, a pesar de las contusiones, todos parecían fuera de peligro salvo el teniente que braceaba en el agua malherido.

—¡Ahí! —señaló, y uno de los guardiaciviles saltó por la borda para rescatarlo.

Pero ni rastro de Violeta. JP se puso de pie en la zodiac con peligro de volcarla y caminó hacia el otro extremo.

—¡¿Violeta?! —la llamó de nuevo.

La divisó enganchada con un cabo en los restos de la proa que flotaban en el agua. Se quitó los zapatos y saltó en vaqueros. Nadó los escasos metros que lo separaban de ella. Al alcanzarla, comprobó que estaba desmayada pero viva; tenía una herida muy fea en la cabeza y una pieza alargada de fibra de vidrio clavada en el vientre. La desenganchó de la cuerda con cuidado, la cogió de la nuca con la mano y la remolcó a nado hacia la patrullera.

—Ayudadme a subirla —solicitó a uno de los agentes, que, de inmediato, avisó a un compañero. Consiguieron izarla y la depositaron en la cubierta junto al teniente, al que también acababan de rescatar y que estaba consciente. JP trepó a la lancha y observó a la inspectora: sangraba en abundancia por la cabeza y le costaba respirar.

—No le saquéis la estaca del vientre. Hay que taponar bien la herida y llevarla a tierra cuanto antes. Me temo que también a vuestro teniente.

—Ya he contactado con un barco cercano —respondió el agente que manejaba la radio—. Dice que tardará unos diez minutos

—¿Hay peligro de que nos hundamos? —preguntó JP.

El cabo, que tenía dominado el fuego, valoró los daños.

—Creo que aguantará —respondió mientras repartía chalecos salvavidas.

JP, al coger el suyo, pensó que lo había dicho más por animarlos que porque lo creyera de verdad.

—Con cuidado podríamos pasarlos a la zodiac —propuso y se giró para valorar el espacio libre. Se percató de que no estaba Sidy.

—Joder... ¿Alguien ha visto al chico?

Miraron en todas direcciones: nada. Por fin, uno de los agentes lo vislumbró nadando con dificultad hacia el yate. Tras el impacto, había volado por encima de la patrullera y le había costado unos veinte metros detenerse a pesar del rozamiento del agua. Estaba escorado y con fuego en la zona del motor. Daba la impresión de que no iba a aguantar mucho tiempo a flote.

—Podría explotar —dijo el cabo.

—Estará la veterinaria con el monito... —imaginó JP y miró al policía nacional que pilotaba la zodiac; entendió lo que pretendía y le hizo un gesto para que montase.

—Cuídenla —pidió señalando a Violeta antes de saltar a la motora.

—No se preocupe, sé de primeros auxilios. Aguantará.

Cuando arrancaron, Sidy subía por la plataforma de popa con dificultad debido a la inclinación. En escasos segundos llegaron hasta el yate y JP, empapado, se subió a la cubierta. No había rastro de Elena ni de Jamm, pero sí de Cristina, empotrada en el cristal delantero de la cabina del piloto. Tenía una raja que le cruzaba la cara y los brazos rotos en una posición imposible. Sangraba por la boca. JP miró a Sidy, que, entre humo, salía del interior y negaba con la cabeza: no había rastro de Elena en el camarote.

—¿Estás bien? —preguntó JP al percatarse de que Sidy se había quemado una mano con el fuego que ardía cerca del motor. También le costaba respirar y tosía con fuerza.

—No es grave —respondió sin hacer caso al dolor y miró hacia el mar por si Elena hubiera caído al agua en el impacto. La posibilidad de que se hubiese hundido los sobrecogió a todos.

—¡¡Elena!! —grito Sidy desesperado.

Nadie respondió y se acercó a Cristina; todavía tenía aliento.

—¿Dónde está?

Le pareció que esbozaba una sonrisa lacónica.

—¡¿Dónde está Elena?! Estaba aquí contigo.

No contestó.

Sidy la cogió de la mandíbula y la obligó a mirarlo, amenazante.

—¿¿Don-de-es-tá??

Cristina movió ligeramente la cabeza hacia el mar.

—Tiene... lo que se merece —balbuceó al expulsar su última bocanada de aire.

Murió delante de él sin que pudiera obtener información. Golpeó con rabia el cristal y lo destrozó. Para ese momento, JP había sacado el móvil, pero esperó a grabar hasta que Sidy se tranquilizara. Solo entonces, por si se hundía, registró la situación del yate como prueba de lo sucedido. Una vez tuvo lo que necesitaba, miró al policía que los aguardaba en la zodiac.

—Volvamos a ayudar a los demás.

El nacional estuvo de acuerdo y JP se acercó a tocar el hombro de Sidy, que se zafó agresivo.

—Chaval, aquí no hacemos nada. Y es peligroso. Tenemos que salvar a nuestra gente.

Sidy miró al mar y comprendió que estaban en mitad de la nada.

127

—

Los humanos pasan años alejados de la naturaleza, amontonados en ciudades que no son otra cosa que zoológicos diseñados para que se sientan cómodos y seguros. El asfalto y la rutina han sustituido a la aventura de sobrevivir en una época en la que fueron libres, donde las noches al abrigo de la hoguera, en comunidad, sirvieron para desarrollar un lenguaje único que no poseen los demás animales. En ese ambiente de misterio surgieron las primeras historias, reales o exageradas, hasta convertirse en relatos de ficción. También los chismorreos que, miles de años después, dieron paso a programas emitidos por televisión donde unos participantes hablaban mal de los otros para regocijo de los espectadores. El germen ya estaba en las noches interminables bajo el manto de las estrellas.

En el albor de la Humanidad.

Ese cielo que Elena, humana y animal, pero con un lenguaje capaz de convertirse en diálogo interior, tumbada sobre el Mediterráneo con un pequeño chimpancé entre los brazos, contemplaba oscurecerse. La luz descendía sin la más mínima piedad y Jamm apenas respiraba. Allí, sintiendo la humedad y la brisa, la soledad y la angustia, habría querido tener leche para que se pudiera coger al pecho, entregarle su energía y su esperanza, pero estas desaparecían a la misma velocidad que el sol entre las olas.

Y pensó en su madre, a la que, a pesar de su difícil relación, echó de menos; debería haberse esforzado más en acercarse a ella. En ocasiones, cuanto peor y más lejanos se muestran los progenitores, más dependencia emocional crean. ¿Pasará igual entre los chimpancés? ¿Habrá un origen ancestral para dicho comportamiento? También recordó a su padre, más cercano y cariñoso. Los hombres están cambiando en la sociedad occidental; al menos, algunos. Experimentan también el placer de abrazar a sus crías y de olerlas. De sentir la respiración al acogerlas en su pecho y verlas sonreír por primera vez, por imitación; el mejor camino de aprendizaje. Su padre lo hacía a menudo, evocó Elena; le debía la sonrisa. Eso la muerte no se lo había arrebatado: la ilusión de que las circunstancias pudieran mejorar; el amor por la naturaleza, el respeto por los demás animales. Pensó en lo equivocada que estaba la sociedad con esos mensajes que fomentaban la culpa. Hablaba de sí misma como la especie dañina y solo conseguía transmitir una responsabilidad que atenazaba; que solo destacaba lo negativo, como hacía su madre. Ella querría explicar a sus congéneres que la conexión con la naturaleza aumentaba la felicidad. Era un bien intangible que solo los humanos son capaces de definir, aunque, probablemente, muchos otros animales la experimenten. Ese amor implicaba aceptar también el devenir cruel, la muerte inexorable, la caza entre especies y el sufrimiento. Todo formaba parte de la evolución y los había llevado hasta esa coyuntura de su historia.

Y, por fin, el rayo verde: el último fogonazo de sol que atraviesa el mar debido a la curvatura de la Tierra. Ese instante romántico que tantas parejas buscan y que, para Elena, significaba la llegada de la noche y, sin duda, la muerte. No era creyente, pero la posibilidad de reencontrarse con su padre la tranquilizó. Y —¿por qué no?— con Blanca y

Jane. ¿Acaso ellas no se merecían una vida eterna y feliz, con lo que habían sufrido en esta? ¿Merecerlo era garantía de algo?

De pronto, algo vibró en su chaleco.

128

—

Para desesperación de Sidy, no encontraron a Elena en los alrededores del yate que había estrellado Cristina contra la patrullera y que, a esas horas, ya se había hundido. Un helicóptero de rescate se llevó a Violeta y al teniente malheridos ante la angustia de JP, que se sentía responsable. Las heridas de la inspectora eran graves y su vida peligraba si no era intervenida pronto.

Una vez los hubieron ayudado a subir, JP ordenó el regreso de la zodiac a puerto para acercar a los demás lesionados al hospital, al que también debería acudir Sidy a que le curaran la mano, a pesar de sus protestas; él habría querido seguir con la búsqueda, pero no tenía sentido. Si de verdad Elena estuvo en el yate, hacía más de veinte minutos que nadie la había visto, y eso que dieron infinidad de vueltas con la motora alrededor del siniestro mientras esperaban el salvamento aéreo.

«Un barco de salvamento marítimo se encargará de proseguir con la búsqueda, te lo prometo», había asegurado JP para que Sidy accediese a acudir al hospital.

Y se fueron.

Todos.

Abandonaron a Elena en una tumba de agua.

O eso fue lo que sintió Sidy.

Cuando llegaron a urgencias, a Violeta la estaban interviniendo. La hemorragia interna era grave y también el golpe en la cabeza. JP, todavía con la ropa húmeda, no entendió bien qué era lo primero que le iban a hacer: si drenar el hematoma subcutáneo que presionaba el cerebro o retirarle el listón que tenía clavado en el vientre.

El nerviosismo de Sidy y del propio inspector contrastaba con el ir y venir de médicos y enfermeros ocupados en sus quehaceres y habituados al día a día de una profesión en la que se juega con la vida y la muerte. JP fue consciente de que esa era la realidad de su mujer desde hacía más de treinta años y que él no le había dado la importancia que se merecía. Se sintió culpable por una vez.

Un par de guardiaciviles con heridas menores los acompañaban sin atreverse a interrumpir la pesadumbre que reflejaban sus rostros.

—La quería y no se lo dije lo suficiente.

JP se sorprendió de la confesión del senegalés, que tenía la mirada perdida en la pared amarilla pálida de enfrente. No pudo evitar pensar en sí mismo: ¿debía haber dicho a las personas que quería que las quería? ¿Al perderlas es cuando eres consciente? Ese pensamiento lo revolvió. Por no hablar de Rosa. ¿Cuándo sería la última vez que se lo dijo? ¿Se lo había dicho? No podía pensar con claridad. Tampoco le había reconocido a Violeta que era una policía prometedora, que le sobraba empatía, sí, pero también inteligencia, y ganas de aprender, cualidad escasa tanto en la policía como en cualquier otra profesión.

Como si la reflexión hubiera invocado a sus seres queridos, oyó una vocecita aguda que lo llamaba por el pasillo.

—*¡¡Iaio!!*

Miró hacia la dirección de la que provenía el grito: no podía ser otra que Coral, su nieta, a la que Rosa intentaba alcanzar. La niña corrió un esprint que habría sido la envidia de muchas gacelas y saltó a los brazos de JP. Sidy se sorprendió de que alguien tan pequeño quisiera con locura a un tipo duro como el policía y le vino a la mente la imagen de Jamm y él abrazados. El chimpancé también había desaparecido junto con Elena. El desconsuelo se apoderó de él.

—*Iaio,* ¿estás bien?

—No tenía con quién dejarla a estas horas —explicó Rosa a modo de excusa.

JP se levantó sin soltar a Coral y se abalanzó hacia Rosa para abrazarla. Con la excusa de estar los tres juntos, habló bajito como si se refiriera a la nieta.

—*T'estimo.*

Pero Rosa supo que se lo decía a ella. Una emoción incontenible le ascendió por la garganta. Respiró hondo para aplacarla. No estaba acostumbrada.

—¿Y tu compañera? —preguntó con voz temblorosa al no verla en la sala de espera.

—Mal. La están operando.

—Lo siento mucho. ¿Y la chiquita...? ¿La veterinaria?

JP no pudo contestar, pero, con solo mirar a Sidy, Rosa comprendió.

129

Elena, que había metido horas atrás el teléfono en el bolsillo estanco del chaleco salvavidas, notó la vibración por segunda vez. Se puso nerviosa, no sabía lo que significaba. Intentó serenarse antes de sacar el móvil. No quería que se mojase de nuevo. Según había desaparecido el sol, la temperatura bajaba con rapidez y ella empezaba a tener las manos heladas. Necesitaba estabilizarse si no quería que Jamm se cayera. Levantó la pelvis para mejorar su flotabilidad y, con la mano derecha, intentó esquivar el cuerpo del monito, que, al sentir el contacto en la espalda, se arrebujó. Elena se detuvo un instante hasta comprobar que no se movía y después descorrió el cierre con cuidado. No le resultó sencillo. Debía ser precisa; si se le caía el móvil no habría más opciones. Metió dos dedos por la abertura y pinzó con fuerza el dispositivo. Notó que estaba seco. Lo extrajo con cuidado y lo levantó hasta la altura de los ojos. Seguía tumbada sobre las olas y estas comenzaban a encresparse. Lo que vio en la pantalla la dejó pasmada: un mensaje de la compañía telefónica que la llamaba cada dos o tres semanas para ofrecerle fibra barata. Esa a la que no contestaba y que odiaba cuando la despertaba de la siesta en los días libres. En la vida se había alegrado tanto de un mensaje como aquel. Si había llegado era porque tenía cobertura. O la había tenido. El cansancio no la dejaba ver con claridad. Abrió y cerró varias veces los ojos para enfocar. En la franja superior de la pantalla apareció ante su asombro una rayita del 3G. ¿Sería suficiente? Desbloqueó el teléfono y la línea desapareció al tiempo. Con habilidad, a pesar de que empezaban los escalofríos, utilizó una única mano para entrar en WhatsApp. En la aplicación, giraba el círculo que indicaba «esperando red».

Estiró el brazo para ganar altura. Aguantó en esa posición todo el tiempo que pudo hasta que, de pronto, le entraron cientos de mensajes al tiempo. El corazón le dio un vuelco y casi hizo que perdiera el móvil, que cayó sobre el cuerpecito de Jamm. Apenas si se movió de lo débil que se encontraba. Lo recuperó y abrió el último wasap recibido. Era de Sidy y solo decía: «Te quiero». Era de apenas cinco minutos antes. Se emocionó, pero a la vez entendió que podría no tener mucho tiempo de cobertura, por lo que mandó una ubicación lo más rápido que fue capaz. Nada más hacerlo, el teléfono perdió de nuevo la señal. No estaba segura de que se hubiera enviado. Se fijó en la pantalla y el reloj que acompañaba al mensaje informaba de que lo estaba intentando. La invadió de golpe el sueño y se sintió desfallecer. Llevaba horas sin beber y estaba deshidratada. Entumecida. Tenía la visión cada vez más nublada y el frío le calaba los huesos. Dio una cabezada sin querer y el móvil se le escurrió de entre los dedos, golpeó el chaleco y cayó al agua. Reaccionó lo más rápido de lo que fue capaz, pero lo único que logró fue que Jamm estuviese a punto de perderse en el mar tal y como había desaparecido el teléfono.

En pocos segundos, el móvil estaría a trescientos metros de profundidad.

El resto de los animales no comprenden lo que significa su propia muerte.

Los humanos, sí.

130

JP había agradecido la visita de su nieta, acompañada por Rosa, pero ya le sobraban las dos en la sala de espera. Debía tomar decisiones y tener la cabeza centrada de nuevo. No podía hacer nada con respecto a Violeta salvo esperar y no se le daba muy bien quedarse quieto y aguardar acontecimientos.

Por lo que le había contado el comisario, un helicóptero de la Policía Nacional había sobrevolado la zona del accidente, pero regresaba a tierra para repostar y una nueva embarcación de la Guardia Civil recorría también esa misma área por si encontraban el cuerpo de la joven veterinaria. Quería empezar con las llamadas para comprobar cómo iba el despliegue y no era oportuno que su nieta estuviera cerca. Se lo dijo a Rosa en un aparte, lo entendió y se acercó a la niña, que seguía todo el tiempo al abuelo con la mirada.

—Coral —dijo Rosa tomándola de la mano—, nos tenemos que ir ya. Has visto que el abuelo está bien. Ahora debe seguir trabajando.

La niña asintió y se dirigió a JP, que se había alejado para sacar un café de la máquina.

—Ya verás como los médicos curan a tu amiga. Y vosotros tenéis que encontrar a Jamm. Igual está esperando a que lo salvéis y está asustado.

—Claro —dijo JP, que no sabía bien qué responder.

—Inténtalo, ¿vale?

No le pidió que se lo prometiera, como si intuyera lo complicado que resultaba.

JP la miró a los ojos y saltó la ternura sin diálogo interior ni reflexión.

—Te juro que lo voy a intentar con todas mis fuerzas.

—Gracias. Y te perdono que no me leas el cuento esta noche.

—Vale.

—Pero mañana sin falta.

Le dio un beso rápido y se alejó de la mano de Rosa. A JP le costó reaccionar. Antes de perder de vista a su familia, todavía escuchó:

—Yo creo que al *iaio* le da un poco de vergüenza que lo bese en público.

La carcajada de Rosa levantó el ánimo de JP, que se decidió a salir de allí para unirse a la búsqueda. Se acercó al mostrador de las enfermeras.

—Cualquier cambio, me llamáis, por favor. —Les entregó una tarjeta con el número y se encaminó hacia la salida. Sidy, que tenía la mano vendada y permanecía derrumbado en una de las sillas, lo miró; era evidente que se marchaba. Eso le dio fuerzas para acercarse.

—¿Se va?

—Aquí no sirvo para nada.

—¿Y yo?

—Vete a casa, chaval, ya has hecho todo lo posible.

—Pero usted, ¿qué va a hacer?

—Voy al helipuerto, todavía seguiremos buscando hasta medianoche. Te prometo que, si supiera algo, te lo comunicaría. Pero no quiero crearte expectativas, el helicóptero lleva todo este tiempo sobrevolando la zona y no ha encontrado nada. ¿Estás seguro de que no estaba en el interior del yate?

—Joder, creo que no. Pero estuvieron allí. Al menos, Jamm; encontré unos pañales y una mantita. Llevo atormentándome con eso toda la noche.

—Nada de esto es culpa tuya.

JP dio por terminada la conversación y salió del hospital camino del aparcamiento. Había cogido su propio coche cuando la zodiac lo dejó en el puerto.

Se montó y arrancó. Justo cuando iba a salir del *parking*, Sidy apareció corriendo como si hubiera visto un fantasma.

—¡¡Inspector Casillas!!

Casi lo atropella. El senegalés golpeó la ventanilla con tal fuerza que podría haberla roto.

—¡¿Qué ocurre?! —preguntó JP.

—Me ha llegado... Me ha llegado —le costaba articular palabra, por lo que le enseñó la pantalla de su móvil.

—¿Y eso? —preguntó JP sin entender qué quería expresar.

—Me ha llegado una localización. Es del móvil de Elena.

—¡Joder! ¿La has llamado?

—Sí, y no da señal.

—¡Sube!

131

—¿Habéis recibido la ubicación? —preguntó JP mientras conducía a gran velocidad por las calles de Valencia camino del puerto. Allí lo esperaba la zodiac con la que habían salido antes a buscar a Elena.

Sidy, sentado en el asiento del copiloto y asustado por el manejo del vehículo del inspector, no perdía oído a la conversación por el manos libres.

—Sí —respondieron desde el otro lado—. Estamos cargando combustible y despegaremos en cuanto podamos.

—Perfecto.

Cuando colgó, Sidy, que había esperado impaciente a que terminase, lo interrogó.

—Entonces, ¿nosotros qué vamos a hacer?

—¿Nosotros? —repitió JP.

—Sí, si los encontramos, yo sabría cómo tratar a Jamm —explicó más como excusa que como argumento convincente.

JP sonrió ante la determinación del senegalés.

—Vamos a coger la zodiac de antes y acudiremos al punto al igual que el helicóptero —explicó—. Hemos avisado también a otra patrullera de la Guardia Civil, que saldrá en cuanto pueda. La ubicación estaba a bastante distancia del lugar en el que se produjo el accidente. Por eso no la encontrábamos.

—¿Cree que podría estar en otro barco?

—Se habría comunicado por radio.

—Entonces... —se interrumpió al temerse la peor de las opciones.

—Lo más probable es que haya caído al agua.

—¿Y por qué iba a estar en el agua?

—Ya has visto el comportamiento de Cristina Alarcos: se ha suicidado contra la patrullera. Antes, entre ellas, podría haber ocurrido cualquier cosa.

—No lo entiendo. Se estaban separando, pero se supone que Cristina la quería. ¿De verdad la habría abandonado en mitad del mar?

—La gente te quiere hasta que le llevas la contraria —afirmó JP cuando llegaban al aparcamiento del puerto—. Te sorprendería la cantidad de relaciones tóxicas que se ven en esta profesión.

—¿Se puede aguantar todo este tiempo en el mar? —preguntó Sidy con el pensamiento fijo en Elena mientras se bajaban.

—De día, con el calor y si es una buena nadadora, seguro que sí, cuando llega la noche es más complicado, no te voy a engañar, pero si te ha llegado el mensaje es que estaba viva.

Los policías de la zodiac les hicieron una señal desde el embarcadero y corrieron hacia ellos. Al llegar, JP los saludo y miró a Sidy, que estaba ansioso.

—No sé si es el procedimiento, pero sube. Si no salvamos al monito mi nieta me mata, ya lo has visto.

Sidy sonrió con amargura y saltó a la lancha con agilidad.

En menos de tres minutos salían del puerto a aguas abiertas a toda velocidad, sin importarles que las olas, que se estaban encrespando, los empapasen. Sidy iba en la proa y miraba al horizonte como si ya se pudiese localizar a Elena.

Avanzaron en silencio durante quince minutos. El mar estaba negro como los ojos de una hiena, cubierto por nubes que ocultaban la luna y las estrellas que, a millones de años luz, contemplaban el planeta con indiferencia. ¿Habría vida fuera de la Tierra? ¿Si la hubiera, se plantearían las mismas dudas existenciales que los humanos? ¿Tendrían tecnología, comunicación compleja..., amor? JP comprendió que este caso lo afectaba en exceso. Jamás había mirado hacia el firmamento sin otro motivo que orientarse de joven cuando salía de acampada con amigos. ¿En qué punto de la prehistoria se habrían preguntado los homínidos por la trascendencia? Tal vez esa fuera la primera gran diferencia frente a los chimpancés: ellos no buscaban un significado oculto en la naturaleza. No les inspira algo diferente a lo obvio: puedes comer de esto sin que te siente mal, puedes trepar a tal árbol si las ramas tienen determinado grosor o es más peligrosa una serpiente que tenga la pupila vertical y los colmillos largos y finos.

Y punto.

Un haz de luz que provenía del cielo seguido de un ruido ensordecedor lo asustó. Era el helicóptero de la Policía Nacional que llegaba a la zona para sobrevolarla. Según la pantalla del móvil de Sidy debían de estar muy cerca de la ubicación. Aunque el mar, cada vez más agitado, pudiera haber llevado a Elena a la deriva, no debería de estar lejos..., si es que seguía viva y a flote.

Se movieron en círculos concéntricos procurando no perder el eje. El helicóptero hacía lo propio con el reflector, pero nada. Ni rastro. Cada pequeña cresta de ola quería ser la cabeza de Elena, sin éxito.

—¡Vamos a repetir la operación! —propuso JP a través

del *walkie* para que también lo oyeran arriba ante la cara de desánimo de Sidy.

El piloto consultó el teléfono y viró la zodiac para recuperar la posición central.

—¡¿Podría ser eso?! —gritó de pronto Sidy al tiempo que la ilusión óptica que le había llamado la atención desaparecía engullida por el Mediterráneo.

El piloto redujo la velocidad para que pudieran otear el horizonte y la espuma de las olas no los confundiera. El haz de luz barría el agua de manera sistemática para no dejar ninguna zona sin iluminar, pero no había señales de ningún ser vivo. La congoja crecía en Sidy, que se acercó a observar el móvil para comprobar si llegaba un nuevo mensaje con una localización distinta.

Hasta que, de pronto, apareció un punto entre el oleaje.

¿Sería Elena?

JP indicó al piloto que dirigiera la embarcación hacia allí mientras hacía señas al helicóptero para que iluminara con un barrido. Según se acercaban, Sidy, puesto en pie en la proa, gritó:

—¡¡Es ella!!

Se encontraban a menos de treinta metros y la luz de búsqueda confería un aspecto irreal al mar, que refulgía como si fuese de plata turquesa. No se apreciaba movimiento y las últimas olas hasta alcanzarla fueron angustiosas.

—¡¡Elena!! —chilló Sidy desde la distancia tratando de despertarla—. Tiene al chimpancé encima y parece que flotasen.

La zodiac aminoró la marcha para no embestir a la pareja que permanecía inerte sobre las olas. Una vez se hubieron detenido a su altura, Sidy no se atrevió a tocarla por si estuviera muerta.

—¡Déjame! —ordenó JP, que se abalanzó sobre el costado de babor y rozó la cara de la joven.

—Elena —le susurró—. ¡Elena!

Y abrió los ojos. Agotada, con esfuerzo, casi sin esperanza, pero los abrió. A Sidy el corazón le dio tal vuelco que pensó que le estallaría el pecho.

La joven no era capaz de hablar, pero respiraba al son del oleaje.

—¡Ayúdame! —dijo JP a Sidy, que por fin había reaccionado.

—Cuidado, no tires a Jamm.

Ambos se inclinaron sobre babor y cogieron a Elena, uno por los pies y el otro de las axilas. Los dos policías nacionales que los acompañaban equilibraron la lancha para que no volcara y los sujetaron de la cinturilla. Les costó izarla, pero lo hicieron sin perder a Jamm, atado con los pantalones al chaleco salvavidas. Los depositaron a ambos sobre la cubierta. Elena tiritaba sin entender bien la realidad.

—¡Estás viva! —afirmó Sidy acariciándole las mejillas. Las notó heladas.

—Rápido, hay que quitarle el chaleco y calentarla —dijo JP.

—Jamm también está helado —añadió Sidy mientras desanudaba la ropa que había servido para sujetar al monito. Una vez liberado, lo abrazó para darle calor. Apenas si respiraba.

Al tiempo, JP le retiraba el chaleco a Elena, a la que le costaba colaborar. Se quedó desnuda y tiritaba. Uno de los policías nacionales le echó una manta térmica que llevaban en la zodiac y JP la ayudó a que se cubriese. Sidy se acercó sin soltar al monito y le habló:

—Creí que no te iba a volver a ver.

Se fundieron en un abrazo largo que se atrevió a interrumpir el agente, pasados unos segundos, al ofrecerle una barrita energética.

—Tome, estará desfallecida.

A Elena las manos le temblaban, tenía los dedos entumecidos y las yemas arrugadas. Poco a poco, comenzaba a reaccionar.

—Aquí no tenemos medios para trataros de la hipotermia —aclaró el copiloto.

—A Jamm... habría que ponerle una vía... ya —titubeó la veterinaria; hablaba con dificultad.

JP cogió el *walkie* y se dirigió a los tripulantes del helicóptero.

—¿Tenéis material médico allí arriba?

—Sí, algo llevamos. Esto no es una ambulancia, pero hemos cogido equipamiento.

—¿Podéis izarlos?

—Afirmativo. Os mandamos la camilla.

—Perfecto —respondió JP.

Elena, según pasaban los segundos, estaba más espabilada a pesar de la extenuación.

Sidy le pasó el monito a JP, que lo recibió con sorpresa. Apenas si se había atrevido a sujetar a su nieta de recién nacida y tener a la cría en brazos le produjo una emoción que no era capaz de explicar. Sidy se quitó la camiseta y se la entregó a Elena para que se vistiera. Al quitarse la manta de espaldas a JP, este observó la escarificación, que ya estaba curada. Le impactó la figura de Blanca sobre la piel de la joven. Allí estaba presente todo lo ocurrido: la muerte de la elefanta y la vida de Jamm, ahora en peligro. El inspector seguía abrazado al chimpancé, sentía su leve respiración en el cuello y los tenues movimientos de pecho casi imperceptibles. La camilla bajaba desde el helicóptero y se situó a la altura de la zodiac. El piloto de la lancha la cogió para estabilizarla a pesar de la marejada, cada vez más intensa.

—Con cuidado, no es sencillo. Es mejor que se tumbe y

a continuación sujete usted al mono —explicó el policía nacional.

Elena asintió y, con ayuda de Sidy, consiguió situarse en la camilla. Le colocaron la manta encima y la ataron para que no se cayese durante el traslado. Entonces, por primera vez desde que la habían rescatado de una muerte segura, cruzó la mirada con JP.

—Gracias —dijo y tendió los brazos para que le entregara a Jamm. JP lo hizo conmovido; deseaba que esa frágil criatura sobreviviera, aunque se le antojaba arduo.

Sidy apretó la mano de Elena mientras el inspector confirmaba por *walkie* que ya podían izarla.

Ambos machos de la especie humana, compungidos pero esperanzados, miraron cómo se elevaba la pareja en una imagen que a Sidy le recordó al levantamiento con la grúa del cadáver de Blanca. Pero en este caso era diferente: Elena estaba viva.

132

Como si tuviera un resorte interior, como en la prehistoria, como las madres de cebra que se enfrentan a un león que quiere devorar a su cría, Elena, una vez estuvo en la cabina del helicóptero, reaccionó con una energía que no sabía que conservaba. Se sentó, todavía mareada, pero con entereza, sobre el suelo del aparato, y miró a su alrededor para valorar la situación. Dos pilotos y otros dos ocupantes más, uno de los cuales era enfermero.

—¿Tenéis suero fisiológico?

—Sí —respondió—. Pero deja que te examine primero a ti.

—Yo estoy bien —afirmó rotunda, aunque su aspecto la contradecía. Señaló a Jamm—. Hay que ponerle una vía. Es igual que un bebé humano —explicó al enfermero, que estaba desconcertado con el pequeño pasajero—. Es más sencillo colocársela en el pie. ¿Podrías hacerlo? A mí todavía me tiemblan las manos.

El enfermero no discutió la decisión de Elena y buscó la vena de la cría. Lo había hecho cientos de veces en humanos, aunque no en recién nacidos, por lo que le costó un par de intentos dar con ella, pero cuando lo consiguió le colocó la vía con habilidad.

—Está helado. Hay que hidratarlo poco a poco —dijo al terminar— y darle calor.

—¿A dónde vamos? —preguntó Elena, que extendió el

brazo sin soltar a Jamm para que procediera con ella. También necesitaba hidratarse.

—Al hospital de la Fe, que tiene helipuerto —respondió el piloto de la aeronave.

—No, por favor —pidió Elena—. Necesito llevarlo al hospital del parque de animales para atenderlo. También podéis aterrizar allí.

—¿Y usted?

—Estoy bien.

—No es verdad, señorita, ha estado muchas horas en el agua sin comer ni beber, tiene temblores. Debería verla un médico.

—Con el suero será suficiente.

El piloto miró al enfermero, que asintió. Ella sabría lo que hacía.

—¿Tienen un teléfono? El mío debe de estar en el fondo del Mediterráneo.

El enfermero le entregó el suyo y Elena marcó un número de memoria: el de Sidy. No se sabía muchos más.

—¿Sí? —respondió sin saber de quién se trataba.

—Soy Elena.

—¿Estás bien?

—Sí, mejor. No te preocupes. —La voz seguía sonando débil—. No me sé el teléfono de Abalde. Llama al parque para decirles que vamos para allá en helicóptero. Explícales la situación y que preparen lo necesario para salvar a Jamm: una lámpara de calor como las que empleamos para incubar los huevos, su leche y una sonda nasogástrica para alimentarlo. Está muy débil.

Elena colgó, devolvió el teléfono y abrazó a Jamm con fuerza. El monito no reaccionaba ante ningún estímulo. Se había jugado la vida por él y, aun así, podía morir.

A la naturaleza no le importan los sentimientos de los humanos.

133

JP se separó de Sidy.

Habían compartido la angustia de las últimas horas y también confidencias y relaciones familiares, algo que no era tan normal entre un investigador y un testigo del caso. Lejos quedaba la detención de Adolfo Avilés y sus camaradas, como si hubiera pasado una vida entera. De alguna forma, así era. Incluso tendrían difuminado el accidente provocado por Cristina si no fuese por las consecuencias. Su cuerpo descansaba empotrado en el cristal del yate a trescientos metros de profundidad, solo y sin descendencia.

El peor de sus temores.

Cuando se despidieron con la poca efusividad de dos machos de la especie humana que no quieren mostrar debilidad, la situación había mejorado para el senegalés: Elena estaba viva, aunque peligrase la vida de Jamm. Para el inspector la noche se había tornado dramática y aún no sabía qué habría ocurrido en la intervención de Violeta. Tomó el coche para acudir al hospital mientras que Brezo había quedado en recoger a Sidy y se dirigían juntos hacia el parque para ayudar en lo que pudieran.

JP detuvo el coche en el aparcamiento del hospital, se bajó y caminó despacio hacia la entrada, como si no quisiera que le contaran lo sucedido; no podría soportar una mala noticia. Fue consciente de que no sabía casi nada de la familia de Violeta; el padre era militar, poco más sabía, y ni siquiera habían hablado de la madre. Si fuese él el herido, ¿qué sabría su compañera de su familia, de la mala relación con su hijo, del tumor de próstata que amenazaba agazapado, de la nieta que le había despertado el alma o de Rosa, su amor de juventud, madurez y ya casi vejez? Casi medio siglo desde que se conocieron en la tomatina de Buñol cuando eran menores de edad. Se liaron pronto, ella no era de las de marear la perdiz si lo tenía claro. Los setenta habían sido años de contrastes: de miedo e incertidumbre, pero también de libertad desbocada y de multitud de opciones que se abrían para una juventud ansiosa de experimentar. ¿Aprovechó él esas posibilidades? Si volviese atrás, ¿qué haría? Se había equivocado a menudo, era consciente y lo enfadaba, aunque no fuese partidario de arrepentimientos ni golpes de pecho. Pero, al caminar por el pasillo con la doctora al fondo, en ese instante anterior a que le dieran la noticia, supo que amaba a Rosa más que el primer día y que no iba a dejar que nadie hiciera daño a Coral, la protegería y le daría armas para que fuese libre, para que amase, que asumiese riesgos con responsabilidad y que no sintiese el peso de ser mujer en un mundo todavía controlado en exceso por los machos dominantes. Y una última convicción: al devolver a Coral a su hijo le diría tan solo «lo siento», y con eso se zanjarían los años de ausencia. Se quedaría tan descolocado que no sabría qué decir y entonces le palmearía la espalda hasta hacerle daño y lo invitaría a una cerveza.

La doctora, al verlo, se dirigió hacia él, semblante preocupado, manos cansadas, pero paso firme. Los ojos de JP reflejaban su fuero interno: el temor y la ansiedad culpable. No hizo falta articular la pregunta.

—La operación ha sido más complicada de lo que esperábamos y la paciente ha perdido mucha sangre. Hemos tenido que hacerle hasta cuatro trasfusiones.

JP la miró y creyó comprender, pero no.

—Sin embargo, ha salido adelante.

—¿Está viva, entonces?

—Sí, en observación; el impacto en la cabeza no fue tan grave como parecía por la herida externa, aunque le quedará una cicatriz importante en la frente.

—¿Y el vientre?

—Ha sido lo más complicado, la laceración era profunda, pero hemos conseguido evitar a tiempo la hemorragia interna y hemos salvado los órganos vitales. Creemos que podrá recuperar una vida normal, aunque le llevará tiempo. Tan solo... —dijo, e hizo una pausa.

—¿Tan solo? —repitió JP al intuir que había algo más.

—Le hemos tenido que quitar la matriz.

JP tardó unos instantes en asimilar la noticia.

—No podrá tener hijos.

—Me temo que no.

JP asintió. Le dolía la cabeza. No tener hijos implicaba tampoco tener nietos. No sabía las intenciones de Violeta, ni si tenía pareja, ni siquiera sus gustos sexuales, pero le entristeció que no pudiera tener hijos.

Transmitir los genes. O no.

O adoptar a una criatura que no fuera de tu sangre. Ni de tu especie.

Como Luna.

Como Jamm.

134

Elena, nada más contemplar el nacimiento del chimpancé, decidió que aquella criatura sería su responsabilidad; costase lo que costase, aunque nunca imaginó los terribles hechos que acontecerían poco tiempo después.

Cuando llegó al pequeño hospital del parque de animales, Abalde ya había reunido el instrumental solicitado. Elena, agotada pero ya sin temblores, ayudó al director a intubar al monito para alimentarlo con una sonda nasogástrica. Continuaba con la vía puesta en el pie que lo hidrataba y lo situaron bajo la lámpara de calor. Le empezó a subir la temperatura paulatinamente, aunque el abrazo de Elena durante todo el trayecto había ayudado.

Cuando lo tuvieron sedado y listo, Elena lo contempló, frágil, necesitado de ternura, calor animal y olores conocidos. Se quitó la camiseta y se la colocó cerca del rostro dormido para que oliese a ella y a Sidy. El sudor de ambos se entremezclaba en el tejido. Abalde, como hizo antes JP, se fijó en la escarificación de la espalda mientras se acercaba con un polo para que se cubriese.

—Es Blanca —dijo al reconocerla, y los ojos se le llenaron de recuerdos.

Elena permitió que la observara durante unos segundos y después se vistió.

—Perdona si he desconfiado de ti. El intento de secuestro de Adolfo...

—No podías saber el alcance de lo que estaba pasando. —Elena se sintió extraña porque le pidiera disculpas—. Ha sido brutal, dos culpables distintos.

—Ni yo misma habría descubierto la implicación de Cristina; y eso que era mi pareja.

—La policía me ha puesto en antecedentes sobre el chantaje.

—Todavía me cuesta creer que sea cierto.

—¿Cómo te sientes?

—Perdida.

Se abrió la puerta de la improvisada sala de cuidados intensivos y entró Sidy acompañado por Brezo. Los tres se fundieron en un abrazo lleno de emoción y tristeza. También de esperanza. Abalde los miró orgulloso del equipo que formaban, de su entrega. Los animales no solo eran su trabajo, también su vida.

—Saldrá de esta —afirmó Sidy tras mirar a Jamm—. Es un monito fuerte.

Los cuatro se quedaron en silencio y, aunque no lo percibieron, los latidos de sus corazones se fueron acompasando. Había sido un día terrible para todos, en especial para Elena. Cuando por fin se derrumbó en la butaca, sintió que estaba exhausta. Sidy le acercó un suero bebible. Elena lo miró agradecida, lo abrió y le dio un buen sorbo. Respiró y levantó la vista hacia sus compañeros.

—¿Qué ha sido de Cristina? ¿Ha huido?

Los tres se miraron entre sí. Sidy tomó la palabra.

—¿No sabes nada?

—No, ¿qué tendría que saber?

Sidy se puso en cuclillas, le tomó las manos, que todavía estaban frías y azuladas, y le susurró al oído el destino elegido por su expareja. Elena rompió a llorar.

¡Qué difícil es entender a los humanos! ¿Les merecerá la pena tanta inteligencia si va inexorablemente unida a sentimientos que no se pueden controlar? ¿Son bienes suficientes la reflexión interior, el arte, la ciencia, el sentido del humor, la conversación distendida de dos amigos como para soportar la angustia de saber que son finitos y que la pérdida no tiene vuelta atrás? ¿Compensa el recuerdo de los seres queridos ante la incomprensión de la muerte?

No tienen elección.

Elena se separó y miró a los amigos que la rodeaban y deseaban su bien con todas sus fuerzas. De eso estaba convencida.

—Sois mi manada —dijo para sorpresa de todos—. Y las manadas se confortan, se defienden y se dan calor. No sobreviviría sin vosotros.

135

—

En ocasiones, la vida se ralentiza y otras se acelera. Y es que los humanos no manejan el tiempo, a pesar de lo listos que sean. Este transcurre a sus espaldas, corre cuando quieren que camine tranquilo y se estanca cuando desearían que acelerase. ¿Cómo será para el resto de los animales?

A la mañana siguiente, Violeta abrió los ojos y ahí estaba JP, que no se había marchado a casa, tan solo enviado un wasap para advertir a Rosa. Los padres de la inspectora estaban de camino desde Galicia, así que fue él el que se enfrentó al despertar del miembro de la pequeña manada de policías que se esforzaba en que el mundo fuese un poquito mejor; aunque no hicieran justicia, podían contribuir a que otros la aplicasen gracias a sus investigaciones.

—Hola —dijo con una sonrisa que trataba de levantar el ánimo—. Estás viva.

—Hola. Estoy viva —repitió Violeta consciente de que así era.

Cuando un humano, herido de gravedad, cierra los ojos y no sabe si los va a volver a abrir, una angustia indescriptible se apodera de él.

—Lo estás. Viva.

—Y desorientada —respondió con un toque de humor.

—Es lógico. Estás en la UCI. Bien cuidada. La médico

dice que te pondrás bien y que solo puedo quedarme unos minutos.

—¿Qué ha pasado? Recuerdo el yate dirigiéndose hacia nosotros a toda velocidad y, después, solo negro.

—Tú recibiste el impacto más fuerte. Hay un guardiacivil también ingresado, pero su vida no corre peligro. Cristina murió.

Violeta recibió esas palabras con consternación. Cualquier fallecimiento la afectaba.

—¿Y Elena?

—No iba en el barco. Todavía no sabemos los detalles, pero parece que Cristina la tiró a ella y al monito al agua y los abandonó allí.

—Joder...

—Pero está bien. Y me dicen que la cría se ha salvado, aunque está en observación. Como tú.

La comparación hizo sonreír a Violeta, que notó cómo le dolía la frente y se llevó la mano al vendaje.

—Tienes la cabeza dura. Y tu tableta, sorprendentemente, también sobrevivió al accidente —dijo JP mostrándola—. La pantalla se ha dañado, pero se pueden leer tus informes. Te compraré una nueva.

Violeta se fijó en JP; estaba hecho un asco: la barba más crecida y blanca de lo habitual, con manchas de sangre y grasa del barco en la camiseta de Megadeth que, además, estaba arrugada.

—Bonita camiseta para un día así.

—Bueno, imagínate si me hubiera puesto la de *Stairway to heaven* de Led Zeppelin.

Violeta, al reírse, notó una punzada en el vientre. Con dificultad, se bajó la sábana, vio la cicatriz que le atravesaba la tripa de un extremo a otro y miró a JP.

—Estás viva.

136

Unos días después, el hijo de JP recogió a Coral con un cachorro de perro recién adoptado. Se asombró con la despedida tan cariñosa de su abuelo, héroe tras la resolución de los «asesinatos» del parque de animales, y todavía más con el «lo siento» que le dijo nada más verlo. Después le palmeó la espalda con excesiva fuerza. No reaccionó en público, pero por la noche lloró en silencio, escondido en el baño, sin atreverse a compartir con su mujer los sentimientos que lo habían asaltado. Ella, que lo oyó desde la cama, fue a buscarlo a su guarida y lo abrazó. Era un integrante de su manada junto con Coral y, a partir de ese día, también el perrito y el hámster.

Con ese mismo amor fue con el que recibió Luna a Violeta; no había entendido los días de ausencia. O como la abrazaron sus padres al enterarse de la noticia de que no serían abuelos, pero que estaba viva y se iba a recuperar. Al militar, que llevaba años poniendo en duda los estudios y la carrera profesional de su hija, no le quedó más que sentir orgullo cuando oyó, en boca de un veterano como JP, que era una gran policía, una de las mejores con las que había trabajado.

Amor por la manada. Como con el que acogió Elena a Jamm, que la reconoció cuando por fin lo desintubaron y empezó a comer por sus propios medios, débil, pero fuera de peligro. Con el que sostuvo Sidy a Elena en el entierro del cuerpo de Cristina, al que los robots de Salvamento Marítimo habían rescatado de su solitaria tumba de agua. Allí, en el cementerio, recordaron la ceremonia de los elefantes que olieron y tocaron el cadáver de Blanca al atardecer. El ritual, necesario y desolador, era común para ambas especies, terrible cuando el ser vivo precipitaba su propia muerte por desesperanza y odio.

Después, fue a visitar a su madre y se acomodó en su regazo. «Mamá, te quiero —le dijo—. Te respeto como eres y no voy a pretender que cambies. Y me da igual cuál sea tu actitud. Yo voy a vivir en paz a partir de ahora y no te haré más reproches. Siento que perdieras a papá, era una persona estupenda.»

La madre se quedó muda y lloró.

Al recuperarse, solo fue capaz de decir: «Lo era. Me destrozó la vida perderlo».

Y se abrazaron de nuevo, sin palabras, como se apretujan los chimpancés, sintiendo, sin reflexionar, sin palabras que todo lo complican y, a veces, corrompen. Solo los olores, las caricias, la respiración compartida y las lágrimas, tan humanas. Ningún otro animal llora por motivos sentimentales a pesar de lo que diga la gente. Es una muestra de debilidad y una petición de amor y ayuda.

El llanto es lo que los hace humanos.

EPÍLOGO

A JP le cargaba hasta límites insospechados pasar los controles de seguridad en los aeropuertos: dejar los botes fuera, el neceser, quitarse el cinturón, las botas y la cazadora y ponerlos en las bandejas. Lo daba por bien empleado porque iba a ver a los Rolling Stones a Londres junto con Rosa: su regalo. Otros inspectores de la brigada serían los encargados de probar la posible implicación de Ximo Alborch y de la empresa de seguridad SecurTotal Plus en el caso; al menos, en la contratación de Adolfo Avilés para que generase caos en el parque, permitiese el falso botellón o drogase al gorila. Y, tal vez, secuestrase a Elena por encargo. Quedaba trabajo, pero habían encontrado mails incriminatorios que todavía permanecían en la memoria del ordenador del vigilante a pesar de haber sido borrados.

Ya tenía las entradas. Ahora bien, Rosa solo se las había entregado cuando le prometió que se operaría a la vuelta, fueran las que fuesen las consecuencias. Las previsiones permitían la esperanza: un Gleason de cuatro más cuatro sin metástasis. Y si se quedaba impotente, no iba a ser también de la lengua. Así que ya sabía a lo que atenerse, le había comentado mientras salían de casa, ambos con el mismo modelo de camiseta en el que estaba impreso el rostro de los componentes de los Stones con pinta de tipos duros. Cuando Coral los vio salir de tal guisa, preguntó que quiénes eran esos viejitos con cara de enfado. Si Mick Jagger la llega a oír, le habrían tenido que cambiar la sangre como a Keith Richards.

Al atravesar el arco, a JP le pitó. Pensó en sacar la placa para que lo dejasen en paz, pero la mirada de Rosa lo contuvo y, con amabilidad fingida, levantó los brazos y se dejó manosear por un tío antipático a la par que concienzudo; nada que no pudiera soportar después de que un jovencito le metiera el dedo por el culo. Tras permitirle el paso y emplear más de cinco minutos en recomponer la ropa y la mochila, se dio de bruces con Elena y Sidy, que habían cruzado por el arco contiguo.

Se miraron sorprendidos por el encuentro.

—Nos vamos a África —explicó Sidy feliz—. A Dindefelo, a ver chimpancés.

—Me alegro —contestó JP—. ¿Qué tal está...?

—¿Jamm? —Elena terminó la pregunta.

—Eso.

—Fuera de peligro. Dígale a su nieta que ya come normal.

—Se lo diremos —respondió Rosa.

—Y que se lo hemos presentado a las hembras del grupo y hay una que da signos de que se quiere hacer cargo de él.

—Ah, ¡me alegro! Una madre adoptiva.

—Algo así —respondió Elena—. Es un proceso lento, pero va a terminar bien. Seguro. Jamm se lo merece.

—Y también tú —dijo JP. Y se extrañó de haberlo dicho. No fue consciente ni de haberlo pensado.

—¿Y su compañera?

—Violeta. Mejor. Ya fuera del hospital y recuperándose poco a poco.

—Me alegro. Menos mal que me encontraron, si no...

Se produjo un silencio. Tampoco sabían qué más decirse. No se atrevieron a intercambiar besos, pero sí sonrisas, y cada cual siguió su camino en busca de la terminal correspondiente.

Sidy, tras alejarse varios pasos, se giró.

—¿Sabe otra cosa?

JP se detuvo interesado.

—Greta, una de las elefantas, está preñada de Tantor, el macho. Con lo que nos costó con Blanca y de pronto... la vida se ha abierto camino sin que nosotros hiciéramos nada.

—Supongo que la naturaleza es así: imprevisible —respondió el policía.

Ya solos, besó a Rosa en los labios y el rumor del aeropuerto desapareció: sin conversaciones absurdas, prisas ni reproches de última hora. Solo una emoción que lo retrotrajo a la adolescencia: la libertad e incertidumbre de los setenta y los primeros besos; y le gustó.

—Te quiero. Mucho. Más que cuando te conocí —le dijo a Rosa mientras ambos miraban a la pareja de jóvenes que se alejaban felices cogidos de la mano. Tenían toda la vida por delante. Solo esperaba que la aprovecharan, que fueran todo lo generosos el uno con el otro de lo que él no había sido; que se perdonaran los errores y que nunca, al llegar la noche, al oler el miedo y sentir el terror de la oscuridad y el abandono de los dioses y de la naturaleza, nunca caminaran solos. Que formasen su propia manada, fuera la que fuese.

Cuando los perdió de vista, sacó el móvil y borró el teléfono de «la veterinaria pirada». Había concluido su trabajo.

AGRADECIMIENTOS

Como en todas mis novelas, me gusta agradecer a aquellas personas que me han ayudado en el proceso de más de año y medio que me ha llevado escribir esta historia.

Al comisario principal Ángel Galán, al que se le han sumado en esta ocasión los también comisarios José Nieto y Segundo Martínez. También a Marcos, que me dio una clave importante para la investigación del caso. (Y a Laura Verdura, claro).

A Benjamín Collado por su asesoría sobre la Guardia Civil y, en especial, sobre las embarcaciones y la navegación.

A Sergio Catolfi por responder a mis preguntas sobre hackeos varios.

A mis amigos de Valencia a los que he llamado en uno u otro momento: Rodrigo Terrasa, Paco López Barrio, Gabriel Ochoa y, por supuesto, David Orange.

Al general Enrique Silvela por facilitarme los contactos y a Susana por acompañarme en la visita al cuartel de las Fuerzas Especiales de Alicante. A Carlos A. «Mac Dowell» y a Alfonso Misol, qué suerte encontrarte de casualidad en la armería.

A Javier Moreno por explicarme detalles sobre la caza mayor y ponerme en contacto con José Luis (de la armería Argali).

A Nerea y a Francesca; a Belén Guerra, por explicarme lo necesario sobre la inseminación in vitro, y a Javier Gil por contarme algunos detalles «incómodos» sobre la próstata de mi policía.

A mis primeras lectoras: Ana Pozo, Cristina Esteban y de nuevo Susana.

A Leo Felipe Campos por sus comentarios, siempre acertados; a Raquel Gisbert y a todo el equipo de Planeta, por su confianza. A Antonia Kerrigan, cómo lo siento, y Sofía di Capita; iniciamos una nueva etapa.

A Katherine K, por estar siempre ahí a tiro de wasap.

A Ángela Loeches por nuestras conversaciones sobre primates y etología, por recomendarme un montón de libros y llevarme a conocer a Guillermo Bustelo (Rainfer), una experiencia maravillosa. Y a Isabel Fuentes por juntarnos en un café. A Chema Casillas por señalarme algunos errores «biológicos» y dar el apellido a JP.

A Fernando Turmo, de la reserva de chimpancés de Tchimpunga, por nuestra conversación en el Retiro sobre su amor por los chimpancés. ¡Tengo pendiente la visita!

Y, por supuesto, a la gente de Bioparc. La novela creció gracias a un encuentro en la radio con Pepa Crespo; sin ese intercambio, tal vez no habría existido. O no así. A Loles y a Miguel Casares por enseñarme el parque por dentro con tanta pasión por los animales. A Fernando González Sitges. A Daniel Pons y a Rosa Martínez por hablarme de la Fundación y a Luis Ángel Martínez.

Y, por último, la novela no sería la misma sin mis cientos de conversaciones con Victoria Dal Vera, que me ha acompañado en todo este viaje en el que he aprendido mucho de animales, tanto humanos como no.

¡Gracias!

Otros títulos del autor en Booket:

booket